JE NE T'OUBLIE PAS

Ouvrage dirigé par Alice Serverin
Image de couverture :
© Shutterstock
© PlusONE
© restyler
© korisbo
© Jess34

Couverture : Emmanuel Pinchon

Collection dirigée par Franck Spengler
34-36 rue la Pérouse
75116 Paris
www.hugoetcie.fr

ISBN : 9782755641806
Dépôt légal : avril 2020
Imprimé en Espagne par Liber Duplex

SÉBASTIEN DIDIER

JE NE T'OUBLIE PAS

Hugo Poche

SUSPENSE

À Benedetta, Giulia et Lorenzo.

Il n'avait pas du tout l'air d'un monstre.
Mais le problème des monstres,
justement, c'est qu'ils
n'ont pas la tête de l'emploi.

Linwood Barclay

PROLOGUE

Sandra releva la manche de son chemisier de quelques centimètres. La grande aiguille de la Rolex n'avait pas bougé. Ou si peu. Toujours bloquée à la verticale. Figée. Immobile. En tout cas, c'était l'impression qu'elle lui donnait. Dans les dernières minutes de son attente, le temps s'étirait à n'en plus finir. Même lui s'ingéniait à la décourager.

Elle n'était pas encore sûre d'avoir pris la bonne décision. Allait-elle renoncer ? Non, elle en avait trop fait désormais. Elle en savait trop. Mais pas assez. Car au final, pour une vérité établie, combien de déductions, de ressentis, de souvenirs… combien de brume pour un simple rai de lumière ? Tout se bousculait dans sa tête, les questions ricochaient comme autant de boules dans un billard à mille bandes. Mais cette promesse d'une explication possédait une force d'attraction à laquelle elle ne pouvait se soustraire. Alors elle ne réfléchirait pas plus que de raison et laisserait son instinct la guider.

Son instinct, mais surtout sa mémoire. Sa « fabuleuse mémoire », comme disait sa mère. « Dites quelque chose à Sandra, elle s'en rappellera toute sa vie », riait-elle entre deux gorgées de Long John. *La mémoire... sûrement le seul héritage digne de ce nom que lui avait transmis cette famille de dingues*, pensa-t-elle. Cette faculté à conserver et à compartimenter chaque visage, chaque accent, chaque intonation, chaque expression dans la grande bibliothèque de sa pensée et à pouvoir y retourner le moment venu pour en exhumer un ouvrage oublié, même des années plus tard, voilà ce qui avait fait prendre à sa vie cette tournure frénétique.

C'était il y a deux mois.

Deux mois qu'un passé qu'elle pensait à jamais enterré avait déboulé dans sa vie comme un chien dans un jeu de quilles. Sans s'annoncer, sans crier gare.

Elle essuya la buée qui commençait à se former sur le pare-brise en laissant une trace encore plus opaque dans le sillage de la paume de sa main. Elle se pencha pour ouvrir la boîte à gants, sa main tâtonna à l'intérieur quelques secondes, sans résultat. Même pas un Kleenex ou une serviette dans cette voiture à plus de quarante mille euros. Voilà une chose qui n'arriverait pas à Marc, pensa-t-elle en souriant. Son mari prévoyait toujours tout dans les moindres détails, planifiait chaque minute de sa journée et avait ce côté agaçant des hommes qui semblaient avoir brillamment réussi de manière naturelle, sans se forcer, alors que toute leur vie était optimisée dans un quotidien entièrement sous contrôle.

Marc.

Les contours du visage de son mari s'imprégnèrent un peu plus dans sa pensée. Elle aurait dû tout lui dire depuis le début, bien sûr. Cachait-on ce genre de secret à l'homme que l'on aimait ? Au père de sa fille ? *Non.* Ils avaient fondé leur relation sur la confiance, sur l'envie d'avancer ensemble et de maintenir un cap, comme une équipe. Et maintenant, seule dans sa BMW, à la nuit tombante, elle avait l'impression de le trahir, d'avoir rompu le pacte qui les unissait. Même si Marc, de façon involontaire, n'était pas totalement étranger à toute cette histoire. Lui… et le hasard bien sûr. Ou la destinée, appelez ça comme vous voulez. Car c'était bien lui qui avait décidé de venir vivre ici, à Bellevue Park. Qui avait fait des pieds et des mains pour griller la politesse aux médecins, hommes d'affaires, stars du show-biz locales qui ambitionnaient tous d'avoir leur carré de fierté et de bonheur dans ce nouveau lotissement ultra haut de gamme.

Alors, quand le moment était venu de lui faire part de ses suspicions, de ses craintes, d'entrebâiller pour lui la porte sur ses plus terribles cauchemars, elle n'avait rien dit. Comme si une force surgie des tréfonds de son âme l'avait bâillonnée pour l'en empêcher. Si elle avait consulté un de ces psys à trois cents euros la séance comme celui que voyait Melinda Drancy, il lui aurait sûrement sorti un bon baratin dans l'esprit « vous avez des choses à régler avec votre passé, Madame Vasseur, avec la jeune femme que vous étiez. Et vous n'avez aucune envie d'y mêler la personne que vous êtes devenue aujourd'hui, mariée et mère de famille. Non, vous avez envie de régler ça toute seule ». Et il n'aurait pas eu tort. Alors voilà, c'était au moins ça, trois cents euros d'économisés. Un sourire amer effleura ses lèvres. Elle passa une main sur son front pour rabattre une mèche blonde derrière son oreille.

La pénombre commençait à tomber autour du véhicule tel un voile profitant des derniers souffles d'air en suspension. La forêt environnante n'était plus qu'un rideau d'ombres déstructurées. Un énième coup d'œil à son poignet. Neuf heures, passées de trois minutes. Elle posa ses mains sur le volant, s'étira la colonne vertébrale du mieux qu'elle le put tandis que ses doigts se refermaient avec un crissement sur le cuir nappa. Sur le siège passager, l'iPhone vibra dans son sac. Par l'ouverture de la toile Monogram, elle voyait l'écran s'allumer et s'éteindre depuis plusieurs minutes.

Des SMS. En rafale.

19 h 57 : T'es où ?

20 h 29 : Sandy, appelle stp.

20 h 46 : Chérie, on commence
à s'inquiéter avec Lili.

21 h 04 : Sandy, réponds STP.

– Non chéri, je ne répondrai pas, s'entendit-elle murmurer avec une boule dans la gorge.

Elle plongea la main dans son sac et la ressortit plus lourde du poids d'un pistolet Beretta compact calibre .9. Elle soupesa l'arme quelques secondes, l'examina, pensive, le regard happé par les jeux de lumière que l'éclat de la lune produisait sur ses arêtes métalliques. Puis elle attrapa son sac par l'anse, y remit le pistolet et ouvrit la portière avant de sortir du véhicule.

Alors qu'elle s'éloignait, la BMW lui adressa deux clins d'œil dans son dos. *Blip-blip*.

Sandra ne se retourna pas. Elle n'hésitait plus désormais.

Elle s'enfonça dans le bois et disparut dans la nuit.

CHAPITRE 1

Trois mois plus tard.

18 h 15

Le Range Rover Sport HSE filait sur la chaussée détrempée. La départementale 108 laissait la ville de Saint-Clair dans son dos pour s'en aller desservir la banlieue environnante au pied des Alpes.

En direct sur BUZ FM, la radio du buzzzzzz les amis ! Et notre invitée n'est autre que EnvyBird, la fameuse youtubeuse ! Alors Envy, qu'est-ce que ça fait d'avoir dépassé les 15 millions de...

Légère pression de l'index sur la commande au volant.

Menaces de guerre nucléaire en Corée, les ministres des Affaires étrangères ont prévu de se...

Les horreurs chassent les futilités les plus crasses, voilà où nous en sommes, pensa Marc en zappant une nouvelle fois. *Le monde creuse sa tombe un peu plus chaque jour, entre folie et abrutissement.*

Music is my aeroplane, it's my aeroplane, songbird sweet and sour Jane, and music is my...

Les Red Hot.

Il soupira. Voilà qui le ramenait bien deux décennies en arrière. Au début de sa vie d'adulte, aux prémices de sa relation avec Sandra. Son estomac se noua. Il consulta l'écran de son iPhone. Pas de message ni d'appel.

Dernier croisement avant de retomber dans la vallée voisine, le Range bifurqua sur une route transversale dont le bitume encore noirâtre témoignait de la création récente. Une longue procession de conifères et d'épineux bordait la route sur ses deux flancs. Marc enfonça la pédale d'accélérateur. La voiture émit un rugissement sourd, filtré par l'insonorisation de l'habitacle, et avala la route avec une avidité décuplée. Il appuya sur l'un des boutons situés sur les branches du volant. Une voix féminine numérisée monta dans l'habitacle : « Parlez. »

– Appel Paul Lombardier.

Un bip. Un numéro de téléphone s'afficha sur l'écran tactile suivi du nom du correspondant. « Appel en cours », ajouta la voix.

Deux sonneries retentirent, puis une voix rauque, travaillée de longue date au tabac brun, filtra depuis les haut-parleurs.

– Lombardier, j'écoute.

– Paul, c'est Marc Vasseur. Vous avez du nouveau ?

Un souffle profond précéda la réponse de son interlocuteur dans le micro du téléphone.

– Bonjour, non malheureusement. Rien de concret.

– Rien ? Bon sang, ça va faire plus d'un mois que vous n'avancez pas.

La voix rauque se fit plus acérée.

– Ce n'est pas si simple. On cherche l'aiguille dans la meule de foin. L'enquête de voisinage n'a rien donné, ou si peu. Votre fichue copropriété, c'est Fort Knox, mon vieux. Je n'ai pas pu voir la moitié des gens. Tenez, il a fallu que je tombe par hasard sur votre voisine, Melinda Drancy, tout à l'heure dans le centre de Saint-Clair. J'ai enfin pu lui arracher trois mots.

Marc souffla.

– Les propriétaires du Parc aiment leur tranquillité, je le sais bien, mais…

– Écoutez, le principal n'est pas là, le coupa Lombardier. Je vous l'ai déjà dit. Dans les cas de disparitions suspectes, il y a toujours une piste quelconque à exploiter, un bout de fil par lequel on va démêler la pelote. Ici, rien. Personne n'a rien vu ni entendu. Quant à d'éventuelles preuves matérielles, *nada, woualou*.

– Et le SMS ! C'est une preuve, ça !

– Ah ! Vous trouvez ? Nous savons juste qu'il a transité par une antenne-relais Orange située près de Lamotte. C'est à deux heures d'ici, Marc. Deux heures. Un message de rupture de votre femme… Je sais bien que parfois l'évidence est une garce difficile à regarder droit dans les yeux.

Marc sentit, à l'accélération des battements de son cœur, qu'il était prêt à repartir sur le sentier de la guerre.

– Sandra n'est pas partie ! Et quand bien même, c'est moi que cela regarde, articula-t-il. Je vous paye pour la retrouver. Même contre son gré. On… On m'a dit que vous étiez le meilleur dans votre domaine ! Il faut que vous m'aidiez, Paul ! Je me fous de ce que cela coûtera.

– Très bien, ajouta Lombardier après quelques longues secondes.

Et il coupa la communication dans la foulée.

18 h 24

Le Range Rover ne tarda pas à dépasser une imposante stèle de marbre noir ornée d'une plaque sur laquelle de larges lettres ciselées annonçaient : « BELLEVUE PARK, Domaine privé ». Une centaine de mètres plus haut, le véhicule fut reconnu par une caméra à lecture de plaques minéralogiques et une première barrière se leva à son passage. Lorsqu'il arriva à un deuxième point de contrôle, humain celui-ci, incarné par l'un des vigiles de l'équipe de sécurité du Bellevue Park de faction à la guérite de l'entrée principale, Marc ralentit l'allure, baissa la vitre électrique et le salua d'un hochement de tête. La deuxième barrière se leva dans la seconde et autorisa l'accès au véhicule.

À l'intérieur du Parc, même si l'essentiel de la nature avait été préservé, la main de l'homme était clairement identifiable. Des sentiers balisés serpentaient entre les arbres pour conduire aux différentes infrastructures telles que les courts de tennis et de squash, la piscine et son SPA/centre de relaxation ainsi que le gigantesque pool house de la résidence, ouvert nuit et jour. Sur une superficie totale de près de quatre hectares, le Parc comptait douze villas de grand luxe jouissant chacune de suffisamment d'espace pour ne jamais donner l'impression à ses habitants de vivre en cercle fermé.

Le Range Rover s'engagea dans la première contre-allée alors que la silhouette d'une bâtisse moderne commençait à se dessiner à travers les arbres. Une alliance de béton, de bois et de métal, de lignes tendues et de baies vitrées interminables sur deux étages et plus de cinq cents mètres carrés de superficie qui toisa bientôt le véhicule de toute sa splendeur. Marc gara le Range sur le parking, à côté d'une vieille Laguna grise qui semblait avoir été parachutée là depuis un univers parallèle tant elle détonnait dans ce tableau idyllique de réussite sociale.

Il descendit du véhicule et s'accouda à la portière encore ouverte. Les derniers mots de Lombardier restaient fichés comme des échardes dans le derme de sa pensée. « Message de rupture… à deux heures d'ici… l'évidence… » Bien sûr, c'était une hypothèse qu'il avait envisagée, surtout après avoir reçu ce SMS.

Une rupture.

Cela lui paraissait dingue, absurde, car lui et Sandra étaient loin d'avoir des problèmes de couple. Des disputes à droite et à gauche, oui, comme tout le monde. Que celui qui ne s'engueule jamais avec sa femme lève la main, on lui érigera une statue. Mais de là à ce qu'elle le quitte, ça non, il ne s'y attendait pas. Enfin, tous les maris largués ou cocus du monde vous diront la même chose : « Je n'ai rien vu venir. »

Sans ce texto, l'idée de la rupture ou de sa version soft, le fameux *break*, ne lui serait même pas venue à l'esprit. Mais ce soir-là, alors qu'il était ressorti à la recherche de sa femme, pensant à un accident de voiture et envisageant déjà le pire, l'écran de son téléphone avait livré sa vérité. À 00 h 12, un message laconique de Sandra :

J'ai besoin de faire une pause.
Je n'y arrive plus.
Je veux prendre un peu de distance.
Sandra.

Il était rentré à la villa, abattu, sonné, groggy tel un boxeur dans ses cordes. Sa femme le quittait. Quinze ans de vie commune balayés à la vitesse de ses pouces sur son iPhone. Avec un simple texto. Et leur fille ? Qu'en faisait-elle ? Elle l'abandonnait, elle aussi ?

Non, c'était impossible.

Il avait tenté de joindre Sandra dix fois, cent fois.

Répondeur.

Il avait fait le tour des amis, des collègues. En essayant de ne pas laisser filtrer l'angoisse qui lui broyait l'estomac dans le ton de sa voix. Lisa s'était calfeutrée dans sa chambre juste après le repas, il l'avait tranquillisée en feignant se souvenir d'une réunion tardive qui retenait Sandra à l'université où elle enseignait. Il redoutait déjà le moment où il frapperait à sa porte pour lui annoncer que sa mère avait disparu.

Il avait pensé trouver un peu d'aide dans un verre de scotch, avalé cul sec et resservi aussitôt. Les vapeurs d'alcool avaient séché ses yeux le temps qu'il remonte dans l'historique de ses derniers échanges numériques avec sa femme.

Tu passes prendre Lili ? Bisous. S

Tu rentres tard ?

Mr est parti vite ce matin ;)
À ce soir. Bisous. S

Besoin d'un apéro en urgence
ce soir :) S

Marc stp n'oublie pas le pressing.

Pas vraiment le genre de messages de mauvais augure. Il avait laissé la liste défiler sous la pulpe de son pouce et ce n'est qu'au bout de quelques minutes que l'évidence s'était frayé un chemin dans son esprit à travers la douleur et les larmes.

Sandra signait ses messages avec un « S » ou bien ne mettait rien. Alors, pourquoi avoir pris la peine de clore celui-ci avec son prénom ? Pour être bien sûre que son mari sache qu'il provenait d'elle ? C'était ridicule.

Ridicule, oui.

Car lui y avait vu une tout autre explication.

Ce texto, ce n'était pas sa femme qui l'avait écrit.

CHAPITRE 2

18 h 31

– Monsieur Vasseur ? Hé oh ! Monsieur Vasseur !

Marc se retourna. Un homme, en pantalon militaire et bomber anthracite, se dirigeait vers lui d'un pas souple. Sur sa poitrine, un écusson exhibait la mention « Bellevue Park Sécurité » dans un jaune criard, comme une première sommation visuelle.

– Bonjour ! Je vous ai appelé, mais vous n'avez pas entendu.

– Oui, Gregory, j'étais… dans mes pensées, répondit Marc alors que la portière du Range se refermait avec un son mat.

Il saisit la poignée de main virile que le vigile lui présentait.

– Comment allez-vous ?

– On va dire que j'ai connu des jours meilleurs.

Un voile passa sur le visage de Gregory.

– Ah mais quel imbécile je fais ! Il enleva sa casquette et frotta sa tonsure blonde avec énergie, comme un collégien fraudeur pris sur le fait. Désolé Monsieur Vasseur, j'ai appris que ça n'avançait pas pour votre épouse. Vous avez du nouveau ?

– Non.

– J'ai vu l'annonce tourner sur Facebook, c'est… c'est… enfin je ne sais pas quoi vous dire.

– Ce n'est pas grave, Gregory. À bien…

– Oh, mais attendez, je ne vous ai pas dit ! Mon fils a téléchargé une de vos applis sur son portable, une de celles où on parle et ça allume les lumières, la télé et plein d'autres trucs ! J'ai vu le logo de votre entreprise sur l'écran alors j'ai dit à mon fils : « Ça, c'est la société de Monsieur Vasseur ! »

Il rit à gorge déployée, on aurait même pu compter ses bridges.

– Tant mieux. Bon, Gregory, il faut vraiment que j'y aille. Lisa m'attend, reprit Marc en désignant sa maison du pouce par-dessus son épaule.

– Ah Lisa ! Et comment va-t-elle ?

Comme une ado de seize ans dont la mère a disparu, pensa Marc.

– Elle va bien, merci.

– Passez-lui le bonjour, hein ?

– Ça sera fait, Gregory, ça sera fait.

Il frappa dans ses mains comme s'il venait de se souvenir de quelque chose d'important. Gregory baissa le menton, mais continua à le regarder en biais. Il avait compris le message.

– Oh oui, oui allez-y ! Quel idiot ! Et moi qui dois en plus passer à la propriété de Madame Drancy.

Marc ne put refréner un élan de curiosité.

– Quelque chose ne va pas chez Melinda et Philippe ?

– Ah non, c'est juste que Madame Drancy veut que nous fassions quatre tours de ronde par jour devant chez eux. De vous à moi, on se demande bien pourquoi, c'est plutôt tranquille ici. Et top sécurisé ! Regardez, on a même accès aux deux cent cinquante caméras du Parc sur nos iPhone en direct avec l'application de télésurveillance !

Il sortit un smartphone qu'il balada sous le nez de Marc avec un air conquérant.

– Rien ne nous échappe ici. Monsieur Di Stefano a pensé à tout, ajouta-t-il en tapotant la crosse du Taser qu'il portait au ceinturon.

– Je n'en doute pas, souffla Marc.

Il gratifia Gregory d'une tape amicale sur le biceps et tourna les talons. Dans son dos, la voix du vigile monta une dernière fois.

– Monsieur Vasseur, juste une chose ! Vous bossez sur quoi en ce moment ? Quel genre de trucs ?

– Réalité augmentée ! lança Marc à la cantonade en gravissant quatre à quatre l'escalier qui menait à la première terrasse de la maison.

– Oh là là, ça, ça doit être encore un sacré truc, s'extasia le vigile en s'éloignant.

18 h 40

Marc passa sa carte biométrique devant le capteur. La serrure électronique de haute sécurité Wolf Guard émit un léger *bzzz* et l'un des deux vantaux de la porte d'entrée s'ouvrit. Marc se débarrassa de sa veste dans la penderie du vestibule, non sans avoir vérifié une nouvelle fois l'écran de son téléphone. Les notifications s'y empilaient comme des briques de Tetris.

CNews : Affaire Stevens, le mari avoue.
Suivez notre *live*.

CNN : Robert Stevens admitted killing
both wife and lover. Watch @CNN.

Euronews : Regain de tension
en Corée du Nord après un nouveau
tir de missiles. Le Président Trump
a réaffirmé sa totale détermination…

Facebook : John Corvin vous a
identifié dans une photo. Publiez
sur votre journal.

Twitter : @Ten3 vous suit.

Twitter : @anthonydelcourt
a retweeté votre réponse.

Il remit le téléphone dans sa poche de pantalon et gagna le premier salon sur sa droite, d'où provenait une voix bourrue qui couvrait le son de la télévision et de la course hippique qui y était retransmise.

– ’de Dieu, mais c’est pas possible ! Avance bourricot ! Avance !

Reine d’un jour qui tient la tête, suivie de près par Étoile des neiges...

– Papa ?

... alors que Mistigri tente l’intérieur... Reine d’un jour... Mistigri... Reine d’un...

– Papa tu…

Une paume levée cueillit ses mots.

– Attends, Marco…

... Mistigri... Reine d’un jour... Oh là là là làààààà... Reine d’un jou... non, Mistigriiii !

– Allez vas-y, mais vas-y, avance bougre d’âne ! Allez ! Allez ! Al… Et meeeerde !

... et c’est Reine d’un jour qui s’impose devant Mistigri, Étoile des neiges qui a complète...

Clac !

D’une pression du pouce, il coupa la chique au speaker tout en maugréant :

– Foutu tiercé, vingt balles de paumées…

– Vous êtes rentrés plus tôt ? demanda Marc, profitant de l’accalmie.

Robert Vasseur s’extirpa de l’assise profonde du canapé et fit face à son fils. Il lui rendait bien une tête. L’entrée dans sa soixante-dixième année le voyait se tasser un peu plus chaque jour, mais il conservait cette force dans l’allure que possèdent les anciens boxeurs, cette capacité presque animale à s’imposer naturellement. Il avança sa main sur le bras de Marc.

– Écoute, on m'a appelé en début d'après-midi pour que je vienne plus tôt. Il s'est passé quelque chose…

Marc sentit son échine s'électriser jusqu'à la base de sa nuque.

– Quoi ! Au lycée ? Qu'est-ce qui est arrivé ?

Son père passa un index sur sa moustache broussailleuse, comme pour la lisser, son tic lorsqu'il voulait peser ses mots…

– Elle a mis une mandale à une autre fille.

... *sans jamais y parvenir.*

– Quoi ? Elle s'est battue ? Bon sang, mais tu as vu quelqu'un ? Pourquoi personne ne m'a appelé ?

– Attends Marco, attends, calme-toi. Oui j'ai vu un de ses profs et non, personne ne t'a appelé. Lisa a donné mon numéro. Hum, elle… elle a insisté pour qu'on m'appelle moi.

– Mais… c'est grave ?

La main de Robert se plaça sous le nez de son fils, seul le pouce était replié.

– Quatre ?

– Quatre jours d'exclusion.

– Génial…

– Écoute fils, ce n'est pas la fin du monde, et apparemment l'autre l'avait cherché.

– Vas-y, donne-lui raison !

Robert frotta à nouveau sa moustache.

– Pas du tout, mais… c'est compliqué pour elle. Tu le sais bien.

– C’est compliqué pour tout le monde, Papa, dit Marc. Pour moi, pour elle, et surtout pour Sandra dont on n’a plus de nouvelles depuis quoi ? Trois mois ? Trois putains de mois !

Il sentit les sanglots museler sa gorge et son corps vaciller. Poser des mots sur la situation était devenu insoutenable.

– Elle est dans sa chambre ? ajouta-t-il en baissant les yeux.

Robert acquiesça.

Marc posa un pied sur la première marche de l’escalier et s’aida de la rambarde en inox pour monter, le pas lourd, la tête basse et l’esprit accaparé par ce mantra qu’il portait désormais chevillé au plus profond de son être : tenir bon, ne rien lâcher, tenir bon.

Si concentré qu’il ne sentit pas l’iPhone vibrer dans sa poche.

CHAPITRE 3

18 h 51

Devant la porte de la chambre, il hésita. Quand on est dans l'œil du cyclone, comment en sortir ? Sûrement pas en comptant sur l'aide de la personne qui voltige à vos côtés. Alors, comment pourrait-il soutenir sa fille ?

Sandra avait été l'épicentre de leur petit univers. Pour Lisa, elle était de toutes les confidences, exaltait les joies et calmait les peines. Lui n'était qu'un de ces pères subvenant aux besoins matériels. De ceux qu'on croise au café du matin ou bien tard le soir, pour un dernier baiser sur le front avant de s'endormir.

Deux coups de phalanges sur la porte.

– Oui !

La voix de Lisa lui parvint comme provenant d'un monde englouti. Il poussa la porte. Une fraction de seconde, il eut l'impression que c'était la petite fille de huit ans qui était de l'autre côté, celle pour qui le creux de l'épaule paternelle était toujours un refuge suffisant et salvateur. À elle, à Lili, il aurait encore su parler. Mais la personne qui l'attendait n'était plus une enfant. C'était presque une femme.

– Hey, dit-il en entrant.

Deux iris bleus se posèrent sur lui, entourés d'un déluge de boucles blondes. Dieu, ce qu'elle pouvait ressembler à sa mère. Son cœur explosa dans sa poitrine.

– Salut, dit-elle.

Un blanc. Elle embraya.

– Grand-Père t'a parlé, je suppose ?

– En effet. Tu m'expliques ? (Très bonne entame, bravo.)

– Il n'y a rien à expliquer. Cette pétasse n'a eu que ce qu'elle méritait.

– Lisa !

Elle se leva d'un bond, comme si elle était assise sur un ressort.

– Quoi, Lisa ? Elle en a marre, Lisa ! Tu crois quoi ? Que je vais bien ?

– Lili, je sais…

– Ah, tu sais ! Ça, tu sais oui ! Depuis la disparition de Maman, tu continues à te cloîtrer au boulot ou je sais pas où ! Si Grand-Père n'était pas là, je vivrais seule ! Mais putain je suis quoi moi ? Un meuble ?

Il fit deux pas vers elle, pour lui prendre la main, la ramener dans le cercle de ses bras.

– Lâche-moi !

– Lisa, s'il te plaît…

Il lui prit le poignet, elle essaya de se dégager, mais il réussit à l'amener à hauteur de son torse pour lui murmurer :

– Je suis désolé ma puce, si tu savais combien je suis désolé…

– Papa…

Deux larmes roulèrent sur ses joues d'adolescente, tandis que ses défenses cédaient peu à peu, emportées dans ses sanglots.

– Qu'est-ce qu'on va faire Papa ? Où est-elle ? Elle est mor…

– Chuuut… Calme-toi.

Il lui caressa les joues pour essuyer les fines coulées de maquillage qui s'évanouissaient dans les pleurs. Puis il lui releva le menton de l'index et plongea son regard dans le sien.

– Je vais la retrouver, ma chérie. Je te jure sur ma vie que je vais la retrouver.

– Tu… Tu crois ?

– J'en suis sûr, mentit-il.

Alors elle s'abandonna encore un peu plus dans leur étreinte. Parce que dans les bras de son père, une fille a toujours un peu huit ans.

– Écoute, je vais commander quelque chose à manger. Il est déjà dix-huit heures passées.

– C'est bien quand tu es là, tu sais.

Il lui sourit.

– Grand-Père reste ?

– Oh lui, tant qu'il y a du sport sur le câble…

– Arrête, dit-elle en le poussant d'une bourrade du coude.

Mais il avait au moins réussi à lui arracher une esquisse de sourire.

– Je descends. On reparlera tout à l'heure. Essaye de te reposer un peu, d'accord ?

Il déposa un baiser sur son front puis se dirigea vers la porte. Avant qu'il ait quitté la pièce, la voix de sa fille le rattrapa.

– Elle a dit que c'était une salope.

Marc se figea net.

– Qui ?

– La pétasse. Elle a vu ta campagne sur les réseaux sociaux pour retrouver Maman. Alors elle est venue avec deux autres filles pour me dire que c'était normal, que les salopes finissaient toujours par quitter leur famille pour aller baiser ailleurs. Et que même tout le pognon de mon père ne suffirait pas à la ramener. Ses copines ricanaient dans son dos.

La mâchoire de Marc se contracta.

– Alors je l'ai frappée. Grand-Père m'a appris à faire comme quand il boxait. Il faut que tu aies l'impression de traverser ta cible avec ton coup, tu vois, comme ça (elle mima le geste avec son bras). Mais j'ai laissé ma main à plat. Parce que le poing serré, j'aurais pu lui éclater le nez. Remarque…

– Bon… On en reparlera. Descends dans une demi-heure.

19 h 03

Dans la cuisine, Robert Vasseur s'affairait à préparer un semblant de repas. Deux boîtes de thon et de maïs se battaient en duel devant sa mine dépitée.

– 'de Dieu, mais tu bouffes jamais chez toi ! lança-t-il à Marc qui venait de passer le seuil. T'as un frigo plus grand que ma salle de bains et rien à l'intérieur.

– Laisse tomber, je vais appeler l'accueil du Parc, on va se faire livrer quelque chose.

– Ah, oui j'oubliais, le « Parc », dit-il en levant les yeux au ciel.

– Arrête, tu veux ?

– J'ai rien dit.

– Tu parles. Et arrête aussi de former ma fille au combat de rue tant qu'on y est.

– Le jour où elle se fera ennuyer par un lascar, je préfère la savoir capable de lui en coller une en plein dans les rouleaux pour se défendre.

Marc hocha la tête. Il connaissait suffisamment son père pour ne pas vouloir s'aventurer dans une discussion stérile sur les bienfaits de la self-défense. Non, il valait mieux parer à d'autres nécessités, comme commander le repas du soir. Il sortit l'iPhone de sa poche et posa son pouce sur le lecteur d'empreinte pour déverrouiller l'écran.

– Ah oui, j'ai vu Gilles Bossec aujourd'hui, dit Robert.

Marc posa l'iPhone sur le plan de travail.

– Le fils Bossec ? Le gendarme ?

– Lui-même. Tu sais que je chasse avec son père ?

– Que t'a-t-il dit ?

– Des conneries. Il pense que ta dernière idée est une folie. Offrir cinquante mille euros à toute personne qui te permettra de retrouver Sandra. Tu vas te récolter tous les mange-merde du coin.

– C'est déjà fait, souffla Marc. L'article est paru dans *Le Matin* il y a deux jours. Depuis nous n'avons que des appels farfelus. C'est Lombardier et son équipe qui gèrent la hotline.

– Ton privé à mille balles de l'heure ? Il doit bénir le jour où il t'a rencontré, celui-là.

Marc s'appuya des deux mains sur le plan de granit et leva vers son père un regard si désemparé que celui-ci sentit son estomac se serrer.

– Qu'est-ce que tu voulais que je fasse ? Hein ? Dis-moi ? Les gendarmes ont rappliqué quarante-huit heures après la disparition, leur soi-disant putain de délai administratif pour considérer qu'une disparition d'adulte est inquiétante. Et vu que j'ai été assez con pour leur parler du SMS, ils pensent juste qu'elle s'est barrée au soleil avec un autre. Ils ont enquêté pour la forme, ils n'ont même pas dû bouger leur cul de la caserne.

– Je sais, fils.

– Merde, je pensais que mon explication les convaincrait, dit Marc en serrant le poing. Putain

Papa, ce n'est pas elle qui a écrit ce texto. CE N'EST PAS ELLE !

– Marco…

– Papa, tu me crois ? Ou tu penses que je suis fou ? Hein ?

– Non, écoute…

Ding !

Marc lorgna l'iPhone puis le déverrouilla en le laissant posé sur l'îlot. L'écran d'accueil n'affichait qu'une seule notification.

Twitter : @Ten3 a répondu à un de vos tweets.

Il balaya l'écran du pouce pour afficher le message.

– Qu'est-ce que c'est que ça ?

CHAPITRE 4

19 h 08

– Qu'est-ce qu'il y a, Marco ?

Robert contourna l'îlot et glissa un regard par-dessus l'épaule de son fils.

– C'est un… tweet bizarre.

– Un touic ? C'est quoi ça encore ?

Marc lança un œil amusé à son père.

– Un tweet Papa, un message si tu préfères.

– Ah, oui, en français je préfère. Et ça dit quoi ?

– Rien. La personne n'écrit rien, ou presque. Regarde.

Il posa le téléphone sur le plan de granit et caressa l'écran du pouce pour centrer la page. Une photo de Marc à son bureau, très pro, se trouvait dans le coin supérieur gauche, à côté de son adresse @MarcVasseur. Robert lut le texte qui suivait à haute voix : « Sandra Vasseur, 39 ans, disparue le 14 août à 19 h à Saint-Clair, Bellevue. Conduit une BMW beige Série 1. Forte récompense pour toute info. » Un portrait de Sandra fermait le message. Le compteur indiquait 8 567 retweets et 3 453 likes depuis la création de l'annonce, le 17 août à 16 h 47.

Le tweet le plus récent venait de @Ten3, une jeune femme comme le laissait voir sa photo de profil. Mais en guise de réponse, il n'y avait que la répétition de son pseudo : « Ten3 ».

– Ça veut dire quoi ?

– J'en sais rien.

– Ouais, encore un taré qui veut rire du malheur des autres, dit Robert en lorgnant le bas de l'écran. Regarde-moi ceux-là bordel !

De l'index, il fit défiler quelques-uns des autres messages qui s'enchaînaient.

@StickyFingers66 : Ta meuf
s'est barrée, mec !

@PatrickVincent : Où en est la police ?

@evy_du_75 : Votre femme est parti.
C'ait pas votre argent ki la ramènerat.

@patrick_wesner : Je retweete,
Marc. Courage.

@uuultrasFCSTClair : Allez le FC
ST Clair !!!

@zzzz888 : Je l'ai vue à 4 pattes
dans un fourré, cette pute !

Robert posa le regard sur le visage de son fils.

– Et tu vas me dire que la société n'est pas malade ?

– Qu'est-ce qui te gêne ? Il y a des cons partout, je ne fais même plus attention à eux. J'espère juste que dans le flot de messages, il y aura une piste pour retrouver Sandra.

L'allusion de Lombardier lui revint en mémoire : « On cherche l'aiguille dans la meule. » C'était tout à fait ça.

Robert agita l'index sous le nez de son fils.

– C'est là que tu te trompes, Marco. Faire croire aux gens qu'ils peuvent avoir un avis sur tout, c'est débile. De mon temps, quand on n'avait rien à dire, eh bien on fermait sa gueule.

– De ton temps… soupira Marc tout en continuant à naviguer dans les messages. Il revint sur celui de @Ten3 et appuya sur la photo pour entrer dans le profil.

– Oui, de mon temps ! Ça fait vieux con, hein ? Mais on se comportait peut-être un peu plus normalement.

– Qu'est-ce que tu veux dire ? continua Marc pour la forme. Mais il était désormais focalisé sur ce qui venait de s'afficher sur son écran.

Rien.

Aucun historique de tweet, aucun like, personne ne suivait l'activité de @Ten3, son seul abonnement était pour @MarcVasseur. Ce compte venait d'être créé. Créé pour poster ce message énigmatique. Marc ferma les yeux et se massa les paupières avec le pouce et l'index. Pourquoi s'attarder là-dessus ?

Son esprit avait-il tant besoin que ça d'ouvrir une soupape de dépressurisation ?

– À l'époque, continua Robert sur sa lancée, on se saluait encore dans la rue ou dans le bus, on aidait la petite vieille à porter ses courses, on discutait avec l'épicier du coin… On n'avait pas besoin de joindre les gens du bout du monde. Ceux de notre quotidien nous suffisaient.

Marc revint dans la conversation malgré lui. Il connaissait tous ces discours aux relents passéistes par cœur et ils ne manquaient jamais de lui hérisser le poil.

– Rien ne t'empêche aujourd'hui de tailler une bavette avec ton épicier ou ton coiffeur, Papa ! Les gens continuent à se parler, tu sais.

– Vous passez plus de temps à vous planquer derrière vos gadgets ou bien à vous protéger du monde réel. La preuve…

Il fit un mouvement de la main pour désigner tout ce qui l'entourait. Marc cilla.

– Quoi ? Comme ici, tu veux dire ? Comme dans le Parc ?

Robert caressa sa moustache et son regard se déroba quelques secondes.

– C'est que…

– Eh bien vas-y, dis-moi.

– C'est juste que… Ce n'est pas vous, tout ça, Marco.

– Quoi, tout ça ?

– Ce luxe tape-à-l'œil, cette sécurité. Merde, on peut pas sortir faire un tour sans croiser des vigiles. Mais y a qui ici ? Sarkozy ? Et y a combien de caméras ? Je suis sûr qu'ils en ont même greffé au cul des écureuils.

– Les maisons comme la nôtre attirent les braqueurs. Et eux ne reculent devant rien. Alors on se protège.

– Mais votre ancienne baraque était tout aussi belle et grande ! Et la gamine pouvait aller à son ancien collège en bus, avec ses copines. Et Sandra…

Il se mordit la langue. Deux rides plus prononcées sillonnèrent le front de Marc.

– Quoi, Sandra ? Quoi ?

Robert se gratta la moustache et souffla.

– Tu le sais bien, fils. Ta Sandra, c'est une fille simple. Elle n'a pas besoin de tout ça. De tout ce tralala, de ces voisins qu'on voit jamais, toujours cloîtrés chez eux. Et je te parle pas de l'autre, là-haut !

– Qui ? Di Stefano ?

– Oui voilà, lui, là. Avec son manoir face au lac. Un lac, Marco ! Un faux lac dans un lotissement ! Non, mais tu te rends compte ! Et dix rues plus bas les gens crèvent la dalle. Si ta mère voyait ça, nom de Dieu…

– Papa, arrête.

Robert s'approcha de lui et posa la main sur son épaule.

– Fils, ce que je veux te dire… Ne passe pas à côté des vraies choses. Ça file vite, tu sais.

Marc baissa les yeux, leurs regards se croisèrent.

– Tu… Tu penses que Sandra est partie, c'est ça ?

– Non, dit Robert sans hésiter.

Marc releva la tête.

– Ta mère m'a dit un jour en parlant d'elle : il l'a trouvée, Robert. Et elle aussi. Moi je suis qu'un vieux con de mécano, c'était elle, la tête, dans le couple. Mais je pense comme elle. Ta Sandra, elle ne serait pas partie comme ça.

– C'est pire alors, dit Marc en s'essuyant les yeux.

Il fit un pas de côté et frôla l'épaule de son père. Robert resta interdit quelques secondes puis avança jusqu'à la baie vitrée. Dans le jardin, les halos dessinés par les éclairages d'ambiance commençaient à trancher avec l'obscurité naissante.

Marc reprit l'iPhone et regarda de nouveau le profil de @Ten3. Il appuya sur la photo pour l'agrandir. C'était une jolie brunette, la vingtaine, pas plus. Elle était sur une route et la ville se dessinait en fond. Est-ce qu'il la connaissait ? Une amie de Lisa ? Il zooma un peu plus en écartant le pouce et l'index. On lui devinait quelques taches de rousseur et elle portait un pendentif…

– Nom de Dieu ! cria-t-il.

Robert fit volte-face.

– Quoi ?

Prostré sur l'îlot, celui-ci pinçait l'écran de l'iPhone alors que le grossissement était au maximum en répétant :

– C'est pas vrai, putain c'est pas vrai…

– Quoi ? répéta Robert en arrivant à sa hauteur, la voix étouffée par une soudaine montée d'angoisse.

Marc tourna le téléphone vers lui. Un pendentif pixellisé occupait tout l'écran.

– C'est le sien ! Papa ! C'est le médaillon de Sandra !

CHAPITRE 5

Il regarda à travers le carreau de la fenêtre. Il aimait ce moment de la soirée où, entre chien et loup, les ombres se mêlent et se confondent. Les effluves de son repas du soir commençaient à emplir tout le rez-de-chaussée de sa petite maison de ville. Sa main battait la cadence de la musique sur sa cuisse.

Lorsqu'il s'était levé ce matin-là, il avait ressenti tout de suite la saveur particulière qu'aurait cette journée. Peut-être à la manière dont le soleil habillait les murs de sa chambre. Ou bien à cette douceur inhabituelle qui flottait dans l'air lorsqu'il était sorti ramasser son journal.

Il avait hésité de longues minutes devant sa penderie, faisant courir ses doigts sur les différentes étoffes de ses complets. Il avait opté pour un trois-pièces à la teinte vanille qui se mariait bien avec ses Berluti et dont il avait déjà perçu, dans les jeux de regards du sexe opposé, combien elle savait le mettre en valeur.

Dans la cuisine, il avait mis l'eau à bouillir puis l'avait versée dans la théière, sur les feuilles déjà lavées. Il avait enclenché le chronomètre de sa Seiko. Une minute. L'art du thé ne supportait que peu d'approximation, aussi n'en buvait-il que chez lui. Pour le thé comme pour beaucoup de choses, on n'était jamais mieux servi que par soi-même. Il avait épluché les dernières nouvelles du monde d'un œil précis, ne s'attardant pas sur les généralités mais sondant plutôt les reliefs, les contours. Un président fraîchement élu aux États-Unis, cela ne prêtait guère à l'enthousiasme. Oui, mais un président amateur de jazz, voilà qui avait plus d'allure.

En début d'après-midi, la rue l'avait ramené à l'insouciance de sa jeunesse. Celle qui vous autorisait à ne vous laisser guider que par le rythme de votre foulée et le bruit de vos pas. Libre. Sans attache. Un vaisseau vers l'horizon.

Il s'était arrêté dans une épicerie fine, avait acheté un sachet de riz arborio, un bon morceau de parmesan, des champignons frais et une bouteille de blanc demi-sec que l'épicier, très affable, lui avait conseillés entre deux courbettes qu'il réservait aux habitués de son petit commerce.

En rentrant, il avait aperçu Madame Simonet, sa voisine octogénaire, qui traînait un sac de courses bien trop lourd pour son arthrose. En deux enjambées, il avait traversé la rue, son costume crème flottant au-dessus de l'asphalte, pour le lui prendre des mains. Elle avait minaudé.

– Courtoisie élémentaire chère Madame. Je vous en prie.

Il l'avait porté jusque dans sa cuisine. Elle avait fouillé dans un petit porte-monnaie au cuir craquelé pour en sortir deux pièces.

– Vous êtes tellement serviable mon petit, avait-elle dit.

Il avait refusé, bien sûr.

De retour chez lui, il avait passé des mocassins, plus adaptés à son parquet, le fer des semelles des Berluti ayant tendance à marquer. Du grand bahut qui occupait une partie de son salon, il avait sorti un carton riche d'une grande collection de disques vinyle. Nul besoin de les éparpiller sur le sol, celui qu'il cherchait était le sixième en partant du haut, classement alphabétique oblige.

Il avait placé avec soin le vinyle sur la platine et soufflé dessus pour faire voler les quelques grains de poussière qui s'y accrochaient toujours. Il avait tourné le bouton, posé la tête de lecture diamantée et la magie avait commencé. Les premières notes de So What *étaient montées dans la pièce. Piano, contrebasse, batterie, tout s'était mis en place de façon naturelle. On visualisait presque les musiciens entrer en scène. La rythmique était comme susurrée, mais devenait vite si présente que les pieds ne pouvaient s'empêcher de battre la mesure et les doigts de claquer. Le jazz modal, la quintessence d'une architecture musicale définie, millimétrée, sublimée par l'improvisation et l'invention constante des musiciens. Voilà ce vers quoi il avait toujours voulu tendre, dans chaque aspect de sa vie. Une sorte de liberté totale, pensée et structurée.*

Désormais la soirée était installée, adieu la magnifique journée. Il prépara le risotto, le mangea sur la table de la cuisine, accompagné du vin, délicieux. Puis il se leva pour faire la vaisselle. Il lui restait un peu de riz qu'il mit dans une assiette à part. Il lava et sécha les plats et les couverts avant de les ranger chacun dans leur tiroir respectif.

L'assiette en main, il gagna le vestibule. Il prit la clé suspendue au clou face à lui, et ouvrit une porte de service qui donnait sur un escalier. Une ampoule de chantier, placée en hauteur, apporta une lumière diffuse, mais suffisante. Il descendit. Les marches plièrent légèrement sous son poids, le bois grinça. Les lignes de contrebasse de Paul Chambers s'estompèrent peu à peu, jusqu'à ne plus être qu'un battement sourd dans ses tempes.

Au sous-sol, il enclencha un autre interrupteur qui libéra cette fois-ci un éclairage plus puissant, alimenté par trois néons. Il longea le grand établi sur sa gauche. Les outils principaux étaient tous disposés en ligne, rangés selon leur utilité et leur taille, marteaux, scies, tenailles, pinces coupantes et autres, tous retenus au mur par des tiges de métal fichées dans le béton. Ils étincelaient sous la lumière artificielle.

Deux portes en acier répondaient visuellement à l'établi à l'extrémité de la pièce. Elles étaient équipées de deux solides verrous et de cadenas à codes pour en condamner l'ouverture par l'extérieur. Mais une seule était verrouillée. Il se dirigea vers elle. De sa main libre, il fit rouler les molettes pour saisir la combinaison, enleva le cadenas et tira le verrou.

Il ouvrit la porte.

– Tiens, dit-il en posant l'assiette à même le sol.

Prostrée sur le carrelage, ce n'était plus qu'une masse de chair informe, un pantin dont on avait coupé les fils. Elle frémit, recroquevilla l'une de ses jambes. La chaîne qui l'entravait aux pieds grinça sur le carrelage comme une craie sur un tableau noir. D'une main, elle essaya de se redresser. Et de l'autre, de couvrir son intimité dans un réflexe purement féminin. Ou tout simplement humain. Son corps violacé, meurtri, sali par les semaines sans hygiène purgeait ses dernières ressources.

Il avança pour prendre le seau rempli d'urine et d'excréments et, le temps de quelques secondes, emporta un peu de l'odeur pestilentielle à l'extérieur. Il le vida dans un regard d'eaux usées à proximité et le rinça ensuite au robinet attenant. Il la laissa sans surveillance, ne la regarda même pas. Les premiers temps, il se méfiait encore, mais plus maintenant. Il revint pour remettre le seau à sa place.

Elle eut la force de lever les yeux vers son geôlier et de le fixer. Lors de ses premières semaines de captivité, ces pupilles-là s'exprimaient encore. « Pourquoi moi ? », « J'ai une famille », « Qu'ai-je fait ? », pouvait-on y lire.

Mais plus maintenant.

Non, désormais, on ne devinait même plus quelle couleur avaient un jour reflétée ces yeux. Aujourd'hui, ils étaient juste éteints, sombres.

Noirs comme le charbon de l'enfer.

– C'est bientôt fini, lui dit-il.

Et il referma la porte.

CHAPITRE 6

19 h 14

– ’de Dieu, tu en es sûr ?

Robert semblait aussi désemparé que son fils devant l’écran du téléphone. Il le détailla encore quelques secondes avant d’ajouter :

– C’est juste un médaillon.

– C’est le même Papa, le même, dit Marc, la voix vacillante. Regarde, avec cette pierre au centre, une améthyste, et le contour en argent, marqueté avec une petite frise. C’est lui, j’en… j’en suis sûr.

– La photo n’est pas bien grande, bougonna Robert.

Marc se redressa comme s’il venait de prendre le courant.

– Tu as raison ! Viens !

Il sortit de la cuisine et s’enfonça dans le salon à la décoration épurée, son père sur les talons. Ils longèrent la bibliothèque d’inspiration scandinave qui courait sur toute la longueur du mur principal pour arriver dans un petit vestibule qui desservait une deuxième pièce de dimensions quasi identiques.

Une succession de photographies en noir et blanc de Sandra et Lisa était exposée au mur dans de larges encadrements en caisse américaine. Marc détourna le regard. Il connaissait ces clichés par cœur. Il se souvenait de cette belle journée passée en famille et ponctuée par une séance photo improvisée chez un photographe de Saint-Clair dont la vitrine leur avait fait de l'œil. Il se souvenait de Lisa, des traits de son visage qui dessinaient déjà avec harmonie l'adolescente et la jeune femme qu'elle allait devenir, de sa joie à l'idée d'immortaliser sur papier glacé un instant avec sa mère. Il se souvenait des rires enchevêtrés de sa femme et de sa fille lorsque le photographe leur demandait de garder une pose qu'elles ne réussirent jamais à tenir. Il se souvenait de sa réaction face aux clichés numériques présentés en fin de séance, « Laquelle souhaitez-vous Monsieur ? », « Je les prends toutes, en encadrement s'il vous plaît ». Il se souvenait oui, mais chaque souvenir était désormais comme une lame de couteau enfoncée entre ses côtes.

Ils contournèrent un billard américain aux lignes fluides et laquées pour arriver face à un bureau en verre fumé, monté sur une ossature métallique. Il exhibait fièrement trois écrans led 27 pouces incurvés, disposés en arc de cercle. Marc prit place face à eux.

– Allumé !

Les trois écrans s'éveillèrent instantanément au son de sa voix et Robert remarqua un léger ronronnement filtrant de sous le bureau.

Marc se connecta à son compte Twitter. Ses doigts filaient sur le trackpad, mais tremblaient légèrement. Il retrouva le message de @Ten3 ainsi que la photo de profil. Trois secondes plus tard, il l'enregistrait d'un clic droit sur le bureau avant de l'ouvrir et de zoomer sur le médaillon. Mais au-delà d'un certain grossissement, on ne distinguait plus à l'écran qu'une succession de carrés collés les uns aux autres dans différentes nuances de gris et de noir.

– Merde.

– Ça ne marche pas ? demanda Robert.

– Tu vois bien. La qualité de la photo est merdique, sûrement Twitter qui l'a *downgradée* en qualité. Pour voir la fille et le paysage ça va. Mais un zoom fois dix sur le bijou, pas possible.

– Ah…

– Attends j'ai un logiciel qui permet de repixelliser. Ça ne va pas faire des miracles, mais on devrait s'en sortir.

– Bon…

D'un geste sur le trackpad, il envoya la photo sur l'écran de gauche et bascula dans le gestionnaire d'applications. Il balaya encore la dalle grise sous ses doigts et cliqua sur l'une des nombreuses icônes qui meublaient l'écran. Le logiciel se lança, Marc remonta dans l'arborescence pour trouver la photo et l'ouvrir une nouvelle fois.

– OK, elle est en 640 x 480, on va essayer de pousser un peu ça.

Une petite jauge au-dessous de la photo indiquait la définition, et le curseur était en effet placé dans le premier quart. Marc cliqua dessus et le fit glisser. Il augmenta jusqu'à la définition 1 600 x 1 200.

Voilà, ça ira bien comme ça.

Il enclencha le processus. Une autre jauge apparut, surmontée d'une icône de sablier tournant, indiquant le pourcentage restant à accomplir.

3 %.

– Tu penses que ça va marcher ? demanda Robert pour la forme.

– Ce logiciel recrée artificiellement des pixels autour de ceux déjà existants. On n'aura pas la qualité photo pour un tirage, mais j'espère qu'elle sera suffisante pour vérifier quelque chose.

18 %.

– Quoi ?

– Le médaillon de Sandra, si c'est bien le sien, a une imperfection. Le liseré décoratif est légèrement écorné à un endroit. Une trace de coup, si tu préfères. Je lui avais proposé de le faire retoucher par un bijoutier il y a des années de ça. Elle tenait… (il se mordit la lèvre), elle tient tellement à ce bijou, je pensais lui faire plaisir.

34 %.

– Que t'a-t-elle dit ?

– Qu'il était très bien comme ça et qu'elle souhaitait le garder tel quel.

Robert sourit.

– Ça ne m'étonne pas d'elle. Une fille simple, je t'ai dit.

Marc fit tourner son fauteuil et leva le regard vers son père.

– Écoute, je voulais te dire…

47 %.

– Oui ?

– Merci.

– De quoi ?

– D'être là.

Le visage de Robert imprima un léger mouvement de recul.

– Euh… de quoi tu parles ? Bien sûr que je suis encore là ! La bête est vieille, mais pas encore crevée !

– Tu sais très bien ce que je veux dire. C'est toi qui gères tout ici depuis bientôt trois mois. Je sais que je ne suis pas à la hauteur. Pour Lisa je veux dire. Heureusement que tu es là.

62 %.

– Fils, tu plaisantes ? J'en connais plus d'un dans ton cas qui serait déjà au fond d'un trou en train de biberonner une bouteille d'antigel. Tu n'as pas à avoir honte de quoi que ce soit.

– Je me sens tellement impuissant, dit Marc en levant des yeux brillants au plafond.

Le ton de voix de Robert se fit plus incisif.

– T’as pris un sacré crochet, ça, c’est sûr. Un de ceux qui te mettent knock-out direct. Bang ! Pleine tête !

Il frappa le poing dans sa paume ouverte.

Marc acquiesça. Son père s’avança et lui posa une main dans le dos.

79 %.

– Mais toi, tu es resté debout, Marco. Tu es encore là et tu te bats. La preuve, c’est que nous avons cette conversation. Et que nous sommes en train de faire je sais pas quoi sur cette photo. Tu te bats encore, fils. Tu n’es pas au tapis.

Marc posa les coudes sur le bureau et se prit la tête dans les mains. Robert entendit sa voix monter du plus profond de sa cage thoracique.

– J’ai… J’ai peur, Papa. Putain j’ai si peur…

Il lui tapota le dos.

– Peur de ce qu’on va trouver, de ce qui lui est arrivé…

– Je sais fils, je sais.

92 %.

Il avait soufflé ces derniers mots comme on se libère de la pire des confessions.

– Et de dire à Lisa qu’il n’y a plus d’espoir. Que c’est… fini.

Ding !

100 %.

Dans un réflexe pavlovien, leurs pupilles se braquèrent sur l’écran principal. Marc remit la main sur le trackpad. Une fenêtre demandait si l’on souhaitait afficher le résultat. Il souffla et cliqua sur « oui ».

La photo apparut. Marc zooma à nouveau sur le médaillon. Ils tendirent le cou au fur et à mesure que le grossissement s'opérait. Le reflet de leurs deux visages occupa peu à peu tout l'écran, se confondant avec l'image du médaillon, désormais beaucoup moins grossière.

Marc porta la main à ses lèvres.

– 'de Dieu, lâcha Robert.

CHAPITRE 7

19 h 24

Sertie entre quatre griffes, l'améthyste composait l'essentiel du médaillon. La résolution était désormais assez bonne et l'on arrivait même à discerner les facettes polies et scintillantes de la pierre. Le liseré argenté tout autour amenait un raffinement supplémentaire au bijou.

Père et fils fixaient de concert la partie inférieure du pendentif. Le doute n'était plus permis.

– Là, ajouta Marc en posant la pulpe de son index sur l'écran, juste au-dessous de la trace irrégulière qui semblait rogner la frise.

Un silence pesant tomba sur leurs épaules. Dehors, le vent hurlait entre les arbres. Les branches des sapins s'agitaient comme des poupées de chiffon dans un théâtre de guignol. Quelques gouttes de pluie commencèrent à lécher la grande baie vitrée.

Marc martela l'évidence d'une voix grave, presque solennelle.

– C’est le sien.

Robert fit quelques pas à travers la pièce en soufflant, se massa la nuque d’une main, avant de revenir.

– Bon. On fait quoi maintenant ?

Marc donna la seule réponse qui lui semblait avoir un peu de bon sens.

– Il faut savoir d’où vient cette photo. Et qui est la personne derrière ce pseudo.

– OK. Et comment ?

Il leva les yeux vers son père.

– On va le lui demander.

La photographie sauta d’un écran à un autre et il revint à la page du compte twitter de @Ten3. En un clic, la mention « suivre » se changea en « abonné ».

– OK, allons-y, dit-il entre ses dents. Il cliqua sur l’icône d’envoi de message et tapa quelques mots.

Qui êtes-vous ?

Envoi.

Il patienta, l’œil rivé sur la petite bulle bleue qui venait de se former à l’écran. Il la fixait avec insistance, comme s’il détenait un quelconque pouvoir de faire surgir une réponse par la seule force de sa volonté. Robert se racla la gorge dans son dos.

Rien.

Marc fit craquer ses doigts. Il ne devait pas hésiter, ne devait pas s’en remettre à une quelconque inspiration, il fallait faire simple.

Et direct.

Connaissez-vous Sandra Vasseur ?

Envoi.

La pression s'accentua dans sa boîte crânienne. Un étau d'acier se resserrait un peu plus sur ses tempes à chaque touche de clavier enfoncée.

Il essuya ses paumes moites sur son pantalon et reposa ses poignets sur le bord du bureau, les mains en suspension, prêtes à reprendre du service.

– Elle est peut-être partie, pensa Robert à haute voix.

Les doigts de Marc se remirent à courir sur le clavier.

Où avez-vous eu ce pendentif ?

Envoi.

Soudain l'écran se figea. Il ne comprit pas tout de suite, jusqu'à ce que la mention « Compte fermé par son utilisateur » s'affiche en surbrillance et s'imprègne sur sa rétine.

– Non…

Chaque fibre musculaire de son corps reçut la même information, se contracta, prête à rompre. Ses doigts se refermèrent sur le clavier, telles des serres.

– Putain de merde !

Il abattit un poing rageur sur le clavier qui claqua sur le plateau de verre. Deux touches se cassèrent et les trois écrans vacillèrent sur leur socle.

– Marco ! Calme-toi !

– Putain tu comprends pas ? C'est fini ! Elle a supprimé son compte ! Fini ! On ne saura jamais qui était derrière ce pseudo. Merde ! Merde !

– Il y a bien une autre solution, non ? Tu trouves toujours une solution !

D'un mouvement, Marc bondit du fauteuil qui tourna comme une girouette.

– Ah ! Une solution ! Eh bien attends, voyons, oui, on pourrait contacter Twitter aux USA et leur demander de violer quatre ou cinq lois fédérales américaines pour nous filer l'adresse IP de @Ten3. Tiens c'est pas mal ça. Hein ? File-moi le numéro de Trump que je l'appelle.

Il se mit à faire les cent pas, les deux mains prises dans sa chevelure. Robert le regardait, hésitant entre l'envie de le tempérer et la peur de lui faire perdre ses nerfs de façon définitive.

Un éclair électrifia le ciel et la clarté subite qui nimba la pièce les figea dans leur détresse. Marc posa ses mains contre la vitre et rentra la tête dans les épaules, le regard braqué sur le sol.

– Marco…

– Ça va, ça va.

– Hé, mais vous faites quoi à crier comme des tarés ! Et quand est-ce qu'on mange ?

Ils tournèrent la tête. Lisa, dans l'encadrement de la porte, tapotait de l'index le cadran fluo de sa Swatch.

– Vous vous disputez ? C'est quoi ce délire ?

– Mais non, ma puce, dit Marc, on…

Mais elle n'écoutait déjà plus. Alors qu'elle les rejoignait, son regard fut happé par la photo affichée par le premier écran.

– Mais… Mais c'est le médaillon de Maman !

Elle se tourna vers son père.

– C'est quoi cette photo ? Qu'est-ce que vous avez trouvé ? Dis-moi !

– On a… Enfin j'ai été contacté sur Twitter par quelqu'un.

– Quoi ? Qui c'est ? Il a des infos sur Maman ?

– On n'en sait rien. On connaît juste son pseudo, @Ten3, et cette photo sur laquelle on pense reconnaître le…

– Mais c'est lui ! Tu vois bien ! C'est lui !

Elle s'assit sur le fauteuil à côté de Marc et posa son nez à dix centimètres de l'écran.

– Papa, j'en suis sûre ! dit-elle en se retournant vers eux, les yeux brillants.

Robert et Marc échangèrent un regard. Lisa posa la main sur le trackpad et dézooma l'image. La jeune fille apparut en premier plan de la photographie.

– Mince, qui ça peut bien être ?

Un Marc abattu se traîna dans son dos.

– Écoute, ma puce…

– Tu la connais ? demanda Robert en passant devant son fils. Lisa, tu connais cette fille ?

Deux yeux bleu azur fixèrent le visage de Robert et s'agrandirent à mesure que l'étonnement les gagnait.

– Bah voyons, Grand-Père, bien sûr que non, dit-elle en souriant.

– Pourquoi « bien sûr que non » ? fit Marc.

Elle les dévisagea comme s'ils venaient de lui demander de réciter un cantique en allemand.

– Mais, regardez la photo, quoi. La fille qui s'habille comme ça aujourd'hui, soit elle sort d'un épisode de *Walking Dead*, soit elle a vraiment envie de passer son année au bahut à se faire pourrir.

Deux générations de regards passèrent au-dessus de son épaule, s'attardèrent sur l'écran, puis revinrent sur le visage de l'adolescente, encore plus perplexes. Lisa les gratifia d'une moue interrogative puis leva les yeux au ciel.

– Oh, mais vous rigolez ou quoi ? Regardez la photo, chemise à carreaux façon trappeur canadien des 90's et en dessous, je vous le donne en mille, un T-shirt Nirvana ! Le groupe du mec qui s'est flingué, là. Plus ringue tu meurs. Et cette coupe de cheveux, c'est quoi ? En mode « je boycotte mon coiffeur » ?

Marc songea bien l'espace d'une seconde à reprendre sa fille sur les termes « ringue » ou « flingué », mais l'envie lui passa comme elle était venue. Non, désormais, seule comptait cette brune aux yeux noirs et aux pommettes saupoudrées de fines taches de rousseur.

Cette fille qui portait peut-être le mystère de la disparition de sa femme autour du cou.

Et qui, il en convenait maintenant, n'avait pas vraiment l'air d'être née dans les années 2000.

CHAPITRE 8

20 h 27

Lisa s'aida des baguettes pour glisser une demi-douzaine de makis ainsi que trois tempuras de crevettes dans son assiette. Puis elle noya le tout de sauce soja sucrée. Ils avaient passé commande au service traiteur à domicile du Parc. Marc avait cédé aux yeux suppliants de sa fille et avait pris un plateau de sushis pour quatre ainsi qu'un assortiment de desserts. Robert souhaitait un jambon-beurre et une Heineken, on lui avait donc choisi ce qui s'en rapprochait le plus sur la carte, à savoir un « Club speck italien, provolone piquant et sauce balsamique montée au beurre accompagné de ses légumes croquants et de sa roquette poivrée » ainsi qu'une bouteille de Crown Lager Gold. Le tout était arrivé dans le quart d'heure.

Ils mangèrent en silence, attablés autour de l'îlot de la cuisine. Lisa occupait ses mains entre ses baguettes et son iPhone, Robert grognait de plaisir à chaque bouchée.

– Ça vaut pas les casse-dalle de la brasserie du père Giraud, mais c'est quand même pas dégueu. Et… (il porta le goulot de la bière à ses lèvres) tu devrais goûter cette bière, nom d'un chien !

– Je connais la Lager, Papa.

– 'de Dieu, elle est excellente, ça vient d'où ça ?

– Di Stefano les fait importer d'Australie.

– Doit pas être donné.

Il fit rouler une autre gorgée dans sa bouche.

Marc déposa son assiette vide dans l'évier. Il avait peu mangé, il n'avait pas faim. Dans les méandres de ses pensées, seule l'image de cette jeune femme naviguait. Qui était-elle ? Pourquoi portait-elle le médaillon de Sandra ? De quand datait cette photo ? Son esprit lui paraissait tout à coup un réceptacle bien insuffisant pour toutes ces questions et leurs réponses.

La photo avait été imprimée en grand format. Elle était là, posée au coin de l'îlot. Marc se pencha dessus. Cela faisait trois mois que toutes les portes pouvant ouvrir sur des indices se refermaient à peine entrebâillées. Alors, cette photo tombée du ciel devait forcément les mener quelque part. Il en était persuadé, il le ressentait jusque dans ses tripes. Il pensa à Sandra, à la dernière fois qu'il lui avait parlé, qu'il l'avait vue. Qu'avait-il bien pu lui dire ? Il ne s'en souvenait même pas. Ainsi allait la vie, vous vous leviez un matin pour commencer une journée semblable à la précédente, une de plus dans votre petit univers douillet. Votre femme passait devant vous en souriant, déposait sur vos lèvres un baiser routinier et franchissait le seuil de la porte. Et vous ne la reverriez plus.

Ainsi allait la vie.

Concernant l'inconnue, Lisa avait raison. Son allure était plus proche de celle des filles qu'il côtoyait lui-même au collège, il y avait vingt-cinq ans. Elle avait l'air… simple. De prime abord, cette absence de sophistication ne l'avait pas choqué, mais désormais elle lui sautait aux yeux. D'autant plus s'il comparait avec la garde-robe de sa propre fille ou de ses amies.

Cadrée à partir du buste, elle semblait avancer vers le photographe. L'effet de mouvement était d'ailleurs bien rendu. Un visage détendu, presque souriant, mais ses yeux trahissaient la naissance d'un agacement pour un cliché dont elle n'avait peut-être pas envie.

Au bas de la photo, une ligne blanche, assez régulière, courait sur toute la longueur. Un défaut au tirage ? Ou lors du passage au scanner pour la numériser ? Car cette photo ne provenait pas d'un appareil numérique. Marc avait vérifié les métadonnées, ces indications gravées dans la matrice du fichier et qui en constituaient en quelque sorte l'ADN. Il n'avait rien trouvé hormis la date de création, le 16 juin 2014, et le nom de la bécane qui avait fait le boulot, un HP Photosmart 5421.

On l'avait scannée un peu plus de trois ans auparavant, c'était tout ce qu'il avait pu découvrir. Une belle jambe, en somme.

Derrière la fille, il y avait une route goudronnée, balisée et de bonne largeur, semblait-il. Peut-être une départementale. Une haie de grands arbres (platanes, chênes ? Impossible à dire tant la masse était noire et feuillue) en bordait le côté visible. Une tache blanchâtre coiffée de rouge cherchait désespérément à exister à un petit centimètre de l'épaule de l'inconnue. Une borne kilométrique ? On ne distinguait rien. La partie haute du cliché voyait monter les cimes d'une petite ville au loin. Une pointe effilée s'élevait plus haut que toutes les autres.

– Alors ? demanda Robert.

Il venait de le rejoindre et de déposer son assiette. Il ouvrit l'une des portes basses pour se débarrasser de la bouteille vide dans la poubelle verte.

– Aucune idée, souffla Marc.

Lisa leva les yeux de son iPhone.

– Pourquoi t'envoyer ça, Papa ? Et maintenant ?

– Si je le savais, ma puce…

– Et ce message, ce pseudo, @Ten3 ? reprit-elle. Ten, c'est dix en anglais. Ten3, ça ferait quoi ? Cent trois ? Dix plus trois ? Un numéro de chambre ? Une consigne dans une gare ? Un départe…

Marc avança vers elle et la tempéra de la main.

– Wow, wow, wow, minute !

– J'essaye de trouver, dit Lisa.

– Oui, mais stop la mitraillette.

– Ton père a raison, intervint Robert. En premier lieu, le médaillon. Vous êtes sûrs de vous ? C'est bien celui de Sandra ? (Il se tourna vers Lisa.) De ta mère ?

Marc hésita, mais Lisa regarda son Grand-Père sans ciller.

– Affirmatif !

– Bon, OK. Marco ?

– La possibilité qu'on ait deux médaillons identiques, avec la même marque d'impact, me paraît une coïncidence…

– OK ! Vendu aussi. Bon la photo. (Il la tint en équilibre sur la table pour que tout le monde puisse la voir.) Qu'est-ce qu'elle dit ? Lisa, tu penses que la fille vient d'un autre siècle, hein ? Donc la photo est vieille.

– Oui, disons que vu son look…

– OK ! Vendu ! Marco ?

– Je… Je… Attends, Papa… Deux secondes. J'arrive à rien, j'ai le crâne qui va exploser, dit Marc en se massant les tempes.

Robert recula de deux pas, brisé dans son élan. Il se plaça sous l'un des spots lumineux et leva la photo sous le halo, à la manière d'un médecin qui décrypte une radiographie.

– Tu fais quoi ? Ce n'est pas un négatif, tu sais, dit Lisa.

– Merci ma chérie. Le vieux n'est pas encore sénile. Non, je me disais juste que vu le cadrage, on pouvait peut-être identifier le lieu.

– Ouais faut juste trouver quelqu'un qui connaît le coin quoi, ironisa Lisa en sauçant son assiette avec le dernier tempura. *So easy*, waouuuuh.

– Ou quelqu'un qui connaît toutes les routes de France, dit Robert à voix basse.

Une étincelle crépita dans l'œil de Marc. Il se tourna vers son père en un éclair.

– Les routes… Nom de Dieu.

Il quitta la pièce à grandes enjambées. Robert n'eut même pas le temps de dire un mot. Lisa se leva pour le suivre des yeux. Au bout du salon, elle le vit dégainer son téléphone de sa poche de pantalon et se mettre à courir.

CHAPITRE 9

20 h 54

Il pénétra dans le bureau, l'iPhone vissé à l'oreille. La voix de Denys Langlade, son associé, ne tarda pas à filtrer par la grille du haut-parleur, entachée tout d'abord d'une fin de mastication, puis de l'ambiance télévisuelle d'un match de foot en fond sonore.

– Marc ?

– Denys, désolé de te déranger, mais j'ai besoin d'un service.

Langlade n'était pas un fin psychologue, mais il dut sentir tout de suite la tension dans la voix de son ami puisqu'il répondit du tac au tac.

– Bien sûr. Dis-moi.

– Tu te souviens du gars de chez Microsoft qu'on avait rencontré au CES l'année dernière ? Le Français.

– Qui ? André Veil ? Un peu que je m'en souviens ! Il nous a même invités chez lui près de

Londres avec Amandine il y a tout juste six mois. Il a une de ces baraques, un truc de…

– D'accord Denys. Juste une chose, comment je le contacte ? Tu as ses coordonnées persos, j'imagine.

– Bien sûr. Mais ça ne va pas te servir à grand-chose, il répond une fois sur cinq au portable et les mails, j'en parle pas. Tague-le sur Facebook, ça ira plus vite.

– Ah, OK, très bien.

– Marc, tout va bien ?

– Oui, ça va. Mes amitiés à Amandine.

– Oh, elle n'est pas là ce soir. Sortie entre filles.

– OK, alors bon match, dit Marc en se forçant à mettre un sourire dans sa voix.

Il raccrocha, soulagé d'avoir obtenu ce qu'il souhaitait sans avoir à s'empêtrer dans des justifications douteuses. L'ordinateur et les trois écrans se rallumèrent au son de sa voix. En deux clics, il avait lancé une recherche pour André Veil sur Facebook et fait une demande d'ajout d'ami une fois le profil identifié.

Il croisa les doigts.

En janvier 2016, au Consumer Electronic Show, la grand-messe des innovations technologiques donnée chaque année dans le temple de la démesure et de l'argent roi, Las Vegas, il avait rencontré ce Français brillant, expatrié de longue date et qui avait connu une ascension fulgurante au sein de la firme informatique de Redmond. Ils avaient échangé sur de possibles partenariats, la société de Marc, DeepTech, forte de ses dernières collaborations avec Philips et Samsung, étant devenue l'une des étoiles montantes sur le segment de la gestion de protocoles pour objets connectés. Elle commercialisait sous son propre nom des applications de domotique, de sécurité et de tout ce qui touchait à ce que l'on appelait désormais la « maison connectée ». Ils avaient aussi évoqué les dernières avancées en matière de réalité virtuelle et augmentée, véritable saint Graal numérique pour lequel tous les industriels du secteur commençaient à faire croisade.

Mais, à cet instant précis, il avait tout autre chose en tête.

Il sentit une présence. Lisa. Elle venait de passer la porte et avançait à pas de loup.

– Viens, lui dit-il en l'invitant d'un geste de la main.

– Je peux ? Tu es parti comme un fou. Grand-Père a dit qu'il valait mieux te laisser seul deux minutes. Mais j'étais curieuse de savoir ce que tu manigançais.

– J'essaye de savoir…

Ding !

La notification s'afficha dans une bulle en haut de l'écran.

André Veil a accepté votre demande
d'ajout à la liste d'amis.

– Ah, attends, on va voir si j'ai eu le nez creux.

Lisa poussa une chaise et s'assit aux côtés de son père. Marc commença à pianoter dans une fenêtre de chat Messenger.

Bonjour André, désolé de vous
déranger, je ne sais pas
si vous vous souvenez…

La bulle apparut avant qu'il ait pu terminer son message.

Marc, bonjour ! Comment allez-vous ?

Il revint en arrière et le curseur avala ses derniers mots. Nouvel essai.

Bonjour André, désolé de vous
déranger. Je vais bien,
mais j'ai besoin d'un service.

Les trois petites billes en bas de l'écran sautillèrent en cadence pendant plusieurs secondes, signe que l'on écrivait une réponse assez longue.

Aucun problème. Si c'est à propos
d'HoloLens, il faudra me tuer
d'abord ;). Mais on veut bien voir
ce que vous avez en magasin
de votre côté.

Avez-vous toujours des contacts
avec l'équipe HERE ?

Pas plus que ça. Avec certains ingés
seulement.

La cartographie couvre bien
toute la France ?

À 99,9 %. Mais vous savez sûrement
que Nokia a tout cédé à un consortium
automobile l'année dernière. Microsoft
n'a plus rien à voir là-dedans.

Je sais. Mais avez-vous la possibilité
de faire analyser une photo,
avec une rue en arrière-plan.
Et de trouver le nom de la rue ?

Lisa ne perdait pas une miette de la conversation, elle n'avait aucune idée de ce qu'était HERE mais elle espérait bien que l'interlocuteur de son père répondrait par un « c'est comme si c'était fait ».

Envoyez-moi la photo.

Marc cliqua sur le trombone en bas de l'écran et sélectionna l'image enregistrée sur le bureau. Fille et route inconnues apparurent en miniature dans le corps du message. Les trois petites billes se remirent à sautiller.

La réponse d'André Veil doucha leurs espérances.

Ça va être compliqué. La fille couvre
un gros tiers de la photo. En analyse,
ils ne travaillent que
sur des clichés complets.

Un râle étouffé. Marc tourna la tête. Le visage de Lisa était dévasté. Elle porta la main à ses yeux pour essuyer les larmes naissantes du plat de son index. Marc entrevit ce rictus, celui qu'il avait déjà si souvent vu sur les traits de sa fille depuis la disparition de sa mère, ce pincement et cette légère inclinaison de la lèvre supérieure qu'il identifiait sans mal, parce que Sandra, dans les moments les plus difficiles de sa vie, était marquée du même sceau. Ses nerfs la lâchaient.

Il lui effleura la main. Elle leva les yeux. Il y avait une telle détresse contenue dans ce regard. Il avait cru qu'elle reprenait un peu de poil de la bête ces derniers jours, qu'elle affrontait la situation avec une force de caractère impressionnante. Qu'est-ce qu'il pensait ? Ce n'était qu'une ado de seize ans, privée de l'unique repère qui avait tracé toute sa vie. Et lui, avec cette histoire de photo qui ne les mènerait sûrement nulle part, il ne parvenait qu'à la faire souffrir encore plus. Il eut la sensation qu'une main glacée remontait de ses entrailles pour venir lui déchirer le cœur.

Alors il écrivit une dernière phrase.

André, je ne vous le demanderais pas
si ce n'était pas une question vitale.

Il patienta. Aucune réponse. La main de sa fille vint trouver la sienne et la serra.

Comme un signe, les trois billes sautillèrent.

Je vais voir ce que je peux faire.

21 h 17

De retour au salon, Robert les attendait avec un magazine dans les mains qu'il n'avait même pas ouvert. Lisa prit son iPad et se réfugia dans l'angle du canapé.

– Alors ? demanda-t-il.

– J'ai tenté quelque chose, on verra bien.

– Bon.

L'iPhone vibra dans sa poche. Marc décrocha dans la seconde, pensant à Veil.

– Oui ?

– Ici Lombardier.

Le sang de Marc ne fit qu'un tour. Il faillit parler, mais n'en eut pas le temps.

– Vous pouvez passer à mon bureau ? Ce soir ?

– Qu'y a-t-il, Paul ?

– On a trouvé une première aiguille.

Il visualisait presque le sourire de satisfaction du détective.

Cinq minutes plus tard, le Range Rover bravait la pluie battante. En passant devant la grille de la maison des Drancy, Marc croisa Gregory qui assurait son tour de garde, balayant l'obscurité avec sa lampe torche.

CHAPITRE 10

21 h 49

Marc enclencha la marche arrière pour réaliser son créneau. Il venait de trouver une place de stationnement proche de l'adresse de Lombardier. C'était assez rare, dans ce quartier du centre-ville de Saint-Clair qui avait vu son nombre de places de parking diminuer à mesure que celui des épiceries et restaurants bio avait augmenté. Il manœuvra le Range au son des capteurs de proximité, en descendit et se mit à courir sur le trottoir en serrant le col de son blazer pour se protéger au mieux de la pluie et du vent glacé qui venait de s'inviter. Bien sûr, il était parti de chez lui sans surveste ni parapluie, claquant la porte sous les regards inquiets d'un Robert et d'une Lisa encore suspendus à ses lèvres.

Il longea les façades luisantes des édifices de style haussmannien en gardant la focale de ses pensées braquée sur les derniers mots de Lombardier. Qu'allait-il lui annoncer ? Une lueur d'espoir ou bien le pire ? Une émission de télé lui revint en mémoire. Un épisode de « Faites entrer l'accusé » qui traitait d'une affaire de femmes disparues dans le nord de la France industrielle des années 1980. Le mari de l'une d'elles apparaissait plusieurs fois au cours du reportage. Plutôt combatif dans les premières semaines, remuant ciel et terre pour assister la gendarmerie et entretenir le feu de l'espérance au sein de sa famille amputée, il s'était peu à peu effacé au fil du déroulé de l'enquête pour ne plus être que l'ombre de lui-même, deux ans et aucune nouvelle plus tard, lors de l'ultime interview qui lui avait été accordée. Plus qu'une descente aux enfers manifeste, c'était cette phrase lâchée entre deux souffles qui s'était remise à clignoter dans l'esprit de Marc à la manière d'une veilleuse oubliée : « Je veux juste savoir. Même si elle est morte. Mais je veux savoir. » Comme si l'incertitude demeurait ce poison ultime qui interdisait toute résilience de l'âme. En arriverait-il lui aussi à abandonner tout espoir ? À attendre l'annonce de la mort de sa femme comme une délivrance ?

C'est avec ces funestes pensées en tête qu'il sonna à l'interphone. La serrure électrique vibra et se déverrouilla dans la même seconde.

Le marbre du hall avait été poli récemment. Il remarqua une enfilade de plaques de cuivre toutes mieux astiquées les unes que les autres. La cinquième lui indiqua : « PL Enquêtes et Surveillance, 3e étage, gauche ». Il s'engagea dans l'escalier dont il gravit les marches quatre à quatre, n'ayant pas la patience d'attendre l'ascenseur.

Une jeune femme lui ouvrit la porte. Brune, la petite trentaine dans son jean moulant et ses Converse, les cheveux négligemment retenus dans un chignon de fortune, elle ressemblait à une étudiante stagiaire. Mais sûrement pas aux trente-cinq heures, au vu des dossiers éparpillés autour de son MacBook Air qu'elle épluchait encore à vingt et une heures passées. Il remarqua le tatouage qu'elle portait sur l'avant-bras, l'expression « No Fear » écrite de manière stylisée. Elle lui indiqua de prendre la dernière porte sur la droite dans le couloir qui se présentait face lui et retourna à ses papiers.

Marc traversa la pièce, le plancher grinça à quelques reprises, emprunta ledit couloir, ou plutôt une succession de miroirs et de tableaux dont les cadres patinés rivalisaient de dorures et d'arabesques. Il frappa à la porte et entra après avoir entendu l'incitation de Lombardier.

Il ne l'avait rencontré que deux fois, à la villa de Bellevue Park, mais il avait conservé dans un coin de sa rétine la cinétique de la démarche souple et sportive de l'enquêteur, qui se leva pour venir à sa rencontre.

– Bonsoir, merci d'être passé. C'est mieux de vive voix. Tenez.

Il lui désigna de l'index un siège à la garniture de velours pourpre qui faisait face au bureau. Marc s'y assit. Lombardier le contourna et s'en alla ouvrir un petit buffet.

– Scotch ? demanda-t-il en levant une carafe au bouchon taillé en cristal. Il ajouta d'un air entendu : Douze ans d'âge.

Marc acquiesça. Il en avait besoin avant la discussion qui s'annonçait. Lombardier remplit deux verres à moitié, secs. Il posa le premier face à Marc et passa de l'autre côté du bureau pour s'asseoir.

– OK, dit-il en inclinant son verre face à Marc avant de le porter à ses lèvres, voilà le topo.

Marc avala une gorgée. L'alcool lui brûla la gorge.

– Un jeune s'est manifesté suite à votre annonce dans *Le Matin* d'avant-hier. J'étais avec lui il y a deux heures environ. J'attendais de savoir ce qu'il avait à dire avant de vous en parler. On a eu tellement d'appels merdiques, vous comprenez.

Marc hocha la tête fébrilement.

– Bien. Il dit avoir reconnu votre femme et l'avoir vue la semaine avant sa disparition, continua Lombardier. Deux fois.

Pour l'instant on était loin du scoop. Marc se sentit quelque peu ragaillardi.

– D'accord. Où l'a-t-il vue ? À la fac ? Pour l'un des cours de Sandra ?

L'enquêteur alluma une cigarette.

– Vous connaissez le Milky Way ? demanda-t-il en expirant bruyamment la fumée par les narines.

– Le… Le quoi ?

– Le Milky Way. C'est un club à Saint-Clair. Oui, ne riez pas, ils l'ont vraiment appelé comme ça. Un club privé, entre Clemenceau et la rue Gustave-Eiffel.

– C'est le quartier des halles ça ? Non, je ne vois pas.

– C'est là-bas que le jeune, Éric, a vu votre femme, dit Lombardier avant de reprendre une gorgée de scotch.

– Quoi ? Vous êtes sûr ?

– Lui en est sûr. Je l'ai un peu poussé pour voir s'il ne sortait pas des cracks, juste pour prendre un peu de blé, comme ça. Mais il se souvient bien d'elle. Blonde, petite quarantaine, bien sapée, nerveuse. Il est serveur là-bas, il voit pas mal de monde, mais il a l'air d'avoir un bon coup d'œil.

Marc avait du mal à suivre. Lombardier ajouta :

– Il se souvenait d'elle, car elle n'avait pas l'air d'une pro.

– Une… Une pro ? bafouilla Marc.

– Une pute.

– Quoi ?

Les lèvres de Lombardier restèrent scellées quelques secondes. Puis il tira une nouvelle taffe de sa Marlboro et regarda Marc dans les yeux.

– Le Milky Way est connu pour ça. Plaque tournante de la prostitution, deals en tout genre, on n'y va pas pour prendre le thé si vous voyez ce que je veux dire. C'est tenu par les Arméniens depuis les années 1970. Même si maintenant, dans le quartier, c'est plutôt les Arabes qui font la loi.

Marc posa le verre devant lui et se passa les deux mains sur le visage.

– Paul, vous êtes en train de me dire quoi, là ? Que ma femme se prostituait ? Parce que si c'est ça, je vous préviens toute de suite…

Lombardier leva la main en signe de protestation, quelques cendres tombèrent sur le bureau.

– Pas du tout.

– Et… Alors ? Qu'est-ce qu'elle faisait là-bas ?

– Si c'est bien elle, il y a une raison. Et je ne pense pas que ce soit l'envie de s'envoyer en l'air avec les crados du quartier. Voilà pourquoi je vous ai dit de venir.

– Je vous écoute, dit Marc en se contorsionnant sur sa chaise.

Lombardier ralluma une Marlboro avec ce qu'il lui restait de mégot de la précédente, avant de l'écraser dans un cendrier presque plein.

– On a déjà vérifié les relevés Visa et American Express de votre épouse. Rien de suspect. Mais auriez-vous à la maison un coffre ou un endroit avec du liquide ?

– On a un coffre avec un peu d'argent. Dans les cinq ou six mille euros.

– Il faudra vérifier qu'il ne manque rien.

– Vous pensez à quoi ?

La voix de l'enquêteur se fit un peu plus posée.

– Chantage, harcèlement, tout est imaginable. Ce jeune serveur, Éric, m'a dit qu'il avait remarqué qu'elle ne lâchait pas son sac. Très stressée, vous voyez, à dévisager tout le monde, à plonger le regard à droite et à gauche.

– Oui, mais je ne vois pas ce que…

– Une personne se baladant avec une forte somme d'argent sur elle pour réaliser un deal pourrait avoir cette attitude.

– Bordel, lâcha Marc en se prenant la tête entre les mains.

Lombardier s'avança vers son bureau et posa les coudes sur le plateau de bois verni.

– Bon, remettons tout à plat, dit-il.

Marc releva les yeux. Il n'avait pas l'air de comprendre.

– Tout à plat ? Quoi ? Les trois derniers mois ?

L'enquêteur acquiesça.

– Mais vous savez déjà tout. Vous pensez à quoi au juste ?

– À un détail. Ce fichu détail qui nous aurait échappé et qui pourrait expliquer la présence de votre épouse dans ce club.

– Vous n'êtes même pas sûr que ce soit bien elle.

– En effet, dit Lombardier en faisant tinter le goulot de la carafe contre son verre.

Marc le regarda faire, interloqué. Il en venait de plus en plus à se demander s'il avait misé sur le bon cheval, et non pas sur l'une de ces vieilles carnes plus attirées par l'abreuvoir que par la course.

Et, question abreuvoir, Lombardier avait l'air de savoir tenir son rang. Son attention fut attirée par le mur et les multiples photos et articles de presse qui y étaient encadrés. Ce type était-il vraiment le crack qu'on lui avait vanté ? L'avait-il seulement été un jour ?

– Mon petit doigt me dit que ce serveur, Éric, ne nous a pas menti, ajouta-t-il avec un sourire en coin qui soulignait deux rides à la commissure de ses lèvres.

Sa voix suintait l'autosatisfaction et le trop-plein d'assurance. En faisait-il trop pour justifier ses honoraires ? Peut-être. Mais il y avait ce regard et cette lueur presque imperceptible qui l'animait. Une braise dans la tempête.

– D'accord, s'entendit-il répondre.

Il repensa à cette fameuse soirée et ce fut comme appuyer sur la touche Play d'un lecteur vidéo, tant le souvenir qu'il en avait était limpide. Il raconta tout à nouveau. Son arrivée à la maison où seule Lisa l'attendait, leur inquiétude croissante à mesure que les heures s'écoulaient, les tentatives infructueuses pour joindre Sandra, les appels à deux de ses amies proches qui n'en savaient pas plus. N'y tenant plus, à minuit passé, il était remonté en voiture à la recherche de sa femme et avait reçu le fameux texto.

Lombardier leva un index.

– Dont vous êtes certain qu'il ne vient pas d'elle.

Le ton se voulait affirmatif, mais Marc le considéra plus comme une défiance envers lui.

– Vous plaisantez ? Je vous l'ai expliqué cent fois ! Sandra signe ses messages par un « S » ou ne les signe pas. Elle ne m'a jamais écrit un texto en mettant son prénom. Ce serait ridicule, je sais bien de qui ils viennent.

– Très bien, très bien. Continuez.

– J'ai signalé sa disparition dès le lendemain. Les gendarmes sont venus dans la journée, ont jeté deux ou trois coups d'œil dans la maison, m'ont posé quelques questions. Ils ont enquêté pendant près de trois semaines…

– Avant de classer l'affaire en disparition volontaire. Normal, aucune preuve.

Marc se contint pour ne pas exploser.

– Mais putain, les gens ne disparaissent pas comme ça ?

– Il y a toujours une raison. Tenez, vous voulez un chiffre ? Soixante mille.

– Soixante mille… disparus ?

– Chaque année en France, oui. Dont quarante à cinquante mille mineurs. Des fugues, des enlèvements, des gosses qui se paument dans une forêt, des gamines qui partent à l'autre bout du pays pour retrouver ce qu'elles pensent être l'amour de leur vie et j'en passe. Pour le reste, dix pour cent environ ne seront jamais retrouvés. Parce qu'ils ne le souhaitent pas. Ce sont des gens qui craquent, qui ne supportent plus leur vie. Et depuis que le gouvernement a enterré la recherche dans l'intérêt des familles, il faut avoir de bonnes raisons pour mobiliser les services de l'État et la foutue paperasse qui va avec. Toute personne adulte a le droit de couper les ponts avec ses proches. Ce n'est pas moi qui le dis, c'est la loi.

Marc ne répondait rien. Il n'avait jamais pensé à de telles statistiques. Mais il n'aimait pas la tournure que prenait la conversation.

– Vous insinuez quoi, au juste ?

Lombardier porta le paquet de Marlboro à ses lèvres et saisit un bout de filtre entre ses dents.

– Bon, écoutez, je veux bien admettre qu'au début, j'ai eu tendance à penser à la fuite.

– Quoi ? Mais pour fuir quoi ?

– J'en sais foutre rien, je suis pas dans votre couple. Votre lotissement, peut-être.

– Le Parc ?

– Oui. On ne peut pas dire que ce soient de joyeux drilles là-dedans. Bordel, il y a plus de sécurité que pour rentrer à l'Élysée ! Et vous n'y faites pas très couleur locale.

– Qu'est-ce que vous voulez dire ?

Les deux rides de Lombardier s'accentuèrent encore plus.

– Prenons vos voisins, les Drancy. Ils ont la cinquantaine. Lui a le style chirurgien qui passe ses journées sur le green et sa femme, on dirait que le mot « dépression » a été inventé pour elle. Je l'ai croisée aujourd'hui en ville, je vous l'ai dit, non ? J'en ai profité pour lui faire un brin de causette étant donné qu'au Parc, elle est tout simplement invisible.

Ensuite Francis Joubert, la soixantaine bien tassée, richissime collectionneur d'art pour ce que j'en sais. Je vous dis ça, car les renseignements sur ce type sont presque impossibles à obtenir, à croire qu'il est sous couverture pour la CIA. Il y a aussi votre banquier suisse, Richemont, soixante-dix-neuf ans, qui a accumulé ses millions sur les tas d'or nazis déposés dans la banque familiale et non récupérés après 1945… et j'en passe. Jusqu'au maître des lieux, Fulvio Di Stefano, riche industriel italien retiré des affaires, ancien ministre de Berlusconi dans les années 1990, et qui décide de financer la construction de cet ensemble immobilier pour y vivre comme un seigneur, dans la baraque la plus grande, au-dessus de tout ce petit monde.

– Je ne vois pas ce que…

– Tout ça fait très vieille Europe, non ? Alors que vous, vous êtes plutôt « nouvelle génération » (il mima les guillemets avec ses doigts), ouverte sur le monde, connectée, tout ça. Et vous vous enfermez là-bas, derrière ces grilles. Vous avez des choses à cacher ? Ou votre femme ?

Marc se leva d'un bond. Son genou cogna contre le bas du bureau et deux gouttes de whisky sautèrent hors de son verre.

– Mais qu'est-ce que vous racontez ?

– Quel est l'intérêt alors ?

– Je… On voulait le meilleur. Pour nous, pour Lisa. Et je n'ai pas à me justifier là-dessus.

– Parfait, laissons tomber.

– Vous n'avez pas l'air convaincu.

– Sans éléments concrets, non. Et pour le coup votre affaire en manque cruellement. À part ce texto qui est tombé comme une fleur. Pour le reste, aucun retrait bancaire, aucune trace du passage de votre femme nulle part, même cette fichue BMW est intraçable. Modèle sorti d'usine en 2013, sans carte SIM connectée à bord.

– C'est un leasing qui se termine dans deux mois, dit Marc, les yeux dans le vide.

Lombardier alluma la cigarette qui lui pendait au bec depuis deux minutes.

– La clé désormais, c'est ce club de strip, souffla-t-il. Vous n'avez aucun souvenir d'elle s'absentant une ou deux soirées ? Et de son attitude à ces moments-là ? Stressée ? Évasive ?

– Elle sort de temps en temps boire un verre avec des amies. Et puis je suis souvent absent. Pour des congrès, des meetings…

– Je la vois mal aller boire un coup là-bas entre filles.

– Et moi donc ! Alors ?

– Alors, vérifiez déjà votre coffre. De mon côté, dès que j'ai du nouveau, je vous fais signe. Vous n'avez rien d'autre à ajouter qui pourrait nous aider ?

La photo de la fille au médaillon explosa dans l'esprit de Marc comme des phares dans la nuit.

– Non, rien, répondit-il.

Puis il se leva de son fauteuil et fit quelques pas vers le milieu de la pièce. Son œil se posa sur une reproduction des *Nymphéas* de Monet qui surplombait une cheminée au manteau de marbre gris. Il se retourna vers Lombardier.

– Qu'est-ce que vous allez faire ?

Une étincelle crépita dans le regard glacé de l'ancien commandant de police.

– Moi ? Pardi, je vais aller vérifier si mon arménien n'est pas trop rouillé.

Et il finit son verre cul sec.

23 h 29

Lorsque Marc regagna sa voiture, la pluie venait à peine de cesser. Il pressa le bouton Start et les deux cent cinquante chevaux du moteur V6 sortirent de leur léthargie. En deux coups de volant, il retrouva l'asphalte humide.

Il ne prêta aucune attention à la Peugeot 308 grise qui s'engageait derrière lui.

CHAPITRE 11

23 h 42

Au volant de son véhicule, Marc était comme absent, retranché dans ses pensées.

En mode pilote automatique.

L'entrevue avec Lombardier lui avait laissé le goût amer de l'incertitude en bouche, alors qu'il s'attendait plutôt à ressortir de chez l'enquêteur avec celui du sang. Il entrevoyait le pire, l'annonce qui mettrait fin à ces trois mois de cauchemars pour le projeter de façon définitive en enfer. Un corps non identifié, des vêtements réapparus tachés de sang ou bien encore la BMW repêchée au fond d'un lac… Il avait eu tout loisir d'imaginer les pires hypothèses, dignes de n'importe quel roman de gare.

Mais non.

Les phrases de Lombardier tournaient en boucle dans sa tête, comme la pellicule usée d'un mauvais film.

... identifiée dans un club privé de Saint-Clair…

En admettant que cela soit vrai, car pour le moment cela ne reposait que sur le témoignage d'un serveur, il pouvait y avoir mille raisons à sa présence là-bas. Une erreur de casting sur l'établissement par exemple. Une amie qui vous invite dans un endroit dans lequel vous n'avez jamais mis les pieds, elle-même non plus peut-être, et vous vous rendez compte dès les premières minutes que c'est en fait un bouge sans nom. Alors vous déguerpissez. Vous êtes juste resté assez longtemps pour que l'un des employés se souvienne de vous et de votre inadéquation avec l'endroit.

... elle y a été vue deux fois...

Bon très bien, alors peut-être s'était-elle rendue là-bas pour préparer un enterrement de vie de jeune fille ? C'est vrai, pourquoi les femmes vont-elles dans ce genre de club en général ? Et Sandra ne disait-elle pas ces dernières semaines qu'elle se réjouissait du groupe de travail universitaire dans lequel elle évoluait et des amitiés qu'elle y avait nouées ? S'il contactait de nouveau ses collègues comme il l'avait fait au début de sa disparition, nul doute qu'il en trouverait bien un pour confirmer, pour se souvenir, « Ah oui cette soirée-là, nom d'un chien, dans ce club ».

... Plaque tournante de la prostitution... Connu pour ça...

Comme pour s'extraire des brumes d'un mauvais rêve, il secoua la tête avec énergie. Ses mains se crispèrent davantage encore sur le volant. Il réussit à en détacher une pour pianoter sur l'écran tactile qui était connecté en miroir avec son iPhone.

Aucun nouveau message.

Feu rouge. Le Range s'arrêta. La signature des feux led se refléta dans le pare-brise de la voiture qui le suivait. Marc se pencha vers la boîte à gants. Sa main disparut à l'intérieur et fouilla sous un gilet de signalisation routière encore plié en quatre dans son emballage plastique. Il en ressortit un paquet de cigarettes.

Il enclencha l'allume-cigare et fit sauter le rabat du paquet avec son pouce. Il le secoua pour que l'une des quatre dernières occupantes montre le bout de son filtre, l'attrapa du bout des lèvres puis rangea le paquet. Il alluma la cigarette tandis que la vitre côté conducteur glissait de quelques centimètres à l'intérieur de la portière.

Il prit soin de recracher la fumée le plus possible à l'extérieur de l'habitacle. Cette précaution lui arracha presque un sourire. Se remettre à fumer et vouloir s'en cacher. De qui ? De sa fille ? Pour ne pas donner le mauvais exemple ? Il se revit à seize ans et repensa au sort qu'il réservait à ce genre de gaucherie parentale. De nos jours, il valait presque mieux fumer devant elle, avec un peu de chance, elle trouverait ça ringard. C'était le principe Facebook. Depuis que les parents avaient investi le réseau social à grands coups de photos d'anniversaire de Mamie ou de la dernière prise de pêche de Papa, les moins de vingt ans avaient pris la tangente vers d'autres supports plus underground.

Deux coups de klaxon. Le feu venait de passer au vert.

Les pneus du Range crissèrent sur la chaussée. Marc se mura à nouveau dans ses réflexions. Il chassa tant bien que mal cette histoire de club de son esprit qui ne faisait que le parasiter. Nouvelle taffe. Admettons que ce soit elle, donc. Lombardier avait bien spécifié qu'elle y avait été aperçue la semaine avant sa disparition. Donc le club n'expliquait pas tout. D'ailleurs, il n'avait que faire de l'endroit où sa femme se trouvait trois ou six mois auparavant. Non, il voulait savoir où elle était *maintenant*. La seule piste restait donc cette photo, la fille au médaillon. Elle n'était pas arrivée là par hasard. C'était impossible.

Il baissa la vitre un peu plus, tira une dernière fois sur la cigarette puis la jeta à l'extérieur. L'air froid et humide, imprégné d'une odeur d'herbe fraîchement coupée, s'engouffra dans l'habitacle et le maintint en éveil. Pourquoi n'avait-il pas partagé cette information capitale avec Lombardier ? Il se passa la main sur le visage et se frotta les yeux.

... Vous ne faites pas très couleur locale... Vous avez des choses à cacher ?

Il accéléra de façon brutale sur la route quasi déserte. Dans son dos, les halos des phares se rétrécirent comme des ballons qu'on dégonfle. Putain, non, il n'avait rien à cacher. C'était quoi, ces conneries ? Un interrogatoire ? Alors que c'était lui dont la femme avait disparu. Lui qui vivait l'enfer. Et lui qui payait aussi, merde. Alors, il avait fermé sa gueule pour la photo.

Le Range fendait la nuit telle une locomotive. Inarrêtable. Il finit par décélérer avant l'embranchement qui menait au Bellevue Park. Marc négocia la courbe et la voiture s'engouffra entre les arbres. Une poignée de secondes plus tard, la Peugeot 308 arriva au même carrefour. Elle ralentit et parcourut quelques mètres à allure réduite. Puis elle accéléra et continua sur la départementale.

23 h 59

Marc n'était qu'à une dizaine de mètres de la porte d'entrée lorsque celle-ci s'ouvrit en grand. Robert déboula et tourna deux fois la tête, à droite puis à gauche, l'air désorienté. Lorsque son regard harponna la silhouette de Marc, il ouvrit la bouche et sembla hésiter.

– Ma… Marco ?

– Papa ? Qu'est-ce qu'il y a ?

Robert attrapa son fils par les épaules et déglutit comme s'il avait avalé un clou.

– C'est… C'est la gamine !

– Lisa ! Quoi ?

– Elle a disparu !

CHAPITRE 12

00 h 03

Marc passa à côté de son père comme on traverse un nuage de fumée. Il s'engouffra à l'intérieur de la maison.

– Lisa !

D'un regard il jaugea le salon. Désert. L'iPad était sur le canapé, là où sa fille se trouvait tout à l'heure. Il se dirigea vers le bureau, son pas gagnant en célérité autant que sa voix en inquiétude.

– Lisa ? Tu es là ? Tu…

La porte s'ouvrit sur une pièce vide. En se retournant, il faillit percuter son père qui le suivait à la semelle.

– Putain, mais c'est pas possible ! Où est-elle ?

Robert secoua la tête. Ses yeux brillaient dans la semi-obscurité du vestibule.

– Je… Je ne sais pas, je me suis assoupi devant la télé. Je ne comprends pas, Marco. Marco ?

Marc venait de repartir pour gravir quatre à quatre les escaliers menant à l'étage. Il arriva dans le large couloir qui desservait les chambres et l'espace bains. Robert s'aida de la rambarde pour rejoindre son fils. Il entendait les portes s'ouvrir puis se refermer. Autant de claquements suivis d'un silence pesant.

– Lisa ! Nom de Dieu, Lisa, tu es là ?

En deux minutes Marc avait ratissé l'étage. Ils redescendirent à la cuisine, les épaules basses.

– Le salon d'en bas ?

– J'y suis déjà allé, souffla Robert. Je pensais qu'elle s'était isolée pour regarder un film.

– Merde, lâcha Marc en tapant du poing contre le mur.

Puis, se ravisant :

– Elle est dehors, c'est la seule possibilité. Mais qu'est-ce qu'elle fout ?

La seule pensée qu'elle y était de son plein gré le rassura un peu. Personne ne pouvait entrer dans le Parc étant donné le niveau de surveillance. Ils allaient la retrouver en train de faire quelques pas dans la nature pour essayer de rompre avec l'ambiance étouffante de cette maison.

C'était sûr.

Personne n'entrait dans ce Parc.

Il contourna l'îlot au pas de charge, ouvrit l'un des tiroirs et en sortit une petite lampe torche.

– T'en as qu'une ? dit Robert.

– Non, mais pas le temps de fouiller pour une autre.

– Je crois que j'ai une lampe dans la bagnole.

Il se dépêcha de prendre sa veste et d'en sortir la carte de la Laguna. Marc était déjà sur le pas de la porte en train de tourner la bague de la torche pour vérifier qu'elle fonctionnait. La lampe projeta un cône lumineux élancé sur une vingtaine de mètres.

Il entendit le pas lourd de son père arriver dans son dos.

– Je vais contourner la villa sur la gauche. Toi, va prendre ta lampe et descends par le talus. On se retrouve derrière.

– D'accord.

Ils descendirent l'escalier de pierre. Robert trottina jusqu'à sa voiture pour ouvrir le coffre et Marc longea la villa avant de disparaître dans l'angle.

– Lisa ! Ma puce, où es-tu ?

Il balayait les espaces les plus sombres avec le faisceau lumineux, scrutait chaque recoin, chaque mouvement de branches. Au fur et à mesure que ses semelles s'enfonçaient dans la terre spongieuse, l'afflux sanguin dans ses tempes devenait insupportable. Les souvenirs refluaient un à un avec cette indicible sensation de déjà-vu. Il avait déjà vécu cela. Il avait déjà cherché quelqu'un dans la nuit, l'appelant de toutes ses forces et priant le ciel qu'il ne lui soit rien arrivé.

Et il ne l'avait pas retrouvée.

– 'de Dieu !

Il tourna la tête et entrevit une lumière qui s'agitait à l'autre bout du terrain, comme pour faire fuir des bêtes sauvages.

– Papa ? Ça va ?

La lumière se stabilisa.

– Bordel de talus, je me suis cassé la gueule. Mais ça va.

Marc arriva à l'orée du bois, là où les troncs élagués des conifères s'étiraient vers le ciel comme autant d'obstacles supplémentaires.

– Tu crois vraiment qu'elle est là-dedans ? demanda Robert en le rejoignant.

– Je… Je ne sais pas. Je pense plutôt qu'elle est remontée par la route. Peut-être jusqu'au lac. C'est pour ça qu'elle ne nous entend pas.

La voix de Robert se fit plus voilée.

– Marco, tu ne crois pas qu'on devrait appeler Bossec ?

– Encore cinq minutes…

Son père le dévisagea sans parler.

– Cinq minutes, répéta-t-il.

00 h 16

Ils pressèrent le pas pour retourner à l'avant de la maison. Soudain, Marc saisit son père par le bras. Robert leva la tête vers lui. Le visage de son fils était braqué sur la route face à eux.

Deux silhouettes avançaient et se détachaient de l'obscurité. L'une plus imposante que la seconde.

– Marc !

Il crut bien reconnaître cette voix.

– Philippe ? Philippe Drancy ?

Un homme émergea de la nuit. Svelte, tiré à quatre épingles, la chevelure blonde parfaitement domestiquée, il leva la main en direction de Marc.

– Regardez qui j'ai trouvé en revenant du club house !

Marc sentit son cœur exploser dans sa poitrine en voyant sa fille dans le dos de son voisin.

– Lisa ! cria Robert.

Marc courut la serrer dans ses bras. Elle se laissa enlacer sans rien dire.

– Elle marchait seule sur le bord de route, ajouta Philippe. Un peu rêveuse, hein, Lisa ? Heureusement, dans le Parc, on est tranquilles.

– Merci, Philippe. Merci de l'avoir ramenée.

– C'est bien normal. J'adore aussi me promener au milieu de toutes ces odeurs de bois fraîchement coupé. La pluie a cessé, il faut en profiter.

Robert s'avança et passa une main sur la joue de sa petite-fille.

– Bon sang, tu nous as foutu la trouille, tu sais ? Allez, viens.

Ils tournèrent les talons pour regagner la maison.

Drancy fit un geste à l'intention de Marc.

– Je peux vous parler deux minutes ?

– Oui Philippe, bien sûr.

Il fit signe à son père d'y aller et se rapprocha de son voisin.

– Écoutez Marc, je sais que vous vivez une période un peu compliquée.

– C'est le moins qu'on puisse dire.

– Je me doute de ce que vous traversez. J'ai moi aussi perdu ma première épouse et…

– Sandra n'est pas morte.

– Oui, pardon, bien entendu, ce n'était pas ce que je voulais dire. Veuillez m'excuser. Quoi qu'il en soit je comprends que vous ayez recours à cet enquêteur privé.

– Venez-en au fait, Philippe.

– Eh bien voilà, votre détective a souhaité interroger Melinda aujourd'hui. Elle était sortie faire une course. Vous savez, Melinda a une santé fragile, elle ne sort pas beaucoup et tout ceci la stresse plus que de raison… Enfin vous savez, les femmes… dit-il en découvrant une dentition à l'émail lumineux.

– Donc ?

– Se pourrait-il que cette personne passe par moi ? Je me fais fort de lui donner tous les détails qu'il désire. Mais je souhaiterais vraiment que ma femme reste en dehors de tout cela.

– Je vais lui en toucher deux mots.

– Merci, Marc.

Ils échangèrent une franche poignée de main.

Lorsqu'il approcha de sa maison, les éclats de voix filtrant à travers la porte d'entrée lui prouvèrent que sa fille avait retrouvé toute sa verve.

– Merde, tu ne comprends rien, il faut y retourner !

Elle tournait comme un insecte pris dans une lampe. Robert semblait bien en peine de la calmer.

– Qu'est-ce qui se passe ?

– Ah, Marco, enfin…

Lisa s'intercala entre eux deux.

– Papa, papa écoute-moi ! S'il te plaît !

– Oui, oui, mais calme-toi, Lisa, calme-toi.

– Elle m'a appelée Papa ! Elle a dit mon nom trois fois ! Sous ma fenêtre !

Une détresse intense débordait de ses yeux.

– C'est complètement dingue, souffla Robert.

Marc s'arrêta sur son père puis revint vers sa fille.

– Quoi ? Qu'est-ce qui est dingue ? Qui a dit ton nom ?

– Maman, voyons !

Il sentit ses jambes tressaillir.

– Qu… Quoi ?

– C'est pour ça que je suis sortie. Elle était là !

Elle répéta avec insistance.

– Elle était dans le Parc !

Mais c'était inutile. Son père avait très bien entendu.

CHAPITRE 13

00 h 28

– Enfin c'est…

– Vas-y ! Dis-moi ce que c'est ! Dis-le-moi !

Les joues de Lisa s'empourprèrent. Ses pupilles dansaient entre Marc et Robert, pour tenter de déceler qui manifesterait la première once de soutien. En face, l'embarras était de mise.

– Ma puce, on était dehors aussi. Si… si Maman avait été là, on l'aurait vue. Tu ne penses pas ?

– Je sais ce que j'ai entendu ! « Lisa, Lisa, Lisa ! » Trois fois !

– Il y a du vent, et un oiseau de nuit peut… glissa Robert.

Ce fut l'étincelle. Elle sentit monter en elle une colère incontrôlable. Comme si ses veines n'étaient désormais plus irriguées que par un sérum amer. Elle était là, devant eux, à leur parler, à leur expliquer, à leur crier la vérité. Ils l'entendaient, mais ne l'écoutaient pas. À leurs yeux, elle avait forcément tort. Parce qu'on a toujours tort quand on a seize ans.

– Vous me prenez pour une débile même pas capable de distinguer des vraies voix du bruit du vent ou du cri de la chouette ! Bande de nazes !

Raide comme un bout de bois, les poings serrés contre ses cuisses, on la sentait capable de rompre complètement.

– Ma puce, calme-toi. On s'est mal exprimés. On ne veut juste pas que tu te fasses de faux espoirs, c'est tout.

– Papa, je te jure… J'étais dans ma chambre, près de la fenêtre. Je te jure que je l'ai entendue.

Il n'y avait ni sanglots ni larmes. Seulement ses yeux qui captaient la lumière d'une façon si éclatante. Elle voulait tellement y croire. Marc paraissait bien embarrassé.

– OK, allons refaire un tour, finit-il par dire.

– Marco, tu es sûr ?

Il reprit la MagLite qu'il avait posée sur le meuble de l'entrée.

– Allons-y, répéta-t-il

00 h 34

La route principale du Parc desservait la quasi-totalité des habitations. Elle était balisée par des bornes solaires dont la puissance toute relative n'éclairait que la zone recouverte d'asphalte. Ils utilisèrent leurs lampes torches pour découper l'obscurité de la forêt environnante, là où les arbres campaient en rangs serrés comme pour préserver leur intimité. Mais il fallait bien se rendre à l'évidence : le Parc était impossible à sonder.

– Maman !

Lisa lançait des appels à sa mère. De plus en plus timides et effacés, comme si le poids de l'obscurité avait douché ses derniers espoirs. Quand ils apercevaient les lumières d'une habitation ou le haut d'une toiture, Marc se sentait obligé d'en donner le nom des occupants, comme pour meubler une conversation que personne n'avait envie d'avoir. Robert accusait le poids de sa journée, en plus de son embonpoint manifeste. Il soufflait comme un bœuf. Lisa cavalait en tête de cordée et tendait l'oreille à chaque bruit suspect.

Elle se figea soudain.

– Vous avez entendu ?

– Quoi ? dit Marc.

– On aurait dit, je sais pas, une branche qui craque.

Elle scruta la direction tracée par son ouïe. Marc et Robert patientèrent quelques secondes, non sans échanger un regard dubitatif.

– Allez, on avance. C'est sûrement un animal.

00 h 39

La route se divisa bientôt en deux parties : une montée assez large sur leur gauche et un tracé sinueux à l'opposé qui semblait s'enfoncer un peu plus dans les ténèbres.

– Par là on descend vers les propriétés de Francis Joubert, puis de Craig Armond, l'ancien consul américain. Si on monte, on arrive au lac et à celle de Di Stefano.

– Prenons à droite, Papa. Il y a le pool house près du lac. Quelqu'un aura peut-être vu quelque chose.

Les quelques degrés d'inclinaison supplémentaires plissèrent un peu plus le front de Robert. Lorsqu'ils arrivèrent sur le plateau, le miroir apaisé du lac offrait une telle surface de réfléchissement à la lune que toute la zone se trouvait nimbée d'une lumière quasi céleste.

– Mince, ça a l'air fermé, dit Lisa, le regard rivé sur le pool house.

Le bâtiment s'élevait plus loin sur la rive, à une centaine de mètres d'eux. Il donnait la part belle aux baies vitrées et paraissait en effet désert. Pas le moindre lumignon allumé. Lisa avança vers la rive pour mieux scruter une éventuelle présence puis fit demi-tour, la mine grise.

De l'autre côté du lac, les contours de la propriété de Di Stefano se détachaient peu à peu. Un porche gigantesque, des colonnes blanches qui supportaient seules la terrasse du premier étage et deux tours qui s'élevaient des extrémités de la toiture. On ne pouvait nier l'inspiration victorienne de la bâtisse. Néanmoins, l'ensemble gardait une signature visuelle assez ciselée, abrupte. Comme si l'architecte avait su céder aux désirs nostalgiques du propriétaire tout en conservant un coup de crayon résolument moderne. Toute la façade était dans la pénombre, à l'exception de la plus haute fenêtre de la première tour. Di Stefano était lui aussi un oiseau de nuit.

Robert était accaparé par la contemplation de cette villa. Il n'entendit pas son fils le rejoindre.

– Alors ?

– Alors je connais un comte en Transylvanie qui a une baraque plus joyeuse que celle-là.

– Très drôle, siffla Marc entre ses dents.

– Désolé, je suis un peu sur les nerfs moi aussi vois-tu. Et puis…

Il hésita, passa sa main sur ses lèvres, puis tourna la tête pour jeter un œil à Lisa qui longeait le bois.

– Je ne pense pas que tu lui rendes service en rentrant dans son jeu, continua Robert. Ça sera juste une autre désillusion. C'est vrai quoi, si Sandra était là, tu ne crois pas qu'elle serait venue toquer à la porte ?

– Je… Je ne sais pas. Elle voulait peut-être parler à Lisa.

– Ah oui ? Et comment elle serait rentrée dans Alcatraz Park alors ? En sautant en parachute ? Tsss… Crois-en ton vieux père, quarante ans à bosser sous des capots de bagnoles m'auront au moins appris ça.

– Laisse-moi deviner…

– De deux solutions, choisis toujours la plus crédible.

Marc acquiesça. Lui non plus n'était pas convaincu par les allégations de sa fille, et ça lui faisait mal de le reconnaître. Il regarda à nouveau la maison. La lumière avait disparu.

– Je pensais qu'on serait heureux ici, tu sais.

Robert posa une main sur l'épaule de son fils.

– Je me souviens de la première fois, quand nous sommes arrivés. Di Stefano avait organisé un grand cocktail pour nous présenter. Sandra rayonnait. Elle venait d'avoir sa mutation à l'université de Saint-Clair. Tout semblait si…

– AAAAH !

Ils firent volte-face d'un seul mouvement. Lisa se tenait à quelques mètres, les yeux écarquillés comme ceux d'une chouette.

– Lisa ! Qu'est-ce qu'il y a ?

Elle pointa un index fébrile en direction du bois.

– L… Là, des feuilles ont bougé… Une ombre.

Marc accourut. L'adrénaline avait exacerbé tous ses sens.

Une branche craqua.

Il regarda sa fille et posa un index sur ses lèvres.

Ils entendirent le bruissement des feuilles qu'on piétinait, de plus en plus rapidement.

Quelqu'un prenait la tangente.

– Nom de Dieu, lâcha Marc, puis se retournant vers son père : Reste avec elle !

Et il s'enfonça dans le bois en courant.

CHAPITRE 14

00 h 53

Il s'était jeté dans le bois comme un poilu hors d'une tranchée. Bille en tête, sans réfléchir, la peur moulinant l'intégralité de ce que son estomac pouvait contenir.

Il dévala le talus à grandes enjambées, en essayant de se focaliser sur les bruits que l'écho lui renvoyait. Et uniquement là-dessus.

Mais au bout de quelques secondes, il dut se rendre à l'évidence.

Il n'entendait plus rien.

Il stoppa net sa course et essaya de sonder l'environnement. Dans certaines zones, le noir plongeait dans des profondeurs abyssales. Les troncs des hêtres et des chênes atteignaient de tels sommets qu'ils semblaient repousser le ciel toujours plus haut. Quelques rayons de lune parvenaient à percer çà et là, comme la flamme d'une lampe à travers les interstices d'une vieille porte vermoulue. Tout juste suffisant pour que son esprit puisse modéliser l'espace et s'y repérer.

Il balaya la zone avec la torche et suivit le faisceau d'un regard inquiet. Le flux lumineux était beaucoup trop étroit pour lui permettre d'embrasser un angle suffisamment large. Il glissait sur l'écorce humide des troncs comme dans un carrousel macabre.

Marc jeta un œil par-dessus son épaule. Il n'avait pas parcouru cent mètres, néanmoins le plateau du lac n'était déjà plus visible. La forêt s'était refermée sur lui.

Un vent léger se mit à souffler, juste assez pour mettre la nature en mouvement, réveiller les murmures et faire danser les ombres.

Il avança de quelques pas.

Il n'avait pas rêvé tout à l'heure. Lisa non plus, en dépit de sa tendance à vouloir vraiment croire que sa mère était dans le Parc.

Et si…

Crac !

Son visage se braqua vers l'origine du bruit, suivi du faisceau de la MagLite. Le halo jaunâtre attrapa deux branches qui ondulaient plus que les autres.

– Qui est là ?

Le vent souffla une nouvelle fois, plus fort. Quelques feuilles volèrent et s'en allèrent tourbillonner au loin, pour mourir au pied d'arbres qu'elles ne connaissaient pas.

Marc avança à pas de loup, la torche braquée sur les deux branches et le tronc auquel elles appartenaient. Un chêne centenaire suffisamment large pour cacher les silhouettes de deux personnes de profil.

– Montrez-vous !

Puis, à l'intox :

– La sécurité du Parc est prévenue ! Ils arrivent !

Tels qu'il voyait certains vigiles, ceux-ci devaient plutôt être vissés au fond de leur canapé, une bière et une manette de PlayStation dans les mains. On était loin du RAID.

Il n'était plus qu'à deux mètres du chêne.

Il sentait les pulsations dans sa poitrine qui gagnaient en cadence. Une sueur froide glissa le long de son échine. Sa poigne se referma sur le culot de la lampe torche encore plus fort, prête à s'en servir comme d'une arme au cas où.

Et soudain, le visage souriant de sa femme occupa toute la toile de son esprit. Une fulgurance, un flash, le temps d'une photo dont la rémanence ne le quitta plus.

Et si…

Il jugea ses mots parfaitement ridicules quand ils sortirent de sa bouche.

– S… Sandra, chérie, c'est… C'est toi ?

Mais il les avait quand même prononcés.

Il bondit derrière l'arbre.

Personne.

Il inspecta le périmètre. Vide. Il avait monté toute cette histoire en épingle. Y avait-il vraiment eu quelqu'un qui les suivait ? Et qui s'était enfui ? Si tel était le cas, il était déjà loin.

Et ce n'était pas sa femme.

– Tu ferais un piètre chasseur, pensa-t-il à voix haute.

Des cris commencèrent à percer l'opacité de la forêt.

– Papa ! T'es où ?

– 'de Dieu, Lisa, attends-moi nom d'un chien…

Bien sûr, elle l'avait suivi. Qu'est-ce qu'il pensait ?

Il contourna l'arbre pour revenir sur ses pas et leur faire signe.

S'il s'était retourné une seconde plus tôt, il aurait vu la branche arriver ou même l'ombre qui la tenait.

Et il l'aurait peut-être évitée.

Au lieu de ça, il la prit en pleine nuque.

Quand il s'écroula sur le sol, il sentit la boue se mêler au goût métallique du sang sur ses lèvres et dans sa bouche.

Et puis plus rien.

CHAPITRE 15

Il posa la tasse de thé fumante sur le vaisselier. C'était son deuxième de la soirée, il avait cédé à la tentation tant il le trouvait parfait dans sa réalisation. Il avait eu tout à fait raison d'acheter ce thermomètre gastronomique au téléachat, une belle trouvaille pour maîtriser tout type de cuisson ou pour porter l'eau à une température parfaite. Il pouvait ainsi savourer son darjeeling à 10 °C de plus qu'un thé vert ce qui, avouons-le, faisait toute la différence.

Il se rendit compte qu'il n'avait pas pris de sous-tasse et se leva pour aller en chercher une à la cuisine. Il détestait les auréoles laissées par les verres, surtout sur un meuble de ce prix. Il posa la tasse sur sa soucoupe bien au centre pour ne pas risquer de la renverser d'un geste brusque. Puis il ouvrit le premier tiroir et en tira une boîte à bijoux dont le placage en acajou et le fermoir doré scintillèrent sous la lumière douce du luminaire.

Il aimait tant se plonger dans la contemplation de ses trésors de temps à autre. Le soir surtout, avec une bonne infusion. Il ne comprenait pas ces gens qui se lançaient dans des collections pour les cacher dans des coffres ou derrière les vitrines des salles d'exposition. Non, lui aimait laisser son regard autant que ses doigts courir sur ses œuvres, pour repartir dans cette vallée sensorielle riche de souvenirs et revivre les moments importants par la seule force de sa pensée.

Il ouvrit la boîte et en sortit son contenu. Il en avait neuf désormais. Un chiffre que l'on pourrait interpréter comme un manque d'ambition, mais qui se justifiait par la fraîcheur de sa collection. Il en étala quelques-unes sur la table du salon. D'abord les plus importantes, celles qui lui avaient laissé un souvenir impérissable. Il aimait imaginer toutes ces trajectoires lancées au hasard sur l'échiquier de la vie. Les lignes qu'elles avaient suivies, les entrelacs, les courbes, autant de décisions que l'on prenait chaque jour et qui influençaient tout ou partie de votre destinée. Lui n'était intervenu qu'à la toute fin, pour réunir ces lignes comme on confectionne un bouquet majestueux.

En serrant les fleurs par leurs tiges.

Et en les tranchant.

Mais le plus beau n'était pas là. Non, la pièce maîtresse de toute son œuvre, c'était le libre arbitre. Toutes avaient eu le choix. Celui d'accepter de boire un verre, de monter dans une voiture avec un parfait inconnu, d'accepter de se faire raccompagner. De s'engager sur une dernière trajectoire.

Son regard se posa sur la plus récente. Il se crispa. Celle-ci ne lui donnait pas entière satisfaction. Mais c'était en partie sa faute. Il avait cédé à la tentation de la jeunesse, dix-neuf ans, alors qu'il restait plutôt focalisé sur des femmes un peu plus âgées d'ordinaire, de sa génération. Il avait néanmoins remarqué son attirance croissante pour des cibles plus fraîches. Mais force était de constater que celle-ci n'était pas un bon cru. Elle manquait cruellement de volonté, de « moelle » comme on disait. Il avait suffi qu'il lui passe le collier pour qu'elle sombre tout de suite dans les supplications.

Bien sûr, personne n'aimait le collier, il en convenait volontiers. Mais quand même. La précédente avait eu la rage de vivre jusque dans les derniers jours. Elle s'était vraiment battue et il l'avait respectée pour ça. Plus de trois mois, c'était un nouveau record. Et qui ne risquait pas de tomber avec sa nouvelle pensionnaire. Elle avait déjà tout lâché alors que cela ne faisait que cinq jours. Mais à quarante ans on avait peut-être plus conscience des choses qu'on laissait derrière soi.

En tous les cas il devrait bien y trouver son plaisir, maintenant qu'elle était là. Peut-être qu'en accélérant un peu les choses… Elle tiendrait bien deux ou trois semaines. Oui, c'était cela, il fallait accélérer un peu. Il regroupa tout son étalage avec minutie dans la boîte d'acajou. Ce beau coffret à bijoux qu'il avait toujours vu sur la table de nuit de sa mère. Petit, il le concevait comme la cachette à trésors ultime, un écrin si précieux et si convoité. Mais dès qu'il s'en approchait d'un peu trop près, sa mère entrait dans des colères noires, « Va-t'en d'ici, tu n'es qu'un vilain garçon ! », « Qu'est-ce qui m'a donné un fouineur pareil ? ».

Il remit la boîte dans le tiroir et le referma avec précaution. Il retourna dans la cuisine pour laver la tasse, le thé avait tendance à noircir la porcelaine si l'on n'y prenait garde. Tout en la posant sur l'égouttoir, il réfléchissait. Accélérer, oui. C'était ça. Il sentit le germe de l'excitation éclore dans son esprit.

Il regagna le salon d'un pas vif.

Oui, il allait voir ce qu'elle valait vraiment.

Il passa dans le couloir, prit la petite clé accrochée au clou près de la porte qui amenait au sous-sol.

Cette petite chouineuse, elle n'était pas bien mûre, mais il allait la presser comme il fallait.

Il dévala les escaliers, sentit un frisson lui caresser les épaules lorsqu'il retrouva les effluves de la cuve à fioul et la pâleur chirurgicale de l'éclairage.

Elle devrait se battre, elle devrait résister, elle devrait lutter.

Il avança vers l'établi, hésita. Mais déjà ses doigts ne tenaient plus en place. Non, il allait faire simple. Il prit la paire de gants de cuir noir qui était retenue à un petit crochet, puis un autre ustensile juste à côté.

Oui, simple, pensa-t-il. Mais efficace.

Il fit volte-face pour se retrouver face à la première des deux portes d'acier.

C'était là, maintenant, que tout se jouait. Il le savait. La mécanique du plaisir commençait à huiler ses rouages et il entrevoyait la jouissance ultime. Après, tout serait fini, il se sentirait vidé, détendu, mais cela ne serait rien en comparaison de ce pic d'excitation qui le prenait en otage à cet instant précis, derrière cette porte, avant d'entrer.

Il enfila les gants de cuir.

La scène se déroula rapidement dans sa tête. Par quoi allait-il commencer ? Comment allait-elle le regarder, le supplier ? Allait-elle abdiquer ?

Non, il ne voulait pas qu'elle rende les armes tout de suite, cette petite salope, il fallait qu'elle se batte. Il voulait de la résistance. Du conflit.

Il sentit son sexe durcir sous son pantalon.

Un état de plénitude intense s'empara de lui. C'était le moment.

Il inséra ses doigts gantés dans le petit ustensile. Il n'était pas un inconditionnel du poing américain, mais il lui reconnaissait une certaine praticité à l'utilisation.

D'ici quelques secondes, il entrerait dans cette pièce si parfaite qu'il avait construite de ses propres mains.

Dans son terrain de jeu.

Ce serait court, mais intense. Il devrait en profiter, car elle n'en ressortirait pas indemne et serait forcément moins productive pour les prochaines sessions. Il le savait.

Car, comme disait si bien sa mère, il finissait toujours par casser tous ses jouets.

CHAPITRE 16

8 h 27

– *Marc ! Marc, tu es là ?*

– *S... Sandra ? Sandra ! Chérie, c'est bien toi ? Oh, mon Dieu, je n'arrive pas à y croire. J'ai cru devenir fou !*

– *Je sais. Mais...*

– *Qu'est-ce que tu as ?*

– *J'ai... j'ai mal au ventre Marc.*

– *Enlève ta main, fais-moi voir. Oh mon Dieu ! C'est du sang, Sandra, du sang ! Sur ton chemisier !*

– *J'ai froid Marc. J'ai si froid tout d'un coup.*

– *Ça va aller chérie. Ça va aller... Oh mon Dieu ! À l'aide ! Aidez-moi !*

– *C'est fini Marc, c'est fini et c'est de ta faute.*

– *Quoi ?*

– *Tout est de ta faute ! DE TA FAUTE, MARC !*

– Marc ! Hé ho, Marc !

De ta faute !

– Marco !

Tout est de ta faute !

– Marco, hé Marco, réveille-toi !

Il ouvrit un œil et reconnut la sensation familière de la taie d'oreiller sur sa joue. La main épaisse de son père lui secouait l'épaule. Il se releva dans le lit et observa les lieux comme s'il les voyait pour la première fois. Le voile qui enveloppait son esprit mit quelques secondes à se dissiper.

– Nom d'un chien, Marco, tu gueulais comme un âne. Comment tu te sens ?

– Je…

Il porta la main à la base de sa nuque. Ses doigts glissèrent sur la bande adhésive qui maintenait la compresse en place.

– J'ai l'impression qu'il y a un concert de Metallica là-dedans. Bordel…

– Estime-toi heureux ! On t'a retrouvé au pied d'un arbre, la gueule de travers. Qu'est-ce qu'il s'est passé ?

– Je ne me souviens plus.

– Tu as eu de la chance. On a pu te ramener et appeler le médecin de nuit. Il t'a fait sept points de suture. La plaie est légère qu'il a dit, mais la commotion devrait durer quelques jours. Tu as des cachets à prendre. Je suis allé te les chercher à la pharmacie.

– Mais… Quelle heure est-il ? demanda Marc tout en voyant la lumière matinale mordre les rideaux de la baie vitrée.

– ’Sais pas. Huit heures, huit heures trente.

– Merde…

Il passa ses jambes par-dessus le rebord du lit, essaya de se propulser en avant à la force des bras, mais s’affaissa sur lui-même avant même de pouvoir se lever.

– Tu es encore faible ! Le docteur l’a dit ! Tu peux avoir des vertiges.

– Putain… ma tête.

– Viens, appuie-toi sur moi.

Robert l’aida à se mettre debout et s’écarta quand il le trouva suffisamment stable. Mais juste de quelques centimètres, au cas où.

Marc leva la main.

– Ça va, ça va, ne t’inquiète pas. Je devrais quand même pouvoir enfiler mon jean.

– Ah ben ça non, pourquoi je m’en ferais ? On se le demande.

– Où est Lisa ?

– En bas, dans le salon.

– Elle va bien ?

– Elle a été choquée. C’est elle qui t’a vu la première. Elle a cru que tu étais mort.

Marc se raidit et la douleur le relança jusque dans son dos. Le seul fait d’avoir occasionné une telle frayeur à sa fille lui donnait la nausée.

– Et… Marco… Tu te souviens vraiment de rien ?

– Qu’est-ce que tu veux dire ?

– Tu es quand même parti aux trousses de quelque chose cette nuit. En tout cas tu le croyais.

Et Lisa aussi, elle ne m'aurait pas autant tanné pour te suivre sinon.

La course dans les bois. Elle n'était plus qu'un patchwork de sensations cousu à la surface de sa mémoire. La terre argileuse, l'atmosphère opaque, oppressante, l'ombre des arbres qui le faisait suffoquer, qui écrasait tout. Et puis cet éclair, cette douleur saisissante. Et le trou noir. Il fit un effort pour aller puiser dans les limbes de son subconscient. En vain.

– Je n'ai vu personne.

– Ta nuque est là pour en témoigner, grinça Robert.

– Il y avait quelqu'un, c'est sûr. La branche n'est pas arrivée là toute seule.

– Ta forteresse n'est pas si hermétique que ça. Quelqu'un a pu entrer dans le Parc et t'agresser. C'est un fait.

– Le même qui serait venu crier sous les fenêtres de Lisa ?

– Tu crois encore à cette histoire ?

Marc éluda la question. Il boutonna sa chemise comme un automate jusqu'à l'avant-dernier œillet avant de voir que son père restait suspendu à ses lèvres.

– Tout est possible, dit-il.

– Mouais, eh ben moi je te fiche mon billet que la gamine a entendu ce qu'elle voulait entendre. Et je ne la blâme pas ! Avec tout ce qu'elle a vécu, c'est même un miracle qu'elle soit pas devenue folle. Pauvre gosse.

– Elle est forte, comme sa…

Une boule dans sa gorge l'empêcha d'aller plus loin. Robert détourna le regard. Il alla à la fenêtre pour s'occuper et écarta les rideaux. La lumière inonda la pièce, obligeant Marc à mettre sa main en visière pour que l'agression ne soit pas trop brutale.

– Ah au fait, continua Robert, je me suis arrêté voir la sécurité en revenant de la pharmacie. Je leur ai parlé de cette nuit.

– Et ?

– Ils avaient l'air de tomber de la lune, Gregory et l'autre zouave là…

– Alain ?

– Oui, peut-être. Grand, des lunettes, un sourire bizarre.

– C'est lui.

– Ils m'ont dit qu'ils allaient vérifier les vidéos.

– OK.

Le silence glissa dans la pièce. Marc se rassit sur le bord du lit, face à la baie. Son regard s'évada par la vitre, enjamba le garde-corps en inox de la terrasse et se dispersa dans le paysage. La pluie avait laissé place à un ciel plus dégagé. Seule une fine brume cotonneuse habillait les arbres et dessinait les cimes. Au loin, les premières lueurs de Saint-Clair scintillaient comme un métal précieux au fond d'une grotte.

Tout est de ta faute !

Les cris de la Sandra de son rêve se répercutaient encore dans son esprit. Un écho tenace qui ne le quittait plus.

– Bon, je… je vais descendre. On a fait du café.

– J'arrive, dit Marc, lymphatique.

– D'accord. Je préviens Lisa.

Robert se sentit obligé de refermer la porte derrière lui avec précaution, comme lorsque l'on quitte une chambre d'hôpital. Marc se leva. Il avisa l'iPhone qui patientait sur sa table de chevet. Plus que 8 %, indiquait l'icône de batterie. Il allait le brancher au chargeur lorsqu'une notification attira toute son attention. Il déverrouilla l'iPhone d'un glissement de pouce.

Le message s'afficha de façon quasi instantanée.

Votre adresse : avenue Jean-Moulin,
Drap, Alpes-Maritimes. Entre le 35
et le 39. Remerciez la borne,
mais surtout le clocher.
Vous m'en devez une ;)

Une suite de chiffres suivait, des coordonnées GPS.

– André, merci, articula-t-il sans quitter l'écran des yeux.

Ces satanés geeks, on pouvait toujours compter sur eux.

CHAPITRE 17

8 h 53

– C'est où ça, Drap ? Et ça se dit comment ? Comme un drap ? Ou bien « drape » ?

Robert faisait les cent pas dans la cuisine et cogitait à voix haute pour calmer ses nerfs en pelote. En bout de comptoir, Lisa arborait une moue soucieuse. Sentiment accentué par la teinte bleutée que la luminosité de l'iPad donnait à son visage.

Marc leur avait dressé le topo juste après les avoir rejoints : le lieu où la photographie avait été identifiée se trouvait dans le sud de la France, dans une petite ville appelée Drap.

– C'est certain ? avait demandé Robert.

– À plus de 97 %.

C'était mot pour mot la réponse qu'il avait reçue d'André Veil lorsqu'il lui avait demandé le degré de certitude de l'information dans un deuxième message. Il attrapa la carafe de café encore fumante et s'en versa une pleine tasse. Ce n'était sûrement pas la boisson la plus recommandée pour qui venait de se faire assommer à coup de branche quelques heures auparavant, mais il avait grand besoin d'un coup de fouet qui l'aiderait à se remettre les idées en place. Et il savait que son père était plutôt du genre à vider la moitié d'un paquet de moulu pour préparer trois tasses qu'à faire un jus de chaussette comme ceux qu'on vous servait au McDo.

Il avala deux analgésiques et les fit glisser dans une gorgée brûlante. Robert avança vers lui, il semblait ne plus tenir en place.

– Bon, et qu'est-ce que t'as prévu de faire ?

– La seule chose à faire, dit Marc, aller sur place. Retrouver cette fille et essayer d'en savoir plus sur cette histoire de message et de médaillon.

– Dans le Sud… Hum, ça doit bien te faire mille bornes aller-retour, cette histoire.

L'embarras dans sa voix était palpable, ce qui fit naître une pointe d'agacement chez Marc.

– Tu n'as pas l'air très emballé, dis-moi.

– Non, non, c'est que…

– Moi je ne suis pas emballée !

La voix de Lisa avait déferlé de l'autre bout de la cuisine telle une rafale de vent balayant tout sur son passage. Marc tourna la tête, la morsure des points de suture dans la chair lui arracha une grimace. Sa fille avait quitté sa chaise et se tenait debout face à eux, un air de défi dans le regard. En la voyant ainsi lancer des éclairs, une anecdote lui revint en mémoire. Elle devait avoir six ans, peut-être sept, et il devait l'accompagner à la fête d'anniversaire d'une amie. Mais comme bien souvent, il avait accepté la réunion de trop et il était arrivé en retard, si bien que Sandra avait dû se charger de la déposer. Lorsqu'il était arrivé pour la récupérer à la fin de la fête, elle lui avait préparé son accueil. « Tu avais promis Papa ! Plus jamais en retard ! Promis, c'est promis ! », avait-elle dit en agitant l'index et en camouflant son sourire sous son air le plus dur. Le lendemain, il l'avait emmenée faire des tours de manège et manger une glace pour se faire pardonner. Comme à chaque fois que ses promesses ne trouvaient aucun écho dans ses actes.

– Je ne suis pas emballée du tout !

– Lisa…

Elle éleva la voix encore plus.

– Mais réfléchis deux secondes !

Ses yeux brillaient comme les lumières d'un phare pris en pleine houle. Il aurait du mal à s'en tirer avec une tournée de crème glacée, cette fois-ci.

– Tu as été agressé cette nuit ! J'ai entendu des cris sous ma fenêtre ! Vous me prenez pour une folle, OK ! Mais même si ce n'était pas Maman, il y avait quelqu'un ! Je vous jure qu'il y avait quelqu'un ! Et toi… Toi tu veux… T'en aller je sais pas où dans le Sud ! Non, mais… Mais…

Les sanglots la rattrapèrent dans sa colère. Deux sillons humides coulèrent de ses joues jusqu'à la commissure de ses lèvres. Sa silhouette commença à tanguer et elle dut poser la main sur le plan de travail pour ne pas perdre l'équilibre.

Robert fut le premier à intervenir.

– Doucement, dit-il en la rattrapant par les épaules.

– Ça va, Grand-Père, ça va.

– Lisa s'il te plaît, avança Marc, essaye de comprendre. Il faut qu'on tire cette histoire de médaillon au clair, tu ne crois pas ?

– Je ne veux pas que tu partes ! Je ne veux pas ! Pas maintenant !

Elle se détacha de son grand-père et alla coller son front à la baie vitrée. Marc vit ses épaules se soulever par intermittence comme lorsqu'on ne parvient pas à trouver son second souffle. Il s'approcha et son reflet dans la vitre se superposa bientôt à celui de sa fille.

– Je sais ce que tu ressens, déposa-t-il dans le creux de son oreille.

Elle renifla et se retourna.

– Ça m'étonnerait, tu vois.

– Si. J'ai peur, moi aussi.

– Ah ouais ?

– Oui. Je crève de trouille. À cause de la disparition de Maman bien sûr, à cause de cette nuit, mais aussi avec cette histoire de photo. J'ai peur de ce que je pourrais trouver.

Il l'attira un peu plus vers lui et passa un pouce sur sa joue pour gommer ses larmes. Il sentit un désarroi profond émaner d'elle.

– Qu'est-ce qui va encore nous tomber dessus Papa ?

– Je ne sais pas, ma puce. Je sais juste que nous devons aller au bout de cette histoire.

– Mais si… Si tu meurs ! Je ne veux pas te perdre ! Tu es tout ce qu'il me reste, dit-elle en se serrant contre lui.

– Sympa pour le vieux, grommela Robert.

– Je te promets que ça n'arrivera pas.

Elle leva le visage et planta ses yeux dans les siens. Deux billes d'un bleu intense qui avaient déjà beaucoup trop brillé ces derniers mois, mais qui portaient toujours la même incantation. Il savait bien ce qu'elle pensait.

– Promis, c'est promis, ajouta-t-il.

Elle le serra dans ses bras. Puis elle alla voir son grand-père pour l'embrasser sur la joue. Il lui rendit un clin d'œil.

– Bon, y a plus qu'à voir où est ce patelin précisément, dit Marc.

– C'est à dix kilomètres de Nice.

Il regarda sa fille avec étonnement.

– Tu as cherché ?

– Oui, sur l'iPad, dès que tu nous as donné l'adresse.

Elle osa un sourire.

– Il faut aller au bout, tu as raison, ajouta-t-elle.

Il la savait forte, elle avait de qui tenir. Mais elle ne cessait de le surprendre.

– Tu vois, dit-elle en lui apportant l'iPad ouvert sur l'application Plans, il y a plein de petits bleds autour. La Trinité, Cantaron, Saint-André, Laghet, ça n'a pas l'air bien grand.

Le visage de Marc se figea, il plissa les yeux.

– Laghet ?

– C'est marqué là, regarde (elle zooma sur l'écran en écartant le pouce et l'index). C'est minuscule. On dirait qu'il n'y a même pas une habitation.

– Tape-le sur Google. Tape le nom, s'il te plaît.

Robert se rapprocha. Il avait l'air de ne pas aimer l'intonation dans la voix de son fils.

– Voilà, dit Lisa, ça vient. Ah, apparemment c'est un sanctuaire religieux. C'est ce qui sort en premier et le code postal est le même que pour Drap.

– Bordel, lâcha Marc en se laissant tomber sur une chaise. Ma puce, ce sanctuaire, ta mère y a vécu quelques mois. Il y a plus de vingt ans.

Lisa écarquilla les yeux.

– Vous croyez toujours que cette histoire de fille et de photo n'a rien à voir avec elle ? demanda Marc d'un ton fataliste.

CHAPITRE 18

9 h 31

Lisa se rassit sur la chaise. Elle serrait l'iPad sur ses cuisses, mais ne quittait pas son père des yeux. Marc mit quelques secondes à clarifier ses pensées et à choisir la façon de présenter les choses à sa fille.

– Quand j'ai rencontré ta mère, elle était étudiante en droit, à Paris, depuis quelques mois. Nous nous étions croisés deux ou trois fois en soirées, avec des amis communs. Je n'avais pas grand-chose à voir avec son univers, à l'époque je passais surtout mon temps à bricoler des ordinateurs.

– On se demandait bien ce qu'on allait faire de toi, coupa Robert.

Lisa lui donna un coup de coude pour le faire taire.

– Nos premières semaines de flirt furent très agréables. Mais Sandra demeurait encore assez secrète sur pas mal de choses la concernant, enfin tu la connais, tu vois ce que je veux dire.

Lisa acquiesça de la tête, ses lèvres s'animèrent sur un « oui » qui mourut à peine prononcé.

– Mais elle dut bien se résoudre un jour à ne plus éluder certaines questions. Je n'étais pas forcément pressé de rencontrer ma future belle-famille (qui l'est, à vingt-deux ans ?), mais je m'interrogeais de plus en plus lorsqu'elle bottait en touche à chaque fois qu'on abordait le sujet de nos parents.

– Elle ne t'avait pas encore dit qu'ils étaient décédés ?

– Non, elle me l'a appris ce jour-là, alors que nous marchions sur les bords de Seine. Un aveu comparable à un accouchement. Elle m'expliqua comment, à cause de la profession de son père, ils avaient passé les quinze dernières années à déménager de ville en ville et tous les sacrifices que cela avait impliqués pour elle. Les changements d'école, les amis que l'on quitte et qu'on ne reverra jamais, les liens qu'on peine à renouer…

– Mon grand-père maternel, il était dans l'immobilier, c'est ça ?

– Oui, responsable de programmes de construction. Il changeait de département en fonction des nouveaux chantiers. Lorsqu'ils sont arrivés sur la Côte d'Azur, ils avaient décidé de s'y installer. Mais le sort en a décidé autrement. Un camion a percuté leur voiture un soir. Ils sont décédés sur le coup. Par la grâce de Dieu, ta mère n'était pas avec eux.

– Quel est le rapport avec ce sanctuaire ? demanda Robert.

– Sandra n'avait aucune autre famille. Elle s'est retrouvée pupille de la nation à seize ans. C'est dans ce sanctuaire religieux de Laghet que les sœurs l'ont accueillie et se sont occupées d'elle, comme d'autres jeunes dans son cas, jusqu'à sa majorité. Elle y a poursuivi ses études, avant de monter à Paris.

– Toute cette époque a dû être atroce pour elle, dit Lisa en se couvrant la bouche de la main.

– Elle n'en parlait jamais. Ce jour-là, elle s'est confiée un peu plus que les autres et elle a résumé son séjour chez les sœurs ainsi : « elles m'ont ressuscitée, mais j'y suis morte une seconde fois ».

– Mais qu'est-ce que ça veut dire ? s'étrangla Lisa.

– Je n'en sais rien. Mais cela a forcément un lien avec la fille de la photo.

– Une amie à elle, du temps de sa présence chez les sœurs dit Robert.

– Peut-être. En tout cas, il faut que je tire ça au clair.

Il se leva et Lisa le suivit du coin de l'œil.

– Tu ne veux pas que je vienne, j'imagine ?

La mine embarrassée de Marc se passait de toute réponse. Son regard attrapa celui de Robert, comme un appel à l'aide. Le septuagénaire s'approcha de sa petite-fille et lui mit la main sur l'épaule.

– On va rester là tous les deux, hein ma cocotte ?

– Ai-je le choix ?

Elle se leva et quitta la pièce en soufflant.

9 h 52

Marc était dans l'entrée, un sac bowling à la main dans lequel il avait jeté à la hâte quelques affaires de rechange et sa trousse de toilette. Il attrapa la clé du Range Rover et déposa un baiser sur le front de sa fille qui faisait le pied de grue devant la porte.

Il la vit lorgner son sac, anxieuse.

– Tu comptes rester longtemps ?

– Deux jours, peut-être trois. Ou moins. Je n'en sais rien, en fait. Si je retrouve la trace de cette fille, enfin, si c'était une amie de ta mère, c'est une femme maintenant, ça peut aller vite.

– Mais comment vas-tu faire, là-bas ?

– Tu l'as dit toi-même, ce sont des petits bleds. Tout le monde a un œil sur tout le monde. Et si c'était une pensionnaire de l'orphelinat du sanctuaire, ça sera encore plus simple. Les sœurs ont sûrement gardé sa trace. C'est par là que je vais commencer. Ne t'inquiète pas, ma puce.

Il s'efforçait de donner une couleur pleine d'assurance à sa voix, mais dans son esprit les questions fusaient comme des balles de revolver. Et si Sandra se cachait là-bas pour ne pas être retrouvée comme l'avait pensé Lombardier ? Et si toute cette histoire de fille au médaillon n'était qu'un fantasme de leur esprit en détresse et en quête de n'importe quelle vérité, aussi absurde soit-elle ? Et s'il arrivait quelque chose à sa fille en son absence ? Et si…

Et si… Il serra le garrot d'un coup sec autour de son imagination.

Il fit signe à Robert de le suivre à l'extérieur, jusqu'à la voiture.

– Écoute, lui dit-il alors que le hayon électrique du Range s'ouvrait à leur approche, je compte sur toi pour ne pas la quitter d'une semelle. Pas de sieste cette fois-ci.

– Ne t'inquiète pas. Mais tu ne penses pas qu'on devrait prévenir les flics ? Ou même seulement Bossec. Pour ton agression, quand même.

Il vit les traits de son père se tirer un peu plus sous l'effet de la fatigue, mais surtout de la nervosité. Il devait bien le rassurer sur un point.

– OK, appelle Bossec si tu veux. Raconte-lui qu'un individu est entré dans le Parc et m'a agressé, que j'ai dû m'absenter pour une urgence, mais que je viendrai déposer une main courante à mon retour.

– C'est sûr, il va prendre ça au sérieux.

– On verra. Je vais m'arrêter au QG de la sécurité avant de partir, voir s'ils ont enregistré quelque chose sur les caméras et leur dire de faire plus de rondes devant chez nous. Mais le plus important, c'est que Lisa ne soit jamais loin de toi. Compris ?

– Oui je t'ai dit. Que quelqu'un essaye seulement de rentrer, tiens ! J'ai ma Winchester dans le coffre de la bagnole, je lui fais sauter le caisson direct.

– Cette vieille pétoire ! Un jour elle va t'exploser à la figure, oui.

– ’de Dieu Marco, le fusil de ton grand-père, celui sur lequel t’as appris à chasser ! Un peu de respect !

– Je n’ai jamais été très doué pour ça, souviens-toi.

Robert grommela en se frottant le menton. Marc s’installa à bord du véhicule. Avant que la porte ne se referme sur lui, il regarda son père dans les yeux en le pointant de l’index et en prononçant un dernier mot : « Lisa. »

Le Range démarra, manœuvra pour quitter sa place de parking. Lorsqu’il atteignit l’entrée de la propriété, Marc glissa un regard dans le rétroviseur pour voir Robert agiter la main une dernière fois, avant de tourner les épaules et de regagner la villa.

CHAPITRE 19

10 h 03

Marc se gara sur le parking visiteur qui bordait la route, face à la guérite.

Il remonta la coulée de bitume avant de repérer le début du sentier qui s'enfonçait dans les bois et qui menait au poste de sécurité. Face à lui, le Parc s'affichait dans toute son immensité, sauvage et opaque. Seule la première villa, celle des Drancy, se dégageait de ce tableau en élevant sa robe blanche au-dessus des haies taillées au cordeau.

Son regard glissa le long de la façade crépie, remonta jusqu'au premier étage et au fer forgé noir qui ondulait le long de la terrasse et s'arrêta sur la baie vitrée juste derrière. Un voilage en mousseline faisait office de rideau et il entrevit une silhouette qui refusait de prendre la lumière. Féminine, aussi effacée que le voile, quasi spectrale. Il leva la main pour la saluer. Elle ne bougea pas.

Il n'avait jamais été très proche de Melinda Drancy. Sandra et elle avaient commencé à nouer quelques liens à leur arrivée au Parc, mais ils s'étaient vite distendus.

Le gravier continua à frotter sous ses semelles pendant une cinquantaine de mètres, puis la masse cubique d'une petite construction grisâtre émergea de derrière les arbres. La porte principale était entrouverte, il entra en s'annonçant.

L'intérieur était austère. Une première pièce à la décoration sommaire, presque spartiate, leur servait de salle de repos et de cantine. La porte battante à gauche de l'entrée menait aux « Vestiaires & WC » comme l'indiquait la plaque qui y était collée. Marc avisa une porte vitrée à sa droite, floquée de l'inscription « Contrôle », et entra sans frapper.

Il se trouvait dans le centre névralgique de l'endroit. Une douzaine d'écrans LCD recouvraient tout un pan de mur. Un autre espace était dédié au stockage de données avec plusieurs serveurs disposés sur des racks qui clignotaient comme des guirlandes de Noël. Au milieu de toute cette technologie, Gregory, dos à la porte, était de corvée de visionnage tandis que ses collègues devaient sûrement traîner leurs Rangers autour des villas du Parc. Il était avachi sur son fauteuil, les pieds croisés sur le plateau du bureau, absorbé dans les premières pages d'un épais roman.

– Alors, la lecture est bonne ?

– Hein, ah, fit-il en sursautant, Monsieur Vasseur ! Com… Comment allez-vous ? Oui, merci, c'est un très bon livre.

Il n'avait pas l'air de déceler l'ironie dans la voix de son interlocuteur. Il continua dans la même dynamique.

– J'en suis qu'aux premières pages. Un polar. Paraît qu'il est en lice pour un prix ou un truc dans le genre.

– Le Goncourt peut-être ?

– Oui c'est ça ! Le Concourt !

N'ayant pas de temps à gaspiller, Marc coupa court aux enfantillages.

– Gregory, vous savez ce qui m'est arrivé cette nuit.

– Oh oui, votre père est passé ce matin. Incroyable ! Une agression ? Dans le Parc ? Vous êtes sûr que la branche n'est pas tombée à cause du vent ou bien d'un animal ?

Le sang afflua dans ses tempes et la chaleur de la cicatrice lui brûla la nuque.

– Non, je suis sûr. Peut-on voir les caméras qui sont à cet endroit ?

– Où ça ? Dans les bois ?

– Oui.

– Malheureusement non.

– J'insiste.

– C'est juste qu'il n'y a pas de caméras dans les bois. Pour quoi faire ? Filmer les parties de pattes en l'air des écureuils ! On n'y verrait pas grand-chose !

S'il rit de bon cœur à sa blague, Marc hurla intérieurement. L'envie lui vint de retourner chercher la Winchester de son père.

– Gregory…

– Oui, oui pardon. Quel idiot je suis ! Je suis désolé Monsieur Vasseur. Ma femme me le dit toujours.

– Elle doit bien vous connaître.

– Ah ça… ajouta-t-il en baissant les yeux.

– Et pour ces caméras, donc ?

– Eh bien, les deux cent cinquante sont réparties sur tout le tour du Parc, au niveau des grilles, et puis le long des routes intérieures.

– Et près des maisons donc. J'en ai vu deux ou trois en face de chez moi.

Gregory agita les mains devant lui en signe d'affolement.

– Oui, mais elles sont toutes dirigées vers les routes. On ne filme pas les gens chez eux, vous pensez !

– OK, donc, qu'est-ce que vous pouvez me dire ?

Le vigile se pencha sur son clavier et souffla dessus pour faire voler quelques miettes qui s'incrustaient entre les touches. Il posa la main droite sur une sorte de trackball qu'il anima de l'index et du majeur.

– Je vais vous montrer. On va remonter vers une heure du matin, c'est ça ? C'est ce qu'a dit votre père.

– Oui, à peu près.

Une liste de fichiers s'afficha sur l'un des écrans, il venait d'entrer dans les serveurs de sauvegarde. Il les fit défiler jusqu'à trouver ceux qu'il cherchait.

– OK, alors les voilà. Les cams 36 et 38.

Une première vidéo apparut sur l'écran. Il fit rouler le trackball un peu plus vite et les images s'animèrent en saccades, comme dans un film de Charlie Chaplin. Au bout de quelques secondes, Marc et Robert entrèrent dans le cadre. Gregory remit sur lecture. Marc revit la discussion qu'il avait eue avec son père face à la villa de Fulvio Di Stefano. Puis leur sprint lorsque le cri de Lisa avait déchiré la nuit.

– Hop, cam 38, dit Gregory.

L'image sauta dans un autre angle. On distinguait cette fois Lisa, près du bois, Marc qui arrivait à sa hauteur, patientait quelques secondes, avant de s'engouffrer entre les arbres.

– Vous n'avez aucun autre angle ?

– À cet endroit-là ? Non.

– Merde.

– Désolé.

La mâchoire de Marc se contracta. Il pensait vraiment que ces caméras allaient lui être d'une meilleure utilité. Il mit ses cellules grises en ébullition. Il y avait sûrement autre chose à voir.

L'idée lui traversa l'esprit, fulgurante.

– Quelle est la caméra la plus proche de chez moi ?

– De chez vous, voyons voir, je dirais la 12 ou peut-être la 13.

– Faites-les voir, aux alentours de minuit.

Gregory refit la même manipulation.

– Vous cherchez quoi ?

– Quelqu'un qui se serait avancé un peu trop près.

La première vidéo défila en accéléré. La caméra cadrait la zone juste en face de la villa, sur une vingtaine de mètres. À 00 h 14 précise, Philippe Drancy apparut, suivi de Lisa.

– Vous avez un autre angle ?

– Une caméra un peu plus haut, mais à mon avis…

– Passez la vidéo.

Nouvelle saute d'image, passage en accéléré et même constat. Philippe et Lisa étaient filmés de dos cette fois-ci.

– Bon sang…

– C'est tout ce que j'ai pour votre coin.

Marc jeta un coup d'œil à sa montre.

– Merci Gregory. Juste une dernière chose. Pouvez-vous accentuer la surveillance de la maison pendant quelques jours ?

– Aucun problème.

Il le salua d'un hochement de tête. Mais il avait à peine quitté le poste que la voix du vigile le rattrapa.

– Et passez bien le bonjour à Lisa, hein ! Tout ça ne doit pas être facile pour elle.

10 h 28

En retrouvant la route goudronnée, il sentit comme une présence. Il leva à nouveau les yeux vers la maison des Drancy.

Il n'y avait plus personne derrière la vitre.

CHAPITRE 20

10 h 20

La Lexus enjamba le trottoir et avança de quelques mètres avant de s'arrêter. La portière avant s'ouvrit et une Marlboro à demi consumée voltigea sur le bitume. Lombardier s'extirpa du véhicule et acheva la cigarette d'un frottement de semelle.

Son regard fraya dans la ruelle face à lui, le long des façades noircies par la pollution. En contrebas, il aperçut l'entrée des halles de Saint-Clair, avec ses énormes rideaux dont on peinait à deviner le métal sous la peinture des tags, et qui ouvraient sur les galeries marchandes, leurs étals de fruits, légumes, vêtements, produits ménagers, électro et autres. Un vrai souk où tout se trouvait et s'achetait pour pas cher, pour qui avait la patience et l'envie de jouer des coudes et de crier plus fort que son voisin.

Il donna un dernier coup d'œil à la Lexus par-dessus son épaule. Elle était mal stationnée, mais il y avait peu de chances pour que la municipale vienne faire du chiffre par ici de bon matin.

Il s'engagea d'un bon pas dans la descente.

L'enseigne bleue du Milky Way tranchait avec la morosité de la façade. Elle n'était pourtant pas de première jeunesse. Ouvert en 1975, le night-club avait tenu son rang de haut lieu de la vie nocturne saint-clairoise pendant près de vingt ans. Un établissement dans la pure veine de l'époque, tout en jeux de lumière, velours et boules à facettes, où les verres s'enchaînaient aussi vite que les pas de danse façon Tony Manero.

Le réaménagement urbain des années 1990 allait sceller le devenir du quartier. Aujourd'hui, les taxiphones disputaient le pas-de-porte aux snack-bars et autres kebabs et les fans de disco avaient foutu le camp depuis longtemps. Le club était entièrement passé sous contrôle de la pègre locale et devenu l'un de ces lieux où personne ne vous empêchait de donner un coup de canif ou deux dans votre contrat de mariage à partir du moment où vous allongiez la monnaie.

L'entrée se faisait par une ruelle perpendiculaire. Lombardier s'y engagea. Un rat noir fila le long du mur en sautant comme s'il dansait sur des braises, avant de disparaître par la première bouche d'égout.

L'endroit rêvé pour boire un verre entre filles.

La lourde porte était encadrée par deux appliques en inox qui imitaient le design des torches du Moyen Âge. Un tabouret de bar prenait la poussière juste à côté, attendant le soir et le retour du fessier du videur. Paul leva les yeux. Au-dessus du chambranle, une plaque tentait de donner un peu de respectabilité à l'endroit en annonçant « Milky Way Club Privé ». Il sourit à la caméra sans fil qui clignotait dans l'angle du mur et mit la main sur la poignée de la porte.

Le battant frotta sur le sol en s'ouvrant. Il entra.

Encore une fausse idée véhiculée par les polars hollywoodiens, celle des truands barricadés avec une dizaine de gorilles en guise de pare-feu. Non, en règle générale, il n'y avait aucun problème pour pénétrer dans ce genre d'endroit. Selon ce qu'on y faisait, les ennuis rappliquaient par la suite.

10 h 27

À l'intérieur, un homme large comme deux tables s'affairait derrière le bar, à sortir et essuyer la vaisselle en soufflant. Juste en face, dans un salon plutôt cosy, un gars dont la brillantine avait pris le dessus sur la chevelure se curait les ongles avec une allumette en lisant *L'Équipe*.

Ils levèrent le visage lorsque la lumière du jour filtra jusqu'à eux à travers l'éclairage nauséeux.

– C'est pourquoi ? grogna le barman.

– Le patron est là ?

– Qu'est-ce ça peut vous foutre ?

– J'aimerais lui parler. Dites-lui que Paul Lombardier voudrait le voir.

Le barman rangea l'assiette qu'il avait entre les mains et en prit une autre qu'il commença à essuyer avec la même nonchalance.

– Écoutez…

– Le patron ne reçoit pas, cingla le deuxième type.

– C'est Arek, le neveu du boss, sourit le barman à pleines dents.

– Les entreprises familiales, il n'y a que ça de vrai, dit Lombardier en se retournant.

Il se retrouva nez à nez avec le mètre quatre-vingt-dix du neveu.

– Tu veux quoi, toi ? aboya le jeune Arménien.

– Je te l'ai dit : voir le boss, Abgar.

– C'est avec moi qu'on traite maintenant. Si t'es pas content tu te casses.

Lombardier le toisa d'un regard glacé sans répondre. Il ne bougea pas.

Au bout de quelques secondes, Arek passa la main dans son dos et en tira un revolver.

– Tu veux jouer au dur, toi ! ajouta-t-il en riant très fort.

Le barman allait le suivre dans son rire lorsqu'il vit la tête de Lombardier partir en direction du visage de l'Arménien. Le temps d'un souffle il hésita, puis il plongea les mains sous le comptoir pour les ressortir resserrées autour d'une batte de baseball.

Dans cet intervalle de temps, deux choses avaient changé. Arek gisait au sol en couvrant son nez ensanglanté de ses doigts. Et l'œil noir du canon du Glock 17 de Lombardier pointait vers le bar.

– Lâche ça ducon, dans le coin on est plutôt football.

La batte roula sur le comptoir et le barman leva les mains.

– Raaah, putain tu m'as pété le nez ! gémit Arek.

Lombardier donna un coup de pied à l'arme qui gisait à ses côtés pour l'envoyer valser sous une table.

Une sonnerie retentit à côté de la caisse du bar. Le barman hésita puis alla décrocher.

– Oui, d'accord, OK… oui très bien.

Il raccrocha et releva le nez vers Lombardier.

– C'est… c'est bon, le patron va vous recevoir.

Les lèvres de Paul se rehaussèrent sur un sourire.

– Tu vois l'ami, suffisait de demander poliment.

CHAPITRE 21

10 h 35

– Shanice ! Viens par-là ma beauté ! beugla le barman.

Une jeune femme brune arriva du fond de la salle, là où se trouvaient la piste de danse et les salons privés. En legging et débardeur fluo, elle avait surtout la tête de celle qui se demandait pourquoi elle n'était pas restée au lit ce matin.

– Shanice, amène le monsieur chez Abgar.

Elle leva les yeux sur Paul. Il lui rendit un sourire.

– C'est par là, balbutia-t-elle en pointant le fond de la salle du doigt.

Elle avança jusqu'au grand escalier de plexiglas qui se trouvait près de la scène. Puis elle bifurqua sur la gauche, monta sur les planches et écarta les deux pans d'un lourd rideau de velours pourpre.

L'arrière-scène n'était pas bien grande. Un canapé à l'assise creusée, deux porte-cintres pour des costumes qui n'avaient pas dû coûter bien cher en tissu et un bureau Ikea surmonté d'un grand miroir mangé par des photos, des dessins d'enfants et des Post-it. Voilà pour l'essentiel du mobilier. Paul suivit la démarche chaloupée de son guide jusqu'à un escalier en colimaçon qui tangua sous leur poids.

Le premier étage était un enchaînement de portes closes. Des cris étouffés filtraient de l'une d'elles. Paul n'avait pas besoin de lancer son imagination dans des méandres inconnus pour savoir ce qu'il y avait derrière. Un malabar barbu avec des bras gros comme des cuisses glandait sur un fauteuil dans ce qui semblait être un hall d'attente. Il se leva à leur arrivée.

Shanice s'arrêta face à la première porte et frappa deux fois, le poing fermé. Le malabar arriva dans leur champ de vision et indiqua à Paul d'écarter les bras, employant le terme « procédure ».

La porte s'ouvrit sur un homme de petite taille au surpoids manifeste, la soixantaine, en bras de chemise et bretelles. Ses yeux noirs semblaient avoir été un peu trop enfoncés dans leurs orbites.

– C'est bon, Raffi, dit-il.

Le malabar opina du chef et retourna s'asseoir.

– Commandant, bonjour. Ça fait longtemps, adressa-t-il à Lombardier.

Paul eut un imperceptible mouvement de la tête.

– Abgar.

– Shanice, mon petit, va donc au bar nous chercher deux bouteilles de bière belge. C'est toujours la bière hein, Commandant ?

– Entre autres.

– Alors parfait.

Il l'accompagna du bras à l'intérieur de la pièce. Lombardier prit place sur le seul fauteuil disponible face à l'imposant bureau. L'autre assise était assaillie par une montagne de dossiers et faisait écho au reste de la pièce, qui était dans un foutoir pas possible. Une bibliothèque croulait sous des livres qui n'avaient pas dû être ouverts depuis Mathusalem. L'espace de travail ressemblait à la ville de New York avec ses tours de papier serrées les unes contre les autres et de hauteurs toutes différentes. On aurait pu se croire dans l'antre d'un vieil avocat, ce qui aurait prêté à sourire pour qui connaissait les activités d'Abgar Targassian.

L'Arménien s'assit à son tour et disparut derrière une montagne de paperasse. Il fit un peu de place pour arriver à converser avec son interlocuteur.

– Je vois que vous avez fait connaissance avec mon neveu. C'est une tête brûlée, je le reconnais.

– Je dirais plutôt une tête de con, dit Lombardier en sortant son paquet de Marlboro.

L'Arménien leva un sourcil, puis éclata de rire.

– Bon sang vous n'avez pas changé, Commandant ! dit-il en lui tendant un cendrier. Il faut vraiment avoir des couilles comme des melons pour venir parler comme ça à Abgar Targassian chez lui ! Par tous les saints, on n'en fait plus des comme vous !

– Le moule est cassé, paraît-il, dit Lombardier en allumant sa cigarette. Et arrête avec tes

« Commandant », Abgar, ça n'aura pas échappé à tes grandes oreilles que j'ai quitté la maison. Il y a plus de dix ans déjà.

L'Arménien s'enfonça dans son fauteuil, il ressemblait à une taupe au fond de son terrier.

– Ça, il aurait fallu être sur Mars pour ne pas entendre parler de vous à l'époque. Donc ? Que me vaut le plaisir ?

– Je cherche une femme.

– Vous êtes à la bonne adresse, alors !

Lombardier tira une photo de sa poche de veste intérieure et la tendit à l'Arménien. Celui-ci chaussa des lunettes de vue à monture en écaille avant de se pencher dessus.

– Connais pas, dit-il en reposant la photo sur un coin du bureau.

– Sandra Vasseur, trente-neuf ans, elle a été aperçue ici une semaine avant sa disparition.

– Et ?

– Et je me disais que peut-être, tu aurais un souvenir ou encore mieux, une vidéo de l'une de tes caméras.

On toqua à la porte. Shanice refit son apparition. Elle portait un petit plateau avec deux bouteilles de Grimbergen et deux verres à bière. Elle le posa sur l'angle du bureau, juste à côté de la photographie.

Elle appuya son regard sur Lombardier en repassant près de lui, puis elle referma la porte en sortant. Paul se saisit d'une des bouteilles et en prit une gorgée au goulot. Abgar le fixa de ses deux billes noires.

– Donc, on vous a dit que cette femme était chez moi. Qui vous a renseigné déjà ?

– Mon petit doigt.

– Bien sûr. Et ça date de quand, votre histoire ?

– Trois mois.

– Alors c'est réglé.

– Pourquoi ?

Abgar se pencha et posa ses coudes sur le bureau.

– Parce qu'on ne garde les vidéos qu'une semaine.

Paul encaissa la nouvelle sans ciller. Il n'avait pas vraiment misé beaucoup sur les caméras, mais un peu d'aide gratuite n'aurait pas été malvenue.

– Regarde encore une fois la photo, Abgar. Regarde-la bien. Ce n'est pas le genre de nana que tu croises ici tous les jours. Un peu stressée, pas à sa place, style bourgeoise à la mode.

Abgar refit glisser la photo vers Lombardier en posant un index osseux dessus.

– Je vous dis que je ne la connais pas.

Paul le toisa une dernière fois de son regard d'acier. Le vieil Arménien ne broncha pas.

– J'imagine que je n'ai pas besoin de te dire de m'appeler si la mémoire te revient par une opération divine, dit Paul en faisant glisser une carte de visite sur le bureau.

– Je n'y manquerai pas.

Lombardier plongea ses yeux dans les deux billes noires qui luisaient juste en face de lui, dans la pénombre de la pièce. Il connaissait bien Targassian, il savait qu'il ne lui lâcherait que ce qu'il voulait. Pour le moment, tout du moins.

Il finit par se lever et se dirigea vers la porte.

– Vous savez ce qui m'a toujours plu chez vous, Commandant ? Cette allure entre chien et loup. On n'a jamais su de quel côté vous étiez vraiment.

Lombardier se retourna, un sourire en demi-teinte pendu au bout des lèvres.

– Mais du mien Abgar. Toujours du mien.

11 h 03

En arrivant à la Lexus, il pestait en son for intérieur contre la guigne qui engluait toute cette affaire. Il s'engouffra dans le véhicule et se ralluma une cigarette.

Deux coups de phalanges sur la vitre le firent presque sursauter.

Un visage aux traits fins, tout en douceur, se penchait vers lui.

Shanice.

Il baissa la vitre.

– Oui ?

Elle était hésitante, comme tiraillée entre deux maux dont elle devait choisir le moindre. Mais elle finit par se lancer.

– La femme sur la photo. Je… je l'ai déjà vue.

CHAPITRE 22

10 h 38

Marc entra l'adresse de la photo sur l'écran tactile du GPS. Un petit sablier apparut et moulina quelques secondes avant que l'itinéraire ne s'affiche. 3 heures 42 de trajet pour un total de 448 kilomètres. « Voulez-vous éviter les zones de péages ? »

– Bien sûr que non, lâcha-t-il à voix haute en validant son choix d'une pression de l'index.

Il lui tardait de commencer à avaler les kilomètres pour que son cerveau arrête sa perpétuelle fuite en avant. Il devait se focaliser sur du concret désormais, ne plus se perdre en conjectures. Il tenait une piste, c'était une évidence. Les messages de Ten3, le médaillon au cou de cette fille sur la photo et le lien qu'elle semblait avoir avec le sanctuaire de Laghet, tout cela ne pouvait décidément pas relever de la simple coïncidence.

Non c'était impossible.

Tout ramenait à Sandra.

Il se rendit compte à quel point il essayait de s'en persuader depuis quelques heures et cela l'effraya. Il n'avait plus aucun recul, il était pris dans les mâchoires de cette histoire qui pouvait faire de lui ce qu'elle voulait désormais. Il était prêt à tout croire dès l'instant qu'il avait la sensation qu'un peu de lumière l'attendait à l'autre bout du tunnel.

Il arriva au croisement de la rue Bellevue et de la départementale. En posant les yeux sur le tableau de bord du véhicule, une considération des plus concrètes s'imposa à lui. La jauge numérique qui indiquait le niveau d'essence était dans le rouge le plus vif. Il savait où se trouvait la station la plus proche, cinq cents mètres plus bas en direction de la ville, c'était là qu'il se ravitaillait le plus souvent. L'enseigne multicolore de Total ne tarda d'ailleurs pas à émerger par-dessus les toits des quelques habitations qui meublaient le bord de route.

Le Range se positionna face à la première pompe, Marc descendit et fit un signe de la main à l'homme qui se trouvait derrière la vitre de la boutique. Le compteur de la pompe se remit à zéro. Marc dévissa le bouchon du réservoir, décrocha le pistolet et l'inséra dans l'orifice. Une Peugeot 308 se gara juste à côté de la pompe voisine.

Deux portières s'ouvrirent puis claquèrent simultanément.

Marc, les yeux perdus dans le vide, attendait le « clac » de fin de remplissage.

– Monsieur Vasseur ? Marc Vasseur ?

Il tourna la tête. Deux hommes en costumes, l'un gris et l'autre bleu marine, contournaient la pompe pour se placer face à lui.

– Oui ?

Costume Gris lui brandit une carte sous le nez sur laquelle il n'eut que le temps de distinguer la photo de l'individu et les couleurs du drapeau français.

– Commandant Fayard et capitaine Maricourt, police judiciaire.

– La police ?

– Tout à fait, pouvons-nous vous parler quelques minutes ?

– Eh bien c'est-à-dire que… répondit Marc en leur désignant la pompe à essence du regard.

– Bien sûr, terminez, dit Costume Gris en acquiesçant.

Marc raccrocha le pistolet et alla régler au comptoir de la boutique. En revenant, il déplaça le Range pour ne pas bloquer la pompe et se gara devant l'emplacement de gonflage des pneus. La 308 vint se coller à quelques centimètres de son pare-chocs.

Lorsqu'il sortit de sa voiture, le commandant Fayard était déjà planté au niveau de la portière arrière. Si Marc avait pu penser un instant que leur présence avait un lien avec la disparition de Sandra, la première question de son interlocuteur le détrompa en partie.

– Connaissez-vous un dénommé Paul Lombardier ?

– Tout à fait.

– Dans quelles circonstances l'avez-vous rencontré ?

– Il m'a été recommandé. Je l'ai engagé.

– Dans quel but ?

– Pardon, mais puis-je vous demander en quoi cela vous concerne ?

Costume Bleu ouvrit la bouche, mais son acolyte, qui avait l'air de tenir à mener la danse, le stoppa d'un signe de la main.

– Paul Lombardier fait l'objet d'une enquête au sein de nos services.

Marc cilla.

– Une enquête ? Pour quels faits ?

– Escroquerie en bande organisée, chantage et subornation de témoins.

La surprise empourpra son visage. Son interlocuteur enfonça le clou.

– Nous le soupçonnons, entre autres, de monter lui-même les affaires sur lesquelles il enquête.

Marc eut l'impression de prendre une gifle. Il s'adossa au flanc de son véhicule.

– Attendez, je ne suis pas sûr de comprendre. Vous dites que Paul bidonne ses enquêtes ? Mais comment cela est-il possible ?

– Très simple. Au mieux, il fait durer les recherches pour faire gonfler ses honoraires. Au pire, il est lui-même à l'origine du délit.

– Je ne…

Cette fois, Costume Bleu s'imposa de lui-même.

– Un de ses anciens clients l'accuse de l'avoir piégé en mettant deux call-girls dans son lit et de lui avoir soutiré plus de deux cent mille euros en menaçant de divulguer les photos.

– Bordel, souffla Marc.

– Dans ces milieux très aisés, un bon arrangement vaut mieux qu'un mauvais divorce ou une mauvaise presse. Lombardier le sait bien.

– Je… Je ne sais que dire…

– Avez-vous remarqué quelque chose de similaire dans l'affaire pour laquelle vous l'employez ? Une tendance à, disons… faire traîner. En égrenant les infos au compte-gouttes.

On a trouvé une première aiguille… Les mots de Lombardier revinrent au galop à la lisière de sa mémoire.

– Je ne sais pas, articula-t-il avec peine. Je ne pense pas.

– Demandez-lui donc comment il a résolu l'affaire du petit Santini, intervint le capitaine Maricourt comme fier de citer cet exemple.

Costume Gris lui lança de nouveau un regard réprobateur.

– Le petit… Alex Santini ? L'enfant enlevé il y a dix ans ? Ce ne serait pas Lombardier qui l'aurait retrouvé ?

– Si bien sûr, souffla Fayard qui n'avait pas l'air d'avoir envie de partir sur ce sujet. Mais tout porte à croire que c'est aussi lui qui avait monté le coup. Malheureusement, pour cette affaire, les preuves nous manquent. Et les faits sont désormais trop anciens.

Marc sentit le sol se dérober sous ses pieds. Il voyait les lèvres de Fayard continuer à s'animer et n'en percevait que des bribes, « … plusieurs complices… », « … forte rançon… », « … les a tous tués… ».

Il était sur le fil du rasoir, avec un gouffre émotionnel sans fond juste en dessous. Et cela devait être aussi visible qu'une citation sur un tableau de Ben puisque Fayard changea de ton et tenta une approche tout en complicité.

– Écoutez, ça ne vous intéresse peut-être pas, mais Paul Lombardier était un bon flic. La vie ne l'aura pas épargné lui non plus. Quoi qu'il en soit, cela n'excuse rien. Tenez, voici ma carte. Si quelque chose vous revient en mémoire, soyez gentil de me le faire savoir.

Marc prit la carte entre ses doigts. Elle manqua de s'envoler tant sa poigne était cotonneuse.

– Merci, Monsieur Vasseur. Nous comptons sur vous.

Les deux policiers retournèrent à la 308. Costume Bleu s'y engouffra le premier pour prendre le volant. Un dernier regard de Fayard rasa le toit de la voiture, puis le commandant disparut à son tour à l'intérieur du véhicule.

Marc resta un moment accoudé à la portière. Il s'intimait bien l'ordre de remonter dans l'habitacle et de reprendre le volant, mais son corps refusait de s'exécuter.

Il se sentait complètement désemparé.

CHAPITRE 23

11 h 17

Ses doigts recherchaient la chaleur et se resserrèrent autour de la tasse de cappuccino. Elle avait libéré sa chevelure et le contraste entre ses boucles de jais et son teint nacré n'en faisait que mieux pétiller le vert de ses yeux. Elle avait quoi ? Dix-huit, dix-neuf ans, tout au plus.

Paul l'observait, pensif.

Elle ne ressemblait pas aux filles habituelles qui bossaient dans ce business. Son attitude trahissait une sorte de candeur, pas vraiment compatible avec le boulot d'escort. Alors, pourquoi avait-elle choisi de s'abîmer dans un bouge comme le Milky Way ?

Une heure auparavant, il n'en aurait rien eu à faire. Mais à s'asseoir à la table de la mélancolie, on finissait toujours par apprécier sa compagnie. Et par remuer les souvenirs. Il avait eu beau enterrer le passé à grands coups de pelle dans le cimetière de sa mémoire, celui-ci ne savait décidément jamais rester à sa place.

– Qu'est-ce que tu fous là-bas ?

– Je… Je travaille.

– Tu viens d'où ?

– De Bordeaux.

– C'est une belle ville. Pourquoi Saint-Clair ?

Elle baissa les yeux dans sa tasse.

– Je suis venue pour retrouver quelqu'un.

– Quelqu'un ? Un petit ami ?

– Oui, enfin, pas vraiment un petit ami, mais un… Un copain.

– Que tu avais rencontré où ? Sur le net ?

Elle se redressa.

– Comment vous savez ?

Il n'en savait rien. Mais il en avait vu tellement, des gamines comme elle qui traversaient le pays pour suivre un premier amour et qui se retrouvaient embarquées dans un réseau. La technique n'avait rien de bien sorcier. Le mec accrochait la fille sur le net, sur ces putains de réseaux sociaux, bien choisie en fonction de son profil et de la traçabilité des informations qu'elle semait à droite et à gauche. Le flirt numérique s'installait, puis, quand le mec sentait le poisson bien hameçonné, il passait à l'offensive. Il se déplaçait pour la voir, lui faisait le grand jeu, des promesses de voyages et de vie passionnante, à s'aimer comme dans *Twilight.* Et en moins de temps qu'il n'en fallait pour le dire, la nana se retrouvait à tailler des pipes pour cinquante balles et à se piquer entre les orteils.

– Non rien, une intuition. Vous les jeunes vous faites tout là-dessus maintenant, non ?

– Oui, c'est vrai.

Mais elle ne semblait pas encore complètement enferrée dans toute cette merde. Alors quoi ? Bien sûr, elle devait plaire à quelqu'un. Abgar ? Il avait passé l'âge, mais bon, avec des pervers pareils on ne savait jamais. Non, s'il avait dû jouer tapis, là, tout de suite, il aurait tout misé sur Monseigneur Tête de Con Ier.

– Tu connais bien Arek ?

Les émeraudes dans ses yeux doublèrent de volume. Bingo.

– Oui, enfin non, juste que c'est le neveu de Monsieur Targassian.

Celui qui te prend comme chasse gardée pour le moment, mais qui te refilera à tous les porcs du quartier dès qu'un nouveau jouet lui passera entre les mains.

– Qu'est-ce que tu sais sur cette femme ?

Il ressortit la photo, celle que Shanice avait vue sur le coin de table bordélique d'Abgar.

– Elle est venue deux fois au club. Il y a longtemps, plusieurs semaines.

– Tu es sûre ?

– Oui, on en a même rigolé.

– Avec qui ? Arek ?

Un voile passa sur son visage.

– Arek ? Non, avec Éric.

– Le serveur ?

– Oui. C'est lui qui est venu vous voir, non ?

– Pourquoi tu penses ça ?

– Il m'en a reparlé quand il a vu l'article dans la presse. « Putain c'est la meuf de l'autre fois ! », il était dingue. Il pensait avoir gagné le jackpot, pour la récompense, vous savez.

Lombardier esquissa un sourire.

– Pourquoi vous en avez rigolé ?

– Elle était classe, ça se voyait qu'elle avait de l'argent. Le genre avocate. Et puis une femme de quarante ans au Milky… Les mecs qui viennent là-bas c'est le style étudiantes qu'ils aiment. Et plutôt celles avant le bac.

Elle avait lâché la tasse, mais commençait à réduire en miettes la dose de sucre qu'elle n'avait pas utilisée. Paul l'observait. Il y avait quelque chose de familier dans sa gestuelle, quelque chose qui lui rappelait… Il se frotta les yeux pour chasser cette impression. Mais quand il les rouvrit, le passé se tenait toujours devant lui, comme une vieille photo en filigrane.

Il essaya de se remobiliser.

– Tu te souviens d'autre chose ? Un détail ? Ne t'inquiète pas, je le garderai pour moi.

Elle hésita.

– C'est juste que… Le deuxième soir… Je l'ai vue ressortir du club et…

– Et ?

– Je l'ai vue passer en voiture juste devant moi. Et ensuite, j'ai vu la voiture de Gigi qui la suivait.

Il leva un sourcil. Gigi, c'était qui celui-là encore ? Elle remarqua son interrogation puisqu'elle s'empressa d'expliciter.

– Gigi c'est Giovanni, un Italien. Il vient souvent au club. Il cherche des filles.

– Tu connais son nom ?

– Non. Des fois il est avec son frère, Rocco. Le pire c'est Rocco, c'est le plus vieux aussi.

– Le pire ?

– Gigi, il vient juste tirer son coup, des fois il embarque une fille pour la soirée, mais c'est à peu près tout. Et ça se passe toujours assez vite, si vous voyez ce que je veux dire.

– Je vois, oui.

– Rocco, lui, il est vicieux comme un serpent. Il prend des filles par petits groupes de deux ou trois à chaque fois. Et il doit payer sacrément cher à Monsieur Targassian, car chacune reçoit mille euros pour une nuit.

Lombardier siffla.

– Un billet de mille pour la nuit ? Dans la poche de la fille ?

– Oui, mais…

Paul pressentit ce qui allait suivre. Dans ce milieu, on ne payait jamais les filles pour rien. Et dans ce « rien », c'était souvent le pire de la nature humaine qui croupissait, attendant son heure.

– Du hardcore, c'est ça ?

Shanice déglutit avec difficulté.

– Même pire que ça. Y a des filles, on ne les revoit pas. Ma copine Sofia, elle… Elle (une larme perla au coin de ses yeux)… Elle a eu la mâchoire brisée. Elle peut plus parler. Arek l'a mise en appart, dans le quartier de la gare. Elle vient plus au club.

En appart.

Paul connaissait la chanson. Quand une fille ne rapportait plus assez on la foutait dans un squat de junkies, à enchaîner trente ou quarante passes par jour jusqu'à ce qu'elle crève d'épuisement ou d'overdose. À côté, le Milky Way, c'était Versailles. Nul doute que la gueule cassée de Sofia ne devait plus trop coller avec le paysage.

– Vous pourriez peut-être l'aider ? Sofia ? renifla Shanice.

– Écoute, je vais pas te mentir. Pour ton amie, c'est déjà trop tard. Mais il y en a une que je peux encore aider. Si elle le souhaite.

Elle parut surprise qu'il s'intéresse à elle.

– Ce milieu ne t'a pas encore broyée. Quitte-le tant qu'il est encore temps. J'ai des contacts, dans la police, dans des assos, qui pourront t'aider.

– Vous… vous croyez ?

Il fit glisser sa carte jusqu'à sa main.

– Tu as mon portable dessus. Je te demande juste deux choses en échange.

– Quoi ?

– Dès que tu aperçois Gigi ou son frère au club, tu m'envoies un SMS. Et tu l'effaces tout de suite après. OK ?

– Com… compris. Et la deuxième ?

– C'est quoi ton vrai prénom ?

Elle eut un léger mouvement de recul, puis, pour la première fois depuis bien longtemps, elle fendit l'armure.

– Hélène, dit-elle.

– Très joli.

– Moi je n'aime pas trop, sourit-elle, gênée.

– Une femme pour qui les plus grandes armées du monde se sont levées, dit Paul pensif.

– Hein ? Ah oui, Hélène de Troie. Vous aimez l'Antiquité ?

Le regard de Lombardier s'évada par la vitre.

– Non. Mais j'ai connu quelqu'un qui l'adorait. Dans une autre vie.

CHAPITRE 24

Le curseur clignotait à intervalles réguliers. Un simple agrégat de pixels qui apparaissait et disparaissait avec une régularité sans faille.

Un métronome.

Un cœur qui palpite.

Ses deux index s'activaient avec hésitation sur le clavier. Le cliquetis des touches résonnait dans l'espace confiné de son bureau et le curseur avançait centimètre par centimètre sur l'écran noir. Il détestait l'informatique et l'asservissement qu'elle imposait à son esprit. Il lui concédait bien quelques praticités dans son travail de tous les jours, comme la possibilité de constituer des dossiers avec des illustrations en couleur et des variations de mise en page plus élaborées. Mais prise dans sa globalité, elle n'était qu'une marque de la soumission toujours plus prégnante de l'homme à la recherche de la facilité, du confort tous azimuts.

On avait beau lui dire que le futur était là désormais, à portée de main et de clic, que tout ceci avait un sens, celui d'unir les individus (« Connecting People *», disait cette publicité qui passait en boucle), il ne pouvait s'empêcher d'entrevoir les prémices d'une société castratrice émerger peu à peu. Une société qui annihilerait toute pensée personnelle et divergente pour une seule et unique marche à suivre vers le progrès salvateur.*

Il ne le comprenait pas.

L'homme était fait pour vivre de ses pulsions, libérer ses instincts primaires, se gorger de toute la magnificence que la génétique lui avait conférée. Comment pouvait-on ainsi chercher à le museler ?

Un instant, il eut envie de fracasser le clavier sur le moniteur face à lui, de quitter la pièce et de mettre à sac le reste du cabinet, mobilier et collègues inclus. Toutes ces normes, ces conventions, ces interdictions, il ne les supportait plus.

Il se contrôla, se concentra sur un point fixe, un cadre sur le mur, chercha sa respiration. Le masque, toujours le masque. Son tour viendrait un jour, il le savait. L'homme ayant une tendance désormais toute naturelle à savonner la planche vers son propre déclin, lui trouverait toujours matière à tirer son épingle du jeu. Il serait un dominant parmi les faibles, un seigneur avec ses vassaux, le surhomme face à l'homme du troupeau comme disait Nietzsche.

Comme il l'était déjà chez lui. Dans sa maison.

Dans son sous-sol.

Il repensa à la dernière fille. Un bel exemple d'individu élevé dans la facilité. Vous la sortiez de son univers ouaté et que restait-il ? Rien ou presque. Il avait dû s'employer pour faire quelque chose d'elle, ne pas la laisser dans cet état apathique qui ne la menait à rien, sinon à la triste acceptation de la mort. Au fond, elle devait presque lui être reconnaissante d'avoir pu, dans les derniers instants de sa triste vie, se confronter au véritable dépassement de soi.

Il l'avait sublimée.

Il leva les mains du clavier et les contempla, les fit tourner sous la lumière comme un chirurgien se préparant avant d'entrer au bloc. Il était devenu un artiste accompli désormais. Entre ses doigts, l'argile des corps se travaillait, se pétrissait, se modelait pour donner naissance à une œuvre d'une parfaite tenue dans le temps.

Une œuvre qu'il ne se lasserait jamais de visiter dans ses souvenirs.

On toqua à la porte.

– Oui !

Un buste féminin passa par l'entrebâillement. La belle trentaine, abonnée aux séances d'abdos-fessiers et serrée dans un tailleur droit à l'échancrure travaillée pour attiser le feu masculin.

– On va aller manger au libanais juste en face. Tu te joins à nous ? minauda-t-elle dans un sourire à la Julia Roberts.

Un libanais ! Comme si ces gens-là avaient une quelconque idée des règles d'hygiène culinaire élémentaires. Dieu seul savait ce qu'ils mettaient dans leurs plats immondes. Plutôt crever, là, tout de suite, que de se restaurer dans une horreur pareille.

Il découvrit l'essentiel de sa parfaite dentition.

– C'est une excellente idée Nicole, mais malheureusement j'ai le dossier Guérin à finaliser. Je pense que je ne vais pas sortir.

Elle fit un pas à l'intérieur de la pièce.

– Tu peux t'accorder une pause quand même. Ils n'ont pas encore mis de caméra dans ton bureau, si ?

Il l'accompagna dans son rire.

– Je sais, je sais, mais que veux-tu, on ne se refait pas. Ma mère me le disait toujours, perfectionniste jusqu'au bout des ongles.

Elle s'approcha encore un peu de son bureau et il fut surpris du doux parfum d'été qui émanait d'elle. Son iris se posa sur elle comme un scalpel. C'était une femme magnifique qui aurait fait se damner tous les saints de la terre. Une pouliche de luxe. Elle ne se privait d'ailleurs pas de jouer de ses charmes. Associée à trente ans à peine, nul doute que certains avaient dû y trouver leur compte.

Il s'imagina empoigner d'une main ferme cette chevelure auburn, lui courber la nuque pour découvrir cette gorge tentatrice, lui passer le collier, refermer sa poigne avec force sur l'un de ses seins, entendre les premiers cris, les premières lamentations. Par où commencerait-il ? Où porterait-il le premier coup ? Où pratiquerait-il la première entaille ? Mais surtout, quelle serait la lueur dans son regard quand elle comprendrait, quand il tomberait le masque ? Quand il lui révélerait toute sa puissance et que le mirage qu'il s'évertuait chaque jour à entretenir aux yeux de la société serait dissipé.

Il voulait voir cette lueur.

La jouissance serait décuplée, presque incontrôlable. Il en était sûr.

La voix de Nicole le ramena dans la réalité de l'instant. Elle n'avait pas quitté la pièce.

– Mais j'y pense, je fais un petit repas, ce vendredi soir prochain, avec quelques amis. Oh rien de bien sorcier, juste histoire de se retrouver autour d'une bonne table.

– Ah...

– Je voulais t'inviter aussi.

Il fut décontenancé, l'instant d'une seconde.

Elle voulait l'inviter aussi.

Lui.

Il se répéta la phrase en prenant soin de découper chaque syllabe. Voilà qui était totalement imprévu et donc fortement sujet à interrogation. Un dîner chez Nicole, avec ses amis qui devaient tous être du même acabit que leurs collègues du bureau. Ennuyeux à mourir et surtout totalement insignifiants. L'assurance d'une soirée passée à désespérer du genre humain. Et un vendredi, en plus ! Alors que lui avait prévu de se mettre en quête d'un second jouet pour occuper la deuxième cellule. La voir ainsi, désespérément vide, lui causait un pincement au cœur à chacune de ses visites au sous-sol et lui gâchait un peu de son plaisir.

– Écoute, je ne veux pas t'imposer quoi que ce soit, continua Nicole de sa voix douce.

Il fut le premier surpris du son que sa bouche articula. En un réflexe, pour éviter que l'esprit ne prenne le dessus et n'impose sa volonté, son corps avait réagi au stimulus de cette voix féminine. C'était la première fois qu'il se sentait ainsi attiré par une voix.

– D'accord, s'entendit-il dire.

– Oh d'accord ? Parfait, alors ! On peut dire vers dix-neuf heures. Mais on aura le temps d'en reparler dans la semaine.

– Oui.

Elle tourna les talons et la porte se referma sur le galbe de sa silhouette.

Mais son image continuait d'imprégner ses pensées.

Nicole et sa voix douce.

Nicole et son corps de rêve.

Nicole et son parfum d'été.

– Arrête. Pas elle, dit-il à voix haute.

Cela n'arriverait jamais. Les règles qu'il s'était édictées ne souffraient aucune infraction. Aucune. Il ne devait exister aucun lien entre chaque élue, aucune comparaison possible, aucun schéma directif qui pouvait être perçu et compris par une tierce personne. L'improvisation dans le choix de la réalisation, prisonnière d'une architecture complexe dans sa préparation. Les bases du jazz modal, encore et toujours.

Il ranima le moniteur parti en veille et se remit au travail.

Il ne pensait plus à Nicole.

Du moins, pour le moment.

CHAPITRE 25

11 h 32

La voix numérisée du GPS dictait ses ordres, « à cent mètres, tournez à gauche sur la rue... », « prenez la deuxième sortie au rond-point... ». Le Range Rover parcourut une trentaine de kilomètres avant de s'engager sur l'autoroute A41, puis de récupérer l'A49 en direction de Lyon/Marseille. Marc enclencha le régulateur de vitesse et roula ainsi pendant près de trois heures en ayant l'impression d'avoir la tête dans un sac.

Il finit par s'arrêter pour faire une pause sur une aire de repos gigantesque, à Salon-de-Provence. Le paysage avait déjà bien changé et l'atmosphère chaude et maritime contrastait avec celle, nettement plus humide et capricieuse, de Saint-Clair. Le mois de novembre semblait même assez comparable aux étés de son Rhône-Alpes natal.

Il intégra le rang d'une interminable file d'attente face au stand de la boulangerie Paul.

Celle-ci se trouvait prise d'assaut par une bordée de touristes, excités au plus haut point à l'idée de se délecter de la « qualité française depuis 1889 ». Son tour venu, il prit un sandwich et un Coca Zéro et alla s'installer à une table, la plus éloignée possible de toute cette agitation. Il avala deux bouchées que même le soda eut du mal à faire passer. Il ne cessait de penser à l'entrevue surnaturelle qu'il venait d'avoir avec ces deux policiers. Lombardier, cet ex-flic qu'on lui avait vanté comme un enquêteur redoutable, le meilleur dans son domaine, n'était en fait qu'un vulgaire escroc ? Un gars qui profitait du malheur des autres pour s'enrichir en faisant tourner le compteur dans les affaires qu'on lui confiait ? Qui les provoquait, même ? Un homme qui n'avait pas hésité à organiser le kidnapping d'un gamin de cinq ans ? Quel genre de pourriture pouvait donc faire cela ?

Il reposa le sandwich à demi entamé avec la canette vide sur le plateau, se leva et alla balancer le tout dans la poubelle la plus proche. Il reprit la direction du parking où il avait laissé le Range, la nausée chevillée à l'estomac. Il ouvrit la portière du côté passager, chercha les cigarettes dans la boîte à gants, en tira une du paquet et l'alluma.

Calée entre ses lèvres, il la laissa se consumer alors qu'il jouait des pouces sur l'écran de son téléphone. Il écrivit trois SMS, le premier à son assistante Nathalie pour lui demander de décaler tous ses rendez-vous des quatre prochains jours et de se rabattre sur Denys en cas d'urgence, le deuxième pour dire à Denys que Nathalie allait sûrement lui refiler tous ses rendez-vous, car il serait indisponible jusqu'à la fin de la semaine. Enfin il demanda à Lisa si tout allait bien. La réponse ne tarda pas à revenir tel un boomerang, en prenant la forme d'un laconique

C'est l'éclate ^^

Il boucla sa ceinture et pressa la touche Start lorsque son iPhone tinta une seconde fois. C'était Lisa.

T où ?

Il pianota en essayant de ne pas faire de fautes.

Salon-de-Provence. Me suis arrêté
manger. Te tiens au jus.
Prends soin du vieux ;)

OK ! Mais pas si simple !

Son cœur tressauta.

Pourquoi ?

Le « vieux » est dans la cuisine,
il nettoie son fusil. On dirait
John Waine : D

C'est Wayne.

Ouais un ancêtre, quoi.

Elle lui arracha un sourire.

Fais attention à vous deux.

Toujours ! Et toi aussi ! XOXO

Marc reposa l'iPhone dans le vide-poches. Il n'aurait pas su dire si cette conversation l'avait tranquillisé ou bien inquiété un peu plus.

Il roula encore une petite heure, dépassa le panneau qui souhaitait une « Bienvenue sur les autoroutes du Soleil », juste avant celui qui indiquait que des contrôles radars fréquents étaient opérés pour la sécurité des usagers. En apercevant une publicité pour le Festival de Cannes, il repensa à ce printemps d'il y a cinq ans. Lisa voulait absolument descendre sur la Côte d'Azur en plein Festival. Du haut de ses onze ans, elle pensait croiser Ryan Gosling ou Orlando Bloom lors de la montée des marches et leur tirer le portrait à coups de rafales d'iPhone en imitant ces fans hystériques aux cris capables de fissurer le cristal que l'on voyait sur les tapis rouges

À l'époque, Sandra n'était pas emballée par l'idée, et c'était peu de le dire. Elle prétextait que la ville était presque mise en quarantaine et qu'il était impossible de visiter ou de faire quoi que ce soit à Cannes en cette période, ce qui, il fallait bien l'avouer, était encore loin de la vérité. La ville, pendant le festival international du film, était un véritable enfer sur terre, paralysée par les cohortes de véhicules officiels, les taxis, les files indiennes de touristes arpentant la

Croisette à la recherche du moindre millimètre carré de smoking d'une star hollywoodienne qu'elles ne trouvaient jamais. Même la montée des marches fut un calvaire. Car, à moins de connaître les bonnes personnes qui connaissaient elles-mêmes d'autres très bonnes personnes, on se retrouvait vite relégué à une distance à laquelle le téléobjectif était nécessaire pour y voir quelque chose.

Ils avaient passé trois jours à naviguer de leur chambre à la plage privée de l'hôtel. Marc avait bien proposé de sortir un peu de la banane cannoise, de remonter le littoral vers Nice, voire Villefranche-sur-Mer ou Saint-Jean-Cap-Ferrat qui étaient réputées pour abriter l'une des plus belles baies maritimes de la planète. Rien n'y avait fait. Sandra refusait tout en bloc. L'envie de ne pas s'attarder dans la région était presque palpable. Elle semblait s'être imposé une barrière mentale qu'il était impossible de lui faire franchir.

À l'époque, Marc avait mis cela sur le compte de la fatigue, du stress. Mais à la lumière des révélations de ces derniers jours, il en était désormais convaincu. Il s'était passé quelque chose dans cette région, vingt ans auparavant. Quelque chose qui avait continué à opérer sur sa femme une profonde répulsion, qui continuait à hanter ses souvenirs même des années après.

Quelque chose qu'elle n'avait pas oublié.

Quelque chose dont elle ne lui avait jamais parlé.

Il enfonça la pédale d'accélérateur un peu plus.

CHAPITRE 26

13 h 37

La porte d'entrée s'ouvrit d'un coup sec. La petite brune au look de stagiaire leva les yeux de son clavier juste au moment où Lombardier faisait irruption dans le hall.

– Mel !

Elle fit glisser ses lunettes et se massa l'arête du nez, là où les plaquettes de plastique avaient marqué la peau. En trois ans de présence à ses côtés, elle avait appris à reconnaître et à anticiper les humeurs de son patron dans ses intonations de voix, notamment à la façon dont il prononçait son prénom. Comme un vieux couple aurait-on pu dire. Et d'une certaine façon, on n'aurait pas eu tort tant le rôle qu'elle occupait dans l'activité de la société était devenu indispensable.

Elle posa ses deux mains à plat sur son bureau et le dévisagea. Un coup de fouet sec comme celui qui venait de claquer dans la bouche de son boss ne pouvait laisser présager qu'une chose : un gros morceau à traiter sur-le-champ allait lui tomber dessus et la tiendrait au bureau jusqu'à pas d'heure. Et cela impliquerait la remise aux calendes grecques de son cinq à sept du soir avec ce beau blond rencontré la semaine passée, celui qui lui faisait penser à l'acteur de *Thor*. Elle en regretta presque le temps passé à s'épiler et à se préparer dans sa salle de bains ce matin.

– Oui chef ?

– Giovanni et Rocco !

Elle remit ses verres et lança un regard à Lombardier dans lequel la réprobation céda vite à l'amusement. Elle l'aimait bien, surtout lorsqu'il était surexcité comme un gosse le matin de Noël, mais se forçait quand même à jouer les durs.

– Mais encore ? C'est quoi ? La version italienne de *Michel et Augustin* ?

– Deux Ritals qui traînent dans le coin du Milky Way. Ils ramassent des filles plusieurs soirs par mois. Pour des soirées privées un peu trop sportives. Certaines gonzesses disparaissent même de la circulation. Déterre-moi tout ce que tu peux.

– Vous n'avez même pas… Un nom ? Que des prénoms ?

– Pour l'instant, non. Mais si Targassian accepte de partager ses filles, voire de ne plus les revoir, c'est que ces mecs doivent envoyer de la grosse monnaie. Ils ne peuvent pas passer inaperçus.

– Bon…

Lombardier tapa dans ses mains.

– Et plus vite que ça !

– Va falloir me payer en heures sup un de ces quatre, quand même, dit-elle en essayant de froncer au mieux les sourcils.

– Des clous, oui ! Au boulot !

Elle le regarda s'éloigner dans le couloir, entre ses tableaux et ses dorures, comme un monarque se retirant dans ses appartements. Cependant elle lui avait trouvé un air plus soucieux que d'habitude. Fatigué même.

Elle rouvrit son ordinateur et se mit au travail. Il voulait des infos, elle allait les lui trouver.

13 h 43

Lombardier referma la porte derrière lui. Il retira sa veste et la jeta sur l'accoudoir du canapé. Puis il se laissa tomber sur l'un des fauteuils et dégrafa un bouton de plus au col de sa chemise. C'était lors de pareilles matinées que le poids des années le rattrapait. Mettre un coup de boule à l'autre gland était une chose, mais lorsqu'il avait dégainé son arme dans la foulée, il avait senti sa main s'ankyloser au bout de quelques secondes et même trembler. Pas sûr qu'il aurait réussi à aligner le barman si celui-ci avait eu autre chose entre les mains qu'un bout de bois siglé Yankees.

Il se leva et passa derrière son bureau. Avant d'oublier, il nota sur son calepin de donner vingt pour cent de salaire en plus à Mélanie pour le mois prochain. Il se pencha ensuite pour ouvrir le premier tiroir sous son plan de travail. La boîte de médocs était là, posée à côté du cadre retourné. Il la prit, déchira l'opercule et fit glisser deux comprimés dans la paume de sa main. De l'autre, il attrapa un verre qui traînait par là, sûrement celui utilisé la veille lors de la venue de Marc Vasseur, souffla dedans pour chasser les quelques particules de poussière qui s'y étaient déposées. Il le posa face à lui, y versa une rasade de scotch et fit passer les comprimés entre deux gorgées.

Lorsqu'il reposa la boîte, sa main s'arrêta sur le dos du cadre. Il la laissa dessus, posée à plat, comme pour ressentir les ondes qui pouvaient s'en dégager et les laisser transiter par son organisme. Une vague de sentiments l'assaillit, venue de loin celle-ci. L'écume du souvenir ne s'arrêtait jamais. Année après année, elle continuait à venir lécher les rivages de sa pensée et à le ramener toujours un peu plus dans le giron de la peine et de la souffrance.

Puis le visage de la jeune Hélène lui réapparut. Il raviva des pensées douloureuses, des idées noires sur le sens de la vie, la finalité de certaines choses. En quelque sorte, l'histoire de cette fille ressemblait un peu à ce que lui avait vécu. Comment chercher à justifier l'injustifiable, à comprendre la signification des épreuves que le sort mettait sur votre route ?

Lui n'y était pas parvenu. Il avait sombré.

Et pour cette fille, le cheminement de pensée était le même. Tout au plus pouvait-on se dire qu'elle avait été au mauvais endroit au mauvais moment. Ou qu'elle avait rencontré la mauvaise personne, pris la mauvaise décision. La seule qu'elle n'aurait pas dû prendre.

Oui, on pouvait le dire. Mais ça ne réglait ni n'atténuait rien.

Surtout pas la douleur.

Il perçut la sonnerie étouffée de son téléphone. Il regarda sur le bureau puis se rappela l'avoir laissé dans sa poche de veste intérieure. Il se leva pour le récupérer.

L'écran indiquait un appel de Marc. Il pressa la touche verte.

– Oui Marc, ça tombe bien, car…

– Arrêtez vos conneries Paul, je sais tout.

– Pardon ?

– Oui, vos combines, je suis au courant.

– De quoi vous parlez, bordel ?

– Vous allez tout arrêter. Je ne veux plus que vous recherchiez ma femme.

– Mais Marc, qu'est-ce qu'il vous arrive ?

– J'ai dit stop, Paul ! Envoyez-moi votre facture, je vous paierai ce que je vous dois.

– Marc attendez c'est…

Mais la ligne venait d'être coupée.

CHAPITRE 27

14 h 04

Mélanie se leva pour aller chercher son deuxième ordinateur portable, un char d'assaut qui tournait sous Linux, plus taillé pour les opérations d'infiltration discrètes. En revenant s'asseoir, elle se remémora la première fois qu'elle avait rencontré Paul Lombardier.

C'était il y a douze ans.

Elle se tenait sur une chaise à l'ossature métallique toute rayée, les bras repliés sur son ventre et la tête basse. L'homme face à elle tapait à deux doigts sur son clavier en même temps qu'il lui posait les questions d'usage : nom et prénom, date et lieu de naissance, adresse de la famille. Il avait l'air d'avoir autant envie qu'elle de se retrouver dans cette pièce étroite, au mobilier mangé par l'usure et à l'unique fenêtre entravée par un épais grillage torsadé destiné à empêcher les tentatives d'évasion (ou de suicide, rayer la mention inutile).

Il était entré comme à son habitude, telle une tornade. L'inspecteur avait sursauté.

– Gilles, dis-moi, c'est quoi ce merdier avec le dossier Landowski ? J'ai eu le proc' au téléphone et c'est peu dire qu'il m'a cassé les burnes !

– Paul, nom de Dieu, tu ne peux pas frapper avant d'entrer ? Et là je suis occupé comme tu vois (il avait opiné du chef dans sa direction).

Lombardier s'était retourné vers elle, l'avait scannée de la tête aux pieds en moins de deux secondes, puis s'était à nouveau adressé à son collègue.

– Tu fais quoi, là ? Du baby-sitting ? Elle est là pourquoi, elle ?

– Piratage de données informatiques.

– Tiens donc, et ça tombe sur toi qui n'es même pas foutu d'envoyer un mail !

Le policier s'était levé et avait fait craquer sa colonne vertébrale en s'étirant. Il avait lancé un regard orageux à Lombardier, mais elle lisait quand même dans ses gestes qu'il lui témoignait une certaine complicité.

– Putain Paul… Tu sais quoi ? Reste là deux minutes, que j'aille me faire couler un café.

– Gillou et son café ! Tu peux au moins en ramener un à ton invitée ! (Il se tourna vers elle.) Tu veux quoi ?

– Je sais pas… Un café oui… Merci.

– Je ne te propose pas court ou long, ils sont tous pareils ici.

Il avait fait le geste à son collègue, un V avec ses doigts.

– Gilles, un deuxième pour la demoiselle !

Le policier avait levé les yeux au plafond puis était sorti de la pièce en soupirant.

Lombardier avait posé ses fesses sur un coin de bureau. Il l'avait encore dévisagée, ce qui l'avait mise mal à l'aise tant son regard clair et ses tempes grisonnantes lui conféraient une allure sauvage, presque animale.

Elle avait fixé un point sur le mur, jusqu'à ce qu'il lui parle à nouveau.

– Quel genre de données informatiques ?

– Oh, euh… eh bien un peu de tout. Des comptes mails, des comptes de e-commerce, des cartes…

– Des comptes bancaires ?

– Ça, c'est plus compliqué.

– Ah ouais. Mais tu fais ça pour quoi ? Le fric ? L'excitation ?

Elle était assez surprise qu'il s'intéresse à elle comme ça. Elle décelait même un soupçon d'empathie dans le timbre rude de sa voix, noyé sous une tonne d'ironie et de testostérone.

– Je le fais parce que je sais le faire.

La réponse avait paru le désarçonner.

– Intéressant, avait-il simplement dit.

Puis le policier était revenu et lui avait tendu un gobelet qui contenait ce qui s'apparentait plus à de l'eau chaude colorée qu'à un café. Elle en avait bu une gorgée en le tenant entre ses deux mains, les volutes lui avaient un peu réchauffé le visage.

Lorsqu'elle avait relevé la tête, Lombardier était déjà parti.

14 h 26

Elle se massa les tempes pour essayer de se concentrer.

Son travail était en tout point similaire à celui d'une enquêtrice de terrain. Analyser une situation, établir les principales hypothèses de travail, observer les détails, relever les incohérences et fourrer son nez là où on ne l'y invitait pas.

Elle brancha les écouteurs à son iPhone et les mit dans ses oreilles. Elle lança l'appli Deezer en mode aléatoire et la voix ample et complexe de Lorde combla le vide. Elle ouvrit l'ordinateur portable et se connecta à Internet. Elle googla « Milky Way Saint-Clair ». Autant commencer par la piste la plus logique, le dénominateur commun. Elle cliqua sur le lien qui se classait en quatrième position.

Le site du night-club avait au moins le bon goût de coller à l'esprit de l'endroit qu'il était censé promouvoir. Glauque et dépassé. En fait de site, il s'agissait plutôt de quelques pages web créées à la façon d'un blog, très à la mode dans les années 2000. Elle scrolla tout en balayant l'écran d'un regard vif et avisé et descendit directement en bas de page. Un sourire effleura ses lèvres lorsqu'elle trouva la partie « Contact » qui mentionnait une adresse mail et un numéro de téléphone. Cracker une adresse en wanadoo.fr, voilà qui la ramenait bien à l'âge de ses quinze ans. Ça ne devrait pas trop poser de problème.

Elle ouvrit le logiciel Hydra-Gtk et la fenêtre dédiée aux renseignements sur la cible à hacker (serveur SMTP, login, numéros de port, cryptage SSL…). Ses doigts voltigeaient au-dessus du clavier tandis qu'elle fredonnait le titre *Delilah* de Florence and The Machine. Lorsqu'elle eut fini, elle lança le process.

L'attaque par force brute était l'une des plus simples et courantes utilisées dans le milieu du hacking et reposait sur un principe simple : tester le plus grand nombre de mots de passe possibles jusqu'à trouver le bon. Hydra était l'un des logiciels référence dans ce genre de boulot.

Tandis que le PC moulinait, elle avança de deux ou trois chansons jusqu'à tomber sur un vieux Led Zep. Son esprit fraya encore un peu dans le passé, plus récent celui-ci, lorsque Lombardier l'avait retrouvée, quatre ans auparavant. Elle l'avait presque oublié, lui apparemment pas.

« J'ai besoin de quelqu'un pour tout ce qui touche à l'informatique. Ça te branche ? Ça paye bien et tu auras même quelques week-ends », lui avait-il glissé avec un clin d'œil.

Un peu, que ça la branchait. Condamnée à dix-huit mois de cabane, dont six fermes, elle n'enchaînait que les plans merdiques depuis sa sortie. Et au diable cette injonction de ne plus toucher à aucun ordinateur connecté au web pendant un délai de quinze ans. Autant lui couper les mains.

La fenêtre indiqua que le travail était terminé et lui annonça le résultat de façon triomphante. Elle se pinça pour y croire.

« milky12345 ».

Elle aurait quasiment pu le deviner elle-même.

Elle se rendit sur le site orange.fr. Le nom de domaine wanadoo.fr avait disparu depuis belle lurette, mais l'opérateur historique assurait toujours une redirection de ses anciennes boîtes. Enfin, en théorie.

Elle entra le login suivi du mot de passe.

CHAPITRE 28

14 h 28

Cet appel lui avait coûté. Plus qu'il ne l'avait pensé.

Mais une fois la communication coupée, il avait senti un poids se libérer de sa poitrine. Il n'était pas sûr de la culpabilité de Paul, mais après tout, ce n'était pas ses affaires. Si Lombardier était innocent, il n'avait qu'à s'en remettre à la justice pour prouver sa bonne foi. Lui avait bien assez de soucis comme cela sans en rajouter. Et à quoi avait servi ce détective depuis le début de toute l'histoire ? À part encaisser des chèques et sous-entendre que Sandra fréquentait des bars à prostituées, pas grand-chose. Ce n'était donc pas une perte immense.

La vie ne l'aura pas épargné, lui non plus.

La phrase de Fayard l'avait certes un peu fait tiquer sur le coup. Mais quelles que soient les tragédies qu'avait pu connaître Lombardier, rien ne justifiait un tel comportement. L'histoire du petit

Santini lui était restée en travers de la gorge et ne risquait pas de passer.

« À trois cents mètres, prendre la sortie 55, Nice-Est, Le Port, La Trinité. »

Marc mit le clignotant et se rabattit sur la file de droite. Il négocia la chicane de sortie d'autoroute et se retrouva dans un grand carrefour. Il décéléra en vue du feu de signalisation qui passait à l'orange. Derrière lui, une Audi A3 qui n'était plus de première jeunesse lui colla au pare-chocs en klaxonnant, puis déboîta pour accélérer et franchir le feu qui virait à l'orange sanguine. Au passage, un avant-bras émergea de la portière et gratifia le Range d'un beau majeur levé.

Le GPS indiquait une arrivée dans quatre kilomètres et moins de huit minutes. Marc s'engagea sur une sorte de voie rapide qui longeait les berges asséchées de ce qui avait sûrement été un joli fleuve quelques décennies auparavant. À la fin de la voie, il prit la deuxième sortie d'un rond-point et, effectivement, une centaine de mètres plus haut, le panneau blanc bordé d'un liseré noir signalant l'entrée dans la commune de Drap apparut.

L'avenue Jean-Moulin semblait être l'artère principale de la ville. Marc aperçut en contrebas de la route un vaste parking où des dizaines de bus stationnaient, sûrement un des dépôts de l'entreprise qui gérait le parc de la ville. Il passa devant une ancienne station-service transformée en snack-bar devant laquelle quatre jeunes avalaient un américain-frites assis sur les selles de leurs scooters. Puis une enfilade de petites habitations, des maisons à même la voie dont les propriétaires ne devaient pas avoir les nuits les plus calmes du monde.

« Vous êtes arrivé à destination. »

Oui, il y était. Et heureusement que la technologie avait fait son œuvre, car il était impossible de visualiser les numéros de rue, même en roulant à faible allure. Il gara le Range sur le bas-côté, dans un petit renfoncement que dessinait le trottoir. Il descendit du véhicule, fit quelques pas et tira son iPhone de sa poche. Il navigua jusqu'à l'application Photos et retrouva le cliché de la fille au médaillon. Il le leva à bout de bras devant lui en essayant de positionner au mieux l'écran pour que son œil puisse évaluer le décalage entre la photo et la réalité.

Un premier constat lui sauta aux yeux. L'environnement était beaucoup plus urbanisé qu'à l'époque. Il fit quelques pas sur le trottoir pour essayer de se placer à la même distance du clocher que la jeune fille. Quand il fut à peu près certain d'y être arrivé, il chercha un numéro autour de lui et finit par le trouver sur une petite maison de deux niveaux à la façade ocre que les gaz d'échappement n'avaient pas épargnée. La plaque portait le nombre 39.

Il utilisa l'iPhone à la manière d'un calque au travers duquel il pouvait trouver l'alignement parfait. Il en était sûr, il était à l'emplacement exact où la photo avait été réalisée. Un frisson le parcourut. Un léger sentiment de fierté aussi. Ce n'était vraiment pas gagné d'en être là alors que moins de vingt-quatre heures s'étaient écoulées entre la découverte de cet indice et son arrivée à Drap. Il eut une pensée pour André Veil sans qui rien n'aurait été possible. « Entre le 35 et le 39 », lui avait-il écrit dans son message. S'il souhaitait une confirmation que sa technologie était au point, il l'avait.

Il s'attarda un peu plus sur le paysage et sur les changements qui s'étaient opérés entre l'époque du cliché et aujourd'hui. Le plus frappant était la rangée d'arbres, des platanes, qui montaient dans le dos de la jeune fille et qui avaient complètement disparu aujourd'hui. À la place, un bâtiment d'architecture moderne qui ne devait pas avoir plus d'une dizaine d'années, dont la façade mêlait harmonieusement le bois et le béton le plus brut.

Sur le trottoir opposé s'élevait une sorte de hangar, celui d'une entreprise manifestement spécialisée dans la découpe de bois et de granules pour chauffage. Elle, en revanche, paraissait être implantée dans le décor depuis plus longtemps. Mais elle n'apparaissait pas sur la photo, l'angle était coupé. Les bâtiments qui se trouvaient en dessous du clocher n'avaient, eux, pas bougé. Un enchaînement de façades beiges et orangées, ombragées par quelques cyprès.

Il longea le bâtiment à la façade moderne et aperçut la petite borne kilométrique à ras du trottoir, dernier vestige d'une époque presque oubliée, qui avait échappé à la destruction lors des travaux de réfection de la voirie. À ce niveau, le béton s'effaçait devant une large baie vitrée qui tournait à l'angle du bâtiment et courait sur toute la longueur. Marc leva les yeux. La salle, nommée Espace Jean-Ferrat, semblait dévolue aux manifestations culturelles de la ville.

Il continua à embrasser le paysage du regard. Une grande place s'ouvrait sur un parking qui devait contenir une cinquantaine de véhicules au bas mot. Des hommes disputaient une partie de pétanque sur un terrain adjacent, à l'ombre d'un tilleul. Ils riaient fort et Marc pouvait quasiment comprendre ce qu'ils se disaient alors qu'il se trouvait pourtant à une bonne cinquantaine de mètres. Il crut même qu'ils se disputaient.

En face de l'esplanade, un bar, un fleuriste, un coiffeur, une pizzeria, un garage Renault… La ville était bien plus grande que ce qu'il s'était imaginé. Qu'est-ce qu'il avait en tête ? Débarquer ici comme dans un livre de Pagnol et demander à la première personne qu'il croiserait qui pouvait bien être cette fille ? « Bien sûr je la connais, c'est la fille de l'ancien boulanger », lui aurait-on répondu avec un accent chantant.

N'importe quoi.

Alors qu'allait-il faire ?

Il devait bien reconnaître que son idée des petites bourgades du Sud avait du plomb dans l'aile. Et, pour le moment, son enquête aussi.

Il revint sur ses pas en direction du Range. La seule alternative qu'il avait en tête désormais était peut-être l'option par laquelle il aurait dû commencer.

Le sanctuaire de Laghet.

CHAPITRE 29

14 h 51

Une liste de mails longue comme le bras apparut.

Comme elle s'y attendait, la boîte était saturée. Elle consulta les messages reçus par ordre d'antériorité, fit le tri dans tous les spams qui proposaient des « érections fortes et durables » ou encore des « étudiantes chaudes à deux pas de chez vous », signe que l'adresse mail n'avait pas vraiment dû être employée pour chater sur des forums de passionnés de bridge.

Elle scrolla l'ensemble des messages, une page après l'autre. Elle essayait de se focaliser sur un intitulé d'objet ou un expéditeur qui pouvait sortir de l'ordinaire. Un mot en italien ? Ça aurait été trop beau.

Au bout d'une dizaine de pages, elle put déjà établir un triste constat.

Les demandes de clients pullulaient.

Certains s'enquéraient de savoir quelle danseuse était « disponible » tel ou tel soir, d'autres s'ils pouvaient consulter le « menu » de telle ou telle soirée. Il y avait même une sorte de code qui revenait souvent : beaucoup demandaient une « rallonge ». Elle n'avait aucune idée de ce que cela pouvait signifier et n'avait pas envie de s'attarder à essayer de le comprendre. Mais elle ne pouvait empêcher son imagination de s'égarer dans des voies peu ragoûtantes. En pensant à toutes ces pauvres filles jetées en pâture à des mecs sordides, elle éprouva soudain un profond sentiment d'injustice. Pourquoi la police n'intervenait-elle pas ? Les activités de ce club crevaient les yeux ! C'était à peine croyable.

Les mails défilaient au rythme du frôlement de la pulpe de son index sur le touchpad. Soudain, ce pourquoi elle se concentrait depuis plusieurs longues minutes lui sauta au visage, juste au moment où Steven Tyler rugissait dans ses écouteurs son célébrissime *Walk this Way*.

Un mail détonnait parmi les autres.

L'expéditeur était Arek Targassian *himself*, le neveu d'Abgar. Et surtout, l'intitulé était assez directif, sinon agressif : « Regarde ça ! C'est ta faute ! »

Elle plaça le pointeur de la souris, mais retint le mouvement de son doigt. Elle ne pouvait la définir, mais déjà, une certaine appréhension infusait en elle.

Elle cliqua.

Deux lignes de texte apparurent tout d'abord.

Regarde tes putains de Calabrais, ces fils de chiens !

T'es content ? Je l'amène à l'hosto, elle bossera plus. Putain, bravo. Je vais les buter !

Envoyé de mon iPhone.

Juste en dessous, il y avait une pièce jointe. Et à l'intérieur, une image à laquelle elle allait repenser pendant longtemps.

Elle double-cliqua sur l'icône.

La photo emplit la majeure partie de l'écran.

Le plan était sombre. Pris à la lumière de la torche flash d'un téléphone dans un endroit fermé, comme un parking sous-terrain. Par la portière ouverte, on voyait une jeune femme avachie dans le creux de l'assise arrière d'une voiture. Sa robe, ultra-moulante, remontait jusqu'à la courbure de ses fesses. Le peu de tissu encore vierge laissait entrevoir une couleur claire, du blanc ou du beige. On le devinait à peine, car la quantité de sang qui souillait son cou, sa gorge et la majeure partie du vêtement était impressionnante.

Les pupilles de l'enquêtrice se dilatèrent en se posant sur le visage de la fille. La moitié de sa joue pendait comme un bout de roast-beef. L'os de la mâchoire et deux rangées de molaires étaient à vif, comme si elle avait pris un coup de hachoir qui avait tranché la chair aux trois quarts. Son œil droit n'était plus qu'une bouffissure bleuie. Il avait gonflé sous les coups, au point de sembler vouloir sortir de son orbite.

Mélanie eut un mouvement de recul et son fauteuil à roulettes partit en arrière. Elle arracha les écouteurs de ses oreilles et se leva pour faire quelques pas. Elle inspira profondément puis expira en contrôlant le débit d'air qui passait entre ses lèvres.

Une fois, puis deux.

Elle réprima les larmes qui lui montaient aux yeux.

Elle retourna s'asseoir et tenta de recouvrer un peu de concentration. Elle remit ses écouteurs, Halestorm et la Les Paul de Slash sur *Here's to Us*, puis se força à replonger dans l'écran.

Arek parlait de Calabrais dans son mail. Les deux frères Giovanni et Rocco, s'il s'agissait bien d'eux, étaient donc de Calabre.

C'était assez mince, mais elle avançait un peu.

Elle se demanda si Abgar avait répondu à ce mail. Elle regarda la date, le 7 octobre, puis cliqua sur les messages envoyés. Ils étaient beaucoup moins nombreux que ceux de la boîte de réception, le vieux Targassian ne devait pas aimer jouer du clavier. Elle navigua rapidement et trouva la date concernée. Un mail était adressé à arektarga22@gmail.com. *Bingo !* Un clic dévoila le contenu.

Réponds à ton téléphone, idiot ! Tu veux terminer brûlé vif ? Va la faire soigner et rentre ! Ne cherche pas ces gens-là. Des filles, on en aura d'autres !

... brûlé vif...

Pourquoi ce terme ? Qui brûlait vif ses ennemis ? La mafia ? Abgar semblait vraiment s'inquiéter pour son neveu. Il avait essayé de l'appeler et l'autre n'avait pas répondu. Elle regarda l'heure d'envoi du mail, 23 h 43. Elle retourna sur le message d'Arek. Il datait de 22 h 56. Pendant plus de trois quarts d'heure, Abgar avait fait chauffer le combiné. En vain. D'où l'envoi d'un mail en dernier recours.

Mais qui craignait-il de la sorte ?

Elle revint sur Google et lança une nouvelle recherche avec les termes « calabrais + brûlé vif ». Le premier article, qui la renvoya sur le site du Monde.fr, semblait être le bon. Il remontait à novembre 2016 : « Le meurtre d'une famille calabraise indigne toute l'Italie. »

Elle le lut d'une traite en se pinçant les lèvres sous l'effet du stress, dans l'espoir de voir une nouvelle piste se dessiner entre les lignes.

Au fil de sa lecture, sa bouche se descella peu à peu.

Jusqu'au dernier paragraphe et à l'information qu'il contenait.

– Ah… Putain… lâcha-t-elle.

CHAPITRE 30

15 h 09

Il s'était laissé tomber sur le canapé de tout son poids. Comme si son corps n'était plus qu'une masse inerte, la tonne d'un chargement qu'une grue venait de libérer. La tête basculée en arrière et les yeux fermés, il essayait de faire le vide, d'insuffler à son esprit comme à son corps une ressource nécessaire. Peu à peu, l'assoupissement le gagnait. Mais dans ces moments en clair-obscur, la même image revenait encore et encore, dessinée à l'encre indélébile sur la toile de sa pensée.

Un cerf-volant, pris dans les tourments du ciel, malmené par le vent. Il livrait une bataille âpre, disparaissait dans la grisaille, puis parvenait à percer les nuages et à revenir dans la lumière. Avant d'être avalé à nouveau.

Le bruit du frottement de porte sur le parquet filtra jusqu'à la partie consciente de son esprit.

Il ouvrit un œil. Mélanie venait d'entrer dans la pièce.

– J'ai toqué, mais…

– Ça va, pas de problème, je faisais une petite pause, dit-il en levant la main pour lui faire signe d'avancer.

Il se releva pour s'asseoir normalement et se massa le front en bâillant.

– Vous êtes sûr que ça va ? Vous avez une tête affreuse.

Un sourire fissura son visage.

– J'ai la même gueule depuis cinquante-quatre ans. Même ma mère disait que j'avais déjà l'air vieux quand j'étais gosse. Mais merci. Vous la jeunesse, on peut dire que vous êtes cash.

– Dixit le plus grand maître ès franc-parler que je connaisse.

Elle se tourna vers la machine Nespresso qui prenait la poussière entre deux piles de dossiers sur un buffet qui lui avait été vendu comme étant d'époque napoléonienne.

– Je vais vous faire un café (elle le regarda passer ses doigts sur sa barbe de trois jours), un double même.

Il avisa les feuilles qu'elle tenait entre ses doigts.

– Tu as du nouveau ?

Il vit le sourire se dessiner sur ses lèvres, mais aussi la lueur sombre qui couvait dans son regard.

Brrrrrr, la machine à café se mit à ronfler et la tasse trembla sur son support métallique.

– J'ai trouvé des infos oui, mais…

– Vas-y, envoie.

Elle lui tendit la tasse et s'assit sur un fauteuil face à lui. Elle attendit qu'il ait trempé ses lèvres dans la mousse pour abattre ses cartes.

– Giovanni et Rocco Volpino.

– Tu me dis ça comme si je devais les connaître.

– Ce sont les fils de Gioacchino Volpino.

Lombardier écarquilla deux pupilles vitreuses.

– Vas-y accouche, c'est qui ce Gioacchino ?

– C'est le chef d'une des plus grandes familles mafieuses d'Italie. Enfin, c'était, il est décédé il y a deux ans. Je vous ai tiré deux articles qui parlent de lui. Ça faisait trente ans que la police le traquait. Il est mort dans un village où il vivait planqué, au pied de l'Aspromonte. Soixante-seize ans, un vieux comme les autres. Apparemment ce type est une légende. Pas autant que Totò Riina, mais presque.

– OK, fit-il en reprenant une gorgée de café qu'il trouvait de plus en plus fade.

Elle attendit qu'il la regarde pour planter ses yeux dans les siens.

– Paul ! C'est la 'Ndrangheta ! La mafia calabraise ! Encore plus puissante que Cosa Nostra aujourd'hui. Vous vous rendez compte de ce que cela veut dire ? Ces gars-là sont des assassins ! Des tarés ! Regardez !

Elle lui mit sous le nez l'article concernant la famille assassinée.

– Ça a fait les gros titres de la presse il y a moins d'un an. Une famille, le père, la mère et les trois enfants âgés de huit à dix-sept ans. Les flics sont sûrs que c'est le clan Volpino. Ils les ont enfermés dans leur voiture et ont foutu le feu ! Brûlés vifs, merde ! Et maintenant ils sont ici, à Saint-Clair !

Lombardier se leva tandis qu'elle continuait à exprimer ses interrogations dans un registre vocal de plus en plus étranglé par le stress.

– Pourquoi ? Qu'est-ce qu'ils veulent ? Le réseau de filles de Targassian ?

Il s'arrêta devant son bureau et versa discrètement une goutte de scotch dans son café. Il se retourna pour s'appuyer sur le rebord de la table.

– Hmmm…

– Quoi « Hmmm… » ?

Il termina la tasse cul sec avant de parler.

– À l'époque, Cosa Nostra avait un sacré code de l'honneur. Les clans faisaient leur beurre dans la poudre, les jeux, le racket ou les affaires. Mais ils ne touchaient pas aux filles. Jamais. La femme est sacrée chez eux, elle donne la vie. C'est la *mamma* ou bien la sœur. Elle est très respectée, même si elle ne sort presque pas de la maison. Je ne vois pas pourquoi les Calabrais seraient différents. Et puis le réseau de Targassian, entre nous, hein, bon, ce n'est pas l'agence Elite Models… Il doit y avoir autre chose.

Mélanie se leva à son tour, s'approcha et fit claquer les autres feuilles sur le plateau du bureau avec la paume de la main.

– Et ça, c'est le respect à la calabraise, peut-être !

Il baissa les yeux sur la photo de la jeune femme mutilée. Il prit les papiers en main, lut les échanges de mails puis s'attarda sur l'image. Ceux qui avaient fait ça s'étaient acharnés sur la fille, l'avaient défigurée. En la privant de son visage et de sa beauté, ils lui avaient enlevé la seule chose qui lui permettait encore de surnager dans ce milieu de merde et d'y conserver sa place.

Ils l'avaient condamnée à mort.

... ma copine Sofia elle a eu la mâchoire brisée, elle peut plus parler...

Nul doute que c'était ladite Sofia qu'on avait photographiée à l'arrière de cette caisse. Il pensa à Sandra Vasseur. Dieu seul savait où elle se trouvait maintenant si elle était passée dans les mains de ces types. Et dans quel état elle était.

Il reposa les feuilles et se frotta les yeux en grognant.

– Vous pensez à quoi ? demanda Mélanie.

– Que c'est un beau merdier.

– Je peux encore creuser, j'ai des contacts en Italie.

Il leva un sourcil.

– Toi ? Tu parles italien ?

– Non, mais si je lance un appel, ils se renseigneront et me feront remonter les infos.

– C'est qui « ils » ?

– Des anonymes.

– Les mecs avec les masques, là ? Ceux qui veulent la révolution (il leva le poing fermé, goguenard) ?

– Vous ne devriez pas vous moquer.

– Je plaisante.

– Nous sommes légion, ajouta-t-elle dans un demi-sourire.

– OK, vas-y, trouve ce que tu peux. Pourquoi ces gars sont apparus il y a quelques mois comme des fleurs. Mais n'oublie pas l'objectif.

– Sandra Vasseur.

Il lui lança un clin d'œil.

Alors qu'elle s'apprêtait à quitter la pièce, elle repassa la tête par l'embrasure de la porte.

– Ah, boss, au fait, arrêtez de fourrer du whisky dans tout ce que vous buvez.

Il colla son index et son majeur au niveau de son front.

– Bien reçu, mon Général.

– C'est ça, oui.

Une fois seul, il tira une cigarette du paquet et l'alluma. Il s'assit dans son fauteuil, le regard toujours capté par le cliché de cette fille, Sofia ou quel que soit son prénom, mais l'esprit focalisé sur le couple Vasseur.

Sandra Vasseur. Et Marc. Qui d'un coup voulait lui faire abandonner l'enquête, avec une certaine véhémence. Pourquoi ?

Je sais tout de vos magouilles.

Il était bien loin de tout savoir.

Mais non, il ne lâcherait pas. Il n'avait compris que trop tard la tournure tragique qu'avait dû prendre cette affaire. Comme si son instinct venait de se réveiller et de sortir de la période d'hibernation à laquelle il l'avait contraint. Désormais, tous ses sens s'accordaient sur le même et unique constat : cette affaire puait.

Mais pas au point de le dissuader de continuer.

Si cette femme était encore en vie, il tenterait tout pour la ramener à son mari… Et surtout à sa fille.

La sonnerie de son portable stoppa là le train de ses pensées.

CHAPITRE 31

15 h 21

Marc avait repris la route. Direction la ville voisine, La Trinité.

Il s'enfonça dans la petite bourgade, prit la première sur sa gauche comme la voix le lui indiquait. Il passa devant une grande église, puis quelques petites habitations, avant de bifurquer face à un centre commercial et de prendre la direction de paysages plus montagneux. La route changea alors du tout au tout pour devenir étroite et sinueuse. Les constructions se raréfièrent, tout juste voyait-on poindre par intermittence la silhouette cubique d'un entrepôt ou d'un bâtiment industriel, isolé en retrait du bord de la chaussée. Installer ses bureaux ou son activité dans un endroit si reculé devait sûrement donner lieu à des allégements de charges bienvenus.

Une dizaine de minutes plus tard, le GPS déclara la fin du parcours. Marc gara le Range sur un grand parking vide en contrebas. Il remonta ensuite à pied par la route.

Le sanctuaire était une suite de trois bâtiments, configurée sur la base d'un « U ». L'ensemble dégageait une belle prestance avec ses trois étages et ses larges fenêtres. Au centre, un clocher à dôme s'élevait avec majesté, comme prêt à toucher les cieux.

Il traversa une passerelle qui enjambait un talus et arriva dans l'espace central. Une jolie place goudronnée où des platanes conversaient avec des jardinières fleuries. Il y avait quelques bancs disposés çà et là, au fil des ombrages pour qui avait l'envie de s'y installer. Deux sœurs passèrent au loin en habit monastique blanc et coiffe bleue. Elles ouvrirent l'épaisse porte de bois du bâtiment principal, celui qui supportait le clocher, et disparurent à l'intérieur. La chapelle, sûrement, pensa Marc.

Il prit la mesure du profond silence qui régnait sur l'endroit. Même en se concentrant, il ne percevait aucun bruit perturbateur, tout au plus le souffle léger de la brise qui caressait les pierres de l'édifice et berçait les feuilles des arbres.

Comme si le sanctuaire avait été mis sous cloche.

Il y avait, dans ces lieux mystiques chargés d'histoire et de croyance, une propension si puissante au calme et au recueillement qu'elle vous enveloppait dès votre arrivée tel un baume réparateur. Marc était loin d'être un croyant convaincu, encore moins pratiquant. Le postulat de départ des religions lui posait problème. Car pour démontrer l'existence d'un Dieu quel qu'il soit, vous deviez d'abord y croire. Voilà qui ne flattait guère son esprit analytique. Mais dans cette enceinte où la foi débordait des murs, il le sentait. Quelque chose de plus fort, de plus grand, qui transcendait l'esprit et clarifiait la voie du savoir et de l'acceptation. Il devait bien le reconnaître, il n'avait pas ressenti un tel apaisement depuis longtemps.

Il remarqua une petite devanture qui indiquait avec sobriété « Magasin, librairie du sanctuaire ». Un bon point de départ pour parler à l'une des religieuses sans trop les déranger.

Une clochette tinta lorsqu'il passa le seuil de la porte.

L'intérieur du magasin était chargé d'étals qui présentaient des livres, statuettes, croix ou des cartes postales. Tout y était très propre et rangé avec minutie.

– Bonjour, Monsieur, bienvenue au sanctuaire de Laghet.

Une religieuse d'une quarantaine d'années venait de sortir d'entre deux rayonnages. Elle le gratifia d'un sourire bienveillant.

– Bonjour, je suis désolé de vous déranger… J'ai une demande un peu spéciale.

– Je vous écoute.

– Voilà, je m'appelle Marc Vasseur. Ma femme Sandra était l'une de vos pensionnaires ici il y a près de vingt ans. Elle devait y être avec une autre personne, une jeune fille, enfin une femme aujourd'hui. Et je suis à sa recherche. De la jeune fille. Pour retrouver ma femme. J'ai une photo.

Il termina son laïus avec la gorge sèche. Bravo, quelle présentation, elle allait sûrement le prendre pour un fou. Il essaya de garder un air sérieux. Il fut surpris de ne pas la voir se départir de son sourire. Et de paraître vraiment concernée par sa demande.

– Hum, oui je vois. Vous cherchez quelqu'un qui était là du temps du pensionnat. Mais je crois qu'il a été fermé en 1998 ou bien 1999. Moi-même je n'étais pas encore au sanctuaire à cette époque. En fait…

Elle se pinça les lèvres et fronça les sourcils une seconde.

– Oui, en fait, seule sœur Marie-Agnès était déjà là. Elle assurait la direction du pensionnat avec le père Berti, qui malheureusement nous a quittés depuis. Voulez-vous que je l'appelle ? Sœur Marie-Agnès.

– Ce serait très aimable à vous.

Elle passa derrière un comptoir que l'on devinait à peine derrière les tourniquets à cartes postales. Marc la vit ouvrir un tiroir et en sortir un iPhone. Son index glissa sur l'écran deux ou trois fois et elle porta le téléphone à son oreille. Un sourire fila sur ses lèvres en pensant au fondateur d'Apple, Steve Jobs, un anticlérical notoire.

La religieuse reposa le téléphone dans le tiroir.

– Elle arrive ! lança-t-elle à tue-tête. Vous avez de la chance, elle allait partir pour le cloître et je n'aurais pu la joindre.

– Parfait, encore merci.

Il attendit en faisant tourner les cartes postales, tandis que la sœur repartait à ses occupations. Quelques minutes s'écoulèrent avant que la sœur Marie-Agnès n'arrive à son tour. C'était une femme d'une soixantaine d'années avec un nez aquilin cintré d'une paire de lunettes rondes à la monture fine. Elle soufflait un peu en se présentant à Marc.

– Bonjour, Monsieur, vous désirez me parler d'une ancienne pensionnaire à ce que m'a dit sœur Cécile ?

– Oui je vous remercie vraiment de prendre quelques minutes pour me recevoir.

La sœur acquiesça. Il la sentit nettement plus directive que sa jeune collègue.

Il tira le téléphone de sa poche et le déverrouilla. La photographie apparut.

– Je suis à la recherche de cette personne, qui doit être plus âgée aujourd'hui bien sûr. C'est vraiment très important. La connaissez-vous ?

La sœur se pencha sur l'écran que Marc lui présentait. Il vit alors les traits de son visage se décomposer.

– Jésus, Marie, Joseph ! Sainte mère de Dieu ! C'est la petite Andreotti !

Elle se signa.

Marc ne sut que faire, il ne bougea pas. Elle regarda encore une fois la photo, puis leva des yeux brillants sur lui.

– Mais Monsieur, cette enfant est morte. Morte il y a plus de vingt ans.

Il eut l'impression de recevoir un crochet à l'estomac. Souffle coupé. Il suivit le mouvement des lèvres de la sœur tandis qu'elle prononçait une dernière phrase, plus qu'il ne l'entendait.

– Elle a été assassinée.

CHAPITRE 32

15 h 48

– Elle s'appelait Juliette. Juliette Andreotti…

La gorge serrée, les mains crispées autour de son chapelet et les yeux humides, sœur Marie-Agnès avait visiblement du mal à remuer les souvenirs. Marc observa le bureau dans lequel ils étaient installés depuis quelques minutes, une petite pièce de trois mètres sur trois chichement meublée, dans laquelle la religieuse devait veiller à la bonne marche administrative du sanctuaire. Il fallait qu'il désamorce la situation et le caractère brutal de sa venue. Mais le sujet de cette fille, Juliette, réveillait des démons du passé chez tous les habitants de la région qui étaient en âge de l'avoir connue.

Il commença par lui résumer de façon posée les grandes lignes de son histoire. Il était le mari de Sandra Vasseur, Madinier de son nom de jeune fille, qui avait disparu il y avait plus de trois mois. Il détailla la découverte de la photographie avec la fille au médaillon et le lien qu'il avait fait avec le sanctuaire. Elle l'écouta avec attention, le visage fermé à double tour. Elle prenait de temps à autre une grande inspiration comme si l'air venait à lui manquer, puis expirait dans un souffle long et irrégulier.

– Je me souviens bien de votre femme, dit-elle quand il eut terminé. Sandra Madinier. Une petite si vive d'esprit. Une histoire terrible, le décès de ses parents. Pauvre enfant. Et vous me dites qu'elle a disparu ? Mon Dieu.

– Vous l'aviez bien recueillie ici, à l'époque ?

– C'est exact. En 1986, les sœurs bénédictines, sous l'impulsion du père Berti, avaient créé ce pensionnat pour jeunes en difficulté. Nous avions de la place, une hôtellerie pour assurer les repas et trente ans de moins. C'était une main tendue vers des jeunes désœuvrés, ceux que la vie avait mis de côté un peu trop tôt. Sandra nous a rejoints au décès de ses parents.

– Vous avez arrêté en 1998 ou 1999, m'a dit sœur Cécile.

– Nous n'étions déjà à l'époque pas assez nombreuses et, c'est cynique de le dire, l'argent a aussi joué son rôle. Le père Berti nous avait obtenu quelques maigres subventions des collectivités qui n'ont pas été reconduites après son décès en 1997. Le père avait un pied dans la politique locale que nous n'avions pas.

– Je vois. Et concernant Juliette ? Elle aussi était une pensionnaire ?

– Si on veut. C'était la fille de notre… homme à tout faire, Louis Andreotti.

– Votre homme à tout faire ?

– Oui, un cantonnier que l'on employait pour le jardinage, les travaux d'entretien, la plomberie… Un homme à tout faire, je vous dis.

– Vous n'avez pas l'air d'en garder un souvenir impérissable.

Elle se leva, réajusta sa coiffe et alla coller son front à la fenêtre. Marc la suivit du regard, suspectant une réponse qui avait du mal à sortir.

– Écoutez, toute cette histoire a fait beaucoup de mal par ici, vous n'imaginez même pas. Le père Andreotti était un homme comme on n'aimerait jamais en croiser. Un homme… (Elle se retourna alors vers Marc et prononça le mot à voix basse)… impitoyable. Le cœur sec comme du charbon et la main lourde. Très lourde.

– Il battait sa fille ?

– Et sa femme. Une fille qu'il avait ramenée d'Autriche ou d'Allemagne. Lui était un fils d'immigrés italiens arrivés en France après la Grande Guerre. N'arrivant à rien ici, il s'était mis en tête de tenter sa chance en Allemagne, au début des années soixante. Le pays sortait de quinze années catastrophiques, mais commençait à se redresser peu à peu.

– Et la demande en main-d'œuvre était importante, coupa Marc. Beaucoup d'Italiens ont émigré là-bas au sortir de la deuxième guerre.

– Exactement. Il n'y est resté que deux ou trois ans, me semble-t-il. Avant de rentrer et de s'installer à Drap en 1965 ou 1966. Avec sa femme dans les bagages. Je n'avais que dix ans à l'époque, mais je me souviens encore de la façon dont les hommes du coin parlaient de lui. Et de la manière dont ils la regardaient, elle.

– Elle était belle ?

– Ah ça ! D'une beauté saisissante même ! Saisissante et… tellement distante. Une fille de l'Est, vous voyez ? Et ce visage ! Les traits fins d'une Katharine Hepburn. Excusez mes références d'un autre temps !

– *L'African Queen*, sourit Marc.

– Voilà qui ne me rajeunit pas.

Il fut satisfait de la voir se détendre un peu. Car il lui fallait bien aborder le sujet sensible de l'histoire.

– Que s'est-il passé ? Avec Juliette.

Elle revint s'asseoir face à lui et posa ses mains jointes sur la table.

– Elle a été retrouvée un matin, sur les bords du Paillon, à l'entrée de Nice.

– C'est le cours d'eau que j'ai vu en arrivant ? Presque asséché.

– Oui.

Elle retira ses lunettes et passa un index sous ses yeux.

– Elle… Son corps… Il avait été entièrement brûlé…

– Nom de…

Il se mordit la langue en se rappelant où il se trouvait.

– Cela faisait plus d'une journée qu'elle avait disparu. Sa mère commençait à s'inquiéter. Elle avait même prévenu la gendarmerie. La fille avait fugué, en fait. On a même retrouvé son sac avec toutes ses affaires près du corps, à moitié calcinées elles aussi.

– Et le père ?

– À cuver son vin, comme d'habitude.

– Mais, je veux dire, qu'a donné l'enquête ?

– Rien. Hormis répandre le fiel du soupçon dans notre petite communauté. Bien évidemment, tous ont convergé vers Andreotti au début. Vous pensez bien, un homme tel que lui.

– Mais ?

– Mais une chose a plaidé en sa faveur. Il paraissait vraiment meurtri et, pire que ça, il était prêt à tout pour mettre la main sur celui qui avait fait ça. Il était comme… une bête fauve. Et ce qui devait arriver arriva.

– Quoi donc ?

– L'un des jeunes que Juliette fréquentait, Stéphane… j'ai oublié son nom. Eh bien, il a été passé à tabac une nuit. Et aux dires de chacun, ce n'était pas beau à voir.

– Un coup de Louis Andreotti ? lâcha Marc.

– Qui d'autre ? Mais la gendarmerie n'a rien pu prouver. Le jeune Stéphane n'a pas déposé plainte, n'a jamais donné le nom de celui qui avait fait ça.

– Bon sang.

– Oui, comme vous dites. Les gens en sont venus à se suspecter. Les rumeurs allaient bon train. Le père Andreotti n'était aimé de personne, c'était forcément quelqu'un du cru qui s'était vengé de lui. Pendant des années, la vie de la commune s'est nourrie de cette histoire. Et puis peu à peu, le temps…

– Efface tout, murmura Marc.

Il se contorsionna sur sa chaise et posa les yeux sur les carreaux de la fenêtre. Il n'y vit que du vert, de la cime des arbres en premier plan jusqu'au tapis de la forêt qui se déroulait à perte de vue. Une masse feuillue, frémissante, qui ne trahirait jamais les secrets qu'elle avait pu engranger au fil des années.

Il lui restait un point à aborder.

Un point crucial.

– Quelle était la relation entre Juliette et Sandra ?

Sœur Marie-Agnès parut surprise de cette question.

– Votre femme ne vous a jamais parlé d'elle ?

– Non.

– Voilà qui est bizarre. Enfin, après ce qui est arrivé, c'est peut-être logique.

– Elles étaient liées ?

La religieuse ne put réprimer un gloussement.

– Si elles étaient liées ?

Marc eut une hésitation.

– Oui…

– Ça, on peut le dire. Ici, nous les appelions les Inséparables.

CHAPITRE 33

16 h 37

– Les Inséparables ?

– Elles ne se quittaient jamais.

– Juliette suivait donc aussi les cours dans le pensionnat ?

– C'était, disons, un cas un peu à part.

– Pourquoi ?

– C'était une enfant turbulente. À la demande de sa mère, nous avions accepté de la prendre en étude. Elle dormait ici la semaine et rentrait chez eux le vendredi soir.

– Elle voulait la couper de l'influence de son père.

– On ne peut rien vous cacher. À bien y réfléchir, l'amitié avec Sandra était prévisible. Vous connaissez le contexte familial de votre épouse lorsqu'elle était jeune, j'imagine ?

Marc se renfonça dans sa chaise.

– Les grandes lignes oui. Un père absent et une mère trop portée sur la bouteille.

– Voilà. Ajouté à cela qu'elles étaient toutes les deux amatrices du même genre de musique un peu, hum, sauvage.

Marc esquissa un sourire en repensant aux années grunge de sa femme.

– Ça les a rapprochées, termina la sœur. Soudées même. Je vais vous montrer quelque chose.

Elle se leva et alla s'agenouiller devant le bahut qui occupait tout un pan de mur à côté de son bureau. Marc la regarda faire tandis que son esprit s'évadait vers une nouvelle interrogation.

Pourquoi Sandra ne lui avait-elle jamais parlé de cette fille ? Il croyait pourtant bien se souvenir du début de leur relation, même s'il n'était pas aisé de naviguer dans des eaux mémorielles vieilles de deux décennies. Une telle anecdote l'aurait forcément heurté. Mais il lui semblait que le prénom de Juliette avait toujours été totalement absent du vocabulaire de sa femme. En tout cas de celui de la Sandra qu'il connaissait.

La sœur se rassit face à lui, un épais classeur dans les mains, semblable à un album photo. Il aperçut l'étiquette qui ornait la couverture : « Année 1995-1996. » Elle l'ouvrit et en feuilleta quelques pages, puis poussa une exclamation contenue.

– Ah tenez, regardez, voilà ce que je cherchais dit-elle en tournant le classeur de son côté, c'est une photo que nous avions faite lors d'une sortie de fin d'année. Voilà Sandra, ici, et Juliette, juste là. Les Inséparables.

Marc se pencha sur le tirage en 10 × 15 qui était collé sur le haut de la page. De fines craquelures s'étaient formées sur le film pelliculé. Il reconnut la Sandra adolescente au premier coup d'œil et s'amusa de sa tenue, T-shirt Pearl Jam et jeans troué, avant que le goût de l'amertume ne lui revienne en bouche. À ses côtés, noyée dans un sweat noir sur lequel une rose enlaçait un revolver et flanquée d'un appareil photo en bandoulière, Juliette l'entourait d'un bras protecteur. Elles tentaient toutes deux une grimace à l'objectif qui contrastait avec les sourires bénédictins de leur entourage. Elles paraissaient si heureuses, si proches. Leur complicité débordait du cliché.

Les deux faces d'une même pièce.

La brune et la blonde.

– Voilà, Monsieur Vasseur.

Le classeur se referma sur un bruit sourd.

– J'ai encore une dernière question, si vous le permettez.

Il vit un éclair d'impatience traverser le regard de la sœur. Il sentait que cet entretien lui pesait de plus en plus. On ne retrouvait jamais les affres du passé avec plaisir. Mais il avait besoin d'une ultime précision. Peut-être la plus importante.

– La photo m'a été envoyée par Internet. Je dois absolument savoir pourquoi et surtout par qui.

– Je ne le sais malheureusement pas.

– Je m'en doute. Aussi, je dois parler aux Andreotti.

Elle tressauta sur sa chaise comme si un coup de tonnerre avait retenti dans son dos.

– Vous aurez compris que Louis Andreotti est loin d'être un homme affable.

– Laissez-moi essayer. Je n'ai besoin que de leur adresse. Si vous me la donnez, cela me fera gagner un temps précieux. Sinon je me débrouillerai seul.

Elle réfléchit quelques instants. Soudain son regard s'illumina.

– Bien sûr je vais vous donner l'adresse, dit-elle. Mais je sais qui pourra mieux vous aider. Hervé Duval. C'est un ancien gendarme dont l'épouse venait souvent en pèlerinage chez nous. La pauvre est décédée depuis quelques années. Il était enquêteur à l'époque et c'est lui qui… Qui avait retrouvé le…

– J'ai compris.

– Il vous aidera sûrement, il ne porte pas Andreotti dans son cœur, loin de là. Il s'était vraiment épuisé à trouver le coupable à l'époque. Je vais vous donner ses coordonnées.

16 h 56

Il huma encore le doux parfum de quiétude qui émanait de cet endroit si particulier. Puis il regagna le Range en trottinant, la poigne resserrée sur le bout de papier que la sœur lui avait remis avant qu'il ne la remercie et ne prenne congé. Il regarda sa montre. Presque dix-sept heures. Il n'était pas trop tard pour appeler et tenter une visite chez les Andreotti. Et si Duval se montrait réticent à l'aider, il irait seul.

Il tira l'iPhone de sa poche. L'appareil se mit à vibrer dans sa main. L'identité de l'appelant s'afficha. Robert.

– Allô, Papa ?

– Oui, oui c'est moi.

– Tout va bien ?

– 'de Dieu, c'est plutôt à toi de répondre à cette question. Lisa m'a dit qu'elle t'avait eu il y a plus de quatre heures. Surtout, donne pas de nouvelles, hein !

Il sentit l'inquiétude étreindre cette voix rocailleuse à l'autre bout de la ligne. Il les imagina tous les deux en train de se ronger les sangs, l'un alimentant les craintes de l'autre. Il aurait dû les appeler plus tôt.

– Oui, ça va. J'ai trouvé l'identité de la fille de la photo.

– Ah ! C'est génial !

– Malheureusement elle est morte, il y a vingt ans.

– Bordel de merde !

– Oui. C'était la meilleure amie de Sandra à l'époque, apparemment. Écoute, là je dois essayer de rencontrer quelqu'un, un ancien gendarme, pour avoir des informations plus précises. Je vous rappelle ce soir. Quoi qu'il arrive, je pense rentrer demain au plus tard.

– Bon OK.

– Du neuf de votre côté ? Tu as eu Bossec ?

– Pas eu besoin, il s'est pointé avec un de ses collègues vingt minutes après ton départ. Un coup de fil de Monseigneur Di Stefano en personne. Ils ont regardé les bandes-vidéo…

– Et ils n'ont rien trouvé, je me doute.

– Exact, *woualou*. Rien. Ils ont fait le tour du Parc pendant une demi-heure et sont repartis ensuite. Bossec t'attend dès ton retour pour le procès-verbal sur ton agression.

– Très bien.

– Attends ! Tu ne devineras pas qui est venu en début d'après-midi !

– Non, qui ?

– Di Stefano.

– Ah. Seul ?

– Non, avec un de vos voisins. Un type énorme, Jouvert…

– Joubert.

– Bref il voulait te voir. Même topo, je lui ai dit que tu avais eu une urgence.

– Je verrai ça à mon retour. Lisa, ça va ?

– Impeccable !

– N'en fais pas trop non plus. Bon, je vous rappelle.

– Ça marche. Et pas de conneries hein, Marco ?

– T’inquiète pas.

Il raccrocha et composa sans plus attendre les dix chiffres du numéro de téléphone portable d’Hervé Duval.

CHAPITRE 34

17 h 16

Le Range Rover pénétra sur le parking du centre commercial Auchan de La Trinité. Marc n'avait pas eu le loisir de patienter bien longtemps au téléphone. Hervé Duval avait répondu dès la première sonnerie. Il avait écouté sans dire un mot, mais Marc sentait son oreille attentive. Sa réaction en toute fin de conversation tenait en presque une seule phrase : « Le café-restaurant au premier étage du Auchan, j'y suis dans vingt minutes. »

Marc entra par la porte principale et se dirigea vers l'escalator. Il laissa passer une famille monoparentale qui sortait du centre commercial avec un chariot rempli à ras bord. Les deux enfants tournaient comme des guêpes autour de leur butin du jour, tandis que la mère s'arc-boutait un peu plus sur la poignée du caddie à mesure que les piaillements partaient dans les aigus.

Il remonta l'escalator à grandes enjambées et se retrouva nez à nez avec la devanture du restaurant. Il contourna les premières tables et la traditionnelle pancarte qui annonçait le menu du jour et pénétra dans la salle. Il porta le regard au loin, dans plusieurs directions, pour bien montrer qu'il était en recherche de quelqu'un. Il n'avait aucune idée de ce à quoi Duval pouvait bien ressembler. Mais le peu de tables occupées l'était par des couples ou des groupes d'amis.

Aucun homme seul.

Il allait ressortir vers la galerie marchande lorsqu'une voix le héla.

– Monsieur Vasseur !

Il se retourna. Un homme au physique de coureur cycliste, les jambes arquées, avançait dans sa direction.

– Je vous ai vu de loin, mais je n'étais pas sûr que ce soit vous. Hervé Duval, enchanté, lui dit-il en tendant une poigne énergique.

Marc lui rendit la pareille.

– Merci d'avoir pu vous libérer si vite.

– Vous plaisantez ! À mon âge à cette heure-ci c'est « Questions pour un Champion » ou Dechavanne sur la une en attendant le souper. Alors je n'allais pas louper l'occasion de sortir faire un tour. Si je peux aider, en plus.

Ils s'assirent à la table la plus proche. Le serveur qui les lorgnait du coin de l'œil arriva dans la seconde. Marc commanda un Perrier menthe et

Duval un pastis. L'ancien gendarme chaussa ses lunettes de vue et sortit un petit carnet dont les spirales enferraient un Bic jaune à capuchon bleu. « Je vous écoute », dit-il en ouvrant le calepin et en libérant le stylo.

Marc fut un peu déstabilisé par son attitude qu'il n'attendait pas si professionnelle. Mais après tout, qu'attendre d'un ancien enquêteur de la gendarmerie ? Le physique sec de Duval lui conférait une sorte de légitimité naturelle. Comme si le fait de se maintenir encore en forme passé la soixantaine témoignait du sérieux avec lequel vous traitiez vos petites affaires.

Il commença à reposer les bases de l'histoire. Duval écoutait, hochait la tête de temps à autre et griffonnait quelques notes en pattes de mouche sur son calepin lorsque l'information lui paraissait digne d'y figurer. Quand Marc en arriva à ses déductions et au fait qu'il lui paraissait vital de pouvoir mettre un nom sur le pseudo de Ten3, Duval l'arrêta.

– Vous dites que vous avez reçu la photo par Internet ?

– Oui.

– Sans aucune explication ?

– Rien. Hormis ce pseudonyme utilisé pour le profil du compte : Ten3.

Duval le nota en l'épelant, T-E-N-3. Il essaya quelques combinaisons avec les lettres contenues dans « trois », pour former une anagramme. Marc se sentit un peu honteux de ne pas y avoir pensé.

– Ma foi, ça n'a pas l'air de donner grand-chose. Tentrois, Troisten… En inversant les lettres, les combinaisons sont multiples.

Le serveur arriva et déposa les boissons sur la table. Il décapsula la bouteille de Perrier et en versa une partie sur le fond de sirop tandis que Duval planchait toujours sur l'énigme. Marc glissa un billet de dix euros sur le plateau avant qu'il ne reparte.

– Nom d'un chien, c'est un sacré casse-tête, souffla le gendarme.

– Je n'ai aucune idée de la signification de ce message. Mais la raison pour laquelle je vous ai contacté, c'est que je souhaiterais m'entretenir avec la famille Andreotti. Je souhaite les rencontrer.

Duval posa son stylo et fixa Marc dans les yeux.

– Écoutez, je ne peux pas vous en empêcher. Mais c'est une mauvaise idée. Il faut que vous sachiez que Louis Andreotti n'est pas un tendre, et c'est peu de le dire.

– La sœur Marie-Agnès m'a déjà briefé à ce sujet.

– Elle ne le connaît pas comme moi je le connais. Je peux vous dire que cet homme-là, Monsieur Vasseur, est un sacré salopard.

Marc remarqua une veine gonflée au niveau de la tempe de l'ancien gendarme.

– Un ivrogne, qui cognait femme et enfant à chaque retour de bar. Un lâche qui a presque tué un adolescent en le pensant responsable de la mort de sa fille et, par-dessus tout, un sombre idiot.

– Vous n'avez pas dû passer beaucoup de vacances ensemble.

Duval prit la réflexion comme une pique.

– Je vais vous dire, Monsieur, une affaire comme celle de la petite Andreotti, ça vous marque une vie au fer rouge. Au fer rouge !

– Je veux bien vous croire, se replia Marc.

Duval versa un peu d'eau dans son verre et le remplit jusqu'aux trois quarts.

– Lorsqu'on nous a appelés ce matin-là, continua-t-il, on a tout de suite compris qu'on avait affaire à une énorme saloperie. Le promeneur qui avait découvert le corps criait dans le téléphone à s'en faire cracher les amygdales. Avec mon collègue Ferrando, on était de service. On a pris le break de patrouille et on a descendu la voie sur berge à toute blinde. Quand on est arrivés, il a tout de suite mis en place le périmètre de sécurité en attendant les renforts. Il était presque six heures du mat, le jour venait de se lever et les gens commençaient à vadrouiller dans le secteur.

– Et vous, vous êtes…

– Et je suis descendu dans le lit du fleuve.

Il but une gorgée de pastis. Son regard glissa sur la table en même temps qu'il reposa son verre. Il déglutit avec peine.

– J'ai d'abord vu les dernières volutes de fumée qui montaient par-dessus les herbes hautes. Comme si quelqu'un se grillait une cigarette juste derrière. Et puis, à mesure que je me rapprochais, il y avait cette odeur (il posa les mains à plat sur la table, comme pour éviter qu'elle bouge). Sur le coup, je n'y croyais pas. J'ai pensé, c'est un sanglier qu'on a brûlé là-bas… C'est stupide hein ? Un sanglier ? Dans la berge. Mais c'est ce que j'ai pensé avec cette odeur qui m'étouffait la gorge. Un sanglier, quel con… Et puis, au détour du taillis, je l'ai vue. D'abord ses pieds, avec une seule chaussure. On n'a jamais retrouvé la deuxième vous saviez ? Non, bien sûr. Ses jambes étaient presque indemnes. C'est à partir du haut des cuisses que ce fumier avait vidé tout le bidon. Le reste du corps était méconnaissable. La peau avait tellement enflé et noirci sur son visage que… Oh bon Dieu, même vingt ans après je n'y arrive pas.

Il termina son verre cul sec, avant d'ajouter :

– Certaines nuits, je me réveille et je sens encore cette odeur autour de moi.

CHAPITRE 35

Le break Citroën s'arrêta dans l'allée, face au garage. La lumière des phares dessinait deux halos blancs sur la tôle ondulée de la porte.

Il laissa encore tourner le moteur, les mains posées sur le haut du volant. Il réfléchissait à cette soirée, à ce qui venait de se passer. Pour la première fois, il n'arrivait pas à trouver de réponses à ses interrogations. Elles l'avaient harcelé pendant toute la durée du retour, s'infiltrant dans la moindre fissure du mur de ses convictions, fragilisant ses certitudes.

Il s'y était rendu à contrecœur, se demandant bien pourquoi il avait eu le malheur d'accepter cette invitation qui allait l'obliger à porter le masque plus qu'il n'en avait envie, à se montrer affable et souriant.

Mais c'était comme si une force d'attraction inconnue avait guidé ses pas.

Nicole avait été une hôte parfaite, il devait bien le reconnaître. Disponible, chaleureuse, glissant le mot juste à chacun de ses convives. Et le repas était lui aussi fort bon. Un flan au saumon et aux épinards en entrée, un gigot cuit à la perfection avec son accompagnement de légumes de saison et un tiramisu en dessert.

Il adorait le tiramisu. La pâtisserie était un art difficile. Le tiramisu entre autres ne souffrait aucune approximation. Un biscuit trop imbibé et vous aviez l'impression de terminer votre dégustation par une soupe. Des blancs d'œuf battus sans dextérité et votre crème au mascarpone ne tenait pas. Mais là encore, Nicole s'en était sortie avec brio.

Alors bien sûr, elle l'avait mis sans le savoir dans les meilleures dispositions possibles. À peine avait-il franchi le seuil de la porte qu'il avait entendu flotter dans l'air les accords de Freddie Freeloader. Miles Davis ! Nicole écoutait du Miles Davis ! Il en était resté bouche bée, scotché dans l'entrée de l'appartement. La bouteille de pinot noir qu'il avait amenée pour l'occasion avait manqué lui glisser des doigts.

– Qu'est-ce que tu as ? Entre donc ! avait-elle dit en riant.

Elle lui avait retiré la bouteille des mains pour y glisser la sienne et l'avait entraîné au salon.

– Viens, je vais te présenter !

Et c'était ce qu'elle avait fait.

– C'est le collègue de travail dont je t'ai parlé, avait-elle dit à cette Marianne qui était apparemment sa meilleure amie.

Elles avaient échangé un sourire complice. Le mari de Marianne, un chirurgien spécialisé en histoires barbantes et inutiles, discutait avec un autre homme, un obscur ami de Nicole depuis le lycée.

Il avait senti dès le départ une animosité réciproque s'installer entre eux.

Selon la maxime, on n'a pas deux fois la chance de faire une première bonne impression. Eh bien, ce Pascal lui avait fait une très mauvaise impression. Notamment lorsqu'il avait demandé pourquoi on était obligé de se « coltiner cette musique de vieux » et qu'il avait coupé la chaîne hi-fi pour mettre la radio et écouter les chansons débiles qui passaient en boucle sur les ondes à longueur de journée.

Make it last forever, friendship never ends…

– Ah ça bouge un peu plus, avait-il dit en esquissant un petit déhanché.

If you wannabe my lover, you have got to give…

Les femmes avaient poussé tout le monde vers la table avant qu'il ait pu réagir.

Le repas avait été plus agréable, mais il l'avait passé avec cette sensation étrange de flotter dans l'air, détaché de tout ce qui s'agitait autour de lui. Les paroles, les rires, les exclamations glissaient sur lui comme la pluie sur une vitre. Seule la voix de Nicole parvenait de temps à autre à le ramener dans la réalité de l'instant, telle une ancre amarrée à la coque de sa pensée. Ce qui lui permettait de voir à quel jeu ce Pascal se livrait avec elle. À ne pas la quitter des yeux, à lui mettre la main sur l'avant-bras pour lui demander de lui passer la corbeille de pain, à forcer son rire lorsqu'elle disait quelque chose de drôle.

Lorsqu'elle avait demandé comment la tablée trouvait son tiramisu, il avait grogné un simple « pas mauvais » la bouche pleine et les lèvres encore tatouées de cacao. Pas mauvais ? Ce dessert était exceptionnel. Mais pour un être pareil, une abomination intellectuelle telle que l'espèce humaine savait si bien les engendrer, un ramassis de toutes les déjections que l'esprit pouvait concevoir, oui pour cet être-là, il était juste « pas mauvais ». L'espace d'une seconde, il s'était vu se lever de table, l'empoigner par le col et le traîner à la cuisine pour lui renverser la tête sur l'évier et lui arracher la pomme d'Adam à la petite cuillère. C'était tout ce qu'une immondice pareille méritait, tout ce que ce...

– Et toi, comment le trouves-tu ?

Encore une fois, la voix de Nicole l'avait ramené de ses hauteurs infernales.

– C'est tout simplement merveilleux, avait-il répondu.

Elle lui avait souri.

***

Ses mains se resserrèrent autour du volant. Les pulsions étaient plus présentes que jamais. Il essaya de les chasser, mais il savait que c'était peine perdue. Elles le tenaient par la bride, comme lui ferrait ses proies. Il sentit l'état de manque prendre possession de lui. Les crispations, la mâchoire qui se contractait, la bouche pâteuse, la sensation de vide qui gangrenait tout son corps.

Il en avait envie.

Il entendait déjà les supplications se fondre en cris puis en râle, il avait le goût salé de leur peau sur sa langue, il sentait la résistance de leur chair sous la lame lors des premières incisions.

Viens, je vais te présenter.

NON, PAS ELLE !

Il sentait leurs yeux posés sur lui. Ces regards, tous les mêmes, si vivants, mais qui tourbillonnaient ensuite dans la plus affreuse des certitudes, celle de la souffrance puis de la mort. Lente.

Je voulais t'inviter aussi.

LAISSE-LA TRANQUILLE.

Et cette sensation de jouissance lorsqu'il leur passait le collier, qu'elles étaient réduites à l'état d'objets dont il pouvait disposer à sa guise. Lorsqu'elles étaient entièrement offertes, prêtes à être détruites et souillées, dans leur corps, mais surtout dans leur âme.

La peau de Nicole, le sourire de Nicole, les fesses de Nicole...

PAS ELLE JE T'AI DIT !

Les incisions, les coups, les brûlures, les pénétrations multiples, tout cela ne le galvanisait jamais autant que ce sentiment de plénitude presque divine lorsqu'il les sentait enfin passer de l'autre côté. Lorsqu'elles en venaient à ne plus attendre qu'une chose.

Le coup de grâce.

Nicole si douce, mais si ferme, une véritable pouli...

Il se mit à crier.

– Ferme-la ! Je t'ai dit de ne pas la toucher ! Tu ne la toucheras pas !

Puis il cogna deux fois la vitre de la portière avec sa tête, comme pour la briser, et se gifla le visage avec violence.

Il haletait, respirait avec confusion. Il n'arrivait plus à reprendre le dessus.

Il essaya de se concentrer sur un point précis.

Les deux cellules de sa cave.

Vides.

Alors il passa la marche arrière, sortit la voiture de l'allée et reprit la direction de la ville.

CHAPITRE 36

18 h 08

– Personne n'a remarqué la fumée, les flammes ?

– Le feu ? Elle est bien bonne, celle-là ! (Il regarda son verre et celui de Marc, à demi rempli.) Vous reprenez un truc ? Un pastis ? C'est pour moi celle-ci.

– Oui, pourquoi pas.

Il fit un signe avec son verre vide en direction du serveur et leva le pouce et l'index de l'autre main.

– Oui, alors le feu. Eh bien non, ça n'a choqué personne. Les gens ont peut-être pensé que des jeunes faisaient brûler des pneus ou d'autres trucs. C'était déjà un quartier populaire à l'époque, aujourd'hui je ne vous en parle même pas. Tout le monde tire les rideaux pour ne pas attirer les problèmes.

– C'est dingue.

– Faites l'expérience, tirez un coup de feu en l'air, une nuit en pleine ville. La rue est déserte, tout le monde est chez soi. Vous pensez qu'il se passe quoi ?

– Les gens paniquent, appellent les flics.

Le serveur refit son apparition avec deux verres et une nouvelle carafe qu'il posa sur la table. Duval remplit d'abord celui de Marc, puis le sien, tout en continuant sa démonstration.

– Rien du tout mon bon Monsieur. Le premier réflexe est bien d'aller à la fenêtre pour vérifier l'origine du bruit. Mais aussitôt la peur et le doute s'immiscent dans le processus de pensée et le grippent. Et si c'était vraiment un coup de feu ? Et si je prenais une balle perdue ? Et si l'assassin me voyait et revenait me faire la peau ? Et si, et si, et si… Alors les gens restent là, la main sur la poignée, à se persuader que c'était juste un claquement de pot d'échappement ou de pétard. Les statistiques sont effrayantes.

– Ah oui ?

– Plus de 90 % ne feront rien. Voyez un peu les cas d'agressions sexuelles dans les transports en commun la nuit ou dans des ruelles isolées. Toutes les enquêtes montrent les mêmes choses : il y a toujours un témoin qui a fermé les yeux en se persuadant que la fille n'était pas si réfractaire que ça.

– C'est glauque, en effet.

– La faute à la société. Aujourd'hui, on se parle plus de toute façon. On est collé derrière son écran en permanence, même quand on marche. Alors bon…

Et allez, le refrain passéiste, le retour. Il essaya de recentrer le débat.

– Concernant l'enquête, c'est vous qui l'avez menée ?

Duval sourit.

– Vous plaisantez. Une affaire pareille, c'est directement la BR qui s'en est occupée.

– La BR ?

– La Brigade de recherche.

– D'accord.

– Nous, à notre niveau, on a dressé le procès-verbal qui relatait notre arrivée et la découverte du corps. Après, on a refilé le tout aux enquêteurs et aux techniciens de la scientifique.

Marc cilla.

– La sœur Marie-Agnès avait l'air de sous-entendre que vous vous étiez davantage impliqué que ça.

Un voile passa sur le visage de Duval. Il s'adossa à sa chaise et croisa les bras sur sa poitrine.

– Ah, bon. Et que vous a-t-elle dit à ce propos ?

– Eh bien, pour être tout à fait clair, elle a employé l'expression « s'épuiser à trouver le coupable ».

– C'est un peu exagéré, mais, oui, j'ai essayé de mener mes propres investigations.

– Pourquoi ? Vos collègues ne suffisaient pas ?

– La section de recherche et d'identification est très compétente, bien sûr. Mais j'avais la prétention de croire que j'avais quelque chose de plus qui pouvait faire la différence.

– C'est-à-dire ?

– Je suis un gosse du pays, Monsieur Vasseur. Mon père, paix à son âme, a tenu le seul garage auto de Drap de 1936 à 1982. C'est le garage Renault que vous voyez en arrivant. Nous connaissons tout le monde, et tout le monde nous connaît.

Marc acquiesça même s'il ne se souvenait pas être passé devant. Il trempa les lèvres dans son verre et le garda en main.

– Louis Andreotti avait beaucoup d'ennemis ?

Duval se rinça la gorge à son tour avant de répondre.

– Andreotti ? Oh je dirais… Presque tout le monde.

– C'est à peine croyable, personne ne pouvait donc encadrer ce type ?

– Il n'y a pas un homme qu'il n'ait provoqué entre deux vapeurs d'alcool, pas une femme à qui il n'ait essayé de mettre la main aux fesses. Ce type est un animal.

Là où la sœur n'avait pas exagéré, c'était bien sur le ressentiment que pouvait éprouver l'ancien gendarme à l'égard de Louis Andreotti.

– Bon, admettons, il a des ennemis. Mais de là à vouloir assassiner sa fille en la brûlant. Merde ça me paraît dingue !

– Il y a des monstres partout en liberté malheureusement.

– C'est sûr… Mais, donc, votre enquête n'a rien donné.

– Non, le meurtrier court toujours, répondit sèchement Duval. La jeune Sandra, d'ailleurs, avait beaucoup essayé de nous aider si ma mémoire est bonne. Elle était avec Juliette ce soir-là, dans un pub pas loin d'ici. Elle nous avait indiqué l'avoir vue monter en voiture avec un homme avec qui elles avaient déjà discuté dans ce bar. Mais elle n'a pu en donner qu'un portrait évasif. La trentaine, cheveux clairs et une assez grosse voiture. Autant dire, presque rien.

– Incroyable, souffla Marc.

Dans son for intérieur, il ne comprenait toujours pas pourquoi sa femme lui avait caché toute cette histoire. Il regarda Duval. Le sujet le prenait aux tripes, cela crevait les yeux. Il essaya de le relancer sur le père de Juliette.

– Et Andreotti ? Il a été soupçonné, j'imagine ?

– Il est resté notre suspect numéro un pendant longtemps, maugréa Duval, en plus du type à la grosse bagnole. Mais il avait l'alibi parfait.

– Ah oui ?

– Oui. Sa femme a attesté de sa présence à leur domicile toute la nuit.

– Elle a pu le couvrir.

– Pour la mort de sa fille ? Non, elle adorait sa gamine plus que tout. Je n'y crois pas.

– Hum…

Marc prit le mélangeur en plastique de son pastis et le fit tourner entre ses doigts. Quelque chose le gênait aux entournures dans le discours que lui avait servi Duval.

Un détail.

Il essaya de se remémorer leur conversation depuis le début tandis que le gendarme terminait son verre. Soudain un mot explosa en grosses lettres luminescentes dans son esprit.

Méconnaissable.

– Pardon, vous allez sûrement trouver cette question stupide, mais… On est sûr que c'était bien Juliette Andreotti ?

Hervé Duval manqua s'étouffer. Il toussa plusieurs fois en se penchant sur le côté.

– Vous êtes fou ? dit-il en reprenant son souffle. Bien sûr que c'était elle.

– Vous avez fait des analyses ADN ?

Cette fois ce fut le rire qui entrava la parole de l'ancien gendarme.

– Les tests ADN ? En 1996 ? Vous croyez quoi ? Qu'on était dans *Les Experts* ? Et puis de toute façon, on avait mieux que ça pour l'identification.

– Ses affaires ?

– Je vois qu'on vous a bien informé. Oui, son sac était là. Le tueur l'avait jeté dans le feu, pensant que cela le détruirait aussi. Mais c'était une besace faite d'une toile épaisse, comme celle des voiles de bateaux. Elle n'a pas brûlé entièrement. Il y avait ses affaires à l'intérieur, quelques vêtements, un nécessaire de toilette, un appareil photo ainsi que ses papiers d'identité.

– Bon, mais…

Duval secoua la tête.

– Vous êtes un grand sceptique vous, non ? Vous feriez peut-être un bon enquêteur. Quoi qu'il en soit, sachez qu'Ingrid Andreotti a formellement identifié le corps de sa fille dès le surlendemain. J'étais présent ce jour-là, à la morgue de Nice.

– Mais je croyais que…

– Une cicatrice sur le genou droit. Juliette se l'était faite des années auparavant. Voilà ce qui a permis d'être sûr que c'était bien elle.

Marc capitula.

Le sort s'acharnait encore. Depuis la découverte de cette photo, il avait toujours associé la fille au médaillon au pseudo Ten3. C'était elle, de façon sûre et certaine, qui était à l'origine de ce message énigmatique.

Cela devait forcément être elle.

Mais non.

Encore une fois, il devait faire table rase de toutes ses convictions.

CHAPITRE 37

18 h 21

Allongée sur son lit, les yeux rivés au plafond et les *earpods* de son iPhone vissés aux oreilles, Lisa se laissait aller à d'intenses réflexions. Son pied battait la rythmique du *Kids* de One Republic sans grande conviction.

Happée par la déferlante d'événements de ces dernières vingt-quatre heures, elle avait tout pris de plein fouet, tout subi sans pouvoir y faire quoi que ce soit. Ce message, cette fille au médaillon, son père frappé dans la nuit, son départ en coup de vent pour elle ne savait quel bled paumé du sud de la France, son grand-père qui se préparait pour la troisième guerre mondiale.

Et sa mère…

Envolée depuis trois longs mois. Elle avait fini par croire qu'elle était morte. Mais ces cris hier soir sous sa fenêtre avaient rebattu toutes les cartes. L'hypothèse d'une fuite délibérée avait soudain refait surface. Mais alors, pourquoi revenir aujourd'hui et continuer à se cacher ? Cherchait-elle à prévenir uniquement sa fille et à éviter son mari ?

Lisa ne savait plus où donner de la tête. Qu'allait-elle encore découvrir ? Le train de la fatalité lui semblait impossible à arrêter. Elle en avait presque la nausée. Elle ne s'était jamais sentie si esseulée. Et pire que tout, elle avait l'impression de devenir folle. L'angoisse ne la quittait plus, elle avait fait son nid et couvait son fiel en elle, bien au chaud tel un crotale lové dans son trou.

Elle avait surtout compris que le cocon douillet de l'enfance ne la protégerait plus. Celui dans lequel on pensait que tout était éternel, que la mort n'était qu'un concept parmi tant d'autres, que l'amour triomphait toujours de tout parce que, après tout, c'était tellement logique. Comme dans un Disney. Mais dans la vraie vie, les gens se lassaient, se quittaient et se déchiraient, faisaient des burn-out, les amies vous trahissaient, les familles explosaient, les êtres aimés mourraient, les mères abandonnaient leurs enfants. Dans la vraie vie, le concept même d'éternité était une aberration, pire, une arnaque.

Elle repensa à son père et son estomac se serra. Il était tellement convaincu que ce SMS était un faux. Elle ne l'avait jamais trouvé aussi désemparé, à fleur de peau. Comme jeté au fond d'un puits dont il essayait de s'extraire en s'accrochant à chaque aspérité de paroi, aussi misérable soit-elle. Ce n'était pas l'image qu'elle avait de lui. Ça non.

Elle repensa à ses rares visites sur son lieu de travail. Dans cet immense open-space gravitaient une cohorte d'employés, tous plus branchés et connectés les uns que les autres. Et dans le lot, des petites stagiaires qui dépassaient à peine la vingtaine, super-sexy en Diesel slim et talons de dix, et qui voulaient tout connaître de ce milieu. Ben voyons, nul doute que Marc et Denys n'avaient qu'à se pencher pour ramasser les fruits bien mûrs tombés de l'arbre. Si elle avait dû parier sur qui devait tromper l'autre dans le couple parental, son père aurait remporté la mise. De plus, il n'était jamais là.

Elle balaya l'écran de l'iPhone du pouce pour sauter une chanson. Ed Sheeran arriva avec sa *Galway Girl*. Elle s'assit à son bureau et se prit la tête entre les mains, les paumes refermées sur ses écouteurs, pour se forcer à reprendre le contrôle de ses pensées.

Elle sentit soudain une présence dans son dos et passa un œil par-dessus son épaule. Robert venait d'entrouvrir la porte. Elle retira ses écouteurs.

– J'ai frappé, mais tu ne m'entendais pas.

– Oui, j'écoutais de la musique.

Il fit un pas dans la chambre.

– OK, pas de problème. Hum, j'ai eu ton père au téléphone.

Ses yeux bleus s'écarquillèrent.

– Alors ?

– Il a retrouvé la fille de la photo. Enfin, presque. Elle est morte il y a vingt ans. C'était une amie de ta mère.

– Quoi !

Elle pivota complètement sur sa chaise pour se retrouver face à lui.

– Mais alors, il fait quoi maintenant ?

– Sais pas, il m'a parlé d'un ancien gendarme qu'il devait voir. Il a dit qu'il serait là demain au plus tard.

Cette dernière phrase la rassura un peu. Plus que le visage barré de doutes de son grand-père. Quelques longues secondes passèrent avant que l'épaisse moustache ne s'anime à nouveau.

– Je descends. Tu as faim, tu veux quelque chose ?

Elle sourit.

– Tu vas me préparer le goûter ? Tartines et chocolat chaud ?

– C'était ta grand-mère, ça. Tu te souviens ?

– Bien sûr.

Elle le sentit pensif et ajouta :

– J'arrive dans cinq minutes.

Il fit demi-tour pour poser la main sur la poignée, puis se retourna une dernière fois et lui dit dans un sourire fatigué :

– C'était une belle époque, celle du goûter, tu sais.

Et il ressortit en fermant la porte derrière lui, sans qu'elle ait eu le temps de lui répondre. Elle resta là, ligotée à ses pensées, mais quelque chose de nouveau la travaillait. Ce message, envoyé à son père. Énigmatique au possible. Trop même. Avant d'adresser une devinette à quelqu'un, autant s'assurer qu'il est capable de la résoudre non ? Quelle était la finalité sinon ?

C'était une amie de ta mère.

Si cette fille était morte, pourquoi leur envoyer sa photo ? La mécanique intellectuelle s'accéléra. Il lui sembla entrer dans un tunnel et que la vérité se trouvait à l'autre bout. La personne qui avait envoyé ce message devait plutôt cibler sa mère. Oui, c'était forcément ça, elle seule connaissait cette fille et était peut-être en mesure de comprendre le sens du « Ten3 ». Alors pourquoi était-ce son père qui l'avait reçu ? En réponse au tweet de recherche, d'accord. Mais bon sang, pourquoi ne pas être plus clair alors ? Pourquoi ne pas dire les choses ? À moins que…

... *une amie de ta mère*...

À moins que sa mère ne l'ait reçu aussi, mais bien avant. C'était peut-être la raison de son départ ? Mais ils avaient passé des heures à vérifier son compte Gmail, de la boîte de réception à la corbeille encore pleine, et elle n'avait jamais reçu ce message.

Lisa ferma les yeux, essaya de se vider l'esprit. Peut-être que la personne ne connaissait pas son adresse. Oui, c'était ça bien sûr ! Alors, que fait-on quand on cherche l'adresse mail de quelqu'un ? Elle se retourna d'un trait et ouvrit son MacBook puis le navigateur web Safari et elle googla « Sandra Vasseur ». Une liste de photos et de profils Facebook apparut. Elle scrolla rapidement, sa mère n'avait ni compte Facebook ni quoi que ce soit d'équivalent. Pour le coup, entre elle et son père, c'était la bonne vieille maxime des extrêmes. En fin de page, ses yeux se focalisèrent sur une ligne.

Sandra VASSEUR-MADINIER, Maître de Conférences, Pôle universitaire de Saint-Clair.

Elle cliqua sur le lien.

La page s'ouvrit sur une photo de Sandra, agrémentée d'un texte présentant son parcours et ses travaux, son rôle dans l'université. Lisa étouffa un sanglot à la vue de ce visage qui lui souriait à travers l'écran de son ordinateur. Elle continua et finit par trouver ce qu'elle cherchait au bas de la page. Les coordonnées de sa mère à l'université ainsi que son adresse professionnelle : s.vasseur@pu-sc.edu. Elle savait qu'elle ne l'utilisait jamais, car elle n'avait pas réussi à la paramétrer sur son iPhone. Elle filait son Gmail à tous ses étudiants. Simple, pas de prise de tête, tout à fait elle.

Elle cliqua sur le lien de connexion aux comptes des professeurs et entra l'adresse mail en login. Lui restait le mot de passe. Facile, sa mère avait beau avoir une mémoire d'éléphant, elle utilisait le même pour tout.

Elle tapa « Lisa07092001 » et croisa les doigts.

La page chargea…

… et le compte apparut.

Il n'y avait pas beaucoup de mails, juste ceux de quelques collègues et la newsletter de l'université. Elle remonta le temps assez vite. Avant de le trouver.

Bien sûr, c'était tellement logique.

Elle ne sut pas si elle devait s'en réjouir ou bien se morfondre encore plus.

CHAPITRE 38

19 h 07

La maison des Andreotti fermait le rang d'une petite route de montagne, sinueuse et resserrée, à une dizaine de minutes au-dessus de la ville. À dix-neuf heures passées, la nuit s'était invitée. Les mots de Duval résonnaient encore aux oreilles de Marc : « Je vous ai prévenu, ce type est très dangereux. » Voilà qui était particulièrement engageant.

La route finit par se muer en un sentier escarpé et mal entretenu. Les nids-de-poule se suivaient avec une constance remarquable, certains avaient été rebouchés à la hâte par quelques pelletées de bitume qui ne passeraient pas l'hiver. La garde haute du Range se révéla pour une fois bien utile.

Une maison apparut dans la lumière des xénons, au détour d'un énième virage. Marc gara son véhicule sur un terre-plein, juste en face. Il descendit et jeta un œil au paysage dans la clarté de la lune. La maison paraissait bien entretenue, avec ses jardinières suspendues aux fenêtres, sa façade et cette petite cour gravillonnée qui vous amenait à l'entrée entre deux carrés de pelouse. Aucune lumière ne filtrait des interstices des persiennes fermées.

Pas trop l'air de la maison d'un monstre, pensa Marc en se dirigeant vers le portail.

Il pencha la tête par-dessus les lames de bois qui lui arrivaient à hauteur de buste. Il détailla le jardin, la table ronde en fer forgé avec ses quatre chaises bien alignées à chaque extrémité, le tuyau d'arrosage enroulé sur son support, les bordures de fleurs taillées avec soin.

– Hé !

Il se retourna.

Un ado, perché sur un BMX qui paraissait bien trop petit pour lui, dévalait le sentier dans sa direction. Le garçon fit chasser la roue arrière en arrivant à son niveau et s'arrêta en dérapage contrôlé en soulevant un nuage de poussière.

– Z'êtes qui, vous ? Vous cherchez quelqu'un ?

Il avait dans les douze ans, les cheveux taillés au sabot de trois millimètres et portait un maillot de foot mal assorti à son jogging.

– Salut, oui, je cherche la maison des Andreotti. C'est bien ici ?

Le gamin ricana.

– Louis le fou ? Non, c'est pas là, ici c'est chez moi et mes parents, les Bernaz. Les Andreotti c'est plus bas, à deux cents mètres. Vous lui voulez quoi, au fou ?

Ça s'annonçait de mieux en mieux.

– J'ai juste quelque chose à lui demander.

– Ah, fit le gamin, déçu de si peu de confidence.

Il lorgna le Range Rover à deux reprises du coin de l'œil.

– Bon, je vais y aller alors, dit Marc, merci.

– À cette heure-là y a *dégun*. La Ingrid elle est à la salle communale, au loto, et le fou, bah lui, il est au bar, sûrement. Ils reviennent pas avant vingt heures trente. C'est un V6 ou V8 là-dessous ?

Il pointa la voiture du doigt.

– Euh, elle fait 300 chevaux, je crois, dit Marc.

– Une essence ?

– Oui

– OK, alors c'est le trois litres. Il fait 340 chevaux celui-là. Ça doit envoyer, ça !

Il rigola en secouant la main droite à plusieurs reprises comme s'il venait de se brûler. Marc souleva le revers de sa manche et regarda sa montre. Encore une grosse heure à patienter avant le retour de Louis et Ingrid Andreotti. Il allait falloir trouver à quoi s'occuper.

Lorsqu'il releva la tête, le gamin avait disparu. Seul le BMX traînait au sol. Il le retrouva près du Range à l'inspecter sous toutes les coutures.

– Des jantes en 21 pouces, ça, c'est trop la classe ! Et la double sortie d'échappement chromée, trop cool. Y a pas à dire, Range ça envoie !

– Merci.

Il mit ses mains en visière au niveau des yeux et se colla à la vitre pour regarder à l'intérieur. Marc s'amusa de son attitude.

– Tu veux monter dedans, peut-être ?

Le gosse se retourna. Il avait presque la langue au niveau du sol.

– Un peu que je veux, Monsieur. Vous êtes sympa, vous !

– Pas de problème euh… Tu t'appelles comment déjà ?

– Enzo.

– Si avec ça tu deviens pas pilote. Allez, grimpe.

Il déverrouilla la voiture avec la télécommande. Enzo ouvrit la portière et s'installa au volant en piaffant.

– Wouaouh, mate-moi ce volant de malade ! On dirait un truc de F1 !

L'iPhone de Marc vibra dans sa poche.

– Oui ?

– Marco, c'est moi. Écoute, on voulait te prévenir, la gamine (Lisa en fond sonore : « Grand-Père ! »), oui pardon, Lisa a trouvé un truc, ah, mais, attends je lui passe le télépho…

La ligne toussa, puis la voix de Lisa reprit :

– Papa, c'est moi ! Écoute je l'ai trouvé ! Le message !

– Quel message ?

– Le même ! Je te l'ai forwardé. Raccroche et regarde tes mails !

– OK, OK, j'y vais, fit Marc.

Il coupa la conversation et ouvrit l'appli mail. L'un des derniers provenait, non pas de Lisa, mais de l'adresse professionnelle de Sandra à l'université.

– Qu'est-ce que…

Il appuya sur l'intitulé avec le pouce. La photo s'afficha sur toute la largeur de l'écran de l'iPhone. Identique à celle qu'il connaissait déjà, Juliette et son médaillon sur la route de Drap. Son pouls s'accéléra. Il balaya l'écran pour trouver le même message : « Ten3 ».

Pourquoi avoir envoyé ça à Sandra sur une adresse qu'elle ne consultait jamais ?

Il remonta en début de mail. La date était écrite en petits caractères juste à côté du nom de l'expéditeur :

rememberten3@gmail.com 14/08/2017 20:39

Son sang ne fit qu'un tour. Sandra avait disparu le 14 août, aux alentours de dix-neuf heures.

– Bordel, lâcha-t-il en posant une main sur le hayon du Range pour se soutenir.

Qu'est-ce que cela changeait ? Rien. La même photo, le même message. Cela prouvait encore plus le lien avec la disparition de Sandra.

– Elle est géniale, votre voiture ! On n'en voit pas tous les jours par ici, des caisses pareilles.

– Ah, oui, merci, petit.

– La dernière fois, c'était une BMW, mais c'est moins bien que le Range !

Marc crut recevoir une décharge électrique.

– Quoi ? Qu'est-ce que tu as dit ?

Enzo le regarda avec deux soucoupes, ayant peur d'avoir fait une bêtise.

– Moi, euh… eh bien…

– Tu as parlé d'une BMW ! C'est ça ? Tu l'as vue quand ? Tu te souviens du modèle ?

– Euh, oui je m'en souviens, c'était une série 1, beige, je crois. Avec des jantes de 18, ça, je me rappelle. Anthracite ! Ça lui faisait un pire look ! Je kiffe les belles jantes sport sur ce type de voiture.

Marc l'attrapa par les épaules.

– Mais quand ? Quand tu l'as vue ?

– Euh… Attendez… Cet été, je crois.

Marc sentit une sueur froide couler dans son dos.

– Fais un effort c'est très important, s'il te plaît.

– Bah, je me souviens que ma mère m'avait vite fait rentrer, parce que ça se disputait chez le fou, ça criait fort. Et puis nous, on devait partir chez ma tante pour le week-end et… Ah oui ! Mon père avait fait le pont ! Il avait pris le lundi, car le mardi c'était le 15 août ! C'était un peu avant, le samedi, je pense.

La chape de plomb qui s'abattit sur les épaules de Marc fut telle qu'il commença par plier les genoux avant de se retrouver accroupi à côté de la roue arrière du Range.

Sandra était venue ici juste avant de disparaître.

Ça, ça changeait tout.

CHAPITRE 39

19 h 18

Lombardier sortit le paquet de Marlboro de sa poche de chemise, fit sauter le rabat en carton du pouce et poussa un grognement.

Deux cigarettes se battaient en duel à l'intérieur.

– Tu te fais vieux, Lombardier. Partir filocher avec seulement deux clopes… grommela-t-il. Il en sortit une et l'alluma, puis abaissa la vitre électrique de quelques centimètres. Il tâtonna à l'aveugle pour trouver son portable posé sur le siège passager. La coque plastique de son vieux Nokia arriva sous ses doigts. Il alluma l'écran et chercha les SMS avec la cigarette pendue au bout des lèvres.

Il relut le texto envoyé par Hélène en début d'après-midi en clignant de l'œil à cause de la fumée qui le gênait.

C'est ce soir, d'après les filles.
Vers 20 h.

Elle l'avait appelé, mais n'avait laissé sonner que deux fois. Elle avait peut-être été dérangée et avait coupé l'appel de peur de se faire repérer. Mais elle lui avait envoyé le message dans la foulée. Il espérait juste qu'elle avait bien pensé à l'effacer de la boîte des envois. Dans ce milieu, les macs surveillaient les nanas à mort.

La Lexus était stationnée sur un parking en épis qui surplombait la rue, entre deux autres véhicules. Impossible à repérer à moins de deux mètres. Lombardier avait pleine mire sur la rue des Halles, tout en descente, et le croisement avec la ruelle dans laquelle se trouvait le Milky Way.

Il regarda la petite horloge numérique du véhicule.

19 h 24

Il était encore tôt. Mais le genre de plans auxquels étaient conviées les filles commençait souvent en première partie de soirée. Elles étaient amenées dans un lieu réservé pour l'occasion, une villa de luxe à l'abri des regards, où les attendaient déjà quelques convives. Des hommes fortunés, en apparence bien sous tous rapports, tirés à quatre épingles dans leurs costards Smalto ou Armani. Hommes d'affaires, notaires, avocats, médecins, tous capables de débourser un gros paquet de fric pour assouvir leurs pulsions le temps d'une soirée avant d'aller retrouver le lit conjugal en toute sérénité.

Ils commenceraient par partager une coupe de Taittinger avec les filles, discuteraient de tout et de rien pendant quelques minutes, feraient l'étalage de leur savoir sur les dernières valeurs boursières qui rapportaient ou sur la situation géopolitique au Moyen-Orient. Le temps de mettre les gonzesses en confiance, mais surtout qu'elles comprennent bien que le monde dans lequel elles entraient l'espace de quelques heures ne serait jamais le leur. Et qu'elles n'y feraient que de la mauvaise figuration.

Une fois le menu consulté, ils feraient leur choix, de la même façon qu'ils se décidaient pour un margaux ou un saint-émilion au déjeuner. Les filles iraient en chambre, se feraient baiser violemment, en solo si elles avaient de la chance, ou à plusieurs, si elles en avaient moins. Certains mecs se lâcheraient un peu plus que d'autres et des nanas ressortiraient sûrement avec la gueule en Picasso comme la pauvre Sofia. Pas grave, en grands seigneurs ils mettraient une rallonge en partant. Chacun regagnerait ensuite sa vie et son quotidien, sa luxueuse villa sur les collines ou son appart de passes.

La seule interrogation, c'était le choix du Milky Way. Une boîte pas vraiment classe, c'était peu de le dire. L'antithèse du genre d'endroit où un banquier d'affaires irait se chercher une fille pour la nuit, à l'heure où les réseaux d'escorts haut de gamme abondaient sur le web. En deux clics, il était possible de se faire livrer un avion de chasse russe à domicile qui facturait l'équivalent d'un smic à l'heure.

Alors, pourquoi les Calabrais avaient-ils jeté leur dévolu sur les filles du Milky ? Des nanas paumées pour la plupart qui ne risquaient pas de l'ouvrir en cas de dérapage. Lombardier ne voyait que ça comme raison. Et il allait bientôt pouvoir vérifier si son raisonnement tenait la route. Une Maserati Ghibli venait de s'arrêter au niveau du club. Un homme d'assez petite taille en descendit, cintré dans sa veste de cuir et son pantalon noir. Il laissa les feux allumés et le moteur tourner et s'engouffra dans la ruelle.

– Allez Gigi l'amoroso, reviens par ici, grogna Lombardier en mâchonnant le bout du filtre de sa cigarette.

Vœu exaucé moins d'une minute plus tard. L'homme réapparut en tenant une femme par le bras et en la faisant avancer vers la voiture. Elle était beaucoup plus grande que lui, perchée sur ses escarpins à plateforme. Tout son langage corporel indiquait sa réticence à suivre son visiteur du soir.

Elle tentait de négocier.

L'homme s'emporta en levant la voix et pointa son index vers elle à trois reprises. Puis il tapa deux fois de la paume de la main sur le toit de la voiture. La fille finit par rentrer. La Maserati démarra, redescendit la rue pour faire demi-tour sur la petite place face à l'entrée des halles et remonta en passant devant le parking.

– Allez, c'est parti…

Il mit le contact et passa la marche arrière pour quitter son stationnement. Il sortit du parking et rattrapa la rue. La Maserati venait de rejoindre le trafic, il se cala à deux véhicules derrière elle.

L'homme prit la direction du centre de Saint-Clair, ses rues animées et débordantes de couleurs et de lumières en cette période de préparation de Noël. Lombardier suivait à bonne distance sans le perdre de vue. La Ghibli emprunta la rue Saint-Antoine, bordée de peupliers, mais qui s'éloignait du centre-ville. Paul présumait qu'il remonterait vers les quartiers du haut Saint-Clair ou de la Vigie, les plus huppés à proximité de la ville. Mais la Maserati repartit ensuite vers la plaine, par la départementale qui contournait la ville.

Où tu vas, mon coco ?

Ils arrivèrent au bout de quelques minutes dans la proche banlieue de Saint-Clair, une zone en perpétuelle gestation où les programmes immobiliers se multipliaient, mais n'étaient encore que des coups de crayon sur des croquis d'architecte. Les anciens bâtiments, des tours construites pour la plupart dans les années 1960 et 1970, étaient peu à peu démolis pour laisser la place à des habitations au cadre de vie plus agréable.

Mais pour l'instant, le coin était loin de faire rêver.

La Maserati se rangea soudain sur le bord de route. Lombardier l'imita en restant à distance.

Elle resta stationnée, moteur allumé, sans que personne ne descende.

– Putain, il s'en fait tailler une ou quoi…

Il était beaucoup trop loin pour voir quoi que ce soit. Et surtout, il sentait que quelque chose clochait. Il avança la voiture sur quelques mètres, phares éteints, en faisant crisser le gravier sous ses pneus.

Soudain, la Ghibli libéra un feulement rauque, les roues patinèrent sur le bitume en fumant et le véhicule démarra en trombe.

– Merde !

Il remit les phares et pleins gaz en même temps. Mais la Maserati lui avait déjà mis une bonne cinquantaine de mètres dans la vue, et ça n'allait pas s'arranger.

Il enfonça l'accélérateur pour essayer de la rattraper, mais elle était déjà trop loin.

Ce faisant, il ne fit pas attention à l'énorme SUV noir qui arrivait en trombe derrière lui.

CHAPITRE 40

19 h 22

– Monsieur, ça va ? Vous avez une crise cardiaque ou quoi ?

Marc était toujours accroupi, fixant le sol, replié sur lui-même, presque inerte. Enzo était descendu de voiture et s'était penché sur lui.

– Non, ça va petit, ne t'inquiète pas. Je… Je réfléchissais.

Ça oui, pour le coup, il avait les neurones en feu. Les idées fusaient dans sa tête comme les balles d'un Nadal-Federer, à une cadence infernale.

Dans sa vie professionnelle, il avait cette faculté presque mécanique de considérer chaque problème comme une simple équation à résoudre. En essayant d'avoir toujours l'angle d'attaque le plus ouvert, ou d'en varier les positions. Mais tout cela ne marchait plus aujourd'hui. Il n'était plus en mesure d'analyser les événements avec le détachement nécessaire.

Ici et maintenant, on ne parlait plus boulot, contrats à décrocher ou rétroplanning à respecter.

On parlait de Sandra.

On parlait d'une famille éclatée, d'une mère évaporée, d'une épouse disparue.

On parlait de vie et de mort.

Et, de toute façon, les inconnues étaient bien trop nombreuses pour que sa théorie de l'équation puisse tenir la rampe. Sandra était venue ici, la veille ou presque de sa disparition. Pourquoi ? Était-elle aussi sur la piste de Juliette ? De Ten3 ? Avait-elle trouvé un indice ? Quelque chose qui aurait eu à voir avec sa disparition deux jours plus tard ?

Tie-break 5e set, service Nadal.

Il serra les poings jusqu'à s'en faire rentrer les ongles sous la peau. Toutes ces questions sans jamais aucune réponse, ou si peu. Il sentait la vague du découragement qui le submergeait peu à peu et cherchait à tout prix à lui mettre la tête sous l'eau. À force de boire la tasse, il finirait bien par couler.

– Vous voulez que j'appelle un docteur ?

Enzo s'était accroupi lui aussi. Sa tête était à la hauteur de celle de Marc. Et il avait vraiment l'air soucieux.

– Non… Écoute Enzo, c'est très important. La voiture dont tu parles, la BMW, c'est celle de ma femme. Elle est venue ici. Mais depuis elle a disparu. Alors je la cherche, tu comprends ?

Deux étincelles crépitèrent dans les pupilles brunes du gamin.

– Comme le père qui cherche sa fille dans *Taken* ? Vous faites des arts martiaux aussi ?

– Oui, voilà… Enfin non je ne fais pas d'arts martiaux. Tu te souviens de ce qui s'est passé quand tu as vu la BMW ?

Enzo leva les yeux au ciel. Il avait l'air de se concentrer.

– Euh, ça gueulait. Mais bon ça gueule toujours chez les Andreotti alors…

– Mais la voiture, elle était où ?

– Elle était garée devant chez eux, pardi. Moi je l'ai juste vue passer. La conductrice avait l'air de bien connaître le coin.

– Et puis ?

– Moi je tapais des *burns* sur le gravier avec mon vélo. Des dérapages vous voyez ? Et au bout de quelques minutes, je l'ai entendu gueuler, l'Andreotti.

– Qu'est-ce qu'il disait ?

– Des saloperies. De foutre le camp, qu'il voulait plus voir sa sale gueule ici. La femme, enfin votre dame, elle aussi elle criait. Elle l'a traité de monstre.

Marc essaya d'avaler sa salive, mais sa bouche était trop sèche.

– Après ma mère est sortie et m'a dit de filer dans ma chambre préparer mon sac. On devait partir chez ma tante, vous savez ?

– Oui, oui, tu m'as dit.

– Parce que mes parents ils veulent pas trop le voir, le fou. Depuis qu'avec mon père ils se sont presque battus, parce que mon père il lavait sa voiture au Kärcher et que le fou il lui a dit que ça consommait trop d'eau. Mais il était venu avec une pioche dans les mains. Alors on l'évite. En fait, mes parents, ils ont hâte qu'il meure. Pour être pépères. Et je pense que sa femme aussi. Elle, elle dit jamais rien. À croire qu'elle parle pas français.

– OK. Je comprends. Et, avant que tu rentres préparer ton sac, est-ce que tu n'as pas entendu autre chose ? Ou vu quoi que ce soit ?

Il leva encore les yeux comme s'il réfléchissait, mais cette fois les traits de son visage trahissaient une sorte d'appréhension.

– Euh…

Marc ramena son menton vers lui en le prenant entre le pouce et l'index.

– Enzo, écoute, c'est vraiment très important, tu sais.

– Bah, oui, mais je… Je sais pas si je dois vous le dire…

– Dire quoi ?

– Parce que vous avez été cool avec moi à me faire grimper dans votre voiture. Alors je veux pas…

Il baissa le regard et lâcha d'une voix blanche :

– Je veux pas vous faire de peine.

Le cœur de Marc cognait à en faire exploser sa cage thoracique. Il prit sur lui.

– Tu ne me feras pas de peine, mon grand. Dis-moi.

Les lèvres d'Enzo marquèrent une légère ondulation comme s'il allait pleurer. Mais il se contint.

– Il a dit texto : « Espèce de salope, tout est de ta faute. Si je te revois ici je te tue. »

Une fine larme roula sur la joue du gamin. Il la frotta avec son pouce.

Marc eut l'impression de tomber dans un trou sans fond.

CHAPITRE 41

19 h 43

Les phares au xénon explosèrent dans les rétroviseurs de la Lexus et une lumière aveuglante inonda l'habitacle. Lombardier plissa les yeux et mit une main en visière.

– Putain, tu veux quoi, toi ?

Il longea le côté de la chaussée, pensant que le conducteur voulait le dépasser. Le SUV suivit sa trajectoire et colla son pare-chocs au sien. Paul sentit les roues arrière de la Lexus qui chassaient. Il écrasa l'embrayage, redescendit en cinquième et remit plein gaz. La Lexus regagna quelques mètres. Il entendit la mécanique du SUV hurler dans son dos.

Embrayage, passage en sixième, 140 kilomètres-heure compteur.

Les deux véhicules se mirent à filer comme des locomotives.

Inarrêtables.

Les halos des phares tailladaient l'obscurité pour se frayer un chemin sur la départementale déserte. Le SUV commença à zigzaguer pour se mettre à la hauteur de la Lexus. La berline n'aurait aucune chance contre les deux tonnes du monstre s'il venait à tenter de lui faire quitter la route.

162 kilomètres-heure.

Paul devina les premières lueurs des tours de banlieue au loin. Ils allaient arriver dans le complexe d'habitations lancés comme des balles.

– Merde, merde…

Le compteur de la Lexus flirtait avec les 180 kilomètres-heure. L'entrée dans la couronne habitée se profilait à une centaine de mètres. Paul analysa ses options. Ce fut vite fait, il n'en avait quasiment pas. S'il tentait de sortir de la voie goudronnée, sa berline n'avait aucune chance. Et ces gars n'avaient pas l'air de vouloir l'arrêter pour lui demander s'il avait du feu.

Les deux véhicules s'enfoncèrent dans la zone urbaine.

Le premier virage s'annonçait très raide. La route contournait un petit centre commercial. Il entra dans la courbe et attendit l'ultime limite, lorsque le volant durcissait trop entre ses mains, pour écraser le frein.

Rétrogradage en cinquième puis en quatrième.

L'aiguille du compteur lâcha le 150 pour aller se coller au 90. Les pneus hurlèrent. La voiture glissa comme sur une patinoire. Il entrevit un couple se jeter contre le mur du centre commercial de peur de se faire renverser. Dans son dos, on n'avait pas anticipé la nécessité de la décélération. Le 4×4 déboula dans le virage et tira tout droit. Il sortit de la chaussée, sauta le trottoir en envoyant valser deux poubelles de tri sélectif. Il patina sur les encarts de pelouse avant de repartir.

Lombardier lança un coup d'œil dans le rétroviseur pour voir les deux phares remonter par la zone piétonne réservée aux résidents.

– Putain, il va pas lâcher !

Le 4x4 revint sur la chaussée, la Lexus avait une cinquantaine de mètres d'avance.

Un autre virage en vue. Lombardier négocia la courbe par l'intérieur. Il ne vit le scooter qu'au dernier instant. Avec deux ados dessus, sans casque. Il donna un coup de volant pour l'éviter et sortit de la route. Le 4x4 suivit sa trajectoire.

La berline n'avait pas la même motricité, elle dérapa sur l'herbe humide. Son poursuivant fondit sur elle et la heurta par l'arrière puis continua d'avancer. La tête de Lombardier rebondit sur l'appuie-tête. Il écrasa le frein, la Lexus avança quand même sous la pression du SUV.

Ils labourèrent la pelouse sur plusieurs mètres avant que les pneus ne retrouvent le sol goudronné d'une voie qui semblait quitter le complexe. Il s'y engouffra.

Le dernier virage débouchait sur une route qui devait relier à la départementale en contournant les immeubles. Il rétrograda pour gagner un peu de puissance. Son poursuivant était à son niveau désormais.

Au sortir de la courbe, le SUV accéléra et prit par l'intérieur, il colla la Lexus à la portière et l'entraîna en sortie de piste. Avec la forêt en premier rideau. Les troncs d'arbre gagnèrent en volume à une vitesse prodigieuse. Paul fit la seule chose qui lui était encore possible : il tira le frein à main et braqua à fond dans la direction opposée. La Lexus se détacha de son poursuivant et partit comme une toupie percuter les conifères dans un fracas de tôle et de fureur. Le SUV continua sa route sur quelques dizaines de mètres puis s'arrêta. Ses doubles sorties d'échappement recrachaient la fumée telles les narines d'un dragon.

La berline était pliée contre un arbre. Elle avait frappé au niveau de la portière arrière. Le toit s'était plié sous le choc. L'intérieur de l'habitacle n'était plus visible, tous les airbags s'étaient déclenchés. Le SUV fit demi-tour et revint à faible allure. Ses vitres teintées noires se fondaient dans la carrosserie. Il arriva au niveau de la Lexus fumante.

À son passage, Paul surgit de derrière la voiture et se coucha, bras en avant, sur la tôle du capot.

Il tenait le Glock.

Le temps d'une respiration, il aligna la masse noire dans sa mire.

Quatre détonations retentirent dans la nuit, chacune suivie par le tintement des douilles de 9 mm qui retombèrent sur la carrosserie de la Lexus.

La lunette arrière du SUV explosa, les autres balles perforèrent la tôle. Le véhicule noir redémarra en trombe et disparut.

Lombardier s'appuya sur le capot des deux mains. Il soufflait comme un bœuf et avait l'impression qu'on lui serrait la poitrine dans un étau comme on presse une orange.

Il avisa sa chemise maculée de sang et se laissa glisser le long du véhicule.

CHAPITRE 42

19 h 44

Il fit quelques pas sur le chemin en laissant la mine contrite d'Enzo derrière lui. Puis il revint en arrière. Si le gamin disait vrai, et il n'avait aucune raison de mentir, Sandra était venue ici et s'était empoignée avec le vieil Andreotti. Un homme qui, selon tous les habitants de la région, aurait pu reprendre le célèbre rôle qui avait fait d'Anthony Hopkins une superstar.

Putain, mais qu'est-ce qu'elle est venue foutre ici, bordel de merde ?

Et lui ne s'en était même pas rendu compte. Où était-il encore ? Dans une de ces putains de conférences à la noix, entre Londres et Los Angeles. Un événement au cours duquel l'on devait sûrement présenter le nouvel i-bidule ou encore la dernière révolution du web 3.0 ou 3.1. Ou ce qu'on voulait. Tout finissait tellement par se ressembler dans ce milieu.

Mais cette vie passée à courir dans un univers fictif et formaté, à privilégier le virtuel au réel, à avancer dans un quotidien rigide, aveuglé par ses certitudes ; tout lui revenait en plein visage tel un boomerang. Depuis le début de cette histoire, il avait appris à composer avec chaque nouvelle révélation. Et à se faire à l'idée qu'il ne connaissait peut-être pas sa femme aussi bien qu'il le pensait.

Désormais, c'était lui qu'il avait l'impression de ne plus connaître.

Ce Marc qui avait brillamment réussi.

Ce Marc qui avait tout pour lui.

Ce Marc dont la femme avait fait mille bornes en voiture dans la même journée pour venir trouver le principal suspect du meurtre de sa meilleure amie. Et qui avait disparu depuis.

Voilà qui il était aujourd'hui. Un homme qui n'avait rien vu, rien compris.

Un homme qui était passé à côté de tout.

Il se força à reprendre le dessus. Il fallait trouver le lien, la raison de cet aller-retour. Sandra était revenue à Saint-Clair dans la même journée. Elle n'était donc plus ici… Il stoppa son raisonnement. Était-il sûr qu'elle n'était pas revenue à Drap par la suite ?

La phrase de Lombardier revint se ficher telle une aiguille dans le derme de sa pensée :

Ce fichu SMS qui a transité par un relais à plus de deux heures de Saint-Clair…

Elle avait repris la voiture le soir de sa disparition et avait roulé pendant plusieurs heures.

Bon sang ! Et si elle avait décidé de revenir ici pour…

... Elle l'a traité de monstre... Espèce de salope, si je te revois ici, je te tue...

Marc se passa une main dans les cheveux et la garda ainsi, au sommet du crâne. Il tournait en rond en fixant le sol et en murmurant. On l'aurait dit prêt pour l'asile.

Elle était revenue ici. Pour se venger ou quelque chose comme ça.

Elle était revenue, car elle pensait que Louis Andreotti était l'assassin de Juliette.

Oui, cela semblait logique.

Elle avait peut-être trouvé des preuves, obtenu le témoignage de quelqu'un.

Elle était revenue ici… Et elle avait disparu.

Nom de Dieu.

Il releva la tête et sonda l'environnement autour de lui. Une forêt méditerranéenne, dense, boisée, dans un relief relativement escarpé composé de roches, de grottes, de dénivelés, de broussailles. Il lui sembla que les cimes des arbres se resserraient sur lui et penchaient toutes dans sa direction, pour l'étouffer et l'écraser. La forêt s'assombrit, la lumière de la lune disparut peu à peu. Le vent emportait les branches dans une danse macabre.

Bientôt, il ne resta plus que le noir.

Le noir autour de lui.

Le noir dans son esprit.

Combien de temps mettrait-on pour retrouver un corps enfoui dans l'une des parties les moins accessibles de ce relief ? Un corps enterré par un gars d'ici, qui connaissait le coin comme sa poche ?

Des jours ?

Des semaines ?

Des mois...

Il se dirigea vers sa voiture, ouvrit la portière passager et la boîte à gants. Il sortit sa boîte d'analgésiques et une bouteille d'eau. Il avala deux comprimés dans une gorgée. Il fallait réfléchir, et vite. Il regarda sa Breitling.

19 h 52

Les Andreotti arriveraient dans un peu plus d'une demi-heure. Seulement, il n'avait plus si envie que ça de tenter la confrontation directe. La maison se trouvait deux cents mètres plus bas.

Et si ?

Il se tourna vers Enzo.

– Écoute, je vais te demander quelque chose. Il va falloir que tu me files un coup de main.

Il entrevit la suspicion dans le regard de l'enfant.

– Mouais...

– On va se la jouer comme Liam Neeson, OK ?

– C'est qui Laïame Nissonne ?

– Le mec de *Taken*.

– Ouais ! Trop cool !

– Oui, trop cool. T'as un portable ?

Enzo tira un vieil iPhone de sa poche. La vitre était fissurée de part en part. On voyait même la dalle de l'écran à nu à un endroit.

– Nickel. Alors voilà, je te laisse mon numéro. Moi je vais aller faire un tour près de la maison des Andreotti. Surtout, quand tu les vois revenir, tu m'envoies un texto. OK ?

– Et je vous dis quoi ?

– Ce que tu veux, aucune importance. Je saurai ce que ça veut dire. Tiens donne-le moi.

Le gamin lui tendit le téléphone, Marc le déverrouilla, il n'y avait pas de code de sécurité. Il composa son numéro et fit sonner son téléphone une fois.

– Voilà, dit-il en le lui rendant.

– OK j'ai compris, mais…

– Quoi ?

– Si vous ne voulez pas qu'on vous voie, faut pas laisser le Range Rover garé là.

Effectivement…

– Il y a un terrain par-là, derrière chez mes parents. Personne n'y va jamais. C'est accessible par ce chemin.

Il lui désigna un étroit sentier entre les arbres, prisonnier des herbes hautes.

– Parfait, dit Marc, je vais le garer là-bas. Tu te souviens de ce qu'on a dit ?

– Texto quand le fou arrive.

Marc leva le pouce. Le gamin sourit.

Il remonta dans sa voiture et manœuvra pour s'engager dans le chemin. Enzo resta au beau milieu du sentier avec son iPhone entre les mains, à le regarder partir.

Quelques minutes plus tard, Marc ressortait de la forêt à pied et prenait la direction de la maison du monstre.

CHAPITRE 43

19 h 59

Il n'avait parcouru qu'une centaine de mètres lorsque la bâtisse apparut au loin, enclavée dans un renfoncement qui annonçait la fin du sentier. La végétation était encore plus dense qu'à côté de la maison d'Enzo. Les ronces et les mauvaises herbes se faisaient une joie de venir chatouiller chaque cheville qui ne suivait pas la ligne centrale du sentier. Les arbres n'avaient pas dû sentir les crampons d'un élagueur depuis des lustres. Les branches s'enchevêtraient en amas secs et biscornus, ce qui, outre le fait de favoriser la propagation d'un incendie si jamais quelqu'un avait eu la mauvaise idée de jeter un mégot mal éteint, occultait toute luminosité naturelle.

Marc sortit son iPhone et activa la fonction lampe torche. Il balaya la maison de droite à gauche en avançant jusqu'au portail. Elle ne semblait pas si mal fichue que ça. Une provençale de plain-pied typique de la région, avec ses tuiles rouges et ses persiennes marron. Il y avait même une petite balancelle dans le jardin.

Mais à y regarder de plus près, la peinture des volets s'écaillait à divers endroits, la structure métallique de la balancelle était mangée par la rouille et les planches du portail, grisâtres, auraient bien eu besoin d'un coup de Bondex.

Il fit le tour du propriétaire assez rapidement. À cause de la végétation, il lui était impossible de contourner le terrain. Il revint au portail et posa la main dessus. Le cadre de fer coulissa de quelques centimètres en couinant. Louis Andreotti ne semblait pas craindre les cambrioleurs.

Marc ouvrit le portail et entra.

Il se dirigea vers la porte d'entrée. Des dalles de ciment étaient posées à même le sol, non scellées. Elles bougèrent à son passage. Il posa la main sur la poignée de la porte principale. Son cœur battait à tout rompre. Non par peur de se faire surprendre. Andreotti devait avoir dans les soixante-dix ans bien tassés, soixante-quinze, même. Marc n'avait jamais été un grand bagarreur dans les cours de récré ou même plus tard au collège et au lycée, mais ses cours d'aïkido n'étaient pas si loin. Et il avait continué pendant longtemps la pratique du tennis à un haut niveau, ce qui lui laissait penser qu'il ne devrait pas trop mal s'en sortir contre un homme ayant presque le double de son âge. Non, il appréhendait de trouver la preuve irréfutable de la mort de sa femme, celle qui doucherait tous ses espoirs et l'enverrait définitivement en enfer.

Il baissa la poignée. La porte était verrouillée.

Logique, ça ne pouvait quand même pas être si simple.

Il entreprit de faire le tour de la maison. Le côté droit semblait le plus accessible, il avait repéré une avalanche d'affaires de jardin, des chaises, un bain de soleil, un parasol, qui encombraient l'autre accès. Il longea le mur et arriva sous une première fenêtre. Il passa les doigts dans les interstices des persiennes, elles étaient solidement attachées l'une à l'autre. Il continua son chemin. Le mur marquait un premier décroché et s'ouvrait sur un petit espace carrelé abrité d'un auvent qui avait tout l'air d'être une cuisine d'été.

Marc avisa la porte-fenêtre juste à l'angle. Les persiennes étaient aussi fermées, mais ne semblaient vraiment plus de première jeunesse. Il répéta le même geste et tenta de l'ouvrir. Il la sentit un peu moins rétive. Il y avait du jeu au niveau du loquet.

En faisant levier, peut-être.

Il regarda autour de lui pour trouver un instrument susceptible de l'aider. Il y avait un petit tas de bûches à quelques mètres, sûrement la réserve de l'hiver. Une hachette était encore plantée dans l'une d'elles. Il s'en empara et inséra le tranchant dans la fente entre les deux pans du volet et commença à pousser. Le bois céda presque immédiatement et le verrou s'arracha.

Il ouvrit la porte en entier et poussa la fenêtre de la main.

Ouverte.

Il pénétra à l'intérieur.

Premier constat : il était dans la cuisine. Tout en longueur avec son électroménager vétuste et ses portes en imitation cerisier. Mais très propre et rangée au cordeau. On sentait encore l'odeur du Cif.

Il avança à pas de loup vers la porte, toujours en se dirigeant à la lumière de l'iPhone, et arriva dans un petit vestibule. Un buffet, un miroir. À sa droite, le salon, et juste en face une enfilade de portes, sûrement les chambres et la salle de bains.

Deuxième constat : il ne savait absolument pas quoi chercher.

Il pénétra dans le salon. Son intuition le poussa à se focaliser sur la quête d'un ordinateur. Une simple recherche dans un historique web et il saurait si Ten3 avait été créé ici. Mais après une inspection rapide des lieux, il déchanta. Le mobilier était hors d'âge, l'assise du canapé frottait presque le sol et la télé avait dû connaître les grandes heures de Léon Zitrone. Rien ne laissait penser que des férus du web, suffisamment affûtés pour se créer un compte Gmail, vivaient ici. D'ailleurs il ne trouva aucun ordinateur. Mais il y avait un Minitel rangé sur la première étagère d'une bibliothèque croulante.

Il repassa par le vestibule et ouvrit la première porte. Les WC. La seconde présentait une salle de bains à la faïence rose, très bien ordonnée elle aussi. Il s'enfonça un peu plus dans le couloir. Il ne restait que trois portes. Il entra dans la pièce sur sa gauche. Une chambre, celle d'une ado, figée dans les années 1990. Des posters de Guns N'Roses, Pearl Jam, Nirvana et Bon Jovi se disputaient les pans de murs. Sur l'un d'eux, des tickets de concerts étaient agrafés. Tout l'espace au-dessus de la tête de lit était dévolu à l'affichage de photos. Il y en avait des dizaines, presque toutes prises au Polaroid.

Marc s'approcha. Beaucoup de clichés représentaient Juliette et sa mère, mais aussi Sandra. Juliette et Sandra dans un bar, à un concert, au sanctuaire de Laghet en compagnie des sœurs, à la plage. Il les regarda presque toutes.

Le bureau de Juliette se trouvait sous la fenêtre. Marc remarqua que l'un des carreaux avait été cassé et grossièrement rafistolé avec un bout de carton et du gros scotch à emballage marron. Il regarda sur le bureau. Un appareil Polaroid était posé à côté de deux boîtes à chaussures qui contenaient encore des dizaines (des centaines ?) de photos. Il se souvenait de l'une de ses interrogations face au cliché de la fille au médaillon à propos d'un liseré blanc qui bordait le bas de l'image. Il en était quasiment sûr désormais, c'était en fait le restant de la bordure blanche cartonnée de la photo Polaroid.

Il prit l'appareil en main et le relâcha dans la seconde. Toute la partie inférieure avait été brûlée, le plastique avait fondu. Il comprit tout de suite où cela était arrivé et cela le révulsa.

Il regarda sa montre.

20 h 26

Enzo n'avait toujours pas envoyé de message.

Une bouffée d'angoisse l'étreignit.

Il regarda l'écran de l'iPhone qu'il avait en main et dont il se servait de torche depuis le début. La mention dans le coin supérieur gauche lui glaça le sang : « Aucun service. »

– Putain de…

Il ressortit de la chambre au pas de course. Et tomba nez à nez avec le double canon d'un fusil de chasse.

– Espèce de fils de pute, tu vas me dire ce que tu fous chez moi !

CHAPITRE 44

20 h 32

Il s'appuya d'une main sur le capot du véhicule et se releva avec peine. Quelques empreintes digitales rouges restèrent accrochées à la carrosserie. Il porta la main à sa poitrine et se frappa deux fois avec son poing, comme pour essayer de remettre la mécanique en marche. Il ramassa le Glock sur le capot, remit le cran de sécurité et l'inséra dans son holster de ceinture.

Son nez lui faisait un mal de chien. Il continuait à pisser le sang. L'airbag ne pardonnait pas à ce niveau-là. Mais valait mieux ça qu'un coup de boule dans le volant. Il s'essuya avec la manche de sa chemise, déjà bonne à jeter à la poubelle. Il passa une main sur son torse pour contrôler ses pulsations cardiaques et respira profondément pendant quelques secondes, le temps de retrouver une fréquence acceptable.

Puis il fit le tour de la Lexus.

Elle était inutilisable.

Toute la structure avait plié sous la force de l'impact. Il remercia le hasard, à moins que ce ne soit son dernier réflexe de tirer le frein, qu'elle ait frappé en latéral. Un choc frontal, et il ne serait peut-être plus là pour en parler. Il passa par la portière côté passager pour ouvrir la boîte à gants et en sortir un flacon de cachets. Il en goba deux et les avala en les faisant passer d'un mouvement sec de la tête. Puis il se dirigea vers l'arrière du véhicule, ouvrit le coffre et se pencha à l'intérieur pour attraper un sac de sport noir en toile.

– Monsieur ! Monsieur ! Ça va ?

Il se retourna. Deux jeunes à la fausse dégaine de basketteurs américains arrivaient vers lui en courant.

– Oui, oui, ça va merci.

Le premier enleva la capuche de son sweat avant de lui parler, tandis que l'autre zieutait la Lexus contre son arbre.

– On vous a vu avec l'autre type derrière vous ! Vous êtes des oufs, vous !

– Ouais, ouais on se tirait un peu la bourre.

– Putain je veux oui, on croyait une scène de *Mission impossible* !

Le jeune entrevit la crosse du revolver sous la veste de Paul. Il eut un mouvement de recul.

– Hé, vous êtes de la police ou quoi ?

Son collègue leva les yeux de la masse de tôle encore fumante. Il fit deux pas pour se placer juste derrière Lombardier en plongeant sa main dans la poche de son survêtement.

– Non, je suis pas flic. Écoute, le 4×4 noir qui me suivait, tu l'as déjà vu ici ?

– Oh, je sais pas moi ça, mec. Tu dis que t'es pas un condé, mais t'as la gueule d'un condé. Et l'accent d'un condé. D'un vieux condé, même.

– Je suis plus flic. Depuis dix ans. Je cherche une femme disparue et c'est peut-être ce mec qui l'a enlevée. Si tu me files un bon tuyau, je te donne ce que j'ai sur moi.

Il posa le sac de sport par terre et fouilla dans sa poche de pantalon pour en sortir un billet de cinquante euros.

– Cinq sacs contre un renseignement. Oseille facile.

Le jeune derrière lui avança encore d'un pas.

– Ouais je sais pas, dit l'autre en jetant un œil à son collègue.

Lombardier lâcha un sourire.

– Décide-toi vite. Et tu dis à ton pote derrière de lâcher ce qu'il a dans sa veste. Ça me rend nerveux, et j'ai des fourmis dans les mains quand je suis nerveux.

Il mit ses mains à hauteur de poitrine, les paumes tournées vers Lombardier.

– OK l'ancêtre, tu veux savoir quoi ?

– Le 4×4 noir. Tu l'avais déjà vu ?

– Le X6, non. Enfin, peut-être, mais des mecs en grosse BM ou Merco on en voit souvent, ici.

Le type dans son dos ouvrit la bouche.

– Y a une caisse de sport trop classe qui est passée cinq minutes avant vous.

Paul se tourna vers lui.

– Une Maserati ? Rouge ?

– Peut-être bien.

– Elle est partie par où ?

– À chaille, vers la plaine, le quartier du Neptune.

– Le Neptune tu dis ?

Lombardier réfléchit. En sortant de la banlieue, on descendait encore un peu plus dans le relief vallonné. Le Neptune était l'un de ces projets pharaoniques qui devait amener un immense centre commercial haut de gamme à ciel ouvert en périphérie de Saint-Clair, cerclé d'habitations et de commerces. Le renouveau de la région, aux normes BBC, énergie verte et durable et toutes les conneries du genre. Laurent Weber, le maire de la ville, l'avait présenté ainsi lors d'une pompeuse conférence de presse en début d'année. Mais pour l'heure, hormis quelques immeubles sortis de terre depuis peu, le gros du chantier n'en était qu'à ses balbutiements.

Paul s'adressa de nouveau au premier type, qui avait l'air d'être le plus vif des deux.

– OK. T'as remarqué des allées et venues bizarres ici ces temps-ci ? Je te parle pas de vos trafics de shit de merde. Je te parle de gars qui feraient pas très couleur locale.

– Non, les mecs pas d'ici on les repère à dix bornes.

Lombardier se racla la gorge.

– Bon t'aboules le blé ?

Il lui tendit le billet.

– Merci l'ancêtre. Hé, tu devrais changer de chemise.

Ils détalèrent vers la zone.

Paul reprit son sac et fit quelques pas sur la route avant de sortir son portable. Il appuya sur une touche correspondant à un numéro préenregistré, attendit trois sonneries puis prononça deux phrases avant de raccrocher. Il continua à marcher sur quelques mètres puis s'assit sur le rebord d'une rambarde qui bordait un talus.

21 h 18

Il vit la voiture arriver au bout de la départementale. Une Smart Fortwo. La portière côté passager s'ouvrit alors que le véhicule s'arrêtait à son niveau.

– Heureusement que je n'avais pas de plan cul ce soir, dit Mélanie à la cantonade avant d'apercevoir la chemise maculée de sang et le visage tuméfié de son patron. Qu'est-ce qui vous est arrivé ! Ça va ? Vous avez encore déclenché une guerre, ou quoi ?

– Vas-y roule, dit Paul en jetant le sac par-dessus le fauteuil et en s'emboîtant dans le minuscule habitacle.

– Purée boss, sérieux, on peut pas vous laisser seul deux minutes.

– Tu verrais la gueule de l'autre type.

Il souffla et essaya de s'allonger un peu en reculant le siège de quelques pauvres centimètres.

– On va où ?

– Au bureau. T'as toujours un accès aux dossiers de la ville ?

– Je veux, oui.

– Alors, fonce. Et dis-moi, t'as pas une tige sur toi ?

– Je fume jamais en voiture.

– Toi, tu veux vraiment me pourrir ma journée.

CHAPITRE 45

20 h 34

Dans l'obscurité du couloir, Marc ne distinguait qu'une silhouette massive qui obstruait presque tout l'encadrement. Le canon du fusil s'agitait sous son nez pour lui montrer la direction à suivre.

– Viens là !

Ils revinrent dans l'entrée, où la lumière venait d'être allumée.

Louis Andreotti était beaucoup moins impressionnant que ce à quoi il s'attendait. Petit et courtaud, il était presque plus large que haut. Les boutons de sa chemise, tendue à se rompre au niveau de l'abdomen, semblaient prêts à être mis sur orbite et témoignaient d'une pratique quasi professionnelle du lever de coude. Une allure qui prêtait plus à rire qu'à faire naître des angoisses.

Mais deux détails laissaient penser à Marc que la situation était loin d'être à son avantage. Les mains d'Andreotti, larges comme des battoirs, terminaient des bras d'où les muscles parvenaient encore à saillir de façon anguleuse sous la couche de graisse. Avec ce genre d'animal, mieux valait frapper le premier. Et ne pas se louper.

Surtout, il y avait le regard. L'éclat qui fusait de sous cette casquette de chauffeur routier le mettait mal à l'aise. Des yeux de fouine, légèrement enfoncés dans leur orbite, noirs comme la nuit et qui coulaient sur vous comme de la lave.

– Viens par-là, que je voie ta sale gueule !

Marc avança encore de deux pas, les mains levées au niveau des épaules. Il entrevit une femme dans l'embrasure de la porte du salon. Elle couvrait sa bouche de ses mains et paraissait horrifiée par la situation.

Il essaya de parlementer.

– Écoutez, je n'essayais pas de vous voler. Je cherche ma femme et…

Il entendit le clic caractéristique du chien de fusil que l'on enclenche pour armer.

– Tu cherches ta femme, ici ? Chez moi ? Nom de Dieu tu te fous du monde ou quoi ?

– Non, attendez, je m'appelle Marc Vasseur. Mon épouse Sandra…

– Oh mon Dieu ! lâcha la femme.

Marc fit dévier son regard sur elle. Elle se tenait au chambranle de la porte qui semblait être la dernière chose à pouvoir l'empêcher de s'effondrer sur le sol.

– Sandra Vasseur… répéta Louis.

Son œil s'embrasa soudain. Il ouvrit la bouche, découvrant le trou noir d'une canine perdue qui n'avait jamais été remplacée. Marc vit les tendons de son cou se contracter, prêts à rompre. Il espérait que cette terminaison nerveuse ne courait pas jusqu'au doigt qui était posé sur la gâchette.

– Cette… Cette fille ! Bordel de merde ! Encore elle !

– Louis, calme-toi ! le supplia la femme avec un accent germanique facilement identifiable.

Son œil fut attiré par la voix, mais son corps ne bougea pas d'un cil. Il paraissait comme cimenté au sol.

– Ferme-là Ingrid, et va faire un tour !

– Louis…

– Je t'ai dit de sortir d'ici ! *Raus*[1] !

Elle se redressa quelque peu et lâcha le cadre de la porte.

– Je ne te laisserai pas lui faire du mal.

– Bougre de Dieu, Ingrid !

Le regard de Marc cherchait une issue de secours avec frénésie. À droite, l'entrée de la cuisine. À côté, le salon. Dans le vestibule, le buffet, sur lequel un vase de fleurs côtoyait un vieux téléphone. Juste au-dessus, un miroir ovale. Andreotti était à moins de deux mètres et continuait de gueuler sur sa femme. Elle tentait de l'apaiser comme elle le pouvait, mais Marc avait plus l'impression que

1. *Dehors !*

la bête en lui se réveillait et qu'il allait finir par exploser comme le Vésuve. Et tout le monde savait comment Pompéi avait fini.

Le canon du fusil continuait à s'agiter devant son visage, Andreotti semblait au bord de la rupture, incapable de se contenir. Il recula d'un pas pour ne plus avoir sa femme en angle mort. La ligne de ses épaules suivait de plus en plus la direction de son regard.

– Tu ne vas pas recommencer ! cria soudain Ingrid.

Marc eut l'impression qu'on lui enfonçait un pic à glace dans l'estomac. Andreotti se tourna presque tout entier vers sa femme.

Il rugit.

– Je t'ai dit de fermer ta grande gueule !

Ce fut le déclic.

Marc passa la main par-dessus le buffet, et la posa à l'arrière du vase.

Louis entrevit la manœuvre du coin de l'œil.

Le balayage du bras, tel un coup droit de tennis, envoya voler le vase en direction du visage d'Andreotti. Les fleurs s'en échappèrent au passage. Dans un ultime réflexe, Louis mit ses deux mains en protection. Le vase frappa le corps du fusil et se brisa en deux morceaux avant d'exploser sur le sol en retombant. Marc comprit l'échec de sa tentative. Mais le canon ne le tenait plus en joue. Il bondit sur Andreotti, le poing levé. Ce fut le plat de la crosse du vieux Beretta qui l'accueillit et le frappa en plein plexus solaire. Il vacilla, le souffle coupé, et posa un genou au sol.

Le deuxième coup le percuta à la tempe.

Il s'écroula sur le carrelage, entre les fleurs et les débris de porcelaine.

CHAPITRE 46

21 h 26

– Wéwaye ouah.

Un battement de cil.

Il entrouvrit un œil, la rétine voilée d'un brouillard opaque. Il sentit une douleur irradier le côté gauche de son crâne.

– Réwaye touah !

Une gifle. Sa tête vrilla sur la droite avant que son menton ne retombe sur sa poitrine comme si sa nuque ne la soutenait plus. La douleur s'intensifia, le ramena peu à peu dans le réel. Il avait l'impression qu'on lui avait perforé le crâne à la perceuse. Une matière visqueuse s'était répandue sur toute sa joue, jusque dans son cou, et avait collé en séchant. Tout ce côté du crâne le brûlait. Il eut un bref mouvement de tête, incontrôlé, comme pour sortir d'un mauvais rêve.

– Réveille-toi, putain !

Une autre gifle.

Il ouvrit les yeux.

Andreotti était juste là. Devant lui.

Le septuagénaire se pencha et lui releva le visage en le saisissant par le menton. Marc sentit son haleine mâtinée de rouge bon marché et de tabac à rouler glisser sur son visage.

– Ah, voilà Monsieur fouineur qui revient avec nous.

Il cligna des yeux, essaya de focaliser son attention. Il ne vit que les lèvres écumeuses qui lui parlaient. Et ce regard, celui d'un dément. Il tenta de bouger, mais tous ses membres étaient entravés. Il baissa les yeux pour évaluer son état. Il était assis sur une chaise en bois, large et robuste, les chevilles ligotées aux barreaux et les mains attachées dans le dos. Il força sur ses poignets, en les écartant. La corde mordit la chair un peu plus.

– C'est des nœuds de marin, tu peux y aller, grinça Louis qui avait senti la manœuvre.

Marc essaya de remuer, mais il n'y avait rien à faire. Il se balança sur les côtés. Une fois. Les deux pieds se soulevèrent et la chaise se décala de quelques millimètres en grinçant sur le ciment. Quand bien même il serait parvenu à la faire basculer et à tomber, il y avait peu de chances pour qu'elle se rompe en mille morceaux d'un coup et qu'il puisse se libérer, comme dans un film.

Il regarda autour de lui. Il pensait se trouver dans une sorte de garage, mais il entrevit un vasistas à hauteur du plafond. Non, il se trouvait dans une cave. La fenêtre était fermée, mais l'on voyait que quelque chose l'occultait de l'autre côté. Une texture sombre qui lui évoqua l'écorce d'un arbre… Ou un tas de billots de bois.

Son regard revint sur Andreotti. Le vieil homme se penchait sur un établi sur lequel il avait vidé le contenu d'une caisse à outils.

– En Italie, quand on attrape un voleur, on discute un peu avec lui d'abord. On appelle les carabiniers après. Ou pas, dit-il en tirant une pince plate du tas, pince dont il vérifia le bon fonctionnement en la faisant claquer deux fois dans le vide.

– Bon sang, je vous ai dit que je ne voulais pas vous voler ! Je cherche ma femme !

– Oui, je connais ta femme.

– C'était une amie de votre fille, de Juliette !

Louis fondit sur lui en deux enjambées.

– Je t'interdis de parler d'elle ! Ma fille était peut-être pas la meilleure des gamines, mais elle serait toujours là si elle n'avait pas rencontré cette… Cette traînée !

– Putain, espèce de…

Nouvelle gifle du revers de la main, très appuyée. La tête de Marc valsa de l'autre côté. Une fine traînée de sang s'échappa de la commissure de ses lèvres.

– T'en redemandes, hein ?

– Je cherche ma femme putain, elle est venue ici deux jours avant de disparaître !

– Je le sais, dit Andreotti. Elle est venue et elle a fait comme toi. Elle est entrée sans demander la permission. Un beau couple de fouineurs que vous faites, hein ? Si tu me dis la vérité, tu sors d'ici. Mais à chaque mensonge (il refit claquer la pince)… Je te casse un doigt.

– Bordel vous êtes barge ! Arrêtez vos conneries !

– Qu'est-ce que toi et ta femme vouliez voler chez moi ?

– Mais putain, rien du tout !

– Tu es entré par effraction, tu avais une raison.

Marc souffla et essaya de reprendre sa respiration. Crier ne servait à rien.

– Je pensais trouver une piste qui me mènerait à elle.

Andreotti passa derrière lui.

– Ah oui. Une piste, chez moi ? Elle est bonne, celle-là.

Marc sentit la tenaille épouser la forme de son petit doigt et pincer la chair.

– Attendez, attendez… S'il vous plaît. OK, ma femme est venue vous voir. Je ne sais pas pourquoi. Je pense qu'il y a un rapport avec votre fille, mais je n'en sais pas plus. Et elle a disparu ! Putain, c'est la vérité !

La pince libéra un peu son étreinte.

– Et tu crois quoi ? Que j'ai tué ta femme ?

– Je… J'en sais rien… Je ne sais plus quoi penser !

– Et pourquoi ta femme est venue ? Elle cherchait quoi, elle ?

– Je ne sais pas !

– T'as bien une idée, bordel !

La mâchoire métallique mordit un peu plus.

– Non putain, je… Ah putain d'enfoiré !

La pression s'accentua. Le métal entailla la peau et la chair. Marc sentit la douleur atteindre l'os.

– Ça, c'est pas une bonne réponse, cingla Andreotti.

CHAPITRE 47

Il avala sa vodka pomme d'un trait. La troisième. L'emprise de l'alcool se faisait déjà ressentir, mais il n'essayait pas de lui résister. Non, il l'attendait.

Pour qu'elle le délivre de ses pensées.

Pour qu'elle lui fasse oublier un instant le visage de Nicole.

Il avait pris des risques inconsidérés ce soir, il en était conscient. Partir de chez lui au volant de sa voiture pour filer à toute vitesse vers le centre-ville était une chose. Passer une grande partie de la fin de soirée à errer au volant de son véhicule à la recherche d'une proie, n'importe laquelle, au détriment de toutes les règles et lignes de conduite qu'il s'était édictées depuis toutes ces années, en était une autre. Et pas très maligne.

Il avait longé les trottoirs, écumé les sorties de pubs et de boîtes de nuit. Certaines filles repartaient souvent seules. Une dispute, un flirt qui tourne court, une montée d'alcool un peu trop rapide, il n'était pas rare d'en repérer des pas très fraîches, sur un coin de trottoir, en train de fumer une cigarette ou de se dépêcher pour attraper le dernier bus de nuit.

Mais ce soir, il n'avait réussi à en trouver aucune. Et cela valait peut-être mieux, tout compte fait. Il était incapable de tenir le masque. Il sentait la rage et la haine déborder de toute son enveloppe charnelle, s'exfiltrer par tous les pores de sa peau jusqu'à modeler chaque trait de son visage, ciseler chaque expression. Non, ce soir, tel un Dorian Gray levant le voile sur le tableau de son âme, il aurait effrayé n'importe qui.

Pour qu'il puisse se rappeler une pareille situation de malaise, il lui fallait remonter loin, dans les méandres d'une enfance chaotique, c'était bien le moins que l'on pouvait dire.

Ce jour où il était revenu un peu plus tôt du collège.

Sa professeure de français était absente, et la journée avait été écourtée de deux heures. Il avait ouvert la porte d'entrée de la maison, s'était rendu directement à la cuisine pour y préparer son goûter. Il n'était que quinze heures trente. Il n'avait pas entendu les cris tout de suite. D'abord une plainte étouffée, un filet de voix qui sourdait de l'étage. Il avait posé sa tartine sur la table et s'était dirigé vers l'escalier. À mesure qu'il montait les marches, les soupirs se fondaient en gémissements, puis en cris étouffés.

– Maman ?

La porte de sa chambre était fermée. Mais les cris provenaient bien de là. Et désormais, ils retentissaient dans tout l'étage.

Des hurlements.

La peur avait étreint son petit estomac. Il avait posé la main sur la poignée de la porte.

Et l'avait ouverte.

– Maman, ça va ?

Elle était là, au pied du lit. Nue et à quatre pattes. Un homme la prenait violemment par-derrière et lui arrachait un déraillement de cordes vocales à chaque coup de boutoir. Autour, deux autres hommes, nus eux aussi, attendaient leur tour en astiquant leur sexe, là, juste sous le nez de cette femme qui lui avait donné la vie. Elle les prenait en bouche ou les masturbait de temps à autre.

Lorsqu'elle l'avait aperçu, elle ne s'était pas arrêtée pour autant. Un geste de la main avait suffi à lui intimer l'ordre de quitter la pièce. Et l'un des hommes était venu vers lui, en se couvrant du mieux qu'il le pouvait, pour fermer la porte à clé derrière lui. Il le connaissait, c'était Monsieur Maury, leur voisin. Un homme plus âgé, seul, toujours affable, qui n'avait que son chat pour compagnie. Il avait redescendu l'escalier comme un petit automate, avait jeté le goûter dans la grande poubelle sous l'évier et était sorti dans le jardin. Les images remuaient dans son cerveau comme dans un lave-linge.

Il s'était assis sur le rebord de pierres en bordure de sa maison. Il n'avait jamais eu aussi mal de sa vie. La torsion imprimée à son estomac semblait ne pas avoir de limite. Des larmes avaient roulé sur ses joues et étaient tombées sur ses cuisses, lourdes comme des billes. Il avait senti la fourrure chaude de Mistigri, le chat de Monsieur Maury, venir se frotter à son bras et lui faire la fête. Il aimait bien ce gros chat de gouttière, gris à la tête blanche. Il lui donnait quelquefois un peu de lait le matin et jouait avec lui le soir après l'école. C'était un animal gentil et doux, comme son maître.

Monsieur Maury.

Il avait continué à caresser le chat de la main droite, à le gratter dans le cou, Mistigri se frottait le dos sur la terre pour marquer son contentement et ronronnait comme un petit moteur.

Ce brave chat. Le chat de Monsieur Maury.

L'affable Monsieur Maury.

Il ne l'avait pas vraiment senti venir ni n'avait su l'expliquer.

C'était arrivé, c'était tout.

Sa main gauche s'était resserrée autour d'une pierre, tandis qu'il passait ses doigts autour du cou de Mistigri pour l'immobiliser sans le faire fuir.

Il l'avait regardé une dernière fois.

Puis lui avait fracassé le crâne d'un coup sec.

Le chat avait quand même bondi en feulant, puis essayé de se sauver. Mais il s'était affaissé, groggy, à peine un mètre plus loin. Il l'avait regardé quelques secondes. Sa respiration paraissait si régulière, à l'unisson de la sienne. Il aurait pu en rester là, mais déjà il avait remarqué combien la douleur diminuait dans son ventre. Et il ne voulait plus avoir mal.

Alors il avait passé ses mains autour du cou de l'animal, et il avait serré, serré de toutes ses forces, en posant un genou sur son ventre pour l'immobiliser, pour empêcher ce petit corps de se contorsionner pour échapper à la mort. Ou peut-être pour lui faire encore plus mal.

Il l'avait serré aussi fort que les cris de sa mère, aussi fort que les coups de reins de l'homme qui la prenait comme une chienne, aussi fort que ce que ses doigts pouvaient supporter. Jusqu'à sentir les os craquer un par un, jusqu'à entendre les derniers râles de ce chat qui agonisait dans ses mains, les yeux exorbités, la gueule ouverte et la langue pendante.

Il était ensuite allé déposer la dépouille encore chaude sur le perron de Monsieur Maury. Et lorsque celui-ci, heureux et rassasié de son après-midi, avait regagné son domicile, il l'avait épié, caché dans un coin du jardin. Et il s'était délecté de ses pleurs face à la perte de l'animal qu'il aimait.

Il ne voulait plus avoir mal.

Jamais.

***

Le bar se vidait peu à peu. Il venait de reprendre un verre et se sentait étonnamment bien. Nicole avait doucement quitté la chambre noire de ses pensées. Il regrettait cependant de ne pas avoir trouvé de fille ce soir. Mais il se consolait en pensant déjà à sa prochaine traque. Celle-ci serait beaucoup mieux préparée, comme à son habitude.

Il porta le verre à ses lèvres.

Cet endroit était plutôt agréable même si tellement loin de ses habitudes. Les enceintes recrachaient ce tube de rock sirupeux et convenu, avec un chanteur à la voix éraillée qui demandait à une fille de ne pas pleurer ce soir, car il l'aimait toujours. Pathétique. Mais cela attirait la gent féminine.

Il ne pouvait d'ailleurs pas empêcher son regard de butiner de table en table. Il y avait là quelques spécimens intéressants, tels qu'il les aimait. Des jeunes femmes dans la trentaine, plutôt aguicheuses et sûres d'elles de prime abord. Des locataires en puissance pour ses deux pièces. Il en avait d'ailleurs une en pleine mire, assise seule au bar à siroter sa Corona.

Une proie des plus intéressantes.

Beaucoup plus que ces deux gamines qui n'en finissaient plus de pépier dans son dos, à la table voisine. Elles lui tapaient sur le système, l'empêchaient de se concentrer. Par deux fois, il leur avait glissé un regard réprobateur, mais qui n'avait pas été suivi d'effet. L'une continuait à jouer à un jeu ridicule en posant des colles à sa copine sur des titres de chansons et la place qu'elles occupaient dans les disques qu'elles aimaient. La seconde passait son temps à prendre son amie en photo avec un Polaroid. Elles ne devaient pas dépasser les seize ans, donc beaucoup trop jeunes pour lui. Quoique.

La fille du bar sortit son portefeuille de son sac. Elle allait payer et partir. Elle demanda quelque chose au serveur, il essaya de savoir ce qu'il en était en regardant ses lèvres. Mais ce fut impossible, il n'arrivait pas à se concentrer suffisamment. Derrière lui, les deux jeunes filles continuaient à rire et à s'agiter sans la moindre gêne.

Il souffla une seconde, le masque, toujours le masque.

Puis se retourna d'un coup.

– Mesdemoiselles...

BLASH !

Le Polaroid se déclencha à ce moment-là et il prit le flash en pleine rétine. Il cligna des yeux et se reprit.

– Mesdemoiselles, s'il vous plaît, un peu plus de calme si cela est possible ?

– Oh ça va ! lui jeta la photographe, la clope au bec, en agitant dans l'air le tirage qui venait de sortir de la machine.

Sa copine blonde s'esclaffa.

– Vous êtes pas fun, vous !

Il les dévisagea plus en détail. Deux petites apprenties rebelles qui se la jouaient avec leur look de fans de rock. Aucun intérêt.

Il reprit sa position et vit la proie quitter son tabouret. Il fouilla ses poches et coinça un billet sous son verre, avant de se lever et de gagner la sortie. Il jeta un œil par-dessus son épaule une dernière fois, l'esprit accaparé par un détail qu'il n'arrivait pas à identifier. Il regarda les deux filles, elles riaient toujours à gorge déployée.

Tellement complices.

Comme deux âmes sœurs.

La brune et la blonde.

CHAPITRE 48

22 h 32

La pince tourna d'un coup. La deuxième phalange de l'auriculaire céda juste au niveau de l'articulation. Comme la branche d'un arbre sec.

– Raaaaaaah !

Andreotti ramena ses lèvres au niveau de l'oreille de Marc.

– Je suis désolé, mais je t'avais prévenu il me semble : à la moindre connerie, je casse.

– Put… Putain ! Mais arrêtez !

– Gueule autant que tu veux. Tant que je ne saurai pas pourquoi ta femme et toi vous vous êtes introduits chez moi, on continuera. On a toute la nuit, mon coco.

Marc ravala sa salive. Il avait les idées de plus en plus confuses, la tête commençait à lui tourner. Deux larmes perlèrent au coin de ses yeux, avant de s'échapper et de rouler sur le sang séché. La douleur se diffusa peu à peu dans toute la main. Il serra les dents. Il sentit la pince essayer d'attraper son annulaire. Il s'agita sur sa chaise, remua les doigts et les mains comme un forcené pour essayer de s'y soustraire, mais chaque mouvement le lançait un peu plus.

Le pouce d'Andreotti exerça une nouvelle pression sur le doigt meurtri. Ce fut comme une pointe qui lui perfora le cœur. Un nouveau cri résonna dans la pièce souterraine.

– Ça sert à rien de gigoter.

Trois doigts calleux empoignèrent son doigt pour l'immobiliser. Puis la tenaille se referma juste au-dessus de son alliance. Encore quelques forces dans une ultime tentative de bascule en avant. Pour quoi faire ? Pour aller où ? Pour gagner deux secondes de répit ? Cela lui semblait la seule échappatoire possible.

Un violent coup de coude sur la nuque lui fit rentrer le menton dans la poitrine. Il abandonna la lutte et le métal se resserra autour de la chair.

– En fait, tu sais quoi, je crois que j'en ai rien à foutre de ce que tu cherchais. Je vais juste te péter tous les doigts pour t'apprendre à ne plus recommencer. T'en penses quoi ?

Andreotti vrilla son poignet comme pour tourner une clé de contact de voiture. Le doigt ne céda pas tout de suite.

Marc hurla.

La pince continua à imprimer sa torsion. La peau se déchira au contact des crans de l'outil et le sang coula entre ses doigts. La douleur devenait intenable. Andreotti força encore, il lâcha un cri de contentement lorsque le doigt cassa. Le craquement fut beaucoup moins strident que le hurlement de Marc qui ricocha sur tous les murs de la cave avant de se fondre dans des larmes de rage et d'épuisement.

Il essaya de relever la tête. Mais il avait trop mal. Il voulait juste que ça s'arrête. Sa main était en feu, un foyer incandescent dont les flammes remontaient le long de son bras jusqu'à ses tempes, avant de venir lécher le reste de son corps.

– Alors, voyons un peu ce que nous avons en troisième position.

Andreotti cala la mâchoire de la tenaille autour du majeur. Marc ne broncha même plus. Tout juste les mots « Stop, arrêtez » réussirent-ils à passer le seuil de sa bouche, comme le dernier souffle d'un moribond. Andreotti serra encore une fois de toutes ses forces.

– Celui-là est le plus difficile, mais attends un…

– Arrête, Louis !

L'étreinte de la pince se relâcha. Marc leva les yeux dans un mouvement à la cinétique saccadée, tandis que les mains d'Andreotti venaient se poser sur ses épaules. Comme un artiste l'aurait fait pour revendiquer la paternité d'une de ses œuvres.

Duval se tenait à l'entrée de la pièce, au bas des escaliers. Il tenait une manivelle de cric de voiture dans les mains.

– Qu'est-ce que tu viens foutre ici, toi ?

– Lâche-le je t'ai dit. Et éloigne-toi de lui. Ou je te fracasse la tête.

Il fit claquer la manivelle dans la paume de sa main.

Les doigts de Louis s'enfoncèrent dans la clavicule de Marc telles des serres de rapace sur sa proie.

– Tu vas faire quoi, Duval ? T'as même pas les burnes de venir avec une vraie arme par peur de t'en servir. Ah ça, pour draguer ma femme dans mon dos y a du monde ! Mais pour se conduire en homme, personne !

– Ferme-là !

Marc s'enfonçait peu à peu. Toute cette tension accumulée l'avait maintenu en éveil, mais commençait à s'évaporer de son organisme. L'arrivée de Duval avait été son élément déclencheur, l'ouverture de la soupape de décompression. Inconsciemment il s'en remettait totalement à lui désormais. Mais il ne fallait pas. Il ressentait la douleur de manière encore plus vive, mais il ne parvenait plus à la localiser. Elle diffusait son venin avec constance et parcimonie. Il s'intima l'ordre de ne pas flancher, pas maintenant. Il se mordit la lèvre jusqu'au sang. Le visage de Sandra réussit à percer ce rideau de douleur et d'épuisement. Elle lui apparut, souriante, simple.

Vivante.

Les mains d'Andreotti le serraient toujours au niveau des épaules. Le vieil homme semblait marquer sa propriété.

– La gendarmerie est en route, cingla Duval. C'est fini les conneries, Louis.

– Parfait, je vais pouvoir leur livrer ce cambrioleur, alors.

Et il partit dans un rire gras. Duval tenta de doucher sa bonne humeur.

– Tu es taré ou quoi ? Tu tortures un homme dans ta cave ! Tu sais combien tu vas prendre pour ça ?

– En état de légitime défense, voyons, j'ai craint pour ma vie et celle de ma femme. Je suis un vieillard.

Sandra.

Que lui était-il arrivé dans les mains de ce type ? De ce malade capable de briser des doigts comme des crayons de bois ? L'avait-il torturée dans cette cave ? Les pires images défilèrent dans sa tête comme un kaléidoscope morbide. Sa femme étendue sur ce sol grisâtre et poussiéreux, ses cris qui tentaient de percer l'épaisseur des murs en vain, Andreotti en train de choisir ses outils, de découper ses vêtements à l'aide d'un couteau, de se mettre sur elle, de la meurtrir dans sa chair…

Il sentit sa gorge se serrer jusqu'à l'étouffer. Il ne pouvait presque plus respirer. Bizarrement, la douleur se faisait moins lancinante, jusqu'à disparaître. Il inspira plusieurs fois par le nez pour permettre à un filet d'air de pénétrer dans son organisme. L'image du corps de Sandra jeté dans la forêt, dans une fosse ou pire, laissé en pâture à tous les prédateurs du coin, revint le hanter.

Sa mâchoire se resserra jusqu'à en faire éclater l'émail de ses dents. Il banda les muscles de ses bras au maximum, contracta ses abdominaux en émettant un grognement presque inaudible.

Duval avança d'un pas.

– Si tu avances, je le saigne !

Andreotti venait de sortir un cutter de sa poche. Il appuya la pointe au niveau de la carotide de Marc.

– Alors Duval, on tente le coup ou pas ? J'aime bien mon nouvel ami, mais je peux aussi m'en passer. Hein ? Pas vrai que je peux me passer de toi ?

Il baissa le visage pour glisser ces derniers mots à son prisonnier. Marc sentit son souffle rauque se rapprocher à mesure que les mots tombaient dans son oreille. Son organisme reçut le signal et il explosa telle une grenade dégoupillée. Ses muscles se relâchèrent pour donner à son buste une seule et même impulsion. Sa tête se releva d'un trait, telle une catapulte.

Le sommet de son crâne frappa de plein fouet l'arête nasale. Andreotti étouffa un cri avant de tomber à la renverse et de s'écrouler au milieu des cartons qui étaient empilés contre le mur.

Dans la même seconde, Marc aperçut l'ombre de Duval qui fondait sur son geôlier en levant bien haut le bras armé du cric.

CHAPITRE 49

5 h 32

Paul ouvrit un œil.

Il regarda autour de lui. Il était dans son bureau, affalé sur son canapé.

Merde, quelle heure était-il ? Il se rappelait la course-poursuite, l'accident, les coups de feu et puis Mélanie. Elle l'avait ramené ici. Il se releva pour s'asseoir et s'étira les bras et la colonne vertébrale. Il avait l'impression d'être passé sous un autobus. Tout semblait tellement rouillé, là-dedans.

Il resta quelques secondes, le regard dans le vide, à rassembler ses esprits. Ils étaient revenus au bureau, il avait demandé à Mel de faire des recherches puis il s'était installé sur le canapé. Juste cinq minutes pensait-il. Sa montre était posée sur la table basse devant lui. Merde, il avait dormi plus de six heures.

Il se leva et alla ouvrir une petite penderie qui fermait un angle de la pièce. Il en sortit une chemise, blanche comme la précédente, et un nouveau costume sur cintre. Il se déshabilla, plia l'ancien costume et jeta la chemise tachée de sang en boule dans un coin. Il enfila le nouveau pantalon puis attrapa une trousse de toilette dans la penderie et en sortit un petit flacon. Il se frictionna la nuque et les épaules à l'eau de Cologne pour se donner un coup de fouet et essayer d'atténuer les douleurs qui s'étaient réveillées avec lui. Il évita de toucher la marque que lui avait laissée la ceinture de sécurité. Elle l'avait même brûlé par endroits. Il mit la chemise et revint à la table basse pour prendre sa montre.

Cette affaire commençait à tourner à l'obsession. Il y avait du trop lourd derrière tout ça et il voulait savoir quoi. Marc Vasseur avait bien pu lui ordonner de stopper les recherches, il s'en fichait comme de sa dernière cuite. Il était comme ça et on n'allait pas le refaire à son âge, point. Alors il continuerait de creuser, car il n'avait jamais lâché une affaire pour laquelle il s'était promis de réussir. « Une vraie tête de mule », disait Véronique, « mais avec un cœur gros comme une maison ». Elle n'avait pas tort. Elle était la seule à le connaître ainsi, à avoir su percer l'armure. Son rire lui revint en mémoire, son souffle sur sa poitrine lorsqu'elle se collait à lui sous les draps du matin pour le retenir au lit entre ses bras, l'odeur de ses cheveux, les petites rides qui se dessinaient lorsqu'elle souriait.

Il ressentit encore cette douleur dans la poitrine. Il serra les poings et essaya de la chasser par la force de l'esprit. Il réussit à l'atténuer un peu.

La discussion d'avant-hier soir avec Marc lui revint en mémoire. Un peu plus de vingt-quatre heures s'étaient écoulées, mais il lui semblait que cela faisait des semaines. Ce type était à bout, il l'avait senti à cent mètres. À bout, mais sincère. Et étonnamment combatif. Ça méritait bien un coup de pouce de sa part, d'autant que cette histoire s'avérait des plus complexes. Et ça, il avait mis du temps à le comprendre. Il avait passé plus de deux mois à laisser traîner, à croire que Sandra Vasseur s'était fait la belle avec un de ses étudiants, voire seule. Plan cul, burn-out, envie de tout plaquer. 99 % des affaires s'expliquaient ainsi. Mais pas celle-ci. Et il n'avait rien vu. Le type qu'il était devenu n'avait rien vu. L'âge et la bouteille faisaient rarement bon ménage pour l'entretien des cellules grises.

Il décrocha l'imitation des *Nymphéas* et la posa au sol. Il ouvrit le coffre-fort en composant la combinaison sur le clavier à code. La porte se déverrouilla. Il déplaça quelques enveloppes et papiers et attrapa le petit .44 Magnum Smith & Wesson 629 rangé dans son holster de cheville. Il s'agenouilla, souleva l'ourlet de son pantalon et attacha l'étui et son arme juste au-dessus de l'articulation. Les Ritals ne rigolaient pas, il allait leur montrer que lui non plus.

Il boutonna sa chemise et sortit du bureau pour retrouver Mélanie.

Elle était toujours affairée à gérer quinze fenêtres ouvertes en même temps sur son ordinateur. Elle leva un œil impatient à son arrivée.

– J'ai des news.

– T'as bossé toute la nuit ?

– Oui, presque. Enfin j'ai fait des pauses. Clopes et café.

– Je valide, dit-il en souriant.

Il la couva du regard, avant d'ajouter :

– T'aurais dû me réveiller.

– Après votre rodéo urbain ? Un peu de repos ne vous faisait pas de mal. Faut éviter de tirer sur les vieilles mécaniques, répondit-elle en souriant.

– Ouais, bon, vas-y, je t'écoute, dit-il en tirant une chaise et en s'asseyant à ses côtés.

Elle fouilla dans les quelques feuilles griffonnées de sa main qui s'étalaient devant elle.

– Mes contacts ont commencé à me faire remonter pas mal d'infos. Gioacchino Volpino n'était pas seulement un des parrains les plus importants de la 'Ndrangheta, c'est même pire que ça, c'était l'un des derniers « Capo dei Capi » nommés dans les années 1980, le chef des chefs, même si cette expression n'est pas vraiment utilisée dans le milieu. Il a beaucoup œuvré dès les années 1970 à un rapprochement de la 'Ndrangheta et de Cosa Nostra.

– Pour en faire quoi ? Une super-mafia ?

– Pour éviter déjà qu'ils se bouffent entre eux, je pense. Le pacte a volé en éclats avec les assassinats des juges Falcone et Borsellino à Palerme en 1992. Totò Riina, qui dirigeait Cosa Nostra à l'époque, avait complètement déclaré la guerre à l'État italien. Volpino voulait étendre l'influence des Calabrais de manière discrète, et mettre la main sur les trafics les plus juteux, dont la coke. Le clash entre les deux était inévitable.

Lombardier s'alluma une Marlboro en grommelant.

– J'ai pigé, mais le rapport avec les deux frères ? Et les filles du Milky ? Et Sandra Vasseur ?

– Pour Vasseur, je ne sais pas encore. Mais pour le reste, j'y viens. Volpino est mort il y a deux ans. Comme le veut la loi dans ce milieu, un remplaçant est nommé à la tête du clan par leur conseil de chefs. Sauf que…

– L'un des fils a contesté, coupa Lombardier.

– Tout juste, Rocco voulait reprendre les rênes. Il a fait sécession avec ses partisans, d'où une effroyable guerre des clans depuis la mort du vieux Gioacchino. Mais le pire est à venir. Vous vous rappelez l'histoire du meurtre de la famille italienne ?

– Oui.

– La fille de dix-sept ans voulait apparemment déposer plainte pour viol contre Rocco Volpino. C'est la rumeur qui a couru juste après, reprise par pas mal de journaux. Mon italien n'est pas top, mais grâce à Google j'ai compris qu'elle avait été retrouvée sur une plage un matin, à moitié nue, quasiment défigurée par les coups qu'elle avait reçus. Une semaine après, elle et toute sa famille, les parents et les deux petits frères, mouraient brûlés dans leur Lancia. Elle venait de quitter l'hôpital.

– Bordel, grinça Lombardier.

Il continuait à regarder Mélanie, mais devant ses yeux dansaient désormais les fantômes de cette fille, de ses parents et de ses frères, celui de la femme que Sofia aurait dû être et de tant d'autres qu'il ne distinguait même pas.

– Mais ce que Rocco n'avait pas prévu, c'est le retournement de l'ensemble de ses soutiens contre lui. Un à un.

Lombardier opina du chef.

– Classique. Les mafieux veulent suivre un chef qui ait une gueule de chef. Pas une petite frappe capable de faire ça à une gamine et à sa famille. Nul doute que son opposant a dû sortir renforcé de cette histoire. Et les règles morales de la mafia sont très claires, surtout pour les vieux de la vieille. L'homme qui viole est un moins que rien. Le vieux Gioacchino a dû faire un saut à 360 degrés dans son trou. C'est les bases de la mafia sicilienne. Au départ, ces gars étaient de simples paysans qui s'étaient retournés contre le seigneur du coin, car il avait violé la fille de l'un d'eux. Bon maintenant, il faut arriver à comprendre ce qu'ils viennent foutre ici, à Saint-Clair.

– Pour passer le temps en organisant des soirées avec les filles du Milky Way ? C'est pas bizarre, cette histoire ?

– Pourquoi ici ? lâcha Paul. Pourquoi les filles d'Abgar ?

Et *quid* du rapport avec Sandra Vasseur ? Il commençait à se demander si elle ne s'était pas juste trouvée au mauvais endroit au mauvais moment. Mais une femme comme elle ? Dans ce club ? Quelque chose continuait à clocher. Et pas qu'un peu.

– Sinon, continua Mélanie, je me suis connectée au site de la ville pour ce que vous m'avez demandé. Les plans de la zone du Neptune. Le chantier va être colossal, un truc démentiel devrait sortir de terre. Ça pèse des centaines de millions. Mais rien n'est encore construit à part deux immeubles en attente d'agrément de la mairie. Tout est désert là-bas. Pas l'ombre d'une villa ou de quoi que ce soit. Votre gars a dû passer par là et revenir sur Saint-Clair avec la fille.

– Et faire un détour pareil ? Non, il y a autre chose.

– Je continue, boss.

Paul attrapa sa veste et palpa ses poches de pantalon. Il sentit les clés de la Lexus.

– Hum, il faudrait que tu t'occupes de faire remorquer ma bagnole.

– OK.

– Et… J'ai besoin d'une tire.

Elle le dévisagea, ayant peur de comprendre.

– Vous… Vous voulez la Smart ?

Il sourit. Elle prit les clés sur le bureau face à elle et les lui lança d'un air dépité.

– L'embrayage patine un peu, souffla-t-elle.

Il se retourna vers elle depuis le seuil de la porte.

– Ne t'inquiète pas, ça ne sera pas un problème, dit-il en lui faisant un clin d'œil.

CHAPITRE 50

6 h 33

– Vous voulez un café, Monsieur ?

Marc souleva son gobelet à l'intention de la jeune femme qui venait d'entrouvrir la porte.

– Merci, j'en ai déjà pris deux.

Elle hocha la tête en le gratifiant d'un sourire puis referma la porte.

Il reposa le verre en plastique sur le bureau face à lui. Puis regarda sa montre pour la septième fois en dix minutes. Solliciter ainsi les aiguilles du regard ne les avait jamais fait avancer plus vite. Il passa une main sur les attelles bandées qui maintenaient ses doigts martyrisés. Les souvenirs de cette nuit lui revinrent de façon saccadée, telles des images glanées sur le terrain par un reporter en temps de guerre. Fébriles, nerveuses, morcelées.

Tout devenait un peu plus clair à partir du moment où il avait pu remettre un pied à l'extérieur de cette maison. Il avait rempli ses poumons avec avidité d'un air qu'il ne pensait plus jamais respirer. Duval avait ligoté son ravisseur à un épais radiateur de fonte puis avait ensuite aidé Marc à remonter vers la maison du petit Enzo. Dans sa poche, Marc avait senti l'iPhone s'exciter en recouvrant l'accès au réseau.

20 h 19 : Ils sont là.

20 h 23 : Ils sont dans le jardin !
Ils vont entrer.

20 h 25 : Bougez, ils arrivent !

20 h 32 : Ça va ?

Tous les SMS que le gamin lui avait envoyés, mais qu'il n'avait jamais reçus. Trop tard en tout cas. Il avait ensuite attendu l'arrivée des gendarmes tandis que la mère d'Enzo lui prodiguait les premiers soins en répétant la même et unique phrase comme une litanie :

– Ce n'est pas possible, mon Dieu, ce n'est vraiment pas possible.

Duval avait fait un aller-retour à la maison du monstre et en était revenu avec Ingrid Andreotti qu'il avait trouvée enfermée à double tour dans la chambre conjugale. La porte avait été verrouillée de l'extérieur. Elle avait patienté, prostrée sur une chaise, et n'avait pas desserré les dents. Tout ce petit monde avait ensuite été amené à l'antenne de gendarmerie locale où un médecin était venu prodiguer les premiers soins à Marc. On lui avait ouvert un bureau pour qu'il puisse se reposer quelques heures sur un lit d'appoint.

6 h 46

La porte se rouvrit sans sommation. Un gendarme gradé, qu'on lui avait présenté comme étant l'adjudant-chef Berlotti, entra d'un pas lourd. Il n'avait pas l'air d'être du matin. Duval suivait dans son ombre. L'adjudant-chef contourna le bureau et se laissa tomber dans son fauteuil. Marc sentit la présence de son homologue retraité juste dans son dos.

Berlotti se racla la gorge.

– Bon, alors… Comment allez-vous, Monsieur Vasseur ?

– J'ai connu de meilleures nuits.

– Votre main ?

– Le médecin a fait de son mieux. La douleur n'est plus si vive. Je passerai une radio à mon retour à Saint-Clair.

– La tête ?

– Ça ira, merci.

Un silence s'installa tandis que Berlotti fouillait parmi les feuilles éparses sur son bureau.

– Ce n'est pas pour autant que cela ne se bouscule pas à l'intérieur, ajouta Marc au bout de quelques secondes en pointant son crâne de l'index.

– Je vous comprends, dit Berlotti.

– Et donc ? Vous avez du nouveau ?

– Pour l'instant pas encore, mais nous avançons.

– Vous avez pu interroger ce cinglé, non ? Que vous a-t-il dit ? Sur ma femme ?

Le gendarme s'appuya sur le dossier du fauteuil.

– Nous l'avons interrogé, oui. Mais pour le moment, il maintient la même version. Vous vous êtes introduit chez lui, il a eu peur pour sa vie.

Un rire de dépit s'échappa des lèvres de Marc.

– Oui, d'ailleurs, il avait l'air très craintif quand il me cassait les doigts. Non, mais vous vous foutez de moi ?

Berlotti ramena son visage massif un peu plus en avant et posa ses coudes sur la table.

– Monsieur Vasseur, non je ne me fous pas de vous. Je sais très bien ce qui s'est passé là-bas. Mais l'enquête doit suivre son cours. Nul doute que nous obtiendrons des aveux de sa part.

– Et pour ma femme ?

– Il ne dit rien à ce propos. Mais son épouse a été plus loquace.

La tension nerveuse de Marc monta en flèche.

– Qu'a-t-elle dit ?

– Que Madame Vasseur est effectivement venue les voir il y plusieurs semaines. Elle s'est introduite chez eux (il fixa Marc d'un regard que celui-ci n'aima pas), une empoignade s'est ensuivie avec Louis Andreotti. Et votre épouse est repartie.

– Une empoignade ? Vous savez que ma femme est portée disparue depuis bientôt trois mois ?

– Je sais. J'ai appelé à la caserne de Saint-Clair ce matin et j'ai pu parler à l'adjudant Bossec. Il m'a confirmé que vous pensiez que votre épouse avait été victime d'un enlèvement. Mais il m'a aussi parlé d'un SMS laissant penser à un abandon de domicile. Et de l'absence de preuves dans cette enquête.

Marc en resta sans voix. Ce SMS. Ce putain de SMS le poursuivait encore et encore. Une malédiction semblait avoir frappé cette histoire et empêchait quiconque de voir ce qui pourtant crevait les yeux.

Il se leva d'un trait.

– Alors quoi ? Vous n'allez rien faire ?

– Nous avons une équipe qui est en train de ratisser la zone à la recherche d'éléments. Nous vous tiendrons informé.

– Et… c'est tout ?

– Pour l'instant oui (il regarda Duval en biais). Il faudra vous rendre disponible pour l'instruction de l'enquête, dès qu'un juge aura été nommé. Votre témoignage de ce matin nous suffit pour le moment. Andreotti sera déféré sous quarante-huit heures devant un juge d'instruction et nul doute que cela aboutira à une mise en examen. Surtout avec le témoignage d'un ancien gendarme pour vous appuyer. Mais pour l'instant, nous respectons le régime légal de la garde à vue.

– C'est…

– C'est la procédure, Monsieur Vasseur.

7 h 09

Il sortit et fit quelques pas sur la petite esplanade qui bordait les locaux de la caserne de proximité de La Trinité. Une légère brise venait de se lever et emportait au loin les feuilles de platane ainsi que ses maigres espérances de savoir ce qui s'était passé entre Sandra et Louis Andreotti plus de trois mois auparavant. C'était pourtant bien lié à toute cette affaire. Il ne pouvait en être autrement.

– Monsieur Vasseur ?

Il identifia le timbre de cette voix ainsi que la diction hésitante avant même de se retourner.

Ingrid Andreotti.

Duval était dans ses pas. Il s'empressa d'indiquer qu'il allait la raccompagner chez elle pour justifier sa présence.

– Je peux vous dire un mot ?

Il regarda son visage, ses traits si fins et réguliers, la pâleur de son teint qui n'entachait en rien sa beauté, l'exacerbait même en lui conférant une fragilité de porcelaine. Et à cette seconde, il ne pensa qu'à une chose. Comment une telle femme s'était-elle un jour retrouvée prisonnière des mains de ce barbare de Louis Andreotti ? Et surtout, pourquoi y était-elle restée ?

– Bien sûr, répondit-il.

Ils marchèrent en silence à l'ombre des arbres. Duval resta à l'écart.

– Je l'aimais beaucoup, vous savez, Sandra, commença Ingrid.

Marc hésita à dire un mot. Le moment avait l'air propice à une confession, il ne voulait en rien l'entraver. Les aspérités de sa prononciation se chargeaient déjà de lui compliquer la tâche, même si en substance, son français était presque parfait.

Elle continua, l'œil mélancolique.

– Ma petite Sandra. Elle avait amené tellement de joie dans la vie de Juliette. Je suis désolée que cette histoire lui ait fait autant de mal, à elle aussi.

– Écoutez, je…

– Vous voulez savoir ce qui s'est passé il y a trois mois, n'est-ce pas ?

Il acquiesça.

Elle inspira et lança un coup d'œil sur le côté. Duval était à bonne distance désormais.

– Elle m'a appelée. Peut-être un jour ou deux avant d'arriver.

– Que voulait-elle ?

– Elle m'a demandé si j'avais gardé toutes les affaires de Juliette. Notamment ses photos. Ma fille était folle de photographie, vous le saviez ?

– Oui, j'ai cru comprendre, rougit Marc en pensant à la façon dont il avait pénétré chez cette femme et dans la chambre de sa fille décédée.

– Je lui ai répondu que rien n'avait bougé dans sa chambre. Je l'ai sentie hésitante à l'autre bout du fil. On sentait que quelque chose la tracassait.

– Vous avez su ce que c'était ?

Ingrid détourna le regard un instant.

– Lorsqu'elle est venue ce jour-là, je n'ai pas vraiment pu lui parler. Louis s'est mis en rage tout de suite. Il ne l'avait jamais aimée, lui. Il la rendait responsable de la mort de Juliette.

– Pourquoi ?

– Juliette a vraiment commencé à sortir tard le soir lorsqu'elles sont devenues amies. Louis se disait que peut-être, sans cela, elle n'aurait pas fait de mauvaise rencontre.

– C'est ridicule. Pardonnez-moi, mais ce n'est la faute…

– De personne. Oui, je sais. *Schicksal*. Le destin.

Elle passa la pulpe de son index à l'extrémité de ses yeux.

– Louis a compris que c'était elle en moins de deux secondes. Elle n'avait pas vraiment changé il faut dire. Toujours aussi blonde. Un peu plus sérieuse peut-être (elle sourit). Il m'a dépassée dans le jardin et l'a empoignée par le bras en lui criant de ficher le camp, qu'elle n'avait rien à faire ici.

Marc avait l'impression que sa pomme d'Adam avait doublé de volume.

– Ils se sont crié dessus puis elle est remontée dans sa voiture. Louis a pris une pelle qui était par terre et a frappé deux fois le capot alors que Sandra démarrait.

– Nom de Dieu…

– Elle est repartie. Mais en début d'après-midi, lorsque nous sommes revenus de nos courses, nous avons trouvé le carreau de la chambre de Juliette cassé. Quelqu'un était entré et avait fouillé toutes les photos.

– Mais que cherchait-elle dans ces photos ?

– Je n'en sais rien, je vous l'assure.

Marc hésita avant de poser la question.

– Vous ne pensez pas qu'il pouvait y avoir un lien avec le meurtrier de Juliette ? Avec ce gars à la grosse voiture que Sandra prétendait avoir vu il y a vingt ans prendre Juliette en stop ?

– Oh, vous savez ça ? dit Ingrid, presque surprise.

– Duval m'en a parlé.

– Ah, Hervé. Eh bien oui, j'y ai pensé, évidemment, dit-elle en prenant soin de soupeser chaque syllabe. J'ai pourtant regardé toutes ces photos des milliers de fois, vous savez. J'avais l'impression que ma fille était encore un peu là, avec moi. Qu'elle n'était jamais partie.

Marc réfléchit. La clé se trouvait donc dans les photos ? Quel indice pouvaient-elles bien contenir ? Encore une fiche à classer dans sa boîte à énigmes.

Une autre question lui brûla les lèvres.

– Et Sandra ? Est-elle revenue ?

Ingrid parut surprise.

– Pourquoi vouliez-vous qu'elle revienne ? Elle a dû trouver ce qu'elle cherchait. Ou pas. Mais non, je ne l'ai jamais revue.

– Vous êtes sûre qu'elle n'a pas pu revenir et retomber sur votre mari sans que vous soyez au courant ?

– Je ne le pense pas, répondit-elle avant de baisser les yeux.

– S'il la tenait en partie responsable de la mort de votre fille, il aurait eu de bonnes raisons de vouloir se venger d'elle, continua Marc. Hervé Duval m'a dit combien la perte de Juliette l'avait touché.

Ingrid Andreotti se raidit soudain.

– Touché, vous dites ?

– Eh bien… Oui. Il aimait sa fille, non ?

Marc sentit la main glacée de la vieille femme se poser sur son avant-bras. Puis elle leva les yeux vers lui. Il ne les avait encore jamais vus si expressifs.

– Monsieur Vasseur, Louis n'a jamais aimé sa fille. Il n'a d'ailleurs jamais aimé personne d'autre que lui-même. Il la considérait juste comme sa propriété. Et il n'a jamais supporté qu'on puisse lui enlever ce qui lui appartenait. C'est tout.

Marc ne trouva aucun mot à répondre à cela. Il n'y avait donc rien à sauver chez cet homme.

– Je voulais vous dire que je ne porterai pas plainte contre vous, continua Ingrid. Pour être entré par effraction chez nous, je veux dire. Je sais que c'est la ligne de défense de Louis. Mais je lui ai dit tout à l'heure que je nierais tout en bloc. Pas une fois nous ne nous sommes sentis en danger en votre présence.

– C'est… très gentil.

Sans s'en rendre compte, ils avaient marché jusqu'au bout de la rue. Ils firent demi-tour.

La silhouette immobile de Duval se découpait au loin dans la lumière du matin.

– Je peux vous poser une dernière question ? dit Marc.

– Bien sûr.

– Pourquoi restez-vous avec un homme pareil ?

– Parce qu'ainsi va la vie, Monsieur Vasseur. Elle ne vous laisse pas toujours le choix.

CHAPITRE 51

7 h 47

Lombardier ferma les yeux et se massa les paupières. La fatigue commençait à faire son lit dans son organisme. Il sentait ses jambes de plus en plus lourdes. Les douleurs qui assaillaient sa boîte crânienne depuis l'accident ne faiblissaient pas. À l'inverse, son nez ne souffrait plus que de quelques picotements.

Il avançait dans la clarté matinale, sur les trottoirs flambant neufs du quartier du Neptune, longeant l'asphalte d'un noir presque étincelant. La voierie était la seule chose terminée dans cette zone. Tout le reste n'était que palissades, pancartes de déclarations de travaux et panneaux 4 × 3 débordant des sempiternels clichés de familles heureuses et de sourires ultra-bright, bordés des mentions « Derniers lots disponibles » ou encore « Devenez propriétaires dans le Saint-Clair de demain ».

Il arriva devant ce qui était l'emplacement du futur centre Neptune. L'affichage urbain qui courait le long de la haute clôture dévoilait un monstre de verre et de béton, à la démesure de ce que l'homme d'aujourd'hui sait faire. Plus de deux cents boutiques et restaurants, six salles de cinéma, dix mille mètres carrés de pelouses et jardins, une énorme piscine à multiples toboggans… La liste des festivités était longue comme un jour sans fin. Cet endroit allait devenir le réceptacle de tous les désirs du consommateur, le lieu de passage obligé pour un week-end heureux et réussi en famille. Pub MasterCard incluse.

Il se remémora ses dimanches à lui, lorsqu'il était enfant.

Ils partaient seuls, avec son père, et passaient la matinée à gravir la plus grande colline à l'ouest de Saint-Clair. Il n'y avait pas encore trop d'habitations à cette époque, seulement les belles villas de quelques privilégiés qui avaient leurs entrées auprès de la municipalité ou de la direction de l'urbanisme. Lorsqu'ils atteignaient enfin le sommet, le soleil était presque à son zénith. Son père dépliait une petite nappe sur l'herbe et ils partageaient leur repas en discutant et en riant. Il tendait le bras pour lui expliquer les différentes lignes des zones d'activité, en partant de la ville et en remontant jusqu'aux champs cultivés qui fermaient l'horizon. Puis son regard d'enfant glissait sur l'étendue boisée et sauvage qui couvrait la plaine telle une nappe de verdure. Il imaginait les animaux qui pouvaient la peupler, les trésors qu'elle devait receler et qu'elle pourrait livrer à tout petit explorateur digne de ce nom.

Il imaginait les parties de cache-cache sans fin et les cabanes dans les arbres qu'on commençait sans jamais les terminer vraiment. Pour en garder toujours pour la fois d'après.

Il n'avait jamais imaginé le Neptune.

7 h 59

Il longea les grilles du chantier. La surface couverte était proprement gigantesque. Les kilomètres de clôture devaient s'enchaîner pour empêcher toute tentative d'intrusion sur le terrain de ce projet sur lequel la municipalité en place avait pratiquement misé tout son mandat.

Il remonta par l'avenue principale. Il avait laissé la Smart garée un peu plus haut, sur un bout de trottoir. Il regarda sa montre. Cela faisait presque deux heures. Deux heures à ratisser la plaine en long, en large et en travers. À frayer dans les rues à peine dessinées de ce quartier en devenir. À essayer de creuser la malheureuse intuition à laquelle il se rattachait depuis qu'il avait quitté Mélanie. Le gars en Maserati voulait venir par ici. C'était une évidence. Mais une fois dépassée cette zone en construction, il n'y avait que le vide.

Emmener la fille dans la nature ? Pourquoi ? La baiser entre les arbres ? C'était ça, son plan ?

Non, il n'y croyait pas.

Alors quoi ?

Revenir sur Saint-Clair par la départementale ? L'Italien aurait donc fait tout ce tour de piste pour s'assurer de ne pas être suivi ? C'était une probabilité, bien sûr. Mais il ne la sentait pas. Non, il voulait venir ici. Il le voulait, mais il s'était ravisé au dernier moment. Il se rappela l'arrêt sur le bas-côté de la Maserati et l'attente de plusieurs minutes qui s'était ensuivie. Le Calabrais s'était forcément rendu compte qu'il était pisté et avait appelé son pote au SUV à la rescousse. Pourtant, il n'avait pris aucun risque. Deux voitures d'écart, conduite souple, aucun décalage de ligne pour tenter de mieux repérer sa cible.

Paul sortit une cigarette, il avait refait le plein au bureau. La flamme du briquet dansa devant ses yeux et lécha l'extrémité de la Marlboro. Il tourna la tête et embrassa l'avenue du regard. Il avait cherché dans tous les coins et recoins, aucune trace de la Maserati. Et pire que ça, aucune trace de rien. Tout était vide. Seules les lumières des quelques lampadaires déjà mis en fonction témoignaient du récent passage de l'homme dans le secteur.

Il reprit la route vers la voiture. Prier n'avait jamais été dans ses habitudes, mais il en venait à espérer avec force que Mélanie l'appellerait rapidement en lui proposant ne serait-ce que le début d'une piste débusquée par l'un de ses amis anonymes. Ou par qui que ce soit d'autre, il ne ferait pas la fine gueule. À défaut de quoi, il retournerait faire un tour au Milky, même s'il ne pensait pas les

Ritals suffisamment cons pour se repointer là-bas après la chevauchée d'hier soir.

Il déverrouilla les portières de la Smart et s'assit à l'intérieur. Son portable vibra dans sa veste. « Mélanie », pensa-t-il si fort qu'il prononça son prénom à voix haute. Il ne regarda pas l'écran avant de décrocher.

– Oui ?

– Paul ? C'est Gilles.

Il cilla. Gilles Rambert, son ancien collègue.

– Gillou ?

– Oui. Écoute, tu es où là ? Il faudrait qu'on se voie.

– À cette heure ? Qu'est-ce qu'il y a, Gilles ?

Respiration lourde et contrariée à l'autre bout de la ligne.

– Il faudrait que je te voie, Paul… Pour t'interroger.

– Balance Gilles. Pas à moi.

– Écoute, on a retrouvé une fille tôt ce matin. Il y a même pas une heure.

Il sentit son palpitant monter en cadence.

– Elle a été balancée dans une benne à ordures, près du stade. Elle a pris cher, putain. Défigurée. Les collègues m'ont appelé car ils savent qu'on se connaît bien, toi et moi.

– Pourquoi ? s'irrita Lombardier. Quel rapport avec moi ?

Un souffle pesant à l'autre bout du fil.

– Parce qu'elle avait ta carte de visite enfoncée dans la gorge.

CHAPITRE 52

8 h 08

La Smart déboula sur la deux-voies en faisant ronfler sa petite mécanique. Paul la poussait à son maximum.

Il se frotta encore les yeux, il sentait qu'il n'avait plus les idées claires, que tout s'entremêlait dans son esprit. Que les voix du passé le rattrapaient pour mieux se fondre dans le présent et sublimer son malheur.

Elle est encore en vie. Elle a été conduite à l'hôpital central.

Il déboîta pour éviter une Clio et la doubla sous un déluge de coups de klaxon.

La douleur n'avait jamais été si vive. Des lames de rasoir couraient à l'intérieur de sa tête, taillaient sa mémoire en pièces et libéraient tout en masse. Les digues érigées au fil des années lâchaient une à une. Et les souvenirs se bousculaient. Sophie. Véronique.

Papa ! Salut, tu fais quoi ? Encore au travail ?

…

Lâche le gosse putain ! Lâche le gamin je t'ai dit !

…

Chéri, arrête, mais qu'est-ce que tu fais ? On va nous entendre...

…

Il repensa au cerf-volant, il essaya de le chasser de son esprit. Mais il n'y arrivait plus.

Enculé de flic, t'approche pas ou je le saigne ! T'as compris ! Je le saigne, le gosse !

…

Papa ! Papa ! Je suis admise ! En prépa littéraire !

…

Je t'aime, si tu savais comme je t'aime mon amour !

…

Je le saigne !

…

Touche-le et t'es mort !

...

Il enfonça la pédale, mais il avait l'impression que la voiture n'avançait pas plus vite. Il arriva dans le parking de l'hôpital, laissa la Smart en travers d'une place réservée et courut vers l'entrée. Il se rua vers le bureau d'accueil. Le visage d'une femme d'une quarantaine d'années disparaissait derrière la hauteur du comptoir.

– On vous a amené une jeune fille il y a une heure ou deux. Agression. Blessures sérieuses à la tête.

La femme ne leva pas le nez de sa feuille.

– Vous êtes de la famille ?

– Police.

Il fit le mouvement de sortir sa carte. Elle finit par le regarder et plia sous la détermination qui débordait de son regard.

– Ah, eh bien, attendez. Oui elle est en trauma. C'est au premier, prenez l'ascenseur là, mais elle va bientôt passer au bloc et…

Lombardier s'était déjà engouffré entre les portes d'acier.

8 h 17

Une autre infirmière le conduisit face à une porte de chambre médicalisée.

– Je peux la voir ?

– Juste une minute Monsieur, elle vient de sortir d'une première intervention.

– Merci.

– Elle a besoin de repos.

– Je veux juste la voir une minute.

L'infirmière s'écarta. Il baissa la poignée de la porte et pénétra dans la pièce. L'odeur caractéristique de désinfectants hospitaliers le saisit d'emblée. Il avança de quelques pas.

Elle était là, sur ce lit médicalisé, la tête presque invisible sous les compresses et les pansements. Un tuyau lui sortait de la bouche, emmêlé à d'autres, tous reliés à des poches de sérum ou à des moniteurs suspendus qui bipaient en cadence, signe que la vie n'avait pas encore déserté l'endroit.

Il arriva à son chevet, n'osa pas toucher sa main, la frôla de l'index.

– Hélène.

Une larme roula sur sa joue.

– Je suis désolé. J'aurais dû te protéger.

Le cerf-volant réapparut dans ses pensées.

– J'aurais dû toutes vous protéger.

Elle lui avait fait tellement penser à elle.

À Sophie.

Ses yeux, sa peau, sa gestuelle. Et voilà que maintenant, plus de dix ans après, il se retrouvait dans la même situation. Auprès d'un lit. Il avait veillé Sophie nuit et jour. Dans une pièce comme celle-ci. Avec les mêmes odeurs, les mêmes bruits, le même silence. Il ne savait plus où il était, en enfer, mort, suspendu entre deux univers. Il se souvenait juste qu'il avançait, mais qu'il n'y avait plus aucune clarté.

Que de la brume.

Véro était partie depuis près d'une semaine. Il n'était plus qu'un mort vivant. Mais il s'accrochait. Parce que Sophie, c'était sa petite fille, une battante, une sportive. Elle avait sa vie à faire, des études à terminer, des gens à rencontrer, à aimer, des voyages à faire, le monde entier à bouffer.

Elle n'allait pas lâcher comme ça.

Et puis ce jour-là, un jeudi, il était assis près du lit, à lui tenir la main. Par la fenêtre, il voyait un père et son fils jouer plus loin, dans un parc.

Ils faisaient monter un cerf-volant si haut qu'il en touchait presque le ciel voilé.

Il avait sa main dans la sienne.

Le cerf-volant dansait entre les nuages, disparaissait quelques instants et revenait comme par enchantement sur le devant de la scène, avant d'être aspiré à nouveau.

Il sentait la chaleur entre ses doigts.

Puis le vent s'était levé. Le cerf-volant avait virevolté. Sa voile s'était gonflée, il tourbillonnait presque. Le petit n'y arrivait plus, il avait repassé le fil à son père. Les nuages s'étaient resserrés. Ils avaient avalé le cerf-volant.

Les bips du monitoring s'étaient accélérés. Il tenait sa main.

Le fil avait cassé. Le cerf-volant avait disparu.

Le silence avait gagné la pièce. Et il l'avait senti.

Elle était partie.

8 h 27

Il sortit de la chambre le cœur lourd et prit la direction de l'escalier.

– Paul !

Il se retourna, Gilles était à deux mètres. Toujours cette même dégaine de grand échalas, les cheveux en moins.

– Tu voulais te barrer, ou quoi ? dit son ancien collègue en arrivant à sa hauteur, l'œil noir.

– Écoute Gilles…

– Putain, Paul, c'est toi qui vas m'écouter. C'est du sérieux ! C'est qui cette fille ? Une pute ? Et la carte ? Tu sais comme moi ce que ça veut dire. C'est signé ça. Ils te cherchent.

– Je n'ai pas peur d'eux.

– Mais eux, c'est qui ? Paul laisse-moi t'aider, bon sang !

Lombardier le fixa dans les yeux. Gilles embraya.

– Et tu crois qu'on n'est pas au courant pour ton rodéo d'hier soir ? On a eu des dizaines d'appels putain, des habitants de la zone qui disaient avoir vu deux bagnoles se taper la bourre comme dans *Bullitt.* Et entendu des coups de feu, aussi.

Il empoigna Lombardier pour l'attirer à l'écart et lui parla plus bas, comme si le couloir était truffé de micros.

– Écoute, je te préviens en ami. Fayard est en train de lever un dossier sur toi. Je ne sais pas s'il a du gros biscuit, mais il a déjà des témoignages, des anciens clients, etc. Paul, tu le connais, merde.

– Fayard, souffla Lombardier.

– Il ne te lâchera jamais. Même dix ans après il a encore le coup du gosse en travers. Rentre au central avec moi. Je prends ta dépo et je te mets sous protection si tu veux.

Lombardier s'écarta de son ami. Il fit mine de réfléchir quelques secondes. Puis il pointa quelque chose du doigt dans leur dos.

– T'aimes toujours autant le café, Gillou ?

– Hein ?

– Tu vois la machine là-bas. Tu devrais aller t'en servir un.

– Paul…

Lombardier le transperça à nouveau de ses yeux clairs. Gilles soutint son regard quelques secondes, puis finit par détourner le visage vers le mur.

– Tu te bois un bon café. Et on dira que tu ne m'as pas vu. Que je suis passé dans ton dos à ce moment-là.

– Putain Paul, tu sais que je ne peux pas.

– Je crois que si, Gilles, dit-il en lui donnant une claque sur le biceps. En souvenir du bon vieux temps.

– Tu vas faire quoi, bordel ?

Il fit deux pas vers la double porte battante avant de lui lancer par-dessus l'épaule.

– Ce qui doit être fait.

Gilles ne bougea pas. Ses épaules s'affaissèrent un peu plus alors que son ami s'engouffrait dans la cage d'escalier.

8 h 39

En regagnant la Smart, Paul réussit à faire un peu le vide en lui. Suffisamment pour ne plus être focalisé que sur une seule pensée.

Un prénom qui tournait en boucle dans sa tête comme un disque rayé.

Hélène.

Une femme pour qui toutes les armées du monde s'étaient levées.

CHAPITRE 53

8 h 47

Le Range ralentit à l'approche du péage, le temps pour le système de détecter le badge Telepass collé en haut du pare-brise. La barrière se leva et le véhicule reprit son accélération.

Cela faisait plus d'une heure que Marc avait repris la route pour rentrer à Saint-Clair. Il avait quitté la Côte d'Azur avec la désagréable sensation qu'elle était loin de lui avoir livré tous ses secrets. Et il rentrait chez lui avec presque plus de questions dans ses bagages que lorsqu'il en était parti.

Il avala un autre analgésique et but une gorgée de la bouteille de Coca Zéro qu'il avait achetée dans un petit snack près de la gendarmerie avant de partir. Il avait l'impression que sa tête n'allait jamais revenir à son état normal, qu'elle serait toujours prisonnière de ce bourdonnement incessant et de cette pression constante. Le coup de crosse d'Andreotti lui avait laissé un hématome de la taille de son poing. La glace et la pommade que le médecin de garde lui avait appliquées dans la nuit avaient contenu le gonflement, mais n'avaient rien pu faire contre la couleur bleuâtre qui lui dévorait la tempe et une partie de la joue. Sa nuque le faisait aussi souffrir, les points de suture avaient repris leur lent mais indéfectible tiraillement. Quant à sa main gauche, elle était immobilisée pour trois semaines *a minima* avait dit le médecin.

Il osa se regarder dans le rétroviseur.

Il faisait peur à voir.

Qu'allait-il faire désormais ? Rentrer chez lui et dire à sa fille et à son père qu'il n'avait pas avancé d'un pouce ? Car les révélations obtenues n'éclairaient pas outre mesure la disparition de Sandra. Il n'avait toujours aucune idée de l'identité de Ten3, ne savait pas pourquoi sa femme s'était rendue chez les Andreotti. Pour une photo, avait dit Ingrid. Quelle photo ? La même que celle que Ten3 avait envoyée ? Il pouvait peut-être fouiller la maison en rentrant pour essayer de la retrouver ? À moins que Sandra l'ait gardée sur elle, dans son sac.

Il chassa cette idée de son esprit. Chaque prise de décision lui semblait désormais aussi hasardeuse que de jeter une pièce en l'air en pariant sur la face sur laquelle elle retomberait. Et il avait l'impression de s'éloigner un peu plus de la vérité à chaque lancer.

Il se rendit compte qu'il frôlait les 190 kilomètres-heure avec le Range Rover et leva un peu le pied de la pédale d'accélérateur. La sonnerie du téléphone retentit. Il décrocha d'une pression sur l'un des boutons du volant.

– Oui, allô.

– Monsieur Vasseur ?

Une voix d'homme qui roulait les « r » avec délectation.

– Oui.

– Fulvio Di Stefano à l'appareil.

– Je pensais bien vous avoir reconnu.

– Dites tout de suite que nous autres, Italiens, sommes si facilement reconnaissables.

– Non, non, ce n'est pas ce que je voulais dire.

– Ne vous en faites pas. Je suis passé chez vous hier pour prendre de vos nouvelles, votre père m'a dit que vous vous étiez absenté. J'aurais eu à vous parler.

– Je suis sur la route du retour. Mais je suis un peu occupé et…

– Oh, ça ne prendra que quelques minutes, ne vous en faites pas. À quelle heure arrivez-vous ?

– D'ici trois bonnes heures.

– Je ne bouge pas de chez moi. Passez donc à votre arrivée.

– Bon, entendu, dit Marc.

Il raccrocha d'une nouvelle pression.

Fulvio Di Stefano. Il l'avait presque oublié. Qu'avait-il de si urgent à lui dire ?

Il mit le clignotant pour prendre l'embranchement d'autoroute qui remontait vers Grenoble.

CHAPITRE 54

8 h 56

– Ils sont où ? Donne-moi un putain de nom, une adresse ! Tout de suite !

Abgar Targassian était enfoncé dans son fauteuil. Ses yeux de fouine, beaucoup plus écarquillés qu'à l'accoutumée, étaient rivés sur l'autre côté de son bureau où Lombardier menaçait d'exploser. Derrière l'ancien flic, devant la porte restée ouverte, le malabar de cent kilos gisait à terre et serrait un genou ensanglanté entre ses mains.

Lombardier hurla de plus belle en pointant son arme encore fumante sur l'Arménien.

– Si tu ne me dis pas où trouver ces mecs tout de suite, je te fais sauter la tête et je fous le feu à ton bordel !

Le vieil homme posa les coudes sur la table, puis son menton sur ses mains jointes. On aurait pu le croire en train de prier. Mais à son regard incandescent, on devinait plutôt une tentative d'éteindre le feu qui couvait en lui.

– Vous savez ce qu'il en coûte de faire ce que vous êtes en train de faire, Commandant ? finit-il par demander d'une voix glaciale.

Lombardier esquissa un sourire.

– Arrête tes conneries, Abgar, tu ne pèses plus rien dans le milieu. Tu utilises encore quelques pauvres gamines pour tenir ton rade crasseux, mais face aux Russes ou aux Arabes t'es juste un vieux croulant. Ils te laissent ronger ton os dans ton coin, dans ta ruelle qui pue la pisse et le vomi en attendant que tu crèves comme un rat. Ils ne bougeront jamais le petit doigt pour toi tellement ils s'en branlent. Je ne sais pas quelle combine t'as pu dealer avec les Ritals, mais crois-moi, la fête est finie.

L'Arménien posa ses mains à plat sur le bureau. Les doigts se crispèrent sur le cuir déjà usé du sous-main qui se retrouva sillonné de fines rayures. Sa bouche n'était plus qu'un simple trait au bas de son faciès tant il se mordait les lèvres.

Paul pointait le Glock à seulement quelques centimètres de son front.

– Tout ce que j'ai à vous dire ne vous avancera à rien.

– Ils te contactent comment ?

– SMS. Juste un simple « ce soir » ou « demain ». Ils passent toujours à la même heure.

Lombardier avança vers lui. Il touchait le rebord du bureau avec sa cuisse.

– Et tu acceptes de fourguer tes filles comme ça ? Te fous pas de ma gueule !

Le canon du revolver se posa sur le haut du crâne de Targassian. Une goutte de sueur dégoulina le long de sa tempe dégarnie. Abgar ferma les yeux.

– Alors ? cria Lombardier.

Il accentua la pression de l'arme sur la tête de l'Arménien. L'extrémité du canon marqua un petit rond sur la peau.

– OK… Ils payent bien. Entre dix et vingt mille par fille à chaque fois pour la nuit.

– Tu déconnes ? Personne ne met ce prix-là pour ce genre de gonzesses.

– Eux, oui ! cingla Abgar. Je ne sais pas ce qu'ils font avec et j'en ai rien à faire. Je sais juste qu'ils me payent pour une nuit ce qu'une fille rapporte en deux semaines. Alors, si de temps en temps il y a un peu de casse…

– Tu les as connus comment ?

– Ils ont débarqué un jour ici, à aligner les billets pour des tours de strip et des shows en cabine. C'était il y a quelques mois. Puis l'un d'eux est venu me voir, le grand frère, Rocco. Il baragouinait un peu le français. Il m'a dit qu'ils allaient rester dans le coin pour un temps et qu'ils auraient besoin de filles. De beaucoup de filles. On a fait un deal.

– Quel deal ?

– Ils payent et je ne pose pas de questions.

– Putain, Abgar, les temps doivent être sacrément durs pour que tu te sois mis à genoux devant eux comme ça. Hein ? La pipe était bonne ?

L'Arménien prit une profonde inspiration. Il serra les poings.

– Je peux vous dire que vous allez me payer tout ça.

Paul entendit un bruit de pas de course provenant de l'autre côté de la cloison. Il se décala sur le flanc du bureau pour faire face à la porte, le revolver toujours appuyé sur la tête d'Abgar. Une seconde plus tard, Arek déboulait à l'intérieur suivi par un autre type, l'arme au poing. Un épais pansement blanc lui dévorait le nez. Lui et son collègue jaugèrent la situation en une demi-seconde et s'arrêtèrent net sur le seuil.

– Butez-le ! gueula Abgar.

L'homme derrière Arek levait déjà son flingue en direction de l'ex-policier.

– T'as intérêt à bien viser, j'ai la main qui tremble un peu, dit Lombardier. C'est l'âge, tu vois. Un souffle, le coup part. Et adieu Tonton.

Il lut l'hésitation dans le regard de l'homme de main. Celui d'Arek, en revanche, ne cessait d'osciller entre le sommet du crâne de son oncle et le bras armé du Glock. Il moulinait pour essayer de trouver une solution.

Abgar brama quelque chose en arménien. Arek avança d'un pas. Lombardier appuya encore un peu plus fort sur la tête du vieux.

– Je veux juste trouver les Italiens, dit-il en s'adressant à Arek.

Le neveu se figea.

– Qu'est-ce que tu leur veux, aux Ritals ?

– Arek, ne lui parle pas ! siffla Abgar.

– Juste leur présenter les salutations d'une amie commune.

Les sourcils d'Arek se relevèrent. Lombardier avait toute son attention.

– Une amie commune ?

– Hélène ou plutôt, comme vous l'avez élégamment surnommée ici, Shanice.

– Qu'est-ce qui lui est arrivé ? lança Arek, visiblement inquiet.

Lombardier sut qu'il avait touché juste. Il avait déjà senti dans le discours d'Hélène qu'il y avait quelque chose entre elle et Arek. Il pensait de prime abord que cela venait d'elle, qu'elle s'était amourachée comme une idiote du mec qu'il ne fallait pas. Mais à voir la réaction du jeune Arménien, c'était peut-être un peu plus compliqué.

– Oh, trois fois rien, répondit Paul. Ils l'ont tabassée, défigurée et balancée dans une benne à ordures. Elle est à l'hôpital entre la vie et la mort à l'heure où nous parlons.

– N'écoute pas ce type, des filles, tu en auras d'autres ! cria Abgar.

Mais Arek avait bien écouté. Il baissa les yeux au sol. Lombardier vit ses traits se durcir. Son visage était encore assez juvénile par certains aspects. Mais dans le cas présent, on n'y lisait plus que de la haine. Comme dans un livre ouvert.

Il releva le nez vers Lombardier en même temps qu'il baissait le canon de l'arme de son collègue à ses côtés.

– Je les ai suivis, une fois.

– Arek !

– Je les ai suivis, une fois, répéta-t-il pour bien montrer à Abgar son intention de collaborer.

– Où ? demanda Paul.

– Une espèce de chantier, un terrain vague dans la nouvelle zone en construction.

– Celle du Neptune ?

– Oui.

– J'y étais il y a une heure. Je n'ai rien trouvé.

– L'entrée se fait en contournant le grand terrain du futur centre commercial. La route remonte un peu par-derrière. Y avait pas mal d'arbres je me souviens. On longe une sorte de haie, juste avant de tomber sur une route qui s'enfonce dans les bois. T'as des barrières en bois qui la délimitent.

– Pourquoi tu n'as pas continué ?

– J'étais chaud pour voir ce qu'ils faisaient aux filles, mais sans me faire repérer. Ils nous avaient rendu Sofia la gueule en vrac. (Il planta son regard dans celui d'Abgar.) Elle bossait bien, tu m'entends ? Tu les laisses te chier à la gueule en te rendant les filles dans cet état ! Sans parler de celles qu'on ne revoit pas !

– Arek…

– Tais-toi ! T'en as plus rien à branler de ton business de toute manière, t'es trop vieux, trop con. Mais moi, je vais faire quoi quand t'auras claqué ? Si tu crames toutes les filles avec ces connards de macaronis ?

– Espèce de petit merdeux, grinça Abgar, avant d'ajouter deux ou trois autres insultes dans sa langue natale.

Lombardier déplaça progressivement son arme tout en gardant un œil sur Abgar.

– Eh bien voilà, on y est arrivés, ajouta-t-il.

En signe de bonne volonté, Arek lui ouvrit le chemin en faisant un pas de côté. Lorsque Lombardier passa devant lui, il ajouta :

– T'as pas intérêt à les rater, mec.

CHAPITRE 55

9 h 29

Paul reprit la route en direction de la zone d'activité du Neptune. L'aiguille de la jauge d'essence de la Smart commençait à flirter avec le rouge, mais il en aurait assez pour arriver jusque là-bas. Après, il verrait bien comment les choses se dérouleraient.

Il repassa par les collines surplombant la ville, il lui était plus aisé d'emprunter ces routes sinueuses mais peu fréquentées que de se jeter dans la circulation matinale du centre-ville ou de la rocade. Il tourna le bouton de l'autoradio pour mettre un peu de musique et se changer les idées ne serait-ce que le temps du trajet. Manque de pot, à cette heure-là, les matinales infos tournaient en boucle. Rien de bien relaxant.

La sonnerie métallique du Nokia résonna dans l'habitacle. Il baissa le volume et se colla le téléphone à l'oreille juste après avoir enfoncé la touche verte.

– Oui ?

– Patron ?

– Oui, Mel, t'as du nouveau ?

– Ça se précise un peu, concernant votre zone d'activité. Et je crois que c'est énorme.

– Balance.

– Eh bien tout était à l'origine classé en partie agricole, non constructible. Ça, c'était les années 1990 jusqu'à début 2000. Mais il y a dix ans, la municipalité a refait entièrement le plan local d'urbanisme avec pour mission de redynamiser tout le bassin de Saint-Clair.

– Oui, oui, les dernières grosses entreprises industrielles battaient de l'aile.

– Les terrains agricoles ont tous été rachetés par sept sociétés, et elles seules, dans les trois années qui ont précédé la mise en place du nouveau plan. À l'époque où personne ne savait encore ce que cette zone deviendrait. Plus de huit hectares, vous vous rendez compte ?

– Tu découvres le délit d'initiés ou quoi ?

– Ah non, mais là où ça croustille carrément, c'est quand on commence à creuser un peu sur ces boîtes. Je vous passe les détails, mais il y a une trame hyper-complexe derrière. Chacune d'elles a une partie insignifiante de son capital, de l'ordre de 5 %, détenue par une autre boîte à l'étranger, dans des coins plutôt sympas pour le porte-monnaie comme le Luxembourg, la Suisse, l'île de Man ou les Bahamas. Un système de holding mère-fille en somme sauf que le même business se produit aussi au niveau des sociétés mères, puis encore un cran au-dessus. Ce n'est qu'au sixième échelon qu'on arrive enfin à trouver la compagnie qui est à la tête de cette pyramide. Elle s'appelle EliteOne Inc. Une société de construction basée à Genève. Impossible de choper les statuts et de savoir qui est derrière pour le moment, mais je continue.

La Smart enfila les dernières courbes avant de revenir dans la plaine.

– Bien vu, miss. Essaye de me clarifier un peu cette opération immobilière. Ça peut avoir son importance. Je ne sais pas ce qui se trame par là-bas, mais ça doit valoir son pesant de gros sous.

– OK, boss.

– J'aime quand tu m'appelles comme ça, dit-il en riant.

– Ne vous habituez pas trop aux bonnes choses.

Il sentit qu'elle était sur le point de raccrocher.

– Mel ?

– Oui, *what else* ?

– Écoute-moi. Encore deux secondes. Dans mon bureau, derrière le faux Monet, tu as un coffre. La combinaison c'est 313233. Il doit y avoir pas loin de seize mille balles en espèces dans quatre ou cinq enveloppes.

– OK, j'en fais quoi ?

– Tu les gardes. Prime de Noël, ma belle.

Un blanc.

– Vous n'êtes pas sérieux, là ?

– Tu m'as déjà vu plaisanter avec le blé ? Arrête tes conneries et prends l'oseille.

– Je… Je ne sais pas quoi vous dire.

– Eh bien ne dis rien alors. Et trouve-moi d'autres infos sur tout ce merdier. OK ?

– Oui, patron, merci, répondit-elle avec fébrilité.

– Ça roule ma belle.

– Mais… Paul ?

– Oui ?

– Vous faites gaffe, hein ?

– Moi ? Toujours !

Lombardier raccrocha. Il arrivait sur le boulevard principal de la future grande banlieue haut de gamme de Saint-Clair. Il descendit jusqu'à l'impressionnante enceinte qui allait contenir le centre de loisirs Neptune et contourna les palissades par la gauche. La Smart s'engagea dans une rue tout en dénivelés qui ne tarda pas à remonter par l'arrière du chantier, là où la nature avait été délibérément épargnée pour plonger les futurs visiteurs dans une sensation de calme et de bien-être total.

La route s'enfonça un peu plus dans la forêt et les paroles d'Arek lui revinrent à l'esprit : *On longe une sorte de haie.* La belle affaire, il n'y avait plus que des arbres, par ici. Il rangea la Smart sur le bas-côté, ouvrit la portière et posa un pied au sol. La rosée fraîche du matin perlait aux extrémités des feuilles et l'humidité rendait la terre assez meuble. Il regarda autour de lui, il n'y avait que les bois à perte de vue. Derrière la Smart, on apercevait en contrebas le haut des grues du chantier principal ainsi que quelques panneaux d'affichage. Il remonta dans la voiture et remit le contact. Les petites roues patinèrent avant de retrouver l'asphalte. Il roula encore une centaine de mètres avant que l'évidence ne le saisisse en pleine rétine.

Sur la droite de la route, les arbres commençaient à se resserrer sur toute la longueur de la bordure en une haie compacte, propre à masquer n'importe quoi. Il aperçut un chemin qui prenait sa source juste à côté de ce mur végétal. Avec des barrières en bois.

Il gara la Smart à proximité, puis descendit du véhicule et prit le sac de sport noir qu'il avait mis sur la plage arrière. Il l'ouvrit et en sortit un gilet pare-balles en Kevlar. Il enleva sa veste de costume et enfila le gilet par-dessus sa chemise avant de le sangler et de l'ajuster avec les bandes scratch. Sa main disparut une nouvelle fois dans le sac et en ressortit plus lourde d'une lampe de poche en acier.

Il revint au niveau de la haie et s'engagea dans le chemin. Au bout d'une vingtaine de mètres, la route était entravée d'une épaisse barrière réalisée avec trois gros rondins de bois. Deux qui était cimentés au sol et le troisième, de la largeur du passage, qui était posé sur les autres et maintenu par des encoches en acier. Une barrière pour interdire l'accès aux voitures. Il se retourna, regarda le trajet qu'il venait d'effectuer. Le passage était très étroit, mais néanmoins suffisant pour qu'un véhicule puisse arriver jusqu'ici.

Il contourna la barrière et ne tarda pas à apercevoir une clôture grillagée qui scintillait entre les arbres à la lumière du matin. Il s'approcha et leva la tête pour en estimer la hauteur. Trois mètres cinquante, peut-être quatre, au bas mot. Le grillage soudé était suffisamment épais pour nécessiter l'intervention d'une pince-monseigneur qu'il n'avait évidemment pas sur lui. Il le longea en essayant de deviner ce qu'il y avait de l'autre côté. Mais seule la nature silencieuse et verdoyante répondit à son regard.

Planter un grillage ici, en plein milieu de nulle part. Tous les voyants d'alerte de son organisme clignotaient en rouge vif. Il arriva enfin là où la clôture prenait sa source : une double porte grillagée. Il l'examina de plus près, des barreaux épais et une chaîne cadenassée.

Il hésita, ramassa un bout de bois qu'il jeta dessus. Aucune trace d'électricité. Il balança la lampe torche par-dessus puis empoigna le grillage tressé à pleines mains et commença à monter en essayant de caler les pointes de ses chaussures dans les espaces disponibles. Il s'aida en posant le pied sur l'une des barres transversales de la double porte puis passa le bras par-dessus l'ossature métallique de la clôture en le bloquant au niveau de l'articulation du coude pour pouvoir soutenir tout le poids de son corps. Il passa l'autre jambe par-dessus le tube dans lequel le grillage était soudé. Heureusement qu'ils n'avaient pas eu la bonne idée de laisser des pointes saillantes tout en haut. Encore une légère impulsion des bras et il passa complètement de l'autre côté et se laissa retomber sur le tapis feuillu.

Lorsqu'il se releva, il souffla un bon coup avant d'aller ramasser la lampe.

Un coup d'œil juste en face et il découvrit un autre sentier qui s'amorçait en descente.

Il tira le pistolet de son étui et s'y engagea.

CHAPITRE 56

Il l'avait trouvée.

Elle était là maintenant, juste derrière la porte de la première salle de dressage.

Cela avait été très facile. Trop peut-être ? Avait-il cédé à l'euphorie ?

Il se sentait tellement déstabilisé depuis hier soir et cette soirée chez Nicole qu'il avait peut-être été trop confiant. Au risque de se faire repérer. Ou pire, suivre. Non, non, il avait quand même fait attention. Être sur ses gardes était devenu une seconde nature, il ne se trompait quasiment jamais. Oui, mais après avoir bu ces quelques verres ? Était-il à ce point sûr que personne n'avait pu déjouer son manège ?

Bien sûr que non.

Il serra le poing et frappa dans le mur. Imbécile, ne sois jamais sûr de rien ! Il décida de se concentrer sur sa nouvelle conquête, la jolie brune du bar qui allait comprendre ce qu'il en coûtait de suivre un inconnu dans la nuit. Il n'en finissait plus de se repasser le film de leur rencontre, de savourer le souvenir de ces précieuses secondes pendant lesquelles il avait senti qu'elle se laissait peu à peu glisser dans la confiance à son égard.

– Voulez-vous que je vous dépose ?

Elle avait toisé la voiture d'un air soupçonneux de prime abord. Mais à la vue de ce jeune homme tiré à quatre épingles et au sourire engageant qui se penchait vers elle par la fenêtre côté passager, ses défenses avaient cédé une à une. Son numéro de charme était parfaitement huilé.

– Je sais que monter en voiture avec un homme ne va jamais de soi. Mais il commence à faire froid.

Sa voix calme et posée avait incité la jeune femme à avancer d'un pas et son visage s'était retrouvé à hauteur de la vitre.

– Je comptais prendre un taxi, avait-elle dit.

– C'est une bonne décision. Je peux vous laisser à la centrale si vous le souhaitez, elle doit être à moins de deux kilomètres. On y est en cinq minutes. Ne vous inquiétez pas pour la voiture, c'est un vieux break, mais il tient encore bien la route.

Nouveau sourire. La jeune femme avait posé sa main sur le rebord de la portière.

– Ne vous inquiétez pas, je n'ai pris qu'une bière, avait-il ajouté dans un rire cristallin. Et il s'était penché pour lui ouvrir la portière.

Une dernière hésitation. Un ultime sourire.

Et la jeune femme était montée.

– C'est très gentil à vous, avait-elle dit en bouclant sa ceinture.

– Oh mais je vous en prie. Et comme disait ma chère mère : simple courtoisie élémentaire.

Puis la voiture avait démarré, emportant sa nouvelle passagère vers son funeste destin.

Il n'en finissait plus de se féliciter de cette si belle prise. Il faut dire qu'il n'avait pas son pareil pour sentir les personnalités préoccupées, attristées ou désœuvrées. Et cette fille-là sentait la rupture amoureuse à plein nez. Elle cherchait un peu de réconfort là où elle pouvait en trouver.

Il avait été surpris qu'elle n'ait que vingt-deux ans, il lui en donnait cinq ou six de plus. Le maquillage, sûrement. Mais bien sûr, ceci pouvait expliquer cela. À cet âge on était encore beaucoup trop tendre, tout juste échappé du foyer familial. Les rêves de l'adolescence lui pendaient encore aux yeux comme des décorations de Noël. Exubérants jusque dans leur naïveté.

Petite conne !

Qu'est-ce qu'elle croyait ? Que la vie était un don du ciel ? Non, la vie était une épreuve. Chaque jour était une marche de plus à gravir et elle, cette petite idiote, elle n'avait même pas commencé à prendre l'escalier. Elle restait là, en bas, à se morfondre et à se complaire dans sa stupidité de gamine. Il la haïssait, pour tout ce qu'elle était, pour tout ce en quoi elle croyait.

Il ouvrit la porte en grand.

Elle se redressa à sa vue, comme si le diable en personne pénétrait dans la pièce. Il aimait produire cette sensation, il se délectait de la lueur de peur dans ses yeux mouillés, il aurait pu lécher le mascara coulé sur sa joue jusqu'à la dernière pointe de sel.

Il sentit l'érection arriver. Il aurait voulu la baiser, là, tout de suite, comme un animal, une bête en rut incontrôlable, et se répandre en elle avant de passer aux choses sérieuses.

Oui, cela lui aurait bien plu.

Mais non. Il devait attendre.

Elle se replia dans le coin de la pièce.

– Pi... pi... pitié... Laissez...

– Lève-toi.

– S'il... S'il... vous...

– Je t'ai dit de te lever !

Elle s'exécuta en se tenant au mur de façon maladroite. Elle resta prostrée dans le coin, les mains resserrées sur son ventre, le menton rentré en dedans.

– Approche.

Elle fit un pas hésitant. Ses jambes tremblaient comme des feuilles. Il vit une tache se former au niveau de son entrejambe et grandir sur sa cuisse droite.

– Tu n'es vraiment qu'une salope dégueulasse !

Elle éclata en sanglots, demanda pardon, jura qu'elle ne le ferait plus, qu'elle voulait juste s'en aller. Avec ses lèvres déformées par les pleurs et ses yeux gonflés et rougis il ne la trouva plus si désirable tout d'un coup. Seulement pathétique.

– Ferme ta gueule !

Mais elle n'arrivait plus à s'arrêter.

Il la gifla avec une telle violence qu'elle fit demi-tour sur elle-même avant de s'écrouler sur le sol.

– Tu ne sortiras jamais d'ici ! Tu m'entends ? Jamais !

Et il partit en refermant la porte sur ses cris.

Le silence.

Insonoriser les pièces avait été une idée si évidente. Mais maintenant, il lui fallait mener son projet à terme. Il lui fallait une autre fille, pour la deuxième salle. Pour que l'une assiste aux sévices de l'autre, dans une mise en abyme parfaite de sa propre situation.

Une deuxième fille.

Et il savait exactement où il allait la trouver.

CHAPITRE 57

11 h 32

Tous ses sens étaient à l'affût. Le moindre souffle, le bruit le plus anodin, l'ombre qui s'étirait plus que de raison, tout avait son importance. Surtout lorsque vous saviez à qui vous aviez affaire.

Il retrouvait l'ambiance des descentes.

Sauf qu'il était *seul*.

Il posa un pied devant l'autre avec précision jusqu'à arriver dans ce petit sentier. Le Glock n'était plus une entité indépendante de lui-même. Il était devenu le prolongement de son bras, de son œil, de sa pensée.

En longeant le chemin, son œil dévia sur une tache dans le décor. Entre deux arbres, à une trentaine de mètres, quelque chose ne se fondait pas totalement dans les hautes herbes et les troncs de peupliers. Il plissa les yeux pour essayer de distinguer ce que cela pouvait être, mit sa main en visière pour atténuer l'aveuglement du soleil qui commençait à filtrer à travers les cimes. Il n'y arrivait pas. Il se retourna et décida de se concentrer sur le sentier. Il devait bien le mener à la source de tout ce mystère. Ou à un début d'explication.

Dès les premiers mètres, les semelles de ses chaussures de ville perdirent en stabilité sur le sol humide et caillouteux. Il longea le flanc de la colline en s'accrochant de sa main gauche aux quelques branches qui dépassaient et lui offraient une prise suffisamment ferme. Au fur et à mesure de sa descente, le sentier devint de plus en plus étroit jusqu'à n'être plus qu'un simple sillon mangé par les mauvaises herbes et les feuilles mortes. Il avait l'impression de s'enfoncer dans le ventre de cette nature sauvage qui n'allait pas tarder à l'avaler tout entier. Les herbes le frôlaient à hauteur de cuisse. Bientôt le chemin allait complètement disparaître.

Enfin les arbres s'ouvrirent sur un espace plus dégagé. Une sorte d'esplanade de verdure. Il regarda dans son dos. Le flanc de la colline se dressait devant lui, il avait descendu un dénivelé d'une cinquantaine de mètres. Il avança au milieu de cette petite place et ses yeux se posèrent soudain sur une masse grisâtre qui détonnait sur le rideau boisé.

Encore quelques pas.

Il distingua une avancée bétonnée. Elle amenait à une forme cubique qui émergeait de terre et que le lierre avait presque entièrement recouverte. Une porte métallique se trouvait en plein milieu.

Un bunker ?

Il s'approcha et la poussa du plat de la main. Elle bougea de quelques centimètres. Il poussa un peu plus fort et la porte s'ouvrit dans un cri éraillé. La lumière du jour découvrit les premières marches d'un escalier qui s'enfonçait dans les abîmes de la construction. Il alluma la lampe torche et la plaça avec sa main juste au-dessus du canon du Glock.

Il descendit les marches et une très forte odeur d'humidité le prit à la gorge pour ne plus le lâcher. L'air vicié était palpable. Il le sentait dans sa bouche, comme s'il pouvait l'avaler et s'en étouffer. L'endroit devait dater de la Seconde Guerre, la région était connue pour avoir été un nœud de résistance face à l'envahisseur nazi. Le long des murs noircis et rongés par la moisissure couraient des câbles et des tuyaux chargés d'alimenter tout l'ensemble en eau et en électricité. Il arriva dans un étroit couloir, puis à un premier croisement. Il balaya toute la zone de sa torche. Une porte à gauche et une à droite. Le couloir, lui, continuait tout droit.

Il posa la main sur la porte à sa gauche. Elle ne bougea pas. Bloquée de l'intérieur ou bien scellée par la rouille qui s'était propagée sur tout le cadre tel un cancer. Il se retourna et essaya l'autre porte avec laquelle il eut plus de chance. Elle s'ouvrit sur une pièce d'assez grande superficie, mais basse de plafond. Une autre odeur agressa ses narines, beaucoup plus prégnante celle-ci, et lui donna un haut-le-cœur. Il la reconnut tout de suite.

Il resta quelques secondes sur le seuil à s'acclimater à l'odeur du sang et à sonder la zone avec le faisceau de la lampe. Il n'entendait que le bruit de sa propre respiration, de plus en plus saccadée et oppressée.

Car il avait compris.

C'était là que ça se passait.

Quelque chose scintilla dans le halo lumineux. Il revint dessus. Un gros cube orange monté sur roulettes et posé à même le sol. Des câbles s'en échappaient pour courir un peu partout dans la pièce. Le logo « Honda » dessiné en grandes lettres blanches ne lui laissa aucun doute. Un groupe électrogène. On avait conduit l'électricité jusqu'ici. Il avança jusqu'à l'appareil et empoigna le petit axe de plastique noir.

Tu sais ce que tu vas trouver, putain.

Il tira une première fois sur la poignée pour donner l'amorce au moteur.

Bien sûr que tu le sais.

Un nouveau coup sec. Le moteur toussa.

Un dernier mouvement de l'épaule et du bras, encore plus sec, et le moteur se mit à ronfler puis démarra. Paul activa les trois boutons sur le côté de la machine. La lumière clignota une ou deux secondes, le temps que le gaz contenu dans les néons stabilise son rayonnement.

Puis la pièce fut inondée.

Il remarqua tout d'abord les deux chaînes qui pendaient du plafond et qui se terminaient par d'épaisses sangles de cuir. Juste en dessous, une large flaque dessinait ses contours brunâtres. Le sol poreux s'en était repu avec avidité. Une table était accolée au mur et présentait toutes sortes d'ustensiles : des machettes, des menottes, des couteaux et des pinces, un chalumeau portatif, des barres de fer, un fouet. Une cagoule en cuir ainsi qu'un baudrier étaient suspendus au mur. Aux quatre coins de la zone, il y avait des pieds de photographe surmontés de petites caméras HD.

Il avança jusqu'au milieu de la pièce. Il se pencha pour toucher la flaque, ou ce qu'il en restait. Le résidu était encore poisseux et n'avait pas encore complètement imbibé le sol. Il pensa à la fille qu'il avait vue hier soir monter dans la Maserati. Le timing pouvait coller. Il inspecta les caméras, mais aucune ne contenait de cartes mémoires. Les Italiens avaient emporté leurs films avec eux. C'était peut-être préférable, il ne se sentait pas d'humeur à se faire une séance.

La partie droite de la salle présentait un renfoncement où la lumière des néons ne perçait pas. Le Glock et la torche contournèrent le pan de mur de concert. Il n'y avait rien. Hormis cette masse noire qui traînait dans la poussière sur le sol. Il la captura dans le faisceau de sa lampe et avança d'un pas. On aurait dit une sorte d'algue de mer. Il s'approcha d'un peu plus près.

Il la fit bouger d'un mouvement du pied.

Et il distingua la chair, la peau, la chevelure encore visqueuse qui s'en échappait.

La fille dans la Maserati…

Ils l'avaient scalpée.

13 h 17

Il ressortit du bunker et inspira l'air à grandes bouffées en posant ses mains sur ses cuisses. Il avait l'impression que tout son être s'était atrophié dans ce souterrain. Son cœur battait à tout rompre et ça ne lui amenait rien de bon.

– Allez, calme-toi, respire… Voilà…

Le scalp s'imposa à sa rétine dans un flash. Ces images n'étaient pas de nature à s'effacer si facilement. Il allait les traîner avec lui un bon moment. Voilà donc à quoi ces fils de putes s'occupaient. Tourner des films dans lesquels ils massacraient des pauvres filles. Les traîner dans cet enfer pour les soumettre aux pires abominations. Il serra les poings. Puis il avança dans l'herbe et reprit la direction du sentier. Il devait trouver un moyen de leur mettre la main dessus désormais. Et fissa.

Il remonta péniblement la colline et souffla un bon coup lorsque la pente finit par s'effacer. En sortant du chemin, il se souvint de ce qui avait attisé sa curiosité à son arrivée. Il chercha la tache des yeux et s'approcha. C'était une bâche de camouflage militaire. Des branchages avaient été jetés dessus pour renforcer l'effet visuel.

Il attrapa la toile par le bas et la souleva de quelques centimètres. Il n'eut pas besoin de plus.

– Bordel de merde…

Il pensait peut-être se détourner de l'affaire Sandra Vasseur. Elle venait de le rattraper sans sommation.

Devant ses yeux fatigués, l'insigne BMW scintillait au soleil.

CHAPITRE 58

12 h 35

Marc arriva au Parc plus fourbu que jamais. Sa nuit avait été agitée, c'était un euphémisme. Les quatre heures de trajet en voiture et la mise sous tension constante de son organisme, tout contribuait à faire de lui ce qu'il était devenu : un zombie.

Il passa devant l'entrée de sa maison et monta directement vers le lac, là où se trouvait la villa de Di Stefano. Il voulait en finir avec ce pseudo-rendez-vous rapidement, entendre ce que l'Italien avait à lui dire et redescendre retrouver sa famille. Il savait que s'il avait le malheur de se laisser tomber dans son canapé maintenant, il ne s'en relèverait pas.

Le Range enfila les courbes avant d'arriver sur l'esplanade du lac. Il se gara sur l'une des trois places visiteurs prévues à cet effet, descendit du véhicule et se dirigea vers la maison. De l'autre côté de la rive, le pool house était ouvert et quelques personnes mangeaient en terrasse, au timide soleil de midi. Le ciel était plus clément aujourd'hui, mais nul doute que les températures chuteraient dès le milieu d'après-midi.

Marc sonna au vidéophone qui était encastré sur l'un des piliers de la grille. La petite lumière verte s'alluma juste sous l'objectif et le portail commença à coulisser sur son rail dans la seconde. Il entra dans la propriété.

Di Stefano avait bien fait les choses. Sa villa était surélevée par rapport au niveau du lac, ce qui accentuait encore la taille de l'édifice. On pouvait toujours trouver à redire sur le style architectural du bâtiment, on ne pouvait en revanche nier qu'il s'imposait à vous de toute sa force.

Il avança vers l'entrée principale, une double porte gigantesque encadrée par deux colonnes blanches. Elle s'ouvrit à son arrivée et Fulvio Di Stefano apparut sur le seuil. Pantalon beige clair, mocassins en cuir suédé bleu, chemise cintrée et pull jeté sur les épaules de façon faussement négligée, il portait bien ses soixante-douze ans. Il accueillit Marc avec toute l'empathie verbale chère à son pays, mais se ravisa en voyant son visage de boxeur avancer vers lui.

– *Dio Santo*, mais ce n'est pas possible ! Que vous est-il arrivé ?

– Oh, un accident, mais rien de grave. Ça va.

– Quand même, ce n'est pas trop beau à voir. Enfin, venez, venez, entrez.

Il lui mit la main sur l'épaule et le guida à l'intérieur.

Marc n'était jamais entré dans cette maison. Les rares fois où il avait vu Fulvio Di Stefano, à la soirée d'accueil en l'honneur de leur arrivée et lors de deux ou trois autres événements, il ne lui avait que très peu parlé. Di Stefano était le genre d'homme affable et toujours très courtisé qui volait de conversation en conversation. Marc savait qu'en dehors de ses activités politiques qu'il avait plus ou moins abandonnées, il était à la tête d'un véritable empire qui allait de l'immobilier à la restauration de luxe en passant par quelques prises de participation dans des casinos et palaces de la Côte d'Azur.

Si l'extérieur de la propriété donnait déjà le ton, le hall d'entrée achevait de terminer la symphonie du bonheur matériel. Marbre blanc au sol, tapisserie crème aux murs, une hauteur sous plafond de plus de cinq mètres, des œuvres d'art disposées çà et là en harmonie avec l'intérieur, tout tendait à la perfection visuelle. Et que dire de l'escalier, en marbre lui aussi, dont les marches immaculées semblaient vous conduire au premier étage comme on entrait au paradis, en flottant sur un nuage.

– Venez.

Marc le suivit dans une pièce adjacente, un vaste salon dans des teintes de rouge et de bois brun. Il fut d'emblée surpris par la taille impressionnante des portes, en bois massif elles aussi, qui rappelaient un peu les ouvrants que l'on pouvait trouver dans les grandes demeures bourgeoises des dix-huit et dix-neuvième siècles. Pour Di Stefano, tout devait manifestement tendre à l'hyperbole pour avoir l'honneur de piquer son intérêt et de figurer dans son quotidien.

Un homme patientait là, installé dans l'un des canapés avec un verre à la main. Marc reconnut Francis Joubert, l'un des résidents du Parc, qu'il n'avait rencontré qu'une fois auparavant, mais dont il était impossible d'oublier la silhouette massive.

– Vous vous connaissez, je pense, dit l'Italien en ouvrant le bras vers le salon.

Joubert se leva avec peine et transporta ses cent cinquante kilos en boitant jusqu'à Marc pour lui serrer la main.

– Oui bien sûr, bonjour Monsieur Joubert.

– Francis, voyons. Vous allez bien ? On dirait que vous avez pris un autobus en pleine poire.

– Vous n'êtes pas loin du compte.

– Je vous sers un scotch, Marc ? demanda Di Stefano. Ou bien un délicieux *amaretto* que j'ai rapporté de Turin ? *Buonissimo*.

Il n'attendit pas la réponse de son invité et s'éloigna vers un meuble en acajou dont il ouvrit la partie supérieure pour en tirer deux verres en cristal. Les glaçons tintèrent avant qu'il ne les arrose de deux bonnes doses d'alcool brun. Il revint vers Marc et lui tendit sa boisson.

– Merci.

– Santé, comme vous dites chez vous, ajouta-t-il en levant son verre avant de le porter à ses lèvres.

Marc en prit une gorgée et suivit Di Stefano jusqu'au canapé où Joubert avait repris sa place. Il s'assit à côté de lui. L'Italien s'installa dans un fauteuil face à eux.

– Vous vous demandez pourquoi je souhaitais vous voir, n'est-ce pas ?

– J'imagine que vous avez eu vent de l'agression qui s'est déroulée avant-hier soir.

– *Esatto*[2]. Je tenais à vous dire que le nécessaire a été fait, j'ai déposé moi-même une plainte à la gendarmerie et nous avons fait renforcer les équipes de nuit. Je ne comprends absolument pas comment une telle chose a pu se produire ici, dans mon Parc.

Marc nota bien l'emploi du pronom possessif.

– Je vous en remercie. Je passerai moi-même à la gendarmerie…

– Oh ne vous tracassez pas pour ça, fit l'Italien en s'accompagnant d'un mouvement de la main comme s'il chassait un moustique, le brigadier Bossec m'a certifié que lui et son équipe mèneraient l'enquête la plus minutieuse possible.

– Si Bossec le dit, alors… ajouta Marc en posant son verre sur la table basse.

Di Stefano fit glisser un sous-verre jusqu'à lui.

– Bossec n'aurait peut-être pas dû, mais il m'a parlé de la disparition de votre épouse. Je compatis sincèrement, ces moments-là sont pénibles.

– Oui, grinça Marc.

---

2. Exactement.

– Vous savez, les femmes sont tellement changeantes, tellement passionnelles. Des femmes quoi ! *Io*, je me suis marié cinq fois alors je peux vous dire que je sais ce que cela fait de voir son épouse filer pour *un' altro ragazzo*, un autre homme ! Moi plus encore que vous, à mon âge on a de plus en plus de mal à les garder.

– Je compatis moi aussi.

À ses côtés, Joubert se racla la gorge si fort que Marc sursauta.

– Quoi qu'il en soit, sachez bien que nous ne vous laisserons pas tomber, continua Di Stefano. Vous faites partie du Bellevue Park, et ici…

– C'est un peu comme une famille ? C'est ça ?

– *Esatto*, dit l'Italien en se mettant une claque sur la cuisse. *Una famiglia, bravissimo !*

Marc était de plus en plus dubitatif quant à l'attitude à adopter.

– Écoutez, je vous remercie, mais je ne vois pas comment…

– Comme je vous l'ai dit, je n'ai jamais laissé quelqu'un dans l'embarras. Pour votre femme je serais bien incapable de faire quelque chose. Mais si demain vous décidiez de quitter le Parc pour vivre ailleurs, ce que je comprendrais tout à fait, pas de ça entre nous hein, eh bien je ferais en sorte que vous ne perdiez pas d'argent.

– Ah…

– Oui, parfaitement. Combien avez-vous payé la villa ? Dans les sept millions six cent mille non ?

– Vous êtes très bien informé.

– *Sì*, bien sûr, fit Di Stefano en riant, je sais tout. Eh bien, figurez-vous que Francis ici présent me faisait part d'une information très intéressante pas plus tard qu'hier soir.

Joubert finit son verre d'un trait avant de faire résonner sa voix de stentor.

– En effet, j'ai eu une conversation avec l'une de mes proches connaissances de travail, Adam Greenberg. Vous le connaissez peut-être, il officie à Londres en tant qu'agent artistique. La dernière vente Delacroix pour Christie's, c'est lui. Une pointure dans son domaine.

– Je n'ai pas cet honneur, non.

– Ce n'est pas grave. Quoi qu'il en soit, cela fait plusieurs mois qu'il me tanne pour acquérir une villa à Bellevue. Il me l'a encore rappelé hier soir en me disant : « *Francis, your price is my price*[3]. » Non mais, vous vous rendez compte, ces rosbifs ne doutent vraiment de rien.

Et il partit d'un rire gras qui semblait ne plus avoir de fin.

– Je ne…

– En discutant un peu, continua Di Stefano de manière plus posée pour reprendre la main, Greenberg a proposé à Francis la somme de dix millions pour qu'il lui trouve une villa dans le Parc. Bien sûr, si une pareille opportunité venait à vous

3. Ton prix est le mien.

intéresser, Francis se ferait fort de ne prendre aucune commission sur la vente. N'est-ce pas Francis ?

– Bien entendu.

– *Dieci milioni, incredibile*[4] *!* répéta l'Italien presque hilare.

Marc souffla et se pinça l'arête nasale. Il s'enfonça dans le fauteuil, une fatigue intense le rattrapa soudain. Di Stefano et Joubert laissèrent planer un silence, comme pour lui laisser le temps d'enregistrer ce qui venait d'être dit.

– Oui… Eh bien, je vais y réfléchir, dit Marc en essayant de se remobiliser. Maintenant je dois y aller, je n'ai pas vu ma fille depuis deux jours…

– Ah la *ragazza* ! Allez-y, allez-y, que faites-vous encore avec deux vieux comme nous ?

Joubert embraya avec un rire à faire se décrocher tous les tableaux exposés dans la pièce. Ce qui poussa Marc à se lever plus vite et à le saluer pour prendre congé. Puis il prit la direction de l'entrée, non sans remarquer la serrure à digicode qui équipait l'une des grandes portes du fond de la salle. Di Stefano lui emboîta le pas pour le raccompagner.

Sur le seuil, ils allaient se serrer la main, lorsque le portable de l'Italien sonna dans sa poche. Il le sortit, regarda l'écran et son œil prit un éclat différent.

– Excusez-moi, voulez-vous, fit-il à Marc en levant un index.

– Aucun problème.

---

4. Dix millions, incroyable !

Il s'écarta de son invité de quelques pas. Marc fit mine d'admirer l'une des œuvres exposées dans l'entrée, une toile de plus d'un mètre de diagonale au style évoquant vaguement le Caravage, dont il avait pu admirer certaines œuvres lors d'un voyage à Rome. Il essaya de laisser traîner son oreille, mais son italien était bien trop scolaire.

Son interlocuteur semblait énerver Di Stefano. Sa jambe battait la mesure d'une manière inhabituelle.

– *Sì, sì, ho capito... Ma sei sicuro... Questa mattina ? Va bene, va bene, facciamo così... Sì, sì, ciao, ciao*[5]*...*

Il raccrocha et revint vers Marc, qui feignait toujours la contemplation studieuse de la toile.

– Vous aimez ce tableau ? s'amusa Di Stefano.

– Oh, euh oui, il me fait surtout penser à l'école florentine…

– Rien de plus normal, c'est un Botticelli. Je l'ai acheté à Milan, à une collection privée, il y a douze ans maintenant, le 12 mai 2005. L'un des plus beaux jours de ma vie, je le convoitais depuis des années. Il était devenu une obsession.

– Et vous le gardez là, comme ça ?

– Toute la maison est sous alarme et le Parc est sécurisé, même si… Enfin, à quoi peut donc servir la plus belle œuvre du monde si elle n'est

---

5. Oui, oui j'ai compris. Mais tu es sûr ?… Ce matin ? Très bien, on fait comme ça… Oui, oui, salut…

pas admirée, contemplée tous les jours ? Je vous le demande.

– C'est un bon point de vue.

– Je sais. Je suis un grand contemplateur.

Il le raccompagna jusqu'à la porte.

– Dites-moi, une dernière chose. Ce détective que vous aviez embauché…

– Il ne travaille plus pour moi.

Di Stefano eut l'air surpris.

– Je l'ai encore vu il n'y a pas longtemps venir poser des questions à l'équipe de sécurité.

– Oui, mais depuis hier, il ne travaille plus pour moi. Pourquoi ?

– Non, non, disons que certains voisins aiment leur tranquillité alors…

– Dites-leur bien que je suis désolé de ne pas savoir où se trouve ma femme depuis trois mois.

L'Italien fit semblant de ne pas relever le ton volontairement cinglant.

– Bien sûr, bien sûr. Quoi qu'il en soit, si vous avez besoin, n'oubliez pas. Nous ne laissons jamais tomber personne.

– Je n'oublierai pas, répondit Marc en lui serrant la main de sa plus belle poigne.

Di Stefano lui sourit en découvrant un sourire à l'émail aussi irréprochable que factice.

– *Lo so*[6], je suis sûr que vous ferez le meilleur choix. Pour vous et pour votre fille.

---

6. Je le sais.

Marc descendit les marches, le portail s'ouvrit à nouveau. Il sortit de la propriété et marcha jusqu'à sa voiture.

Cette entrevue avait quelque chose d'irréel. Lui avaient-ils vraiment proposé à mots couverts de quitter le Parc ? Contre de l'argent ? Sur un ton soufflant sans cesse le chaud et le froid, alternant entre la complicité et les menaces à peine voilées ?

Avant de remonter dans son véhicule, il jeta un dernier coup d'œil à la propriété.

L'Italien était encore sur le seuil à le regarder et à lever bien haut la main pour le saluer.

CHAPITRE 59

14 h 12

– Papa !

Lisa se jeta dans ses bras dès qu'il eut franchi le seuil de la porte et nicha son visage contre sa poitrine. Lorsqu'elle relâcha son étreinte, elle eut un mouvement de recul en posant ses yeux sur le faciès abîmé de son père.

Elle porta la main à sa bouche grande ouverte.

– La vache qu'est-ce qui t'est arrivé ?

– Eh bien, ça a été plus mouvementé que prévu.

– Oh mon Dieu, et ta main !

– C'est beaucoup plus spectaculaire que ça n'est grave, dit-il avec l'air aussi convaincant qu'un politicien promettant des baisses de taxes.

Robert arriva du fond de la cuisine où il avait abandonné un sandwich à moitié entamé dans son assiette.

– 'de Dieu, viens t'asseoir, fils, tu as l'air de plus tenir sur tes guiboles !

Le sac bowling glissa le long de son épaule et tomba sur le sol. Il se laissa guider par leurs bras passés sous les siens jusqu'au salon où il s'affaissa sur le canapé.

– Vas-y raconte, le pressa Lisa, tu as des nouvelles de Maman ? Tu as trouvé quelque chose ?

Robert fit l'aller-retour jusqu'au réfrigérateur et revint avec une canette de Coca Zéro. Il l'ouvrit avant de la tendre à son fils.

– Merci, fit Marc. (Puis, se tournant vers Lisa :) Non ma puce, je n'ai pas trouvé Maman.

Il se mordit la lèvre en voyant la déception inonder ses iris bleus et regretta de ne pas s'être un peu plus contrôlé. Ce n'était pas difficile de présenter les choses sous un jour encore favorable. De ne pas sombrer plus que de raison et de garder espoir.

Ce n'était pas si difficile.

En fait, si, c'était insurmontable. Il n'y arrivait plus.

– Tu… Tu n'as rien trouvé ?

Elle était au bord des larmes. Il lui caressa la joue et essuya une de ses larmes du pouce, comme il le faisait lorsqu'elle était enfant. Robert s'assit en face d'eux, sur un fauteuil près de l'écran plat. Il paraissait ému, lui aussi, mais arrivait mieux à cadenasser ses émotions. Marc se décida à leur raconter ses deux derniers jours pour éviter que l'atmosphère ne s'enlise complètement dans la sinistrose.

Il leur parla de son arrivée à Drap, de la façon dont il avait appris la mort de cette fille, Juliette

Andreotti, une histoire qui semblait tétaniser tous ceux qui avaient eu le malheur de s'en approcher. Il raconta à sa fille ce qu'il avait découvert de l'adolescence de sa mère, de sa proximité avec son amie Juliette avec qui elle partageait l'amour de la musique rock et un parcours de vie déjà bien difficile du haut de leurs seize ans.

Lisa buvait ses paroles, alternait entre l'émotion la plus vive et les sourires mécaniques, mais néanmoins salvateurs. Comme si leur vie allait désormais devoir se résumer à cette simple et inévitable contradiction, entre la recherche d'un bonheur inaccessible et un malheur qui les rattraperait toujours, où qu'ils soient.

Il raconta sa rencontre avec l'ancien gendarme Duval, puis celle du petit Enzo. Deux personnes qui avaient tenu leur rôle avec justesse dans cette pièce complètement folle. Surtout Duval, évidemment, qui l'avait tiré des griffes du monstre.

Qui lui avait sauvé la vie.

– C'est… C'est le père de Juliette qui t'a fait ça ? demanda Lisa de sa voix la plus étranglée.

– Nous nous sommes battus, je suis tombé et Duval est arrivé pour le maîtriser, résuma-t-il dans un raccourci édulcoré.

Il n'avait aucune envie de faire cauchemarder sa fille encore plus en la laissant imaginer son père se faire torturer dans la cave d'un cinglé. Il croisa le regard de Robert. Ses yeux auraient pu allumer un barbecue. Lui était loin d'être dupe, en revanche.

– Donc, cet Andreotti ? Tu crois qu'il a fait du mal à Maman ?

– Écoute, je ne pense pas. La mère de Juliette m'a dit qu'ils s'étaient sévèrement disputés, mais que ta mère était repartie et n'était plus revenue.

– Pourquoi était-elle allée là-bas ? demanda Robert.

– Pour chercher une photo. Une photo prise par Juliette.

– Mille bornes pour une photo…

Robert paraissait plus que dubitatif. Marc prit les mains de Lisa dans les siennes.

– Ma puce, écoute-moi. J'ai eu le temps d'y penser pendant le retour en voiture. Ce jour-là, le 13 août, j'étais en déplacement à Londres. J'y suis resté la moitié de la semaine. Mais toi ? Toi, où étais-tu ? Comment Maman a-t-elle pu prendre sa voiture et aller là-bas sans que personne ne voie rien ?

– Je ne… sais pas, dit Lisa.

– Essaye de te souvenir, s'il te plaît.

Elle se renfonça contre son dossier comme pour mieux se plonger dans ses réflexions.

– Une photo… continuait de ronchonner Robert. Une preuve, peut-être ?

– J'y ai pensé, dit Marc. Concernant le meurtre de Juliette, je ne vois que ça.

Lisa se prit la tête entre les mains et posa ses coudes sur ses genoux. Elle finit par prendre son iPhone et ouvrir l'appli Facebook. Ses pouces balayèrent l'écran à la vitesse de l'éclair pour remonter dans sa timeline.

La sonnerie du vidéophone se fit entendre. Marc poussa sur ses bras pour s'extirper de l'assise du canapé, mais Robert fut le premier debout.

– Reste assis, j'y vais.

Il s'exécuta, non sans soulagement.

– Ça y est ! Ça y est ! explosa Lisa en brandissant son téléphone bien haut. J'étais chez Julie ! J'y ai passé deux nuits ! Regarde !

Elle lui mit l'écran tactile sous le nez avec la photo qui s'y affichait. Un selfie de Lisa et son amie, manifestement dans la chambre de cette dernière, cigarettes aux lèvres.

– Tu… (il chassa toute idée de réprimande antitabac de son esprit aux forceps), tu y étais pendant les deux jours ?

– Oui, mais…

Le visage de Lisa se ferma.

– Quoi ? demanda Marc.

– Maintenant que j'y repense, c'est Maman qui m'avait proposé d'aller chez elle. Elle m'avait raconté avoir croisé la mère de Julie quelques jours auparavant qui lui avait dit que ça serait sympa que les filles dorment chez elle.

– Ta mère… Qui t'a proposé d'aller chez une copine ? Pour deux jours ?

Ça ne ressemblait pas à Sandra de se débarrasser ainsi de sa fille. Sauf si c'était pour avoir les coudées libres.

– Marco !

Il leva la tête vers Robert qui revenait d’un pas rapide dans le salon.

– Oui ?

– C’est le gars de l’entrée, à la guérite.

– Et ?

– Lombardier est là. Il veut te voir.

– Je n’en ai aucune envie.

Robert fit deux pas de plus vers lui, les mains ouvertes.

– Tu déconnes ou quoi ? Il a peut-être trouvé un truc.

– Ou inventé une histoire ! On m’en a appris des belles sur lui. Un magouilleur de première, qui profite du malheur des autres pour se faire du blé et laisser traîner les enquêtes.

– Qu’est-ce que tu chantes ? Qui t’a dit ça ?

– Ses anciens collègues flics. Ils le pistent. C’est un escroc je te dis.

– Bon sang…

– Je ne te le fais pas dire. Dégage-le.

– OK, je m’en occupe.

Robert regagna l’entrée pour parler au vidéophone. Il revint trente secondes plus tard.

– Alors ? fit Marc.

Mais en voyant la mine de son père, il avait déjà compris.

– Il a forcé l’entrée. Il arrive.

CHAPITRE 60

14 h 57

Marc sortit sous le porche de la villa alors que les pneus de la Smart dérapaient sur le bitume du parking. Il descendit les escaliers d'un pas décidé et traversa la terrasse puis le jardin au petit trot. Les douleurs dans la tempe et la nuque, anesthésiées par le baume psychologique des retrouvailles familiales, venaient de se réveiller et refluaient de plus belle jusqu'aux synapses de son cerveau. La portière de la Smart s'ouvrit alors qu'il arrivait à sa hauteur.

Passé l'effet de surprise de voir Lombardier s'extirper de cet habitacle trop exigu, Marc fut saisi par son teint cadavérique et ses cernes qui lui creusaient les joues comme des sillons tracés au fusain. Était-ce le même homme qu'il avait vu quarante-huit heures auparavant ? Oui, mais il avait dû passer sous un train dans l'intervalle. Voilà qui leur faisait un point commun.

Une Jeep siglée « Sécurité Bellevue Park » fendit le décor dans le même fracas mécanique que la Smart. Un coup de frein plus tard, Alain et Gregory bondissaient hors du véhicule, l'œil noir et le Taser bien en main.

– Vous allez venir avec nous tout de suite ! cria Alain à l'intention de Lombardier.

Gregory braqua son arme dans son dos. Lombardier, que l'habitude d'avoir des yeux derrière la tête devait avoir plus d'une fois tiré d'affaire, leva les mains.

– Je suis attendu par Monsieur Vasseur, dit-il en tournant légèrement la tête vers eux et en laissant percer l'éclat d'une pupille.

– C'est pas ce qu'on nous a dit !

– Demandez-lui. Il est juste là.

Alain se rapprocha de Marc.

– Il nous a braqués avec son arme pour qu'on ouvre la barrière, lui glissa-t-il à l'oreille. Ce mec est dingue.

Marc jaugea Lombardier. Sa chemise mal ajustée, sa barbe de trois jours et son teint cireux lui donnaient l'air d'un chat de gouttière ayant cramé ses neuf vies par les deux bouts. Faire confiance à un type pareil ? Pourquoi ? Que venait-il encore chercher ici ?

Du fric ?

Sûrement.

Mais il y avait autre chose. Dans son attitude, dans son regard aiguisé comme une lame de rasoir.

L'homme qui se tenait devant lui ce soir n'était plus tout à fait le même que celui qui enchaînait les whiskies sous les dorures de son bureau deux jours auparavant.

– Monsieur Vasseur, que fait-on ? Nous devons signaler toute intrusion…

Marc ne détachait pas ses yeux de ceux de Lombardier. Le détective ne cillait pas.

– C'est bon, Alain, finit-il par dire.

– C'est bon ?

– Oui, Paul Lombardier est en effet attendu.

– Ah ?

Le vigile peina à masquer son étonnement. Tout comme Gregory qui continuait toujours de pointer son arme de neutralisation dans le dos de sa cible.

– Mais…

– C'est une regrettable méprise. Monsieur Lombardier est un ami et vous avez sûrement mal interprété ce que mon père vous a indiqué au vidéophone. Je suis désolé. Si cela doit vous causer des ennuis, je prendrai tout sur moi.

Il avança vers Alain et lui mit une main sur l'épaule.

– Nous sommes d'accord ?

Le vigile acquiesça dans un mouvement qui laissa penser que l'articulation de sa nuque était grippée. Il tourna ensuite les épaules vers la Jeep.

– Allez, Greg, c'est bon…

Il frôla l'épaule de son collègue en passant. Celui-ci conserva encore Paul dans sa ligne de mire quelques secondes. Puis il baissa les bras et finit par ranger son arme dans son étui. Il recula, sans quitter Lombardier du regard. Mais Marc remarqua qu'il portait plus loin que la personne du détective. Il se retourna vers la maison. Lisa et Robert étaient debout sur les marches de l'escalier à observer la scène.

Gregory remonta dans la Jeep et la portière claqua. Le véhicule tout-terrain démarra et manœuvra pour retrouver la route centrale du Parc. Le moteur ronfla avant de s'éloigner dans le lointain.

Quand il ne fut plus qu'un murmure, Lombardier fit un pas vers Marc.

– Vous avez pris la bonne décision.

– Ça, c'est vous qui allez me le dire. Qu'est-ce qui vous prend, de forcer l'entrée du Parc ! Nom de Dieu, vous cherchez quoi ?

– Votre femme.

L'échine de Marc fut parcourue d'une décharge électrique.

– Vous… Vous avez trouvé quelque chose ?

Lombardier revint vers la Smart et passa la moitié du corps dans l'ouverture de la portière, pour aller chercher quelque chose qui se trouvait sur le siège passager.

Lisa et Robert arrivèrent dans le dos de Marc.

Paul ressortit de l'habitacle. Il tenait quelque chose dans la main. Il le jeta tout de suite en l'air en direction du petit groupe. Marc vit l'objet lui arriver en pleine poitrine et le réceptionna à la manière d'un rugbyman. Puis il baissa les yeux dessus et son souffle se coupa.

Lisa poussa un cri. Marc mit une seconde à réaliser. Il tenait dans ses mains un sac Vuitton. C'était celui de Sandra, celui qu'elle avait le jour de sa disparition. Marc braqua un regard avide d'explications sur le visage de Paul.

– Mais… Vous l'avez trouvé où ?

– Oh, mais là où il était depuis le début. Sur le siège passager de la BMW.

Ses yeux semblèrent exploser dans leur orbite.

– Dans la BM, nom de Dieu vous… Vous avez…

Lombardier opina du chef.

– Oui, j'ai retrouvé la voiture de votre femme.

CHAPITRE 61

16 h 03

– Alors c'est pour ça ? s'exclama Robert.

Ils avaient éparpillé le contenu du sac sur l'îlot de la cuisine : un portefeuille contenant cartes de crédit, papiers d'identité et un peu de liquide, des lunettes de soleil, un rouge à lèvres, des écouteurs d'iPhone, un paquet de Kleenex, un tas d'autres bricoles qui finissaient toujours par investir le sac à main d'une femme pour ne plus jamais en ressortir.

Et trois photos.

Trois clichés au format Polaroid, légèrement jaunis et ondulés par le temps.

Deux des photos dévoilaient une Sandra dont l'âge ne devait pas être de beaucoup supérieur à celui de Lisa aujourd'hui. Tout sourire, elle était attablée à une banquette de bar et répondait à l'objectif en grimaçant. On distinguait vaguement le décor en arrière-plan, le comptoir de l'établissement ainsi que deux autres clients assis aux tables voisines, dos à l'objectif.

Le troisième cliché voyait l'entrée en scène de Juliette, couchée contre l'épaule de son amie et qui devait tenir le Polaroid à bout de bras comme pour un selfie afin de les cadrer toutes les deux.

Elles n'avaient rien d'extraordinaire.

Rien qui pouvait justifier un aller-retour de plusieurs centaines de kilomètres ainsi qu'une intrusion par effraction.

Ils étaient en possession d'un nouvel indice, encore une fois bien mince. Mais Marc sentait qu'ils avançaient malgré tout et qu'ils étaient peut-être plus près de résoudre certaines de ces énigmes qu'ils ne le pensaient. Il reprit le sac et en fouilla encore l'intérieur. L'un des objets les plus importants manquait de façon dramatique à l'appel. Aucune trace du téléphone de Sandra.

Il se tourna vers Lombardier.

– Où avez-vous trouvé la voiture ?

Il vit le regard du détective glisser sur Lisa qui continuait à décortiquer les photos.

– J'ai envie de fumer une cigarette, vous m'accompagnez dehors ? dit Paul.

– Je vous suis.

Il jeta un œil à Robert qui acquiesça, ayant compris la manœuvre.

– Ce que j'ai à vous dire n'est malheureusement pas simple à entendre, continua le détective une fois dehors.

– Allez-y, dites-moi.

Paul serra les lèvres avant de parler.

– J'ai remonté la piste du Milky Way. Deux jeunes frères mafieux italiens ont repris un business que j'ai encore un peu de mal à cerner totalement. Tout ce que je sais, c'est qu'ils tournent des *snuff* dans une espèce de bunker abandonné dans la forêt près de la future zone d'activité du Neptune.

Le cerveau de Marc s'imprégnait des paroles de l'enquêteur avec lenteur.

– C'est là-bas que j'ai retrouvé la BM, ajouta Lombardier d'une voix sourde.

Silence. Mais les iris brillants de Marc trahissaient le torrent de pensées qui l'accablait à l'instant présent.

– Des… Des *snuff* ? peina-t-il à articuler.

Lombardier prit une profonde inspiration avant de souffler, le visage tourné vers le sol.

– Ce sont des…

– Je sais ce que c'est, dit Marc avec la lenteur d'un automate et le regard terne. Je sais ce que c'est.

Un souvenir brûla comme une tête d'allumette dans son esprit. Lui et Sandra dans leur premier appartement. Un soir de pluie, elle s'était pelotonnée contre son torse sur le canapé sous une épaisse couverture. Il zappait sur la télévision et avait fini par atterrir sur ce film, avec cet acteur qu'il aimait bien, Nicolas Cage. Sandra avait pris le programme télé et lui avait lu le résumé, l'histoire d'un détective à la recherche d'une gamine qui apparaissait en train de se faire violer, torturer et tuer dans un immonde film amateur.

Un snuff movie.

La quintessence de ce que l'humanité pouvait peut-être engendrer de plus dégueulasse.

Il s'essuya les yeux d'un revers de manche, mais le barrage avait cédé. Les larmes forçaient toutes les barrières et ne s'arrêtaient plus. Il se laissa glisser le long du mur pour s'asseoir sur le sol, recroquevillé sur lui-même. Les sanglots secouaient ses épaules alors qu'il cachait son visage entre ses mains. Lombardier s'agenouilla à ses côtés. Il posa la main sur son épaule.

Il s'écoula quelques longues secondes avant que l'un puisse à nouveau écouter ce que l'autre ne savait pas lui dire.

– Rien n'est certain, dit Paul.

– Ah, putain… vous croyez ?

– Écoutez, je vais vous choquer, mais tant pis. Tant que nous n'avons pas de corps ou de preuve formelle du décès, il faut continuer à chercher.

La voix de Marc sembla remonter du fond de ses entrailles.

– Ça devient de plus en plus compliqué… Je ne comprends plus rien à cette histoire, je ne sais même plus de qui je parle quand j'évoque ma femme. Tous ces mystères, ces non-dits, je… Je n'en peux plus.

– On ne connaît jamais vraiment les gens, prononça Lombardier dans sa barbe… De votre côté, qu'avez-vous trouvé ? J'imagine mal que vous

vous soyez fait cette gueule en restant dans votre salon.

Marc essaya de se reprendre. Il redressa le buste puis se releva comme un malade en phase terminale tentant de sortir de son lit. Lombardier le suivit. Ils firent quelques pas jusqu'à la rambarde de la terrasse. Juste en dessous, le jardin courait en toute quiétude jusqu'à l'entrée de la propriété.

Marc posa sa main valide sur le rebord en inox et commença à lui raconter les événements de ces deux derniers jours. Paul resta un peu en retrait, mais n'en perdit pas une miette.

– Vous ne m'aviez pas parlé de cette photo, je me trompe ?

– Non.

– Manque de confiance ?

– On va dire ça.

– Je ne vous blâme pas.

Lombardier ne s'attarda pas et rebondit sur le discours de Marc.

– Cet Andreotti est un dingue doublé d'une brute. Et stupide. Avec ce qu'il vous a infligé, son compte est bon.

– Vous parlez comme le gendarme Duval.

– Vous lui devez une fière chandelle, à celui-là.

Marc hocha la tête deux fois.

– Mais mis à part cette affaire de la petite Juliette, il y a quand même de sacrées inconnues, reprit Lombardier. Votre fille qui entend des voix, vous qui vous faites agresser… Putain, il se passe quoi ici ? dit-il en balayant le paysage du bras.

– Si je le savais… Et aujourd'hui, Fulvio Di Stefano qui m'incite à mots couverts à quitter les lieux.

L'enquêteur leva un sourcil.

– Tiens donc ?

– Oui, en me disant que lui et Joubert ont déjà un repreneur pour la maison à un prix exceptionnel.

– Très sympathique de leur part. Et complètement désintéressé, j'imagine.

– Vous avez bien cerné le personnage.

Lombardier sortit le paquet de Marlboro de sa poche de chemise. Il le tendit à Marc qui hésita puis finit par en piocher une. Il avança le visage vers la flamme du Zippo que tenait Paul entre ses mains. Ils fumèrent leur cigarette en silence.

– Je peux vous poser une question ? demanda soudain Marc.

– Allez-y.

– Pourquoi avez-vous continué à enquêter ?

Lombardier souffla la fumée et tapota la cigarette de l'index. La cendre s'envola dans le jardin.

– Je me suis planté.

– Sur quoi ?

– Sur vous. Sur l'enquête. J'ai cru pendant longtemps que votre épouse s'était fait la malle. Jusqu'à ce qu'on lève cette info du Milky.

– Et vous vous êtes décidé à faire le job pour lequel je vous payais…

Marc fut surpris du regard qu'il lui adressa, débordant de franchise et d'émotion et qui contrastait avec son côté dur. Mais il ne s'attendait pas aux confidences qui allaient suivre.

– Jouons franc jeu, voulez-vous ? Je me doute d'où vous tenez vos infos sur moi. Tout ce que Fayard vous a dit est vrai. Je truque mes enquêtes depuis des années. Enfin, je les laisse souvent traîner, quand on est payé à l'heure, c'est si simple. Je n'ai bien souvent que des cas d'adultère à régler, des femmes qui se rendent compte que passé la cinquantaine, leurs maris préfèrent la compagnie de gonzesses ayant la moitié de leur âge. Alors elles font appel à moi et ce que je trouve pèsera généralement très lourd dans un divorce. Alors non, je ne me presse pas. Oseille facile.

– Et cette histoire de gars piégé par des call-girls ?

– Ce mec se tapait des gamines, mais les preuves irréfutables manquaient. Certains sont malins, vous ne pouvez pas imaginer. Alors, quelquefois, le destin a besoin qu'on lui mette un coup de pied au cul. Et je prends toujours un petit complément au passage.

Marc ne savait plus à quel saint se vouer. Les mots de Fayard étaient encore frais dans son esprit, notamment sur l'histoire du petit Santini. Il prononça sa phrase comme on tire un sabre de son fourreau.

– Et le petit Santini ? Lui aussi, c'était un coup monté ?

Lombardier parut décontenancé pendant quelques secondes.

– Le petit Alex, murmura-t-il.

Marc enfonça le clou.

– Fayard dit que vous avez contribué à l'enlèvement.

Paul alluma une deuxième cigarette avec le mégot de la précédente. Il l'écrasa ensuite sous le talon de sa chaussure et le posa sur la main courante.

– Ce gosse avait été enlevé un samedi, dit-il d'une voix monocorde. En plein centre-ville, une seconde d'inattention de la mère et hop, envolé. Le père Santini était quelqu'un d'influent, un gros bonnet du coin, un patron reconnu qui prévoyait de se lancer en politique. La mairie de Saint-Clair lui tendait les bras. La PJ avait décidé de mobiliser deux équipes sur le coup. La première était dirigée par Fayard, la deuxième par moi. Comme d'habitude dans ces cas d'enlèvement, les mecs se sont manifestés au bout de quelques heures, demande de rançon à l'appui. Cinq briques.

– Sacré paquet de fric.

– Oui. Ils pensaient avoir tapé juste. Santini faisait souvent la une des médias du coin, en chouettes costards et belles bagnoles. Un peu Bernard Tapie sur les bords, vous voyez le style ? Mais le problème, c'est que le mec était presque à sec. Son groupe battait de l'aile depuis des années. Je crois qu'il n'avait pu rassembler que le tiers de la somme, pas plus.

– Merde, lâcha Marc.

– Fayard a quand même voulu monter le coup. Un plan de serrage pour gauler les ravisseurs. Mais bien sûr, ça a foiré. Ces mecs étaient loin d'être des abrutis. Bilan des courses, deux flics sur le carreau. L'affaire s'est envenimée, les médias ont fait monter la mayonnaise et Fayard a été dessaisi de l'affaire avec sanction. Quant à nos ravisseurs, ils sont devenus en vingt-quatre heures les lascars les plus recherchés de France.

– Je me souviens des grandes lignes de cette histoire, effectivement, ajouta Marc.

– Dans le même temps, un *cousin* m'appelle pour me dire qu'il a revu une tête connue se pointer dans les quartiers nord. Cyril Joffrey, un trou du cul notoire condamné sept ans auparavant pour détention d'images pédopornographiques.

– Quel était le rapport ?

Lombardier sourit, mais ses rides se tendirent plus qu'à l'accoutumée.

– Le rapport ? Le rapport, c'est que ces gars avaient bien compris qu'ils étaient dans l'impasse. Les ennuis financiers de Santini avaient fuité dans la presse, aux chiottes la rançon. Et surtout ils étaient devenus des tueurs de flics. Ils n'avaient plus beaucoup de solutions. Rendre le gosse revenait à avoir fait tout ça pour rien. Le tuer était encore pire. Alors ils ont cherché à l'écouler *via* une autre filière.

– Non !

– Joffrey avait pas mal de contacts, du genre de ceux à mettre un beau paquet d'oseille pour se procurer un gamin blanc de cinq ans. Des mecs qui ne méritent que la corde.

– C'est… Je n'ai même pas les mots.

– Ce jour-là, le jeudi, continua Lombardier, j'ai trouvé Joffrey et je l'ai pisté. Il est allé faire quelques courses et a notamment acheté un paquet d'œufs Kinder. Vous voyez le truc ?

Marc eut un haut-le-cœur. Mais plus que tout, il voyait que Lombardier revenait complètement dans le déroulé de cette histoire. Il la revivait.

– Des œufs en chocolat, bordel, pour amadouer un gamin et lui faire les pires saloperies. La récompense du diable. Alors je l'ai suivi. Jusque dans un petit immeuble un peu isolé, en périphérie de la ville. Les gars planquaient là, avec l'enfant. Joffrey avait apporté près de deux cent mille balles en espèces, récoltés auprès des réseaux qu'il fréquentait. Le gamin aurait terminé dans des pornos revendus une blinde sur le dark web.

– Qu'est-ce… Qu'est-ce qui s'est passé ?

Marc vit les mains de Paul se resserrer sur la rambarde et les veines de ses poignets saillir.

– J'ai crocheté la porte. Les trois lascars étaient dans le salon à compter les billets. Je leur ai mis une balle à chacun. Trois tirs, en plein dans le buffet. Dans la chambre d'à côté, Joffrey avait drogué le gamin et commençait à le glisser dans un sac de sport. Quand je suis entré, il avait été alerté par les coups de feu et le tenait à bout de bras avec un cutter appuyé au niveau du cou. « Lâche le gosse », j'ai gueulé, « lâche-le où je te bute ». « Si t'approches, je le saigne », il m'a répondu. J'ai braqué l'arme bien haut…

– Et ?

– Il a tenu vingt secondes. Puis il a reposé le petit sur le lit.

– Bon sang.

Les volutes de la cigarette filèrent dans le ciel avant de se déliter et de disparaître.

– Et j'ai tiré. Pleine tête.

– Bordel de merde, jura Marc.

– Je vous l'ai dit. Ces mecs ne méritent que la corde. Bien évidemment, personne ne m'a pardonné ce cavalier seul. La balistique n'était pas dupe, les gars savaient reconnaître une scène d'exécution quand ils en voyaient une. Mon boss de l'époque était bien emmerdé. J'avais toujours été un bon flic, mais là j'étais en plus devenu un héros aux yeux du public. Alors il m'a fait une proposition. Reclassement dans le privé avec les honneurs. Ou bien enquête des services de l'IGPN. Alors je suis parti. Ça faisait un moment que je n'avais plus la tête à ce métier, de toute façon.

– C'est complètement dingue.

– Non, c'est juste la vie. Vous faites des choix, vous jouez, vous assumez. Mais pour répondre à votre question, pourquoi est-ce que j'ai continué à enquêter sur votre affaire ? Parce que l'espace d'un instant, je suis redevenu un peu celui que j'avais été. Et parce que je sais que quelque part, ça a fait plaisir à quelqu'un.

Marc se rappela la phrase de Fayard. Il osa une question à laquelle il n'attendait aucune réponse.

– Vous avez perdu quelqu'un ?

Lombardier regarda au loin, là où les cimes des pins chatouillaient les dorures du soleil. Marc ne vit pas son regard scintiller.

– Ma femme et ma fille, articula-t-il. Accident de voiture, il y a onze ans.

Ils restèrent encore là, à contempler le tableau de cette nature silencieuse et apaisante, avec leur peine et leurs souvenirs pour seule compagnie.

CHAPITRE 62

17 h 47

Lorsqu'ils regagnèrent l'intérieur, Lisa était toujours en train de se pencher sur les affaires du sac de sa mère. Elle les avait toutes alignées sur une partie du plan de travail.

En la voyant si appliquée à ordonner toutes ces choses qui avaient fait le quotidien de sa mère, à leur conférer une attention qu'elle ne pourrait peut-être plus jamais lui accorder, Marc se jura de la protéger encore plus. Si Sandra avait effectivement été victime des malades dont lui avait parlé Lombardier, si sa vie avait pris fin dans cet enfer en plein milieu de la forêt, alors il trouverait bien le moyen d'épargner sa fille le plus possible. Elle ne devrait jamais savoir cela. Jamais. Elle avait encore sa vie à vivre. Un futur dans lequel croire et s'investir. Cette histoire ne devait pas la broyer elle aussi. Même si c'était peut-être un peu tard.

Robert les appela de la cuisine où il s'occupait à sortir les assiettes du lave-vaisselle, à les essuyer et les ranger ensuite dans les placards. Marc remarqua qu'il avait sorti des produits ménagers et prévoyait de s'attaquer au nettoyage du mobilier.

– J'ai besoin de m'occuper la tête, répondit-il au regard interrogateur de son fils.

Marc entendit le pas de Lombardier dans son dos. Il se retourna et vit le regard du détective glisser sur la table d'une manière précise et posée afin d'évaluer le potentiel de chaque objet en tant que début de piste. « Avons-nous loupé quelque chose ? » semblait dire la lueur qui perçait ses yeux clairs.

Il tendit la main vers les photos, mais ne les toucha pas.

– Je peux ? demanda-t-il à Lisa.

Elle écarquilla les yeux, comme si le détective allait multiplier les pains devant elle.

– Oui oui, bien sûr, allez-y.

Il attrapa les deux photos quasi identiques, celles où Sandra posait seule, et pencha le visage dessus, les mains posées à plat sur le granit.

– Il y a forcément une raison, dit-il en se parlant plus à lui-même qu'à la petite assemblée. Il y a forcément une raison pour qu'elle ait entrepris ce voyage.

– Elle pensait avoir trouvé quelque chose dans l'affaire de Juliette ?

– Mmmh… Regardez l'arrière-plan, c'est le même sur les deux. Le comptoir du bar en fond, une silhouette d'homme ici (il posa l'index sur la droite de la première photo puis pointa aussi la deuxième) et là, l'arrière du crâne d'un type, manifestement assis dos à dos avec votre épouse. Sur les deux clichés, seule sa position à elle diffère, et encore, de peu. Elles ont dû être prises à peu de temps d'intervalle.

– Vous pensez que ça a un rapport ? Ça paraît bien mince.

– Faites voir l'autre, celle où elles sont toutes les deux.

Lisa fit glisser la troisième photo jusqu'à eux. Lombardier la souleva et la compara aux deux précédentes.

– Vous voyez la différence ?

Robert posa son spray à la javel et son éponge et contourna l'îlot pour venir derrière eux. Lisa passait déjà un œil par-dessus le bras de Lombardier.

– L'arrière-plan. L'homme qui était juste derrière Sandra s'est levé. On ne voit plus sa tête.

– 'de Dieu, mais qu'est-ce que ça peut faire ? lâcha Robert. Le gars a fini sa bière ou je ne sais quoi et il se barre.

Lombardier reposa les photos sur le plan de l'îlot et se positionna face à eux.

– Écoutez, soit on part du principe que Sandra a fait le voyage pour prendre ces trois photos et, dans ce cas, nous devons comprendre ce qu'elles renferment comme secret. Vous ne remarquez pas combien toute votre histoire tourne autour des photos depuis le début ? Une coïncidence ?

Marc souffla en se prenant la tête à deux mains. Il se mit à marcher dans la cuisine en levant les yeux au plafond. Paul continua à ausculter l'étalage de l'îlot avec attention. Lisa attrapa le portefeuille de sa mère et dézippa la fermeture éclair.

– Tu as une idée ? glissa Robert à l'oreille de Marc, alors qu'ils étaient un peu à l'écart.

Le regard de supplicié que lui lança son fils laissait tout présager, excepté une *happy end*. Robert baissa la tête et lui tapota deux fois l'épaule. Un signe de soutien, mais aussi d'impuissance.

– Oh, regarde Papa ! Tu te souviens de celle-là ? Elle était dans son portefeuille !

Marc se retourna vers Lisa. Elle tenait une photo et avait les larmes au bord des yeux. Il la rejoignit et passa une main dans son dos pour prendre appui sur le rebord de son tabouret. Il regarda la photo. Bien sûr qu'il s'en souvenait. Sandra, Lisa et lui lors d'un réveillon de Noël, prenant la sempiternelle pose devant le sapin garni. Lisa devait avoir huit ou neuf ans et ils avaient loué un chalet dans les Alpes pour passer les fêtes. Sa mère était encore là, elle avait tenu à cuisiner même si cela la fatiguait déjà plus que de raison.

Il admira la bouille de sa fille, ce visage de poupée rieuse surmonté d'un bonnet rouge à pompon blanc. Puis celui de Sandra. Il se souvenait de cette journée comme si c'était hier. Il avait encore le goût des aliments en bouche, le son des éclats de rire et des discussions en tête. Il se souvenait que Robert avait pris ce cliché en se démenant avec son Nikon numérique qu'on venait de lui offrir. Ils en avaient fait aussi toute une série de la famille au grand complet, en utilisant le trépied de l'appareil et la fonction retardateur. L'une d'elles était d'ailleurs sur leur table de chevet.

– C'est un beau souvenir, dit-il en posant le menton sur l'épaule de Lisa. Un très beau souvenir.

Elle pencha sa tête et sa joue se posa sur les cheveux de son père. Lombardier les regardait, rattrapé lui aussi par l'émotion de l'instant. Ils contemplaient cette photo pour ce qu'elle était : une fenêtre ouverte sur un passé heureux qui ne reviendrait sans doute plus. Lisa séchait ses larmes en souriant, Marc la serrait contre lui.

Paul fronça les sourcils.

– Excusez-moi, mais au dos de la photo c'est quoi ? Une date ?

Marc la retourna. Un nombre à six chiffres avait été inscrit.

L'écriture de Sandra.

– Non, c'est le… Euh… C'est le code… De la *panic room*, balbutia Marc.

Il harponna la curiosité du détective.

– Vous avez une chambre de panique ? Pour vous protéger en cas d'intrusion ?

– Oui, au sous-sol.

Paul se frotta le menton. Il ferma les yeux quelques secondes pour les rouvrir, plus décidé que jamais.

– Montrez-la-moi.

– Vous pensez que… dit Marc en quittant l'étreinte de sa fille.

– Je ne pense rien. On cherche une piste. Pourquoi votre femme a-t-elle ce code inscrit à l'arrière d'une photo de famille qui doit beaucoup compter pour elle ?

– Je n'en sais rien.

– Très bien, allons voir cette *panic room*.

Marc fit signe à Lombardier de le suivre et ils prirent l'escalier qui menait au sous-sol. Robert et Lisa leur emboîtèrent le pas. Ils passèrent devant la salle de projection dans laquelle Marc avait fait installer un home cinéma professionnel, puis ils traversèrent la salle de sport et sa quinzaine de machines flambant neuves avant d'atteindre le bout de l'étage.

La porte blindée s'imposa dans leur champ de vision. Une construction massive, tout en acier, sans serrure apparente et dont aucune aspérité ne saillait du mur dans lequel elle était scellée. Marc fit coulisser un cache plastique pour découvrir un clavier à code numérique. Il entra les six chiffres. La porte se déverrouilla et bascula de quelques centimètres dans un bruit de décompression. Marc l'ouvrit en totalité et alluma la lumière. Il précéda Lombardier à l'intérieur. Celui-ci examina l'épaisseur des murs et de la porte, vingt centimètres à la louche avec un épais blindage en surface, avant de pénétrer dans la chambre.

Elle devait mesurer une quinzaine de mètres carrés. Tout un pan de mur était occupé par une immense étagère métallique qui contenait des vivres en conserve de toutes sortes et des bouteilles d'eau. Dans un coin de la pièce, il y avait un sanibroyeur dissimulé derrière un retour de mur. Lombardier inspecta chaque angle de façon méticuleuse, à la manière d'un acheteur potentiel lors d'une visite immobilière. Il activa le bouton de commande intérieur qui permettait d'ouvrir la porte, ressortit pour vérifier le clavier extérieur, et rentra à nouveau. Robert et Lisa le regardaient faire, le visage barré par l'interrogation.

– Qu'est-ce qu'il y a là derrière ? demanda-t-il à Marc en désignant du doigt un petit panneau affleurant à même le mur à hauteur de nez.

– Oh, c'est notre coffre.

– Le même que celui qui contenait quelques milliers d'euros et que je vous avais demandé d'inspecter au cas où votre femme s'y serait servie ?

Marc fit la moue.

– Oui, eh bien, ça m'est sorti de la tête, voyez-vous. Peut-être parce que Lisa avait disparu quand je suis revenu ce soir-là, ou bien était-ce le coup de branche reçu dans le Parc, je ne sais pas !

– Ça va, c'est bon, j'ai compris. Ouvrez-le qu'on vérifie. Vous avez la combinaison ?

Marc hocha la tête.

– C'est la même que pour la chambre.

– Tiens donc, fit Lombardier, comme c'est pratique.

Il devenait de plus en plus insondable.

Marc fit coulisser le panneau et composa le code sur la petite porte métallique. Lombardier continuait à fureter dans les recoins de la pièce puis il releva la tête lorsque l'armature du coffre couina. Robert et Lisa entrèrent complètement dans la pièce. La jeune fille frissonna.

Marc regarda dans l'intérieur du coffre. Il ne dit rien.

– Alors, fit Lombardier ? L'argent est encore là ?

– Bon sang, lâcha Marc. Il manque des liasses de billets, j'en suis sûr. Mais…

– Quoi ? fit Lombardier.

Il se rapprocha tandis que Marc passait une main à l'intérieur de la cavité. Robert fit un pas vers son fils. Lisa attrapa le bras de son grand-père comme si elle se sentait mal. Tous les regards convergèrent vers la main de Marc et ce qu'elle tenait du bout des doigts en ressortant de l'intérieur du coffre.

Une photo de Polaroid.

CHAPITRE 63

18 h 59

Marc garda la photo à plat dans sa main afin que chacun puisse la voir. On y discernait la jeune Sandra sur le côté droit du cliché ainsi qu'un homme en arrière-plan. Le fameux client assis sur la banquette voisine que Lombardier avait déjà remarqué. Sur cette photo, il s'était retourné, comme pour parler aux filles. Le flash du Polaroid avait dû le surprendre puisqu'il portait la main à son visage comme pour s'en protéger. Le mouvement avait flouté l'essentiel de la photo, tout juste distinguait-on que sa chevelure était blonde. Tout le reste ressemblait à un tableau dont les différentes teintes de peinture s'étaient mélangées les unes aux autres.

– Voilà notre indice, dit Lombardier.

Robert bougonna.

– Ça, un indice ? Impossible de reconnaître cet homme ! Je ne vois pas à quoi ça peut nous servir.

– C'est en tout cas ce qu'elle est allée chercher chez les Andreotti, reprit le détective avec fermeté. C'est donc que cet homme a une importance dans cette affaire.

– C'est l'assassin de Juliette, asséna Marc.

Sa déclaration jeta un froid glacial.

Marc prit la main de Lisa dans la sienne.

– C'est la clé de cette histoire, dit-il. Sandra s'est souvenue de quelque chose, j'en suis certain. Et elle a décidé de retourner chez les Andreotti, car elle devait se souvenir de cette photo, ou bien des circonstances dans lesquelles elle avait été prise. Et elle en avait besoin pour confirmer ses soupçons.

– 'de Dieu, ça paraît logique. Mais je vois mal ce qu'elle aura réussi à confirmer avec ça.

Lombardier acquiesça aussi de façon mécanique, mais il ne semblait déjà plus avec eux. Son regard se perdait dans le blanc du mur de la *panic room*.

– Papa… On peut remonter ? Je ne me sens pas bien ici.

Lisa était livide. Robert passa un bras autour de ses épaules et l'entraîna à l'extérieur.

– Allons-y, dit Marc, on va étudier cette photo plus en détail à l'étage. J'ai une loupe, on ne sait jamais, on trouvera peut-être un truc.

Ils sortirent tous les quatre de la *panic room*. Lombardier se mit en retrait du groupe.

– Allez-y, j'arrive, dit-il.

19 h 13

Paul examina la pièce plus en profondeur. Bien sûr, une *panic room* n'était pas un lieu anodin. Un endroit fortifié, prévu pour battre en retraite et se retrancher en cas d'intrusion et de danger immédiat dans une propriété. Ce n'était pas la première qu'il voyait, il était déjà entré dans celle de l'un de ses richissimes clients qui l'avait engagé pour tenter d'expliquer l'engouement soudain de sa jeune épouse pour les courts de tennis. Et surtout d'y remédier. Paul se souvenait que leur chambre de panique était beaucoup plus grande et cossue que celle des Vasseur. Il y avait même un écran plat et le câble, de quoi tenir un siège et regarder BFMTV en boucle pour garder un pied à l'extérieur.

Mais cette pièce-ci ne lui plaisait pas. Pourquoi ? Question de feeling. Et il ne comptait plus le nombre de fois où son instinct lui avait permis de se sortir de situations *a priori* inextricables. Est-ce qu'il devait aujourd'hui tourner le dos à ce vieux compagnon de route ? Bien sûr que non. Il allait lui faire confiance, une fois de plus. Et écouter cette petite lumière rouge qui s'était mise à clignoter dans son esprit dès qu'il avait posé le pied dans cette chambre.

Quelque chose ne collait pas.

Il fureta du regard dans les zones les moins accessibles de la pièce, se pencha pour examiner l'intervalle entre le mur et la grande étagère. À une vingtaine de centimètres du sol, il y avait une plaque de Plexiglas collée au mur qui indiquait l'année de réalisation de l'ouvrage, le nom et le pedigree de l'entreprise qui en était à l'origine. Il la lut en diagonale. Une sensation familière le saisit, l'espace d'une seconde, puis s'évapora aussitôt.

Il se releva. Il ne doutait pas que le marché des chambres de panique ait été en pleine expansion et ait été monopolisé par quelques ténors, comme dans tout secteur d'activité qui se respectait. Chacun faisait sa pub comme il l'entendait, posait son sceau sur ses créations. Une manière de marquer son territoire.

Il leva le nez au plafond, il y avait une seule et unique bouche d'aération de la taille d'un disque compact, peut-être un peu plus large. Une famille était pourtant censée pouvoir vivre là-dedans. Il se retourna. Non, il n'y avait rien sur la porte ni à côté. Aucune trappe, aucune sortie d'air. La porte était bien colmatée au niveau des jointures et des gonds, elle ne laisserait même pas passer un murmure.

Bordel.

Il ressortit, examina le panneau de commande. Il y avait un levier de verrouillage à côté du clavier numérique. Il entra à nouveau. À l'intérieur, deux boutons, l'un pour actionner l'ouverture et le deuxième pour fermer et verrouiller la porte.

– Paul, on vous attend, que se passe-t-il ?

Marc revenait vers lui. Lombardier leva un index, pour lui indiquer de ne pas parler. Il regarda encore le plafond de la *panic room*, puis suivit les plinthes au sol, les angles des murs.

Nom de Dieu.

– Paul, ça va ?

L'écran plat... et le câble pour suivre BFMTV... Pour garder un pied à l'extérieur...

Marc fit un pas vers lui. Lombardier se retourna de façon soudaine, le regard fiévreux.

– Entrez là-dedans et fermez la porte, lança-t-il.

– Quoi ?

– Allez-y, entrez et fermez la porte. Comptez jusqu'à trois et ressortez.

Marc cilla, mais pénétra quand même dans la chambre de panique. Lombardier poussa la porte blindée jusqu'à ce qu'elle se fonde dans la ligne du mur. Il vit la lumière verte du panneau de contrôle passer au rouge, signe que Marc venait de verrouiller de l'autre côté.

Il abaissa le petit levier.

Et il attendit.

Cinq secondes… dix… vingt… trente…

Puis il remit le commutateur dans sa position initiale.

La porte s'ouvrit sur les joues empourprées de Marc.

– Bon sang ! Vous avez fait quoi ? La porte ne s'ouvrait plus ! Je n'avais même plus de lumière, merde !

Lombardier resta stoïque.

– Vous avez crié ? Vous m'avez appelé ?

– Un peu que j'ai gueulé, oui. Vous n'avez rien entendu ?

– Pas un pet de lapin. Personne ne vous a jamais expliqué le fonctionnement de cette pièce ?

– Non, que voulez-vous qu'on m'explique ? Une *panic room*, on s'y enferme quand on se sent menacé. C'est très courant de nos jours.

– Et le coffre ? Il était déjà là quand vous avez acheté ?

– Le coffre ? Non, je l'ai fait mettre là quelques mois après. Je trouvais la pièce idéale. J'ai payé un artisan, mais… Putain, Paul, de quoi on parle là ? Il se passe quoi ?

Lombardier l'attrapa par l'épaule et le mit face à la porte restée ouverte. Il énuméra ses diverses constatations en pointant à chaque fois le doigt vers l'endroit concerné.

– En haut, la bouche d'aération, trop petite pour plus d'une personne ; à l'intérieur, le long des murs, aucun signe de câble ou de gaines électriques, tout est enfoui ; pas de téléphone, pas d'écran de contrôle ; là, sur le panneau de commande, il y a un levier pour verrouiller de l'extérieur et ça coupe tout à l'intérieur apparemment…

– Vous voulez prouver quoi, Paul ?

Le détective se mit face à lui et l'empoigna des deux mains au niveau des biceps.

– Bordel Marc, vous êtes aveugle ou quoi ?

– Eh bien…

Il le fixa de ses yeux de loup.

– Votre pièce, là, ce n'est pas une *panic room*… C'est une putain de cellule.

CHAPITRE 64

19 h 36

– Une cellule ? Mais qu'est-ce que vous me chantez là ? Dans ma maison ? Vous êtes fou ?

– Ah oui, c'est la chose la plus dingue qui vous soit arrivée ces deux derniers jours ?

Marc devait le concéder, Lombardier marquait un point.

– À quoi ça servirait, alors ? Je n'ai jamais voulu enfermer personne ! Vous croyez quoi ?

– Moi, rien. Je cherche c'est tout. Et j'additionne les faits.

Marc alla s'asseoir sur le banc de musculation qui marquait l'entrée dans la salle de sport. Lombardier resta quelques secondes à réfléchir, puis il le rejoignit.

– Qui était le précédent propriétaire ?

– Personne. Le lotissement a été construit au fur et à mesure des commandes de villas. À la base, il n'y avait que celles de Di Stefano, de Joubert et de l'ancien consul, Armond. Ah oui, et peut-être les Drancy vu que c'est la première sur laquelle on tombe en arrivant, j'imagine qu'elle a dû être construite au tout début. Mais je n'en sais rien, en fait.

– Un promoteur vous montre toujours les plans ou les fait avec vous. Vous n'avez rien voulu choisir de votre maison ? Comment avez-vous fait pour passer à côté de cette pièce ?

Marc hésita à parler, il passa sa main sur sa bouche deux fois. Il tenta un coup d'œil à Lombardier. Les yeux de loup le fixaient toujours. Évidemment, ce gars-là avait dû mener plus d'un interrogatoire dans sa vie.

– La villa était déjà construite, en réalité, dit-il d'une voix mal assurée. Di Stefano avait financé lui-même les constructions des deux dernières. Le Parc lui appartient en totalité et il a revendu chaque lot de terrain sous une certaine forme juridique. Tout l'ensemble est une sorte de copropriété. On a la jouissance exclusive de notre terrain et on peut y faire construire ensuite.

– OK, sauf pour la vôtre, donc, qui était déjà bâtie. Mais personne ne l'avait achetée ?

– Elle était plus ou moins réservée à un homme d'affaires. Un Italien.

– Décidément, c'est l'année du spaghetti.

Marc baissa les yeux.

– Et vous avez fait quoi ? continua Lombardier.

Une profonde inspiration, puis un souffle qui lui gonfla les joues.

– J'ai graissé la patte au notaire et à l'agent immobilier chargé de la commercialisation. J'ai fait casser l'acte de vente pour non-respect d'une des conditions suspensives au niveau du financement. L'Italien devait rapatrier le fonds de je ne sais quelle destination exotique. Lui coller le fisc français au cul n'a pas été compliqué. Di Stefano n'a rien pu y faire. Et derrière, j'ai réattaqué en signant la vente au prix.

Lombardier siffla en tapant dans ses mains et en prenant un faux air admiratif.

– Je ne vous savais pas si couillu dans les affaires. Des pots-de-vin ? Chapeau !

– Oh ça va ! Je voulais absolument vivre ici. Putain, si j'avais su, lâcha-t-il en cachant son visage dans ses mains.

– Bon, en tout cas, on a éclairci le problème de la cellule. Vous ne vous rappelez pas le nom du Rital ?

– Non, malheureusement.

– Bon, on s'en fiche de toute façon. On établit plus ou moins la filiation avec Di Stefano. Reste à savoir si le mec à qui vous avez chipé la baraque n'a pas eu envie de se faire un petit extra en se vengeant sur votre famille. Il paye les deux Calabrais…

Marc se releva, piqué par le raisonnement.

– Oui, mais Juliette ? Et Ten3 ? Et les photos ?

– Oui, ça reste un beau sac de merde.

Lombardier tâta les poches de son pantalon et de sa chemise. Il sortit son Zippo, suivi du paquet de Marlboro.

– Je vais remonter pour en griller une, ça m'aide à réfléchir.

– Il y a une porte dérobée par là-bas.

– On n'est pas au sous-sol ?

– De ce côté seulement, on est à flanc de terrain en fait.

Marc se leva et alla toucher un petit écran tactile de la taille d'un iPhone encastré dans un pilier tout proche d'eux. Un léger bourdonnement se fit entendre et, devant les yeux ébahis de Lombardier, tout le pan de mur qui faisait face à l'alignement des machines de sport commença à remonter à l'intérieur du plafond. Il découvrit une baie vitrée gigantesque qui donnait sur la forêt.

– Bordel de merde, dit Lombardier, ça, c'est la classe façon 007.

– La porte est juste à côté, dit Marc en la lui indiquant d'un coup de menton.

– Venez donc avec moi.

Il le suivit comme un zombie à travers les rameurs, vélos elliptiques et autres appareils de *home gym* tout-en-un. Lombardier déverrouilla la petite porte qui fermait l'angle de la pièce. Le froid les saisit tous les deux, aucun ne portait de veste. Paul alluma sa cigarette et resta sur le seuil, le bras bien à l'extérieur. Marc essayait de rassembler le peu d'idées qu'il lui restait, mais il se sentait asséché et complètement vidé de tout substrat de réflexion.

Lombardier venait de tirer une taffe lorsque la sonnerie rétro de son téléphone brisa le silence de plomb qui s'était instauré.

– Allô ? Ah, Mel ! Mais non, je suis encore en vie… Oui, j'ai oublié de t'appeler. Je suis avec Marc Vasseur, là… OK, alors attends, je te mets sur haut-parleur.

Il pressa la touche verte à nouveau. La voix lointaine de Mélanie grésilla dans la salle.

– Bonjour, Monsieur Vasseur (Marc marmonna un salut inaudible), donc j'ai continué à me renseigner sur les frères calabrais.

Rien que le fait de les évoquer lui donnait envie de vomir ses tripes.

– C'est bien ce qu'on pensait, boss, Rocco Volpino était plutôt en déliquescence avec son clan, c'est le moins que l'on puisse dire. Mes infos ne concordent pas toutes, mais il est fort probable qu'il y ait un contrat sur sa tête. Ce qui explique l'exil avec son frère et leur présence à Saint-Clair. Mais je sais ce que vous allez me dire patron, pourquoi Saint-Clair ? Eh bien, figurez-vous que j'ai la réponse ! Vous avez accès à vos mails, là ? Je vous envoie quelque chose. Ça sera plus parlant.

Marc lui épela son adresse en se rapprochant du combiné. Ils entendirent la frappe ultrarapide de Mélanie sur son clavier. Paul donna le téléphone à

Marc et alla écraser son mégot à l'extérieur, dans un pot de fleurs.

La voix de Mélanie revint dans le haut-parleur.

– Voilà, c'est parti.

Marc sortit son iPhone et ouvrit l'appli Mail. Le nouveau message arriva presque en même temps. Une photo s'afficha, il mit l'iPhone à l'horizontale pour qu'elle occupe toute la largeur de l'écran. Leur apparut un cliché en noir et blanc, datant probablement de quelques décennies, qui représentait trois hommes attablés. Le premier, au centre, levait son verre en offrant à l'objectif ce sourire goguenard et déjà ultra-bright qui le rendrait célèbre. Silvio Berlusconi avait bien quarante ans de moins sur cette photo, mais le personnage du *Cavaliere* était déjà là, à pied d'œuvre, prêt à conquérir l'Italie tel un ouragan que rien n'arrêterait. Les deux autres visages barbus ne disaient absolument rien à Marc ni à Lombardier.

Comme si elle lisait dans leurs pensées, Mélanie continua.

– Bon, je vous passe les présentations avec le gars du milieu, Mister Bunga-bunga *himself*. L'homme tout à droite, c'est Gioacchino Volpino, à l'époque de sa grandeur lorsqu'il était le boss incontesté de la 'Ndrangheta. Et notre inconnu de gauche se nomme Walter Dell'Potri, ancien avocat d'affaires pour la Cosa Nostra et qui a profité de l'ascension du beau Silvio pour devenir député et sénateur dans les années 1990. Le cliché n'est pas vraiment daté, mais je dirais qu'on est à la fin des années 1970. Berlusconi avait déjà des liens financiers plus qu'étroits avec les clans mafieux, mais c'est vraiment vers le milieu des années 1980 que germera l'idée de le lancer à fond en politique.

– OK, dit Lombardier, tout ce joli monde se connaît.

– C'est même pire que ça. Le fils Dell'Potri a épousé il y a quelques années l'une des nièces du vieux Volpino, une cousine des deux Calabrais. Et devinez avec qui Dell'Potri a lié de solides liens d'amitié lors de ses passages au gouvernement de Berlusconi ?

– Au hasard, Fulvio Di Stefano, grinça Marc.

– Tout juste. Ils auraient même essayé de monter un deal immobilier ensemble pour que Dell'Potri rapplique sur Saint-Clair. Il n'est plus trop en odeur de sainteté à Rome apparemment depuis la chute de son mentor et les vieilles affaires qui ressortent.

Lombardier claqua des doigts puis fit tourner son index avec l'air de vouloir désigner toute la villa. Dell'Potri serait donc ce fameux acheteur italien à qui Marc avait grillé la politesse.

– Donc voilà ma théorie, Messieurs. Di Stefano a accueilli à Saint-Clair les frères Volpino, sur recommandation de Dell'Potri ou parce qu'il connaissait lui aussi leur père, pour qu'ils puissent se mettre au vert quelque part, loin du pays.

– Mais comme ces deux gars sont complètement cinglés, ils ont monté ce business au Milky Way, termina Paul. Ça peut se tenir.

Marc continuait à se murer dans un silence quasi religieux. Il digérait ces nouvelles informations, mais essayait surtout de se contrôler pour ne pas hurler. Tout était de sa faute. Il avait voulu amener sa famille habiter ici en pensant faire son bonheur. Au lieu de ça, il était entré en confrontation directe avec des mafieux, des assassins.

Des monstres.

Et sa femme en avait payé le prix.

Il ne se le pardonnerait jamais.

Jamais.

20 h 12

– Bravo miss, c'est du beau boulot, dit Lombardier.

– Merci, chef, en revanche, je cherche toujours qui peut être derrière la boîte dont on a parlé, celle qui a racheté tous les terrains de la zone Neptune. C'est ultra-opaque.

– Comment elle s'appelle, déjà ?

– EliteOne Inc.

– Ah oui… Elite…

Il s'arrêta soudain.

– Ça va chef ? demanda Mélanie qui ressentit le silence.

– Oui, oui, dit-il. Je te rappelle, Mel.

Il raccrocha. Marc croisa son regard puis le vit partir à pas rapides vers la *panic room.* Il lui emboîta le pas. Lombardier pénétra dans la chambre et s'accroupit près de la porte. Il semblait regarder quelque chose entre le mur et l'étagère de fer.

– Bordel de merde, lâcha-t-il.

Il se releva et alla s'appuyer d'une main contre le mur. Marc ne comprenait rien, il s'agenouilla lui aussi pour tenter de voir ce que Lombardier avait pu découvrir de si fracassant. Au niveau du sol, à côté du pied de l'étagère, il n'y avait que cette plaque de plastique, semblable à celles que posent les architectes sur certaines de leurs réalisations. Il ne l'avait jamais remarquée auparavant.

Il lut l'inscription qui y était sérigraphiée.

RSD Construction et Développement
Réalisation 0095 – février 2017
Filiale de EliteOne Inc
7 Uraniastrasse – 8001 Zurich SUISSE

CHAPITRE 65

20 h 21

– Vous connaissez cette société ? Vous savez à qui elle appartient ?

Marc leva les mains et secoua la tête d'un air dubitatif.

– Qu'a-t-elle de si important ?

– C'est la même, bordel, la même que pour les terrains. Là où le bunker se trouve. Putain, bien sûr, ça crevait les yeux, mais quel con !

Lombardier ne paraissait plus se soucier de lui.

– Quel con ! répéta-t-il. Il donna deux petits coups de poing sur la paroi comme pour tester la résonance de la pièce.

Marc finit par l'attraper par les épaules et le tourner face à lui.

– Bon sang, vous allez me dire ce qui se passe, oui ?

Lombardier étouffa un énième juron. Il lui raconta la découverte de Mélanie sur ces sociétés qui avaient racheté la totalité des terres du secteur et qui n'étaient en fait que les paravents de leur maison mère, la fameuse EliteOne Inc. La même qui était derrière la construction de la fausse *panic room*, de la villa et sûrement de tout le Parc.

– Et donc c'est à elle aussi ? Le terrain avec le bunker ?

La question lui arracha la gorge, Lombardier s'en aperçut et se contenta de hocher la tête sans rien rajouter.

– Di Stefano, articula Marc. Putain, c'est lui qui est derrière tout ça. Depuis le début.

Il serra les poings, essaya d'endiguer cette nausée qui montait. Émotions, souvenirs, tout passait à la moulinette de l'esprit, et il n'en ressortait que de la douleur. Chaque pensée était un coup de poignard, mais il ne pouvait s'ôter certaines images de la tête.

Di Stefano et son accent chantant.

Di Stefano et sa complicité de façade.

Di Stefano et ses anecdotes sur les femmes.

On n'a jamais laissé tomber personne.

Bien sûr, il n'allait pas laisser tomber son vieil ami Dell'Potri. L'autre devait vouloir la baraque à tout prix, ou bien n'avait pas apprécié de se faire blouser dans une affaire immobilière. Ces mecs-là, avec leur carnet d'adresses sans fin, leurs relations en clair-obscur avec le milieu, ça n'avait pas dû leur arriver souvent de se retrouver mis sur la touche de cette façon. Alors ils avaient déchaîné l'enfer tout autour de lui.

– Le fils de pute, grinça Marc.

Il n'arrivait plus à réfléchir, il n'avait que le visage de Di Stefano en tête et le sourire mielleux qui y était accroché en permanence. Puis celui de Sandra s'y superposa et l'écho de ses cris monta telle une clameur. Il eut l'impression de ressentir sa souffrance et sa peur, il imagina ses derniers instants dans le bunker. Qu'avait-elle pensé ?

Que tous les dieux du monde l'avaient abandonnée pour la laisser terminer ainsi.

Qu'il l'avait laissée tomber, lui, après l'avoir amenée dans ce Parc, dans ce lieu de mort.

Il savait que ces images le hanteraient toute sa vie, qu'il ne serait plus jamais celui qu'il avait été. Il éprouvait déjà cette sensation d'être amputé d'une part de lui-même, de ressentir un vide que rien ni personne ne viendrait jamais combler.

Il pensa à Lisa.

La dernière étincelle qui brillait encore dans l'épaisseur de la nuit. Mais elle lui semblait si loin et si vacillante, presque inatteignable. Il fallait qu'il se batte pour elle pourtant, il le savait. Parce que c'était ce que les pères faisaient. Ils ne baissaient jamais les bras. Et elle arriverait bien à rayonner assez fort pour qu'il puisse encore s'abriter des ténèbres et goûter à la douceur de la lumière à ses côtés.

Le faciès de Di Stefano réapparut dans son esprit tel un filigrane. Impossible à effacer.

Et l'obscurité étouffa l'étincelle.

Marc plongea son regard dans celui de Lombardier.

– Hum, fit le détective.

– Quoi ?

– Cette lueur dans vos yeux… Je sais à quoi vous pensez.

Un rictus fila sur les lèvres de Marc.

– Et à quoi je pense ?

– Tuer Di Stefano ne vous soulagera qu'un temps, croyez-moi sur parole.

– Et c'est vous qui me dites ça.

– J'ai mis le doigt dans l'engrenage il y a longtemps. Vous vous rappelez l'histoire du gosse ? J'aurais pu le sauver sans tuer ses ravisseurs. Mais je n'étais plus qu'une bête fauve à l'époque. J'avais perdu ma femme et ma fille. J'en voulais à la terre entière, à moi le premier. Me faire justice ne m'a rien apporté, Marc. Seulement quelques fantômes de plus ajoutés à mes cauchemars.

– Personne n'était responsable, non ? C'était un accident vous m'avez dit ! Vous trouvez qu'on est dans le même cas ? Putain, ils l'ont sûrement…

Les mots ne voulurent pas sortir.

– Vous avez encore votre fille, dit Paul.

Marc avait l'impression que son cerveau entrait en éruption. La raison et la faculté de jugement n'étaient plus que des artifices emportés au loin. Bientôt il serait entièrement à vif. Et il ne lui resterait plus que la haine.

– Je… Je veux qu'ils payent, parvint-il à articuler. Vous allez m'aider ?

Lombardier respira bruyamment par les narines.

– Je vais surtout essayer de ne pas vous laisser vous faire tuer.

Marc acquiesça. Puis son regard se posa sur la ceinture du détective.

– Vous êtes armé ?

Lombardier passa la main dans son dos et ramena l'holster de son arme au niveau de sa hanche.

– J'ai mon Glock. Mais aussi celui-ci, en cas de secours.

Il souleva l'ourlet de son pantalon de quelques centimètres et Marc aperçut un deuxième étui attaché à sa cheville avec un petit revolver à l'intérieur.

– Ne vous fiez pas à la taille. Un calibre .44, ça dégomme bien. Ça arrête un sanglier en pleine course.

– Je n'en doute pas une seconde.

Ils remontèrent au rez-de-chaussée. Robert faisait les cent pas dans la cuisine. Lisa avait fini par se pelotonner sur le canapé et subissait la télévision plus qu'elle ne la regardait. Marc appela son père à l'écart. L'inquiétude glissa d'un visage à l'autre.

– Écoute, on a peut-être une piste. Mais je dois te demander quelque chose.

– Tout ce que tu veux.

– Tu prends Lisa dans la Laguna et vous vous barrez d'ici. Allez chez toi.

Robert fronça les sourcils. Il se passa la main sur les lèvres.

– Marco… Il t'arrive quoi, là ?

– On doit vérifier quelque chose.

– 'de Dieu, parle-moi, merde…

– C'est Di Stefano, Papa. Je pense que c'est lui qui est derrière tout ça.

Le poing de Robert claqua dans sa paume.

– Le fils de…

– Papa, Papa… Stop.

Certains regards se suffisent à eux-mêmes. Robert comprit tout de suite.

– Oui, oui, Lisa. Ne t'inquiète pas. Mais tu ne veux pas appeler les flics ? Ou Bossec ?

– Et leur dire quoi ? Que je pense que mon voisin, l'un des plus riches industriels de la région, séquestre ma femme depuis trois mois chez lui ? Et perdre encore deux heures à les convaincre ? J'ai déjà donné, merci. Appelle Bossec si tu veux avant de partir. Nous, on monte.

Lombardier attendait près de la porte. Marc lui fit signe qu'il arrivait. Il se dirigea vers le salon d'abord. En le voyant, Lisa comprit tout de suite la gravité de ce qui allait suivre.

– Ma puce, écoute, je veux que tu suives Grand-Père, vous allez chez lui.

– Qu'est-ce qui se passe ? Papa, dis-moi ce qui se passe !

– Je dois aller avec Paul. On doit vérifier quelque chose. Mais on pense que ce n'est plus très sûr ici.

– Vérifier quoi ? Et pourquoi vous n'appelez pas plutôt la police, alors ?

– On va le faire, ma puce, on va le faire. Mais jure-moi que tu vas suivre Grand-Père sans faire d'histoires. Tu jures ?

Lisa se renfrogna. Elle regarda Robert en arrière-plan qui lui envoya un sourire, le plus apaisant possible.

– Je… Je… Tu seras prudent ?

– Ne t'inquiète pas.

Les larmes commençaient à rouler sur ses joues. Elle se jeta au cou de son père.

– Reviens, tu as compris ?

– Je te le jure.

Il lui déposa un baiser sur le front. Elle le suivit jusqu'à l'entrée de la maison où Robert la prit par les épaules.

Le désir de vengeance de Marc s'était un peu dilué dans les larmes de sa fille, mais certainement pas l'envie d'aller au bout de cette histoire. Il avait cette certitude-là chevillée au corps depuis le début.

Que ferait-il une fois en face de Di Stefano ? Il n'en savait rien.

Alors qu'il descendait les marches avec Lombardier, il se retourna une dernière fois pour voir les yeux de sa fille briller sous la lune. Et tandis qu'ils s'enfonçaient dans la nuit, il se demanda s'il n'était pas en train de faire la plus grosse connerie de sa vie.

CHAPITRE 66

Il poussa la porte du bar. La rythmique du Devil Inside *d'INXS se déroula jusqu'à ses tympans. Ainsi que le bruit des conversations et des verres qui s'entrechoquaient. Il y avait pas mal de monde, ce soir. Cela pouvait l'arranger d'un certain côté, pour passer complètement inaperçu. Qui se souviendrait d'un homme de son allure, si banale en apparence ? Pas grand monde. « Je me rappelle, Monsieur le Gendarme, il portait un jean et une chemise et il avait les cheveux plutôt courts. La trentaine, oui. La taille ? Dans les 1 mètre 80 environ. » Une belle description qui correspondait sûrement à pas mal des gars du coin.*

Se fondre dans la masse était devenu une seconde nature au point qu'il en venait même à se demander quelquefois si ce n'était pas celle-ci, sa véritable identité. L'autre n'était qu'un double tentateur et maléfique qui prenait un malin plaisir à se glisser dans son esprit. C'était comme enfiler de nouvelles chaussures quand l'envie lui en prenait.

Il se fraya un chemin jusqu'au comptoir et leva un billet de cinquante francs en hélant le serveur. Il commanda un Coca-Cola et se tourna pour avoir une vue d'ensemble sur la salle. Les volutes de fumée et la lumière tamisée rendaient l'observation plus difficile que la dernière fois. Et le fait que la salle soit bondée ne l'aiderait pas. Les filles seules rechignaient à fréquenter des endroits trop peuplés où l'intimité se laissait au vestiaire. Et celles qui s'y aventuraient quand même ne restaient pas seules bien longtemps.

Son verre en main, il quitta le comptoir et navigua dans les travées du pub à la recherche d'une place stratégique. Toutes les tables étaient occupées par des groupes d'amis de trois ou quatre personnes. Il n'en trouvait aucune de libre. Il finit par s'asseoir sur un tabouret au bout de la salle et il trempa ses lèvres dans le verre de Coca pour se donner une contenance.

Son regard passait d'une tête féminine à une autre. Celle-ci ne lui convenait pas, celle-là aurait été pas mal, mais l'homme à ses côtés lui passait la main dans le dos de façon ostentatoire, comme un chien aurait pissé sur un réverbère pour marquer son territoire. Soudain, au détour d'une observation, il remarqua deux filles seules à une table. Il plissa les paupières pour essayer de les dévisager au mieux. Incroyable, c'était les deux amies de la dernière fois, celles qui se prenaient en photo à grands coups de Polaroid.

Il n'avait jamais été croyant. Sa mère l'était, elle allait à la messe deux ou trois dimanches par mois. Cela ne l'avait pas empêchée de goûter à toutes les queues du quartier. Le sens du partage catholique, sûrement. Lui, en revanche, croyait en la destinée. Pas de hasard, juste une route tracée qui en croisait d'autres. Quand vous arriviez à un carrefour et que la direction vous était clairement indiquée, vous n'aviez pas à vous poser de questions. Il fallait foncer sans réfléchir. Il avait connu ce sentiment à de multiples reprises. Lorsque les choix s'imposaient à lui de toute leur force, il était impossible de lutter et d'aller à contre-courant.

Une place venait justement de se libérer à une encablure de la leur. Il prit son verre et slaloma entre les groupes de discussion et les quelques personnes déjà éméchées qui se déhanchaient sur les Rita Mitsouko. Il arriva près de la place libre et s'y assit sans demander au couple voisin si elle était toujours disponible. Il se trouvait désormais juste de l'autre côté du passage qui le séparait de la table des deux apprenties rockeuses. Toujours ce look de débraillées en T-shirt Pearl Jam aux manches retroussées. La brune avait coincé son paquet de Marlboro Light dans cet ourlet de fortune. La blonde enchaînait les verres, il en compta quatre devant elle et à voir la tête qu'elle tirait à chaque gorgée, le jus d'orange devait être sacrément coupé. Elle reposa le verre en le faisant claquer bruyamment. La brune lui fit une remarque.

Il tendit l'oreille.

Il y avait l'air d'avoir de l'eau dans le gaz. Il ne percevait pas tout de la conversation, mais les bribes lui permettaient tout de même de reconstituer les phrases.

– ... pas t'en aller comme ça !

– ... définitif... trop peur...

Il bougea sa chaise pour s'approcher de la façon la plus discrète possible. Fort heureusement, la musique changea pour un slow de Roch Voisine (cette chanson insupportable qu'on entendait partout) et l'ambiance retomba comme un soufflé dans le pub. Leur conversation s'éclaira, signe que la destinée avait bel et bien choisi son camp ce soir.

– J'ai pris mon sac, laisse tomber, je vais passer la nuit à la grange. Et demain je me casse d'ici !

– Ju, tu... déconnes, parle au moins à la sœur, elle peut... t'arranger ça.

La blonde avait l'air beaucoup plus amochée par l'alcool que la brune. Tant mieux, elle avait sa préférence. Mais comment allait-il les isoler ?

– Sandy je t'ai dit non, arrête maintenant.

– J'irais la voir moi s'il faut... et ton enc... enculé de père aussi... ce fils de pute...

– Tu n'iras voir personne ! Ma décision est prise ! Je t'interdis d'aller voir mon père ou ma mère, ou qui que ce soit !

La blonde finit le verre cul sec.

– Alors… on se dit bye bye ? Hein… fini ?

– J'ai pas dit ça, et arrête de picoler, tu es bourrée déjà. Tu vas rentrer comment ?

– Passerai par le mur et l'escabeau sous la fenêtre de la cuisine, comme d'hab… T'as déjà tout oublié ?

– Je veux dire, d'ici au sanctuaire, crétine.

– Plus ton problème de toute manière, hein ? Madame se casse ! This is the end !

– The Doors, chanson numéro onze, 1967, dit la brune en souriant.

– Arrête tes conneries, on joue plus, là. Tu sais quoi, tu veux te barrer ? Eh bien casse-toi ! Prends ton putain de sac et va dans ta putain de grange ! Va où tu veux, je m'en balance !

La blonde se décala de sa place pour se lever, mais son pied attrapa celui de la table et elle envoya valser deux des verres vides au sol. L'un se brisa sur le plancher en plusieurs morceaux tandis que l'autre rebondit sur le gros sac de sport que la brune avait dû poser là. Il roula jusqu'à sa table. Il se pencha pour le ramasser et le tendit à la blonde qui avait fini par s'extirper de sa place exiguë et arrivait vers lui. Elle ne lui apparut plus très fraîche, mais trouva quand même les ressources pour lui décoincer un sourire.

– Merci, dit-elle.

– Courtoisie élémentaire, lui dit-il alors qu'il lui rendait le verre.

Elle reposa le verre sur la table, juste devant son amie, en le faisant claquer encore plus fort et lui lança en plein visage :

– Je vais aux chiottes, t'as qu'à te barrer maintenant, ça sera plus simple !

– Sandy ! S'il te plaît...

– Barre-toi, puisque c'est comme ça !

La brune la regarda d'un œil attristé. La blonde emprunta l'allée en titubant entre les clients. Il la vit tourner au fond de la salle et monter à l'étage où se trouvaient les WC.

Il avait deux options. La petite énervée l'attirait plus, et dans son état elle ne résisterait pas trop. Encore fallait-il monter la prendre à l'étage et la redescendre par les escaliers à la vue de tous. Ce n'était pas dans ses habitudes. Il suffisait d'un cri, d'un imprévu et il serait vite le centre de l'attention. Trop risqué.

Il détourna le regard vers la brune. Il fut surpris de la voir s'essuyer les yeux avec sa serviette. Elle n'était pas si mal gaulée, une bonne paire de seins, un visage aux traits fins, quelques taches de rousseur. Ça, il n'en était pas fan, mais la vie de couple n'était-elle pas faite de concessions ?

Elle attrapa la bandoulière de son sac de sport, se leva et le passa sur son épaule.

Elle allait partir. Les invectives de son amie avaient porté.

Incroyable.

Ce bar avait vraiment quelque chose de magique.

Il la laissa passer devant lui puis fendre la petite foule qui meublait le devant du comptoir et la séparait de la sortie. Il reprit une gorgée de Coca. La fille était presque à la porte.

Maintenant !

Il reposa son verre et se leva de la façon la plus naturelle du monde. Il emprunta le même trajet que sa proie trente secondes auparavant. Lorsqu'il arriva à la porte, il eut un étrange sentiment. Il se retourna et vit la blonde en train de revenir à la table. Elle avait les cheveux humides et désormais attachés en queue-de-cheval. Elle paraissait plus réceptive et il lui sembla qu'elle le dévisageait de loin.

Il réfléchit. Il était encore temps de revenir et de lui sortir un baratin bien ficelé.

Deux secondes d'hésitation.

Le temps que la pièce retombe et que le hasard choisisse sa face.

Deux secondes pour une vie.

Enfin, il baissa les yeux vers le sol et quitta le bar.

CHAPITRE 67

21 h 18

– Vous voulez qu'on procède comment ?

Marc continuait à marcher, la tête baissée. N'obtenant aucune réponse, Lombardier répéta sa question. Il finit par tourner la tête vers le détective.

– Je n'en ai aucune idée. Je veux juste le faire parler. Et voir… derrière les portes.

– Derrière les portes Vous pensez qu'il cache votre femme chez lui ? Ça serait plutôt très con de sa part.

Marc secoua la tête.

– Écoutez, je n'en sais rien du tout ! Mais putain, j'ai cette histoire de fausse *panic room* en tête maintenant, ou plutôt de cellule. Et Di Stefano a des portes énormes chez lui, certaines ont des digicodes de sécurité… Il se passe quoi dans ces maisons ?

Lombardier ne dit pas un mot. Marc essaya de se calmer. Il ne fallait surtout pas que ses nerfs lâchent. Pas maintenant.

– Passons par-là, dit-il en montrant le sentier qu'il avait déjà emprunté deux jours auparavant pour accéder au lac.

Ils s'enfoncèrent dans le bois. La lune était presque pleine et déjà bien haute. Elle guidait leurs pas en infusant une lumière douceâtre entre les branches. Marc se remémora sa course à la poursuite de l'individu qui les avait suivis ce soir-là et qui l'avait vu finir la tête la première dans les feuilles. Il n'avait aucune idée de ce qui s'était passé, et encore moins avec qui. Un mystère de plus qu'il n'avait pas résolu.

Ils marchèrent d'un bon pas, mais il remarqua que Lombardier traînait quand même un peu la patte et se tenait l'abdomen par intermittence, comme s'il avait un point de côté. Il ralentit l'allure en faisant mine de reprendre lui aussi son souffle.

Ils arrivèrent enfin sur le plateau. La lumière se reflétait toujours sur le lac de façon éclatante. Un silence de cimetière régnait.

Ils longèrent la rive gauche et se dirigèrent vers l'imposante villa. Il y avait de la lumière au rez-de-chaussée. Elle filtrait de derrière les épais rideaux qui occultaient les immenses fenêtres d'inspiration victorienne.

En arrivant près du portail, Marc allait sonner au vidéophone lorsque la main de Lombardier le retint.

– Vous voulez jouer du tambour aussi, tant que vous y êtes ? Un minimum d'effet de surprise n'a jamais fait de mal.

Il venait à peine de terminer sa phrase que le portail se mit à coulisser sur son rail. Pour l'effet de surprise, ils repasseraient.

– On a tout l'air d'être attendus, dit Lombardier.

Ils entrèrent dans le jardin et avancèrent vers le porche en suivant le dallage sur le sol. Quelques plots lumineux éclairaient le chemin. Tout le reste du jardin ne se dévoilait qu'au bon vouloir de la lumière lunaire, mais comportait bon nombre de zones d'ombre. Paul porta la main à la crosse du Glock. Il n'aimait pas ça. Ils étaient dans la meilleure position pour se faire tirer comme des lièvres. Et ils ne le verraient pas venir.

Sous le porche, un rai de lumière découpait la pénombre. La porte d'entrée était entrebâillée. Lombardier fit signe à Marc de le laisser entrer en premier. Il poussa la porte du bout du pied, mais dut insister tant elle était lourde. Un placage de bois recouvrant une belle épaisseur de blindage.

Il entra, la main toujours resserrée sur la froideur ciselée de la crosse de son arme. Marc suivit dans ses pas. Ils se trouvaient dans l'entrée à jeter des regards dans toutes les directions lorsqu'une voix monta du salon adjacent, celui dans lequel Marc avait été reçu à midi.

– Venez, venez, Messieurs, je vous attendais.

Lombardier lança un regard à Marc, puis hocha la tête pour lui signifier qu'ils devaient avancer. Ils entrèrent dans le salon.

Di Stefano était debout derrière le bar, occupé à préparer trois verres de single malt. Il leva un visage satisfait sur ses visiteurs du soir.

– Je ne pensais pas vous revoir de sitôt, Monsieur Vasseur. Mais, *perfetto*, je n'avais rien de prévu. Un peu de compagnie ne fait pas de mal.

Marc fut décontenancé, l'espace de quelques secondes. Paul sonda la pièce en trois coups d'œil, regarda les fameuses portes dont Marc lui avait parlé, puis finit par retirer la main de son arme. Pour le moment, Di Stefano ne semblait pas représenter une menace immédiate.

– Whisky ? fit l'Italien en levant un verre à l'intention des deux hommes.

– Arrêtez vos conneries, Di Stefano, lâcha Marc, vous savez très bien pourquoi je suis là. Où est ma femme ?

Froncement de sourcils.

– Votre femme ? Je n'en sais rien, voyons. En tout cas elle n'est pas ici.

– Stop ! On sait tout, espèce de fumier ! Tout sur votre putain de société suisse et sur ce bunker dans les bois où des filles se font torturer ! Sur les cellules dans les maisons ! Mais j'ai quoi à voir là-dedans, moi ? Et ma femme ? C'est quoi, une vengeance par rapport à Dell'Potri ?

L'Italien eut un mouvement de recul. Il ne s'attendait vraisemblablement pas à se voir jeter toutes ces vérités à la figure de la sorte. Lombardier fit le tour de la pièce. Il s'arrêta près d'une des portes à digicode.

– Mais de quoi parlez-vous, voyons ? Un… Un bunker ? Ma société ? Mais quelle société, j'en ai des dizaines ? Et des cellules dans les maisons ! Vous êtes fou ! Quant à Dell'Potri, cela fait des mois que je ne l'ai pas vu.

Marc avait de plus en plus de mal à se contrôler. Il avisa un énorme cendrier en marbre sur la table basse face à lui. Un mensonge de plus et il se ruerait sur Di Stefano pour lui fracasser la tête avec. La voix de Paul le ramena à la réalité.

– Cette porte fermée par un code, là, on peut l'ouvrir ?

Le vieil Italien lui décocha un regard en biais, tel un animal acculé de toutes parts.

– Ouvrir ? Mais pourquoi ? C'est privé ici, j'ai des œuvres d'art, des documents confidentiels…

– Ce n'est vraiment pas ça qui nous intéresse, siffla Paul.

Marc avança d'un pas menaçant. Il pointa son index sur Di Stefano.

– Je veux que vous ouvriez cette porte. Tout de suite ! Et qu'on fouille votre putain de maison ensemble ! Maintenant !

L'Italien leva les mains à hauteur d'épaules.

– *Va bene, va bene*, mais calmez-vous un peu. Restons entre gentlemen. (Puis, se tournant vers Lombardier :) *Il codice*, le code, c'est 5738AA.

Paul pianota sur le clavier. La porte grésilla et un claquement mécanique se fit entendre.

Lombardier tourna la poignée.

Il ne vit pas le sourire affleurer sur les lèvres de Di Stefano.

À peine eut-il ouvert la porte que le canon d'un revolver vint se coller à son front.

Il leva les mains.

Deux hommes sortirent de la pénombre et pénétrèrent dans la pièce. Vestes de cuir noires, pantalons cintrés et chaussures vernies aux pieds, ils arboraient un style quasi identique. Celui qui tenait Lombardier en joue était néanmoins beaucoup plus grand que l'autre. Il passa la main sous la veste de Paul et lui retira son revolver.

Le plus petit, armé lui aussi, s'approcha de Marc. Un sourire vicieux et narquois était greffé à ses lèvres et lui donnait l'air d'un de ces chiens aux babines perpétuellement retroussées.

Di Stefano laissa échapper un rire grinçant.

– Messieurs, je suis ravi de vous présenter enfin mes deux amis, les frères Volpino, Rocco et Giovanni.

CHAPITRE 68

21 h 37

Lisa attrapa quelques affaires dans sa penderie et les jeta en vrac dans son sac à dos. Robert lui avait dit de se préparer en vitesse. Il l'attendait en bas et elle avait bien lu dans son regard et compris au ton de sa voix qu'il allait se conformer à la lettre aux injonctions de son père.

Mais elle n'en avait aucune envie.

Premièrement parce qu'elle sentait bien que toute cette histoire les dépassait complètement. Et ensuite parce qu'elle savait que son père et Lombardier ne leur avaient pas dit toute la vérité. Ils étaient partis Dieu savait où pour « vérifier quelque chose ». En revanche, toi, Lisa, tu vas être une gentille fifille et aller chez Papy.

C'est ça, les gars, prenez-moi pour une conne.

Elle tira la fermeture éclair du sac et le referma. Elle ne savait même pas ce qu'elle y avait mis. Elle s'assit sur le rebord du lit et se prit la tête entre les mains. Ses pieds sautillaient sur le carrelage. Elle se sentait sur le point d'exploser.

Une impasse. Voilà où elle était.

Son grand-père ne reviendrait jamais en arrière. Plus têtu que lui, ça n'existait pas. Une vraie mule. Mais elle sentait tout au fond d'elle que quelque chose n'allait pas. Et que c'était grave. Très grave. Rien qu'à voir leurs têtes, tout à l'heure quand ils avaient quitté la maison. Pas besoin de trouver les mots, c'était tatoué sur leur front, en grosses lettres rouges : « Pas sûrs de revenir. »

Si son père mourait, elle ne le supporterait pas. Elle avait déjà l'impression de devenir complètement folle, en plus de se sentir constamment mise à l'écart des décisions importantes.

Elle se leva et alla à son bureau. Puis revint vers le lit, pour enfin gagner la fenêtre. Elle regarda par la vitre, le noir était total. Elle distingua les lumières qui bordaient la route au loin puis, tout en haut, le plateau du Parc qui n'était qu'une petite zone un peu plus claire se détachant sur l'obscurité.

Un instant, elle pensa ouvrir la fenêtre et se laisser glisser le long de la gouttière pour attraper la terrasse du niveau inférieur et partir dans le Parc.

Pour aller où ? Faire quoi ? C'était ridicule.

Il n'y avait rien à faire. Elle se mordit la lèvre en signe d'impuissance et ne s'arrêta que lorsqu'elle sentit le goût du sang se mélanger à sa salive.

Elle se laissa tomber sur le lit, la tête dans l'oreiller. Elle sentait les larmes qui commençaient à monter, encore une fois. Plus par dépit et frustration que par réelle tristesse. Elle se retourna, regarda le plafond, puis se remit sur le côté.

Elle avisa l'iPad sur sa table de chevet.

Une idée lui vint.

Elle avait peut-être matière, sinon à aider son père, tout du moins à savoir où ils allaient.

Elle attrapa l'appareil et rabattit la protection pour allumer l'écran.

CHAPITRE 69

22 h 02

Le plus petit des deux frères sortit de sa poche deux colliers de serrage en plastique blanc. Il fit signe à Marc de mettre les mains devant lui et lui en passa un autour des poignets. *Zzziiiitttt !* Il serra le collier jusqu'à ce que le plastique comprime la chair. Il se déplaça ensuite vers Lombardier à qui il fit de même.

– Ne vous inquiétez pas, leur lança Di Stefano, Rocco et Giovanni vont bien s'occuper de vous. Rocco parle un peu le français, depuis quelques mois qu'il est ici. N'est-ce pas ?

– *Sì*, un petit peu.

Lombardier intervint.

– Vous allez faire quoi ? Nous buter tous les deux ? Allons, espèce de taré, la police sait que nous sommes là. Nous avons tout déballé.

Di Stefano ne cachait ni sa certitude ni sa dentition.

– Cher Monsieur, c'est bien essayé, mais si cela était vrai, je pense que le Parc regorgerait de gyrophares et d'uniformes à l'heure actuelle. Or, ce n'est absolument pas le cas. En revanche, ce qui est plus probable, c'est la version suivante : dévasté par la disparition de sa femme, Monsieur Vasseur craque et tue un ancien flic alcoolique qui aura essayé de se faire un peu d'argent sur cette sombre histoire en inventant toutes sortes de mensonges. *Tutto vero*, comme on dit chez moi.

Marc éructa.

– Espèce d'enculé !

Il reçut un coup de crosse en plein dans le dos et plia sur ses genoux en geignant. Giovanni enfonça le canon de son revolver entre les omoplates de Lombardier et posa une main sur son épaule pour le presser vers la sortie du salon. Marc se releva et, toujours sous la menace de l'arme de Rocco, se rangea aux côtés de Paul.

– Au revoir, Messieurs, je ne vous dis pas à bientôt ! lança Di Stefano en levant son verre de whisky.

Il regarda ses deux acolytes et prononça une dernière phrase en italien. Les Calabrais poussèrent leurs prisonniers dans le vestibule, mais, au lieu de repasser par la porte d'entrée, ils les firent s'engager dans un couloir qui se trouvait juste à droite des escaliers et qui s'enfonçait à l'intérieur de la maison.

Ils marchèrent le long de plusieurs portes, toutes fermées, jusqu'à arriver dans une sorte de patio.

Une porte vitrée donnait sur un petit escalier en extérieur. Giovanni l'ouvrit et ils descendirent les quelques marches pour se retrouver dans une cour aménagée en salon d'été. Marc leva les yeux sur la façade arrière de la maison. La cour amenait à un terrain cerclé par un mur de la hauteur d'un homme. Au beau milieu, une porte en bois entourée d'épaisses ferronneries. Marc remarqua un autre clavier à digicode près de la porte. Le petit Calabrais enfonça six touches et la clenche électrique émit un léger bourdonnement.

Il ouvrit la porte et le convoi se retrouva à l'extérieur de la propriété, dans la partie de la forêt la plus dense et la plus opaque. Les Italiens les firent avancer à grands coups de tapes dans le dos et de mots, sûrement des insultes, que Marc n'arrivait même pas à deviner à cause de leur accent. Ils lui donnaient l'impression d'aboyer plus que de parler. Plusieurs fois son regard croisa celui de Lombardier. Le détective portait le masque de l'incertitude.

22 h 16

Ils gravirent une pente abrupte au milieu des sapins et arrivèrent enfin à une sorte de sentier forestier. Marc essaya de se repérer. Ils devaient être passés sur le versant face au lac et ils avaient continué de grimper. Encore quelques pas et Lombardier découvrit une vieille connaissance, garée entre les arbres. Un BMW X6 noir. La vitre arrière avait été remplacée par une toile transparente fixée au gros scotch. Il y avait deux impacts de balles au niveau de l'une des portes arrière.

Giovanni poussa Marc vers le véhicule.

Rocco chercha les clés dans sa poche. Il baissa les yeux un instant.

Ce fut le moment que choisit Lombardier. Il se retourna et envoya un coup de genou dans le ventre de Rocco qui poussa un cri avant de se plier en deux. Le petit Giovanni fit volte-face en lâchant Marc. Mais Paul était déjà sur lui et il abattit ses poings entravés sur sa tête. Giovanni esquiva. Le coup porta à l'épaule.

– Barrez-vous ! cria Lombardier en direction de Marc.

Mais ce dernier n'eut même pas le temps de faire un pas. Rocco venait de se relever dans le dos de Lombardier, toujours à la lutte avec Giovanni. Son bras armé se dressa au-dessus de la mêlée et retomba telle une masse sur le crâne du détective.

– Paul ! hurla Marc.

Lombardier s'effondra sur le sol de tout son poids.

CHAPITRE 70

22 h 11

Robert referma le coffre de la Laguna. Tout était en place.

Tout, sauf sa petite-fille. Il regarda sa montre. Cela faisait bientôt trois quarts d'heure qu'elle était montée dans sa chambre pour récupérer *quelques* affaires. Les femmes… presque une heure pour jeter deux vêtements au fond d'un sac. Ils ne partaient pas longtemps de toute façon, juste le temps d'une nuit. Après Marc et Lombardier reviendraient et…

Et tout rentrerait dans l'ordre ?

Oui, c'était la suite logique d'une phrase destinée à se rassurer. Sauf qu'il était loin de l'être. Il s'appuya sur le coffre de la voiture. Il se rendait compte de la folie de cette situation. Pourquoi avait-il accepté de laisser son fils et ce détective aller seuls chez Di Stefano ? Merde, ils auraient dû appeler les flics s'ils avaient des preuves de la culpabilité de ce Rital. Sauf que voilà, ils ne devaient pas en avoir. Ou si peu.

Fulvio Di Stefano.

Ce mec était louche depuis le début, bordel, fallait pas sortir de Saint-Cyr pour s'en rendre compte. Comme cet endroit, ce Parc qui vous foutait la chair de poule à chaque fois que vous faisiez un pet de travers. Des vigiles, des caméras, des voisins qui ne se montraient presque jamais. C'étaient des vampires, qui vivaient ici ?

Il regrettait amèrement le jour où Marc avait décidé d'emménager dans cet endroit. Quelle connerie ! Et lui, il avait fermé sa gueule, comme d'habitude. Il aurait dû l'ouvrir et lui dire ce qu'il avait sur le cœur. Si Michèle avait été encore là, elle aurait parlé à son fils, avec tout le bon sens d'une mère. Elle lui aurait fait prendre conscience qu'il était en train de se fourvoyer, de faire fausse route, que l'argent n'achetait pas tout, surtout pas la possibilité de vivre heureux. Mais voilà, sa femme n'était plus là. Sa voix résonna à ses oreilles : « Robert, tu t'énerves encore pour rien, essaye de te focaliser sur les choses importantes, tu veux ? » Se focaliser, c'était bien un de ses termes, ça.

Il coupa court à ses pensées, pour éviter que le souffle de la nostalgie ne l'emporte comme un fétu de paille. Il releva la tête et regarda la maison. Il voyait la lumière de la chambre de Lisa d'ici. Il allait devoir monter la chercher. Il fallait au moins qu'il fasse ce que son fils attendait de lui. Mettre la gamine en sécurité.

Il pressa le pas jusqu'à la maison. Et s'arrêta soudain.

Il lui semblait avoir entendu un bruit.

Une porte qui claquait, un volet qu'on fermait ?

Il resta immobile, tel un chien de chasse aux aguets, à humer le parfum de la nuit. Il promena son regard le long du jardin, puis sur la partie bitumée qui était visible depuis sa position. Il fit quelques pas et marcha jusqu'au portail. Il regarda en amont, puis au début de la route. Il distinguait la façade blanche de la maison des Drancy, puis la petite guérite du poste de contrôle, à peine plus grosse qu'une pièce de cinq centimes.

Il n'y avait rien.

Il fit demi-tour et retourna à la maison.

Il ne prêta aucune attention aux branchages qui bougeaient de l'autre côté de la clôture.

22 h 27

Il toqua à la porte. Aucune réponse.

– Lisa ?

Un mauvais pressentiment l'étouffa d'un coup. Il ouvrit la porte sans ménagement. Son cœur tressauta dans sa poitrine. Elle était bien là, assise sur son lit, le nez dans sa tablette.

Il fit un pas à l'intérieur de la chambre.

– Lisa, ça fait bientôt une heure, tu crois que c'est le moment de jouer avec ton bidule, là ?

Elle leva la tête et il découvrit un visage qu'il ne lui connaissait pas. Ravagé par l'angoisse, les yeux rougis, les traits allongés. Il remarqua que ses mains tremblaient.

Il accourut vers elle.

– Lisa ! Que se passe-t-il ? Dis-moi ! Tu te sens mal ?

Elle avait réussi à l'affoler en moins de dix secondes.

– Papa et Lombardier… Dis-moi où ils sont allés…

Elle le fixait de ses grands yeux et il sentait qu'il n'allait pas pouvoir lui cacher la vérité longtemps.

– Chez cet Italien, celui qui possède le Parc, c'est ça ?

– Oui, comment le sais-tu ?

Elle mit l'iPad sur ses genoux et lui montra l'écran. Robert se pencha dessus, il découvrit une sorte de plan avec deux cercles bleus qui clignotaient à deux endroits différents.

– Écoute-moi bien, dit-elle, ne me demande pas comment j'ai fait, c'est pas le sujet. Mais regarde. Ce point c'est la maison, c'est mon iPad. Tu vois ?

– Oui, dit Robert.

– Et là, ce point-là c'est l'iPhone de Papa. Mais regarde, il était là il y a dix minutes.

Elle pointa un endroit de la carte proche d'une petite étendue bleutée.

– Ça, c'est le lac, la maison de Di Stefano est juste à côté. Mais regarde le point bleu, regarde maintenant comme il se déplace vite ! Et où est-ce qu'il va ? C'est encore le Parc par-là ?

Robert n'était pas sûr de comprendre.

– Tu veux dire que…

– Ils sont dans une voiture ! C'est sûr ! Mais laquelle ? La Smart du détective est là devant et le Range de Papa aussi ! Grand-Père il se passe un truc ! Oh mon Dieu, il va arriver quelque chose à Papa !

La tablette lui glissa des mains et finit sur le sol. Elle enfouit son visage dans les bras de Robert qui ne savait plus comment réagir. Mais il ne pouvait pas dire qu'il ne l'avait pas craint lui non plus. Depuis le début, cette idée de Marc sentait mauvais.

On pense que Di Stefano est derrière tout ça.

Il releva le visage de Lisa.

– Écoute-moi très attentivement…

22 h 36

Robert monta dans sa voiture et mit l'iPad sur le siège passager, où l'attendait déjà la Winchester. Il passa une tête par la vitre ouverte et cria en direction de l'entrée de la maison :

– Tu as compris ? Tu ne bouges pas et tu n'ouvres à personne !

Lisa acquiesça fébrilement, avant de refermer la porte et d'activer la serrure électronique.

Robert prit l'iPad en main, l'écran changea de position. Il le retourna et une nouvelle rotation s'effectua.

– Bordel de technologie de mes deux ! Filez-moi une bonne carte routière, oui !

Il mit la tablette en équilibre et la cala dans le vide-poches. Ça avait l'air de se stabiliser.

La Laguna démarra et partit en trombe vers le haut du Parc.

CHAPITRE 71

22 h 23

La BMW X6 avala quelques kilomètres d'un sentier de terre dont Marc ne soupçonnait même pas l'existence. Étaient-ils encore dans le Parc ? Il n'avait pas l'impression qu'ils avaient franchi une quelconque barrière où un grillage et il savait de source sûre que l'intégralité du domaine était fermée.

Lombardier était affalé contre la portière, toujours sonné. Ses paupières palpitaient de temps à autre, signe qu'il n'était pas enfoncé dans un coma très profond. Marc l'espérait en tout cas, même si dans la situation qui était désormais la leur, mieux valait peut-être ne rien voir venir du tout.

Rocco se retourna.

– *Stai tranquillo*, bien sage.

Il mangeait la moitié des fins de mots et les « r » roulaient plusieurs fois contre sa glotte avant de sortir. Il lorgnait Marc depuis plusieurs minutes dans le rétroviseur. Il tenait le Glock de Lombardier dans une main et s'amusait à le viser de temps à autre en faisant le bruit de la détonation avec sa bouche.

– *Ho voglia di pisciare*[7], dit Gioavanni

– *Ancora ! Aspetta due minuti, siamo quasi arrivati*[8] *!* cingla son frère.

Marc tendait l'oreille pour essayer de deviner le sens de leur conversation, mais il n'avait même pas l'impression d'écouter de l'italien. En tout cas pas celui de Laura Pausini, le seul qu'il connaissait. Ils arrivèrent bientôt à la fin du sentier, tout du moins pour la voiture, là où les arbres se resserraient tellement que le X6 ne pouvait plus passer. Giovanni coupa le contact et descendit de son côté. Il se dirigea vers un arbre proche contre lequel il se soulagea. Il revint vers la voiture en s'essuyant les mains sur son pantalon et s'alluma une cigarette.

– *Il tuo amico*[9], tu le portes, dit Rocco en pointant le pistolet une énième fois vers Marc. *Cammina coglione*[10] *!*

Ça devait sûrement dire de se magner le train.

Marc descendit de la voiture et fit le tour. Il ouvrit la portière du côté de Paul. Celui-ci lui tomba quasiment dans les bras. Mais avec ses liens

---

7. J'ai besoin de pisser.

8. Encore ! Attends deux minutes, on arrive !

9. Ton ami.

10. Avance connard !

il ne pouvait pas faire grand-chose pour le soulever. Il réussit à le rasseoir sur le siège.

– Je ne vais pas y arriver si vous ne me détachez pas !

– Ta gueule ! *Giovanni ! Vieni qua !*

Il lui fit signe de couper les liens de Marc. Giovanni fit jaillir un couteau papillon de sa poche, il moulina pour l'ouvrir et sortir la lame. Il la passa entre les poignets et trancha le collier de serrage d'un coup de sec. Marc se frotta la peau à l'endroit où les liens avaient marqué. Rocco lui gueula encore dessus en le menaçant de l'arme. Il souleva Lombardier en passant ses bras sous ses épaules. Paul posa un pied devant lui et Marc le sentit regagner quelques forces. Mais en regardant sa chemise, là où sa tête s'était posée, il vit qu'elle était tachée de sang. Il essaya de lui soutenir la nuque, mais il était encore trop vaseux. Il restait pendu à lui comme un sac bien trop lourd à transporter.

En le traînant ainsi, l'ourlet du pantalon de Paul se releva. Giovanni brama dans leur dos.

– *Rocco, guarda ! È armato*[11] *!*

Le grand Calabrais se rua sur eux en deux enjambées. Il empoigna la cheville de Paul et souleva sa jambe de pantalon. Marc faillit être déséquilibré.

– *Figlio di puttana !*

Rocco enleva le petit revolver et le passa dans sa ceinture. Giovanni les poussa vers un endroit où le

11. Rocco, regarde ! Il est armé !

terrain descendait en dénivelé. Marc réussit à traîner Paul jusqu'à la zone en lui glissant quelques supplications à l'oreille pour qu'il se réveille. Mais il était toujours dans les vapes. Lorsqu'ils atteignirent le rebord du dénivelé, Marc baissa les yeux. Il se rendit compte qu'ils étaient montés très haut. Il aperçut les lumières du Parc dans le lointain, à deux ou trois kilomètres à vol d'oiseau, reconnaissables au balisage des routes qu'elles opéraient.

– À genoux, ordonna Rocco.

– Écoutez, on peut discuter non ? répondit Marc en se baissant et en essayant d'asseoir Paul le mieux possible. Il sentit le détective frémir entre ses bras.

Les Italiens ne répondirent pas. Lombardier grogna en secouant la tête. Il échappa à l'emprise de Marc et se retrouva à quatre pattes. Le sang avait coulé sur sa nuque et dans son dos.

– Tu vas retrouver ta femme dans *due minuti*, siffla le Calabrais polyglotte.

Marc leva un regard brisé vers lui.

– Elle est morte, c'est ça ? Dites-moi ce qui lui est arrivé puisque vous allez me tuer… Dites-le-moi, espèce d'enfoiré !

Mû par l'énergie du désespoir et une rage que lui-même n'avait pas vu venir, il bondit d'un coup sur Rocco en criant. Il réussit à lui attraper des deux mains le poignet qui tenait le Glock. Le coup de feu partit tout seul et la détonation fit l'effet d'un tremblement de terre à ses oreilles. Dans le même temps, il reçut un violent coup de poing à la hanche.

Giovanni qui venait à la rescousse de son frère. Un crochet dans les côtes suivit. Il posa un genou à terre. Le troisième coup de poing arriva en pleine figure. La tête partit en arrière et il se retrouva les quatre fers en l'air.

Il rouvrit les yeux, il sentait déjà l'ecchymose le brûler au niveau de la joue. Couché sur le dos, ses dernières forces parties en fumée dans une tentative ridicule, il observa le ciel. Ce tapis de velours noir parsemé de minuscules pierres scintillantes. Il se dit que Sandra était déjà là-haut à l'attendre. Il pria juste pour qu'elle ait souffert le moins possible, ce qui lui paraissait malheureusement très éloigné de ce qui avait dû se passer. Et c'est cela qui lui fit le plus mal.

Le faciès émacié de Rocco occulta une partie de ce spectacle étoilé. Il se pencha sur Marc et lui mit le canon sur le front. Puis il approcha son visage du sien.

– Tu veux savoir ce qu'on a fait de ta *puttana, amico* ? Tu veux savoir, *vero* ? Alors, écoute (il se pencha encore un peu plus près) : on la lui a donnée… à lui… *perche la voleva !* Il la voulait ! Il a dû lui faire des choses que tu peux pas imaginer ! Elle est peut-être toujours dans sa cave à moisir…

– Enfoiré… lâcha Marc, attendant le coup de grâce.

– Hé le macaroni !

Rocco se retourna. Il vit Lombardier qui se redressait peu à peu et qui se contorsionnait dans un rire nerveux et forcé. Giovanni allait lui mettre un coup de poing, mais son frère le stoppa net d'un geste de la main. Il se releva et abandonna Marc pour aller se positionner juste devant le détective.

– *Sei sveglio*[12] *?* Qu'est-ce qui te fait rire ?

Paul tira une cigarette à moitié tordue de sa poche de chemise et la porta à ses lèvres.

– Non, je me demandais juste pourquoi toi et ton frère vous êtes sapés comme dans *Grease*.

Le Calabrais écarquilla des yeux injectés de sang.

– Tu te demandes quoi ?

Marc se releva sur un genou et se rapprocha à quelques mètres de Lombardier.

Rocco pointa l'arme sur le détective.

Lombardier leva les yeux vers lui et planta son regard dans le sien. Il afficha son plus beau sourire.

– Je me demandais juste lequel faisait la femme pour l'autre.

Le visage du Calabrais vira à l'écarlate, les doigts de sa main libre se contorsionnèrent.

– Tu nous traites de pédés ? De *frocio* ! C'est ça ! *Stronzo di merda !*

Il tendit le bras armé du Glock comme on bande un arc. Il avait les yeux d'un fou.

Lombardier s'était relevé et lui faisait face. Il le défia une dernière fois du regard.

– Vas-y, montre-moi que t'as des couilles, siffla-t-il sur un ton goguenard.

---

12. Tu es réveillé ?

Le Glock se positionna dans l'axe de son visage.

Marc ferma les yeux, il pensa à Sandra puis à Lisa. Sa seule consolation était de savoir sa fille sortie de cet enfer désormais. Il vit leurs visages.

Oui, il les voyait.

Elles étaient là.

Et la détonation explosa dans la nuit.

CHAPITRE 72

22 h 38

Lisa courut dans le salon et décrocha le téléphone. Elle se mit à chercher dans tous les coins sur la table basse, puis sur le buffet qui lui faisait face. La voix de son Grand-Père lui trottait encore dans les oreilles. « J'ai noté le numéro personnel de Bossec, le gendarme, sur un Post-it près du téléphone du salon. Ferme la porte et appelle-le ! Tout de suite ! » lui avait-il intimé sur le seuil de la porte avant de descendre en courant vers sa voiture.

Elle attrapa le bout de papier d'une main fébrile et composa le numéro de portable qui y était écrit en pattes de mouches, presque illisible.

Elle porta le téléphone à l'oreille.

Après la cinquième sonnerie, le répondeur se déclencha :

– Bonjour, vous êtes bien sur le portable de l'adjudant Gilles Bossec. Je suis indisponible pour le moment, veuillez me laisser un message en déclinant vos noms et les raisons de votre appel et je ne manq…

– Mais putain, abrège !

Bip.

– Allô, je suis Lisa Vasseur, il faut que vous veniez tout de suite à Bellevue Park ! Mon père et mon grand-père sont en danger. Ils savent qui a fait du mal à ma mère. Je vous en prie ! Venez vite

Elle raccrocha, le combiné lui glissa des mains, elle se recroquevilla et lâcha tout. Les nerfs, les larmes, les cris. Il lui semblait avoir tout donné dans ce simple coup de téléphone et avoir gagné le droit de se liquéfier sur place, désormais. Elle ne quitterait plus ce carrelage, il allait l'aspirer et se repaître de tout son être.

Son front cogna le sol, elle serra les poings.

BAM !

Elle sursauta.

Ce bruit… Comme un pétard ou le claquement d'un pot d'échappement. Elle ouvrit un œil, essaya de percer le silence qui pesait dans la pièce. Il n'y avait plus rien. Juste elle et ses peurs.

Elle se releva à grand-peine.

Vas-y, ressaisis-toi.

Elle avança jusqu'à la porte d'entrée et y colla son oreille. Bien sûr elle n'entendrait rien, il y avait plus de dix centimètres de blindage là-dessous. Merci à la phobie sécuritaire de son père. Elle avança la main vers l'écran tactile placé juste à droite de la porte. Il s'illumina en détectant la chaleur de ses doigts. Un pavé numérique apparut.

Elle devait en avoir le cœur net. Elle tapa les quatre chiffres pour déverrouiller la protection de la porte. Elle entendit les pênes métalliques qui se rétractaient dans l'armature. Elle tourna la poignée, ouvrit et sortit sous le porche. La nuit et le silence l'enveloppèrent. Elle patienta quelques secondes, dans l'attente d'une indication, d'un détail que les cieux lui enverraient pour lui prouver qu'elle se faisait des idées, qu'elle n'avait entendu aucun coup de feu et que ce qui lui restait de famille allait lui revenir en entier.

Elle avança jusqu'à l'escalier et descendit sur la terrasse, puis dans le jardin. Elle marcha jusqu'à la Smart que Lombardier avait laissée en travers.

Aucun bruit.

Le silence.

Compact.

Oppressant.

BAN !

La détonation retentit dans le lointain et siffla jusqu'à ses oreilles, portée par le vent. Sa traînée sonore ne semblait pas avoir de fin. Elle la ressentit comme un coup de poing. La douleur vrilla jusque dans ses tripes. Elle porta la main à ses lèvres et étouffa un cri. Puis elle fit demi-tour et courut jusqu'à la maison, elle remonta les marches de l'escalier, passa la porte et la claqua dans son dos.

Elle était hors d'haleine. Les mains sur les genoux, elle tenta de reprendre son souffle et ses esprits. Elle ferma les yeux.

Elle posa ses mains à plat sur la porte et colla son front sur le panneau d'aluminium. Ça allait déjà un peu mieux. Elle respirait plus posément.

– Bonsoir, Lisa.

La voix qui venait de résonner dans son dos lui glaça le sang.

CHAPITRE 73

22 h 46

Il avait toujours les yeux fermés. Il attendait la deuxième détonation qui ne venait pas.

À la place, une voix familière.

– 'de Dieu, lâchez vos armes ! Lâchez-les ou je vous fais sauter le caisson !

Son cœur explosa dans sa poitrine en même temps que ses paupières laissaient à nouveau passer la lumière. Son père était là, à une vingtaine de mètres, près du X6. Il tenait les Italiens en joue avec sa vieille carabine.

Avec sa Winchester.

L'information fusa dans l'esprit de Marc comme une flèche. Cette vieille pétoire à canon superposé était une deux-coups. Et il avait déjà tiré une fois. Il n'aurait jamais le temps de basculer le canon et de recharger. Il allait se faire tuer. Ils allaient tous se faire tuer.

Giovanni détourna le regard de Marc et pointa son arme sur Robert qui hurla une nouvelle sommation.

– Butez-en un ! cria Lombardier.

Et dans le même temps, il fonça sur Rocco dont l'attention avait peu à peu glissé vers le fusil de chasse pointé sur son frère.

Voyant son père en danger, Marc prit une ultime impulsion et se jeta sur Giovanni. Il le percuta de plein fouet au moment où le coup de feu partait. La balle perfora la tôle du X6 à une vingtaine de centimètres de l'épaule de Robert. Marc et Giovanni terminèrent la tête dans la poussière. L'Italien fut le premier à se relever.

Lombardier accula Rocco contre un arbre. De ses deux mains entravées, il essaya de dévier le canon du Glock.

– *Figlio di cane !* rugit le Calabrais.

Un coup de feu retentit. Paul fut secoué d'un soubresaut, mais parvint à mettre un coup de tête dans la poitrine de l'Italien, au niveau du plexus solaire. Rocco eut le souffle coupé. Paul enchaîna avec un coup de genou dans le bas-ventre et lui fit lâcher le Glock.

Giovanni braqua son arme sur le visage de Marc. Mais le canon de la Winchester avait suivi le mouvement. La carabine cracha le feu et frappa le mafieux en pleine poitrine. Marc le vit décoller du sol et retomber dix mètres plus bas, dans les ronces et les herbes sauvages.

Paul jeta toutes ses forces dans une dernière poussée. Rocco lui rendit deux coups de poing dans les côtes, puis un coup de coude par-dessus l'épaule pour le faire ployer. Mais le détective encaissait sans céder. Il avait toujours les mains au niveau du ventre du Calabrais et parvint à empoigner la crosse du calibre .44 que Rocco lui avait confisqué et mis à sa ceinture. Dans la même seconde, Paul arma le chien et inclina le revolver sur l'entrejambe de l'Italien.

– T'as le bonjour d'Hélène, lui glissa-t-il à l'oreille dans un souffle rauque.

Il pressa sur la détente.

Le corps de Rocco se souleva sous la puissance de l'impact. Il hurla. Paul relâcha son emprise, l'Italien tomba sur le sol et roula sur lui-même en hurlant de douleur. Paul resta une seconde debout à le regarder, puis il chancela et s'écroula au pied de l'arbre.

Marc braqua le regard sur l'origine des cris et aperçut Lombardier au sol, inerte. Il se releva d'un trait et courut vers le détective. Il glissa en arrivant à son niveau et resta à genoux. Il lui releva la tête et regarda son ventre. Tout l'abdomen était gorgé d'un rouge sombre, la chemise collait à la peau et le sang n'arrêtait pas de refluer de la plaie. Robert arriva avec sa veste à la main. Il la roula en boule et essaya de stopper l'hémorragie.

– Il faut l'emmener à l'hôpital ! Aide-moi à le soulever ! cria Marc.

Il se pencha sur Paul et l'attrapa sous les aisselles. Robert l'aida.

– Où est ta bagnole ? dit Marc.

– Plus bas, je l'ai laissée quand j'ai entendu le premier coup de feu.

Ils descendirent le chemin aussi vite qu'ils le purent. Marc entendait Lombardier respirer bruyamment, il espérait que ça ne soit pas de mauvais augure. Ils arrivèrent à la Laguna. Robert déverrouilla les portières et ouvrit le côté passager. Ils installèrent Paul sur le siège en calant la veste sous la ceinture de sécurité pour qu'elle continue à comprimer la plaie tant bien que mal. Marc allait refermer la porte lorsque la main de Lombardier l'attrapa par la chemise.

– Marc…

– Paul, ça va aller, on vous emmène à l'hôpital.

– Allez… prendre mon arme. Di Stefano, votre femme, il l'a dit…

– Oui Paul, oui, ne vous en faites pas.

– Dans mon téléphone, Gilles Rambert… Un ami flic.

– OK, je vais l'appeler, dit Marc en sortant le Nokia de la poche de pantalon de Lombardier.

Il se releva, mais la poigne du détective se resserra sur le tissu de sa chemise et l'attira encore plus près de lui.

Il lui glissa deux phrases dans le creux de l'oreille.

La deuxième portière claqua alors que Robert appuyait sur le bouton Start pour mettre le contact.

Il prit ensuite un petit Opinel qu'il gardait toujours dans le vide-poches, le déplia et coupa les liens de Lombardier. Puis il interrogea son fils du regard.

– Vas-y, fit Marc, fonce, prends Lisa au passage et emmenez-le à l'hosto ! Bouge !

Il tapa deux fois sur le toit de la voiture. Robert mit plein gaz.

22 h 53

Marc remonta vers la scène de la fusillade. Il s'approcha d'abord du cadavre de Giovanni, fouilla ses poches et trouva les clés du X6. Puis il chercha par terre autour de la zone où Rocco et Paul avaient lutté. Il ramassa le Glock et le .44 et accorda un dernier regard au plus vieux des frères. Son corps gisait sur le sol terreux, recroquevillé sur lui-même, les mains resserrées sur le peu qu'il lui restait de parties génitales. Lombardier ne l'avait pas raté.

Il retourna à la voiture avec l'une des dernières phrases de son ami en tête.

Votre femme, il l'a dit.

Et c'était vrai, Rocco le lui avait dit.

Elle est peut-être toujours dans sa cave à moisir.

CHAPITRE 74

22 h 49

Lisa eut un mouvement de recul. Gregory se tenait face à elle, le visage en sueur.

– Lisa, non, écoute, n'aie pas peur.

– Putain, mais tu fous quoi ici, toi ! Comment t'es entré ?

Il avança vers elle en tendant la main.

– Je ne te veux aucun mal.

– Les gendarmes vont arriver, je… je les ai appelés.

– Je ne fais de mal à personne, mon trésor.

Elle écarquilla les yeux.

– Mon trésor ? Gregory, tu joues à quoi ?

Elle recula de quelques centimètres, le bas de son dos frotta contre l'un des tabourets de la cuisine, sous le plan de travail. Le vigile avança en même temps vers elle.

– Mon père est là-haut, tu… tu devrais partir.

– Ton père ? Ça m'étonnerait. Je crois qu'il est plutôt bien entouré à l'heure qu'il est. Et ton grand-père, je l'ai vu partir à toute blinde y a pas dix minutes. Donc, on est juste toi et moi.

Elle essayait de garder son calme. Respirer. Voilà, respirer normalement, surtout ne pas paniquer. Elle contourna l'îlot en tâtonnant avec ses mains derrière son dos pour se repérer. Si seulement elle pouvait arriver à l'évier, il y avait le bloc de couteaux de cuisine juste à côté. Elle devait être à moins de trois mètres.

Elle n'osait pas détourner le regard. Gregory avança encore, à tâtons, comme s'il essayait d'amadouer un animal sauvage. La voix était mielleuse et engageante, mais dans ses yeux elle décelait quelque chose qui ne lui plaisait pas.

Il portait sa tenue de vigile, avec tout son attirail : sa matraque et son pistolet Taser. Sa main gauche était posée sur son ceinturon, à la manière d'un shérif de western.

– Gregory, s'il te plaît, pense… Je sais pas… Tu as une femme, non ? Un fils ?

Il ricana.

– Ma femme ! Elle s'est barrée il y a huit mois, avec mon gosse. Barrée, tu m'entends ! Mais comme ça, c'est bien, rien ne peut s'opposer à notre amour !

Il fit trois pas rapides et se retrouva presque collé à elle. Il tenta de l'enlacer. Elle cria et ne réfléchit même pas. D'instinct elle déplia le bras et lui envoya son poing fermé en pleine figure. La tête du vigile dévissa et il porta la main à sa joue.

– Espèce de…

Elle prit ses jambes à son cou et courut vers l'escalier du premier étage. Il essaya de l'attraper au passage, mais sa main se referma sur un courant d'air et deux cheveux blonds.

– Espèce de salope ! cria-t-il. Viens ici tout de suite !

Lisa monta quatre à quatre les marches de l'escalier, elle entendit le pas nerveux de Gregory dans son dos. Elle arriva à l'étage et perdit l'équilibre à la dernière marche, elle se rattrapa des deux mains contre le mur.

– Salope !

Sa voix lui glaça les veines, elle avait l'impression qu'il lui criait à l'oreille, tant il était près. Elle courut dans le couloir, Gregory bondit hors de l'escalier et en deux sauts se retrouva à un mètre de distance. Elle s'engouffra dans sa chambre et claqua la porte. Il la prit en pleine figure et hurla de douleur. Elle eut le temps de fermer à clé alors qu'elle l'entendait vociférer sa rage de l'autre côté de la cloison.

– Sale petite pute, ouvre-moi tout de suite !

Il donnait de grands coups de pied dans la porte qui tremblait sur ses gonds. Avec peine, elle arriva à tirer son bureau pour entraver encore un peu le passage et à le caler juste sous la poignée de la porte.

Elle regarda autour d'elle, affolée, il lui fallait de l'aide, appeler quelqu'un. Son iPhone ? Elle l'avait laissé au salon. Elle alla à la fenêtre et l'ouvrit en grand.

– Au secours ! À l'aide ! Au secours ! Aidez-moi !

Elle pouvait crier, son père et son grand-père étaient loin. Quant aux voisins, les maisons elles aussi étaient trop éloignées. Et la sécurité du Parc ? Elle était déjà là, en train d'essayer de défoncer sa porte façon Jack Nicholson dans *Shining*.

– Lisa, allez quoi… Bon, Lisa, je suis désolé ! On n'a qu'à tout oublier ! Je rentre chez moi. On ne le dira à personne.

Elle se figea.

Elle l'entendit rebrousser chemin dans le couloir et descendre l'escalier. Elle avança vers la porte, ses jambes tremblaient tellement qu'elle pensait s'effondrer à chaque foulée. Elle s'arrêta à un petit mètre du bureau et tendit l'oreille. Il était parti ?

Elle fit un pas de plus.

Son cœur cognait fort dans sa poitrine, comme si on lui donnait des coups de marteau à l'intérieur. Il fallait qu'elle sorte d'ici, qu'elle trouve le moyen de s'échapper ou de prévenir quelqu'un. À moins de rester barricadée. Elle essaya de se tempérer. Elle inspira et expira, une fois, puis deux. Le calme revint peu à peu dans son organisme. Elle alla s'asseoir sur le bord de son lit et posa ses mains sur ses cuisses.

Soudain elle entendit un bruit de pas de course dans les escaliers. Comme si la scène se jouait au ralenti, elle décomposa chaque son, la résonance des foulées dans le couloir, le cri barbare qu'il éructa… et le premier coup de pied qu'il envoya dans la porte.

Elle retourna à la fenêtre.

– À l'aide ! Au secours !

L'enfer se déchaîna dans le couloir. Coups de pied, d'épaule, de poings. Gregory criait comme un fou. Le bureau tenait toujours son rôle en bloquant la poignée. Mais soudain, le bois du cadre se fissura avant de céder complètement sur un dernier coup de pied.

– Tu vas voir ce que tu vas prendre !

Lisa passa le buste par la fenêtre. Elle avisa la terrasse en dessous et la gouttière juste à sa gauche. Elle enjamba le rebord et attrapa le tuyau de métal de la main droite.

Les pieds du bureau raclèrent le sol comme les griffes d'un animal et l'entrée fut entièrement dégagée.

Lisa posa le pied sur le support de la gouttière. Elle se laissa glisser, ne se tenant plus au rebord de la fenêtre que de sa seule main gauche. Elle baissa encore les yeux vers la terrasse qui se trouvait trois mètres plus bas. Elle entendit les vociférations de son agresseur monter derrière elle.

Elle devait sauter.

Elle ferma les yeux et lâcha la fenêtre en faisant un pas dans le vide.

Mais elle ne tomba pas.

Une poigne de fer venait de se resserrer autour de son poignet. Gregory l'avait attrapée en plein vol. Il remonta ses cinquante-deux kilos par la fenêtre comme si elle n'était qu'une vulgaire poupée de chiffon. Puis il la jeta sur le lit. Elle rebondit sur le matelas, mais parvint à se retourner pour voir le vigile fondre sur elle. Son pied partit en direction du visage. Gregory esquiva, bloqua sa jambe avec une main et monta à califourchon sur elle.

Elle hurla.

– Ta gueule ! Ferme ta putain de gueule !

Il la gifla plusieurs fois jusqu'à ce qu'elle perde en combativité. Il se pencha sur elle et commença à l'embrasser dans le cou.

– Arrête, arrête je t'en supplie…

Mais il n'arrêtait pas. Il la respirait, se vautrait sur elle. Il cala un genou entre ses cuisses et se pencha encore un peu plus. Elle pleurait de rage, mais cela parut l'exciter davantage. Il lui parla à deux centimètres de la bouche.

– Tu sais ce qu'ils m'ont dit ? Ils m'ont demandé ce que je voulais quand ils m'ont fait effacer les vidéos des caméras du Parc. Alors moi j'ai juste dit : je la veux elle, je veux Lisa.

Il empoigna un de ses seins tandis qu'il défaisait sa ceinture de l'autre main.

– Tu vas voir, ça va te plaire.

CHAPITRE 75

Juliette jeta le sac par-dessus son épaule et commença à arpenter le trottoir. Onze heures passées et elle avait un peu de route à faire avant d'arriver à destination. Pas grave, elle aimait marcher et ses Converse ne craignaient plus le rab de kilomètres, au point où elles en étaient.

Elle pensa à Sandra. Ça allait donc se terminer comme ça entre elles ? Les « friends forever *» qu'elles dessinaient au gros feutre sur leurs Eastpack, les soirées passées à discuter et à refaire le monde, à vivre leur futur comme dans une chanson d'Aerosmith, en imaginant que tout serait possible, ce profond attachement et cette compréhension qu'elles avaient immédiatement ressentis l'une pour l'autre... Tout ça ne comptait plus ?*

Les Inséparables ne l'étaient plus tant que ça.

Elle posa le sac à ses pieds, s'alluma une clope et resta interdite quelques instants sur le trottoir, à ruminer cette situation. OK, elle avait merdé. On n'annonçait pas comme ça à sa meilleure amie qu'on voulait mettre les voiles du jour au lendemain. Surtout quand l'amie en question avait enfilé les vodkas orange comme des perles depuis le début de soirée.

C'était le clash assuré.

À moins que ce soit ce qu'elle avait cherché. Parce qu'elle savait que ce serait difficile, qu'elle aurait toutes les peines du monde à se justifier de façon posée. Provoquer Sandy quand elle avait un coup dans le nez, c'était l'assurance d'une sortie de piste verbale. Elle avait le sang chaud.

Comme elle.

Mais quand elle repensait aux raisons qui la poussaient à partir, elle n'hésitait plus. Et si Sandy les connaissait, elle lui conseillerait aussi de faire la même chose.

Elle tira une taffe sur sa Marlboro et recracha la fumée presque aussitôt. Il fallait qu'elle lui parle. Elles ne pouvaient pas se quitter comme ça. Elle ramassa son sac et repartit en direction du bar.

Elle n'avait pas fait trois pas qu'une voiture s'arrêta le long du trottoir.

– Tu vas où comme ça avec un sac aussi lourd ?

Elle se retourna. Un mec dans sa bagnole, un break Citroën, qui venait de baisser la vitre et passait la tête pour lui parler.

– Tu veux que je te dépose ?

Elle le reconnut, c'était ce gars qui s'était retourné l'autre jour car elles faisaient trop de bruit au pub. Et elle l'avait revu ce soir aussi, en train de boire son verre seul. Il n'avait pas l'air bien méchant, juste un peu coincé.

– Non, je te remercie, je vais retourner au bar, j'ai une amie qui m'attend.

– C'est la petite blonde ?

Elle parut intriguée.

– Elle est blonde, oui. Pourquoi ?

– Je l'ai vue repartir avec un mec. Elle lui a demandé de la raccompagner dans un... un sanctuaire, je crois. Je n'ai pas dû bien comprendre. J'étais au comptoir à côté d'eux.

– Ah... Bon, oui elle devait rentrer.

– Alors je te ramène ?

Juliette hésita. En effet cela l'aurait bien arrangée de se faire déposer. La grange était encore assez loin d'ici.

Elle regarda le type. Assez jeune, mignon et pas l'air bien méchant. Pas de quoi lui donner le bon Dieu sans confession non plus, mais ça allait.

– Tu vas vers où ? demanda-t-il.

– À l'entrée de Nice, enfin sur les hauteurs. J'ai un ami qui a un terrain là-bas, avec une grange qu'il n'utilise pas. Et toi, de quel côté tu te diriges ?

– Je passe par là aussi. J'ai des amis qui jouent dans un pub ce soir dans le vieux Nice. Des reprises de Led Zep, des Stones, Doors, etc. Je vais les voir.

Ses yeux s'illuminèrent.

– Ça a l'air cool.

– Un peu oui, tu peux venir si tu veux, je te ramènerai après.

Elle hésita encore un peu, mais elle sentait la balance pencher de plus en plus dans le sens de cette proposition. Elle repensa à Sandra qui s'était fait raccompagner elle aussi, à moitié ivre.

Ce n'était pas la première fois qu'elle faisait du stop.

– OK, dit-elle, ça me va.

– Parfait, mets ton sac sur la banquette arrière et on y va. Je dois juste passer chez moi d'abord pour prendre une bouteille qu'on fera entrer en douce au pub. J'ai pas envie de donner cent balles pour une bouteille qui en vaut vingt.

– C'est sûr.

Elle monta à ses côtés et la Citroën démarra. Ils roulèrent pendant une demi-heure, longèrent la voie sur berge qui regagnait la ville. Puis la voiture s'engagea sur une route qui remontait dans les hauteurs, dans les quartiers les plus huppés du secteur.

– Tu habites à Cimiez ? La classe.

Il lui sourit.

Il arriva face à un portail en fer forgé dont il fit ouvrir les deux vantaux en appuyant sur une petite télécommande. Il gara la Citroën dans l'allée, face au garage.

– Attends-moi là, lui dit-il, j'en ai pour deux secondes.

Il sortit de la voiture et monta en courant les quelques marches de l'escalier qui amenait au perron. Elle le vit chercher dans sa poche les clés et ouvrir la porte avant de disparaître à l'intérieur.

Elle attendit patiemment en regardant le jardin à travers la vitre. Il était très bien entretenu, les bordures coupées à ras des massifs de fleurs et le coin de pelouse bien vert et tondu. Au bout de quelques minutes, elle commença à trouver le temps long. Elle sortit du véhicule et s'alluma une autre cigarette. Elle tira quelques taffes avant de regarder sa montre. Cela faisait bien un quart d'heure qu'il était entré.

Elle jeta la cigarette au sol, contourna la voiture et arriva au pied des marches. Elle leva les yeux, la porte d'entrée était restée entrouverte.

– Hé oh ?

Elle monta jusqu'au seuil. Elle poussa la porte et mit un pied dans le vestibule. Un long couloir s'offrait à elle, mal éclairé. Elle avança à l'intérieur. Il était moins long qu'il n'y paraissait, juste à gauche elle trouva une ouverture qui conduisait au salon. Toute la décoration était vraiment passée de mode avec cette tapisserie rayée aux murs, ce mobilier en bois brun marqueté de multiples arabesques et ces rideaux de velours qui devaient absorber toute la lumière de la pièce en journée. Bon sang, ce mec aimait Led Zep et les Stones ? On avait plutôt l'impression qu'il vivait chez sa mère.

– Tu as trouvé la bouteille ?

Elle entra dans le salon. Une seule petite lampe éclairait l'endroit qui se prêtait volontiers aux ombres chinoises et n'avait rien de bien rassurant. Sur le bahut qui occupait tout un pan de mur, elle avisa une magnifique boîte en acajou que l'on avait laissé posée là. Elle s'approcha et la prit en mains. C'était une boîte à bijoux à la finition luxueuse.

Et s'il y avait un peu de blé là-dedans ?

Elle tourna la tête de tous côtés et sonda la pièce. Elle était seule. Elle ouvrit la boîte, mais déchanta. Il n'y avait pas l'air d'avoir d'argent. En revanche étaient empilées des dizaines de cartes d'identité. Elle posa la boîte juste devant elle et en prit une. C'était une vieille carte en apparence banale. Elle la déplia.

– Qu'est-ce que... ?

Elle voulut crier de toutes ses forces et fuir cet endroit dans la seconde.

Mais deux mains nerveuses se refermèrent autour de son cou.

CHAPITRE 76

22 h 58

Jamais la Laguna n'avait été à pareille fête. Robert descendait le chemin de terre pied au plancher. L'adrénaline du quart d'heure qui venait de s'écouler n'avait pas encore totalement déserté son vieil organisme. Il ressentait pourtant la fatigue dans chaque fibre musculaire, chaque tendon. Un véritable concert de douleur et de tiraillement dans lequel toutes les parties de son corps jouaient leur partition.

Il négocia une courbe au cordeau, les roues arrière dérapèrent sur les aiguilles de pin qui jonchaient le sol, mais il réussit à rattraper le véhicule et à le maintenir sur la piste forestière. Il jeta un œil à Lombardier. Sa poitrine frémissait encore, mais il ne semblait pas bien gaillard.

– Tenez le coup Paul, tenez le coup, bordel !

D'une main aveugle, il essaya de réajuster sa veste roulée en boule entre la ceinture de sécurité et l'abdomen de Lombardier. Il jeta un œil avant de revenir sur la route. Le sang avait imprégné la majeure partie du vêtement et de l'assise du siège.

Il rétrograda pour anticiper au mieux la sortie du sentier qui allait le ramener sur la route bitumée du Parc. Encore une minute à ce train d'enfer et il arrêterait la Laguna en face de la maison de son fils, puis en sortirait pour aller chercher Lisa et la ramener dare-dare dans le véhicule, direction l'hôpital central.

Trente secondes montre en main.

Il s'accrocha à cette idée alors que le portail de la villa de Marc surgissait dans ses phares. Il monta sur les freins, la voiture pila net devant la grille. Il lui sembla entendre le cri d'un animal nocturne à l'extérieur. Il coupa le contact et ouvrit la portière.

Il se tourna vers Lombardier, prit son poignet et posa son pouce à la base de la paume. Il sentit un pouls, faible, mais présent.

– Je vais chercher Lisa, je reviens dans trente secondes…

Robert descendit de la voiture. Après avoir déverrouillé le portillon, il courut jusqu'à la porte d'entrée. Fermée. Et il n'avait pas cette putain de carte magnétique sur lui pour l'ouvrir. Il maudit la technologie une fois de plus et se mit à tambouriner à la porte.

– Lisa ! C'est moi ! Ouvre ! On doit se magner !

Aucune réponse. Il patienta cinq secondes et répéta l'opération. Bordel, elle s'était endormie ou quoi ? Il eut une vision d'elle, allongée sur son lit, ses écouteurs greffés aux oreilles. Il allait devoir gueuler sous sa fenêtre.

Il longea la façade pour faire le tour de la maison.

– À l'aide ! Au secours !

Le cri déchira la nuit et mit un énième coup de fouet à son système nerveux.

– 'de Dieu, Lisa ?

Il tourna à l'angle de la maison et leva les yeux vers la chambre de sa petite-fille. Juste à temps pour voir une paire de baskets disparaître à l'intérieur de la pièce par la fenêtre grande ouverte.

– Lisa !

Il l'entendit hurler à nouveau.

Bordel de merde, qu'est-ce qui se passait encore ? Il pensa à Di Stefano, ce fumier avait sûrement d'autres complices dans le Parc. Il sentit une montée de stress envahir tout son organisme. Il fallait qu'il rentre à tout prix dans la maison. Pas par la porte, c'était impossible sauf à tirer dessus au canon de 75.

La baie vitrée du rez-de-jardin s'imposa à lui. Il la revoyait, avant qu'il ne parte tout à l'heure, les volets roulants n'étaient pas baissés. Il repartit en sens inverse, courut sans se poser de questions sur le point de côté qui commençait à remonter dans sa cage thoracique. Il repassa devant l'entrée et prit l'angle qui contournait le flanc opposé de la maison tout en faisant attention de ne pas glisser à nouveau sur le talus.

Enfin la baie lui apparut. La lumière filtrait de l'intérieur. Les volets étaient bien remontés comme dans son souvenir. Il essaya de l'ouvrir en prenant la poignée à pleines mains.

– Bordel ! Elle est fermée !

Il courut pour attraper une des chaises en teck qui composait le mobilier de la terrasse, l'empoigna par le dossier et revint vers la baie. Il la jeta de toutes ses forces contre la vitre. Le verre se fendit de toutes parts. Il réitéra l'action de toutes ses forces.

La vitre explosa.

23 h 12

Il entra par l'arrière du salon et reprit son pas le plus rapide pour remonter jusqu'au hall d'entrée et s'engouffrer dans la cage d'escalier. Il gravit les marches quatre à quatre en soufflant comme un buffle et lorsqu'il arriva à l'étage, il surprit les cris étouffés de sa petite-fille entremêlés de sanglots et de râles. Il puisa dans ses réserves et accéléra encore le pas jusqu'à sa chambre.

– Petite salope, tu vas aimer ça…

Il perçut la voix de l'homme alors qu'il passait le seuil. Il braqua le regard en direction du lit et le vit, couché sur elle, à tenter de lui arracher ses vêtements en l'insultant.

Le sentiment qui explosa en lui à ce moment-là fut tel qu'il eut l'impression de ne l'avoir jamais éprouvé de sa vie. La rage la plus folle mêlée à un dégoût si profond qu'il ne pouvait contrôler ni l'un ni l'autre et encore moins les endiguer. Il se jeta sur Gregory en criant telle une bête fauve, l'empoigna au niveau des épaules et l'arracha à sa proie pour l'envoyer valser contre le bureau qui se trouvait toujours en plein milieu du passage.

– Lisa, viens ! cria-t-il en arrivant à son chevet.

Il ne reconnut même pas son visage. Des traces de bleus commençaient à germer sous les sillons de ses larmes et du maquillage qui avait coulé. Elle replia ses jambes en position fœtale. Elle n'arrêtait pas de trembler.

– Lisa, viens, on sort d'ici, dit-il en l'attrapant par le poignet.

Elle leva le visage puis pointa le doigt dans son dos en écarquillant les yeux.

Robert se retourna. Gregory était debout, il rattachait son ceinturon, un sourire malsain greffé au visage. Il tira le Taser de son étui.

– Ça, le vieux, tu vas me le payer…

Il arma le pistolet électrique qui cracha un premier crépitement puis le braqua sur Robert. Il enfonça la gâchette et la cartouche de gaz libéra les deux électrodes chargées de courant. Robert avait déjà un genou sur le lit. Il se laissa tomber sur Lisa pour la protéger. Les dards le loupèrent de peu et allèrent se planter dans un poster juste au-dessus de la tête de lit. Gregory jeta son arme au sol et sortit sa matraque rétractable. D'un coup de fouet du poignet, l'arme s'allongea de quarante centimètres.

Robert poussa Lisa hors du lit alors que le vigile arrivait dans son dos le bras levé. Il prit le premier coup de matraque en plein dans l'épaule et s'écroula contre le mur.

– Tu l'as voulu, tu vas l'avoir ! hurla Gregory en enjambant le lit.

Il se retrouva de l'autre côté, là où Robert était à genoux. Le septuagénaire jeta un regard fiévreux à sa petite-fille.

– Cours ! Sauve-toi !

Mais Lisa était tétanisée. Elle ne bougeait plus.

– Cours, mais cours ! cria-t-il.

Il reçut un deuxième coup, puis un troisième, mais parvint à se protéger un peu en roulant son épaule. Il lâcha un autre cri tant la douleur était vive et envoya son pied en arrière, là d'où il sentait venir les coups. Le talon de sa chaussure frappa avec force la rotule de Gregory qui posa un genou à terre. Robert doubla la dose avec un coup de pied en pleine figure. Le vigile hurla en portant la main à son nez.

Lisa se rua sur son grand-père. Elle l'aida à se lever, passa son bras sous son aisselle et lui servit de béquille jusqu'à la porte.

– Je vais vous tuer ! Putain je jure que je vais tous vous tuer !

Robert passa une main dans le dos de sa petite-fille et la poussa complètement hors de la chambre. Il lui hurla à la figure.

– Cours, j'ai dit ! Maintenant !

Elle prit l'ordre de plein fouet et s'exécuta de manière instinctive. Elle courut jusqu'aux escaliers puis se retourna pour voir s'il la suivait.

Mais non.

Il était resté en arrière pour faire barrage.

Gregory sortit de la chambre. Il essuya le sang qui coulait de son nez d'un revers de manche puis se rua sur Robert en criant. Elle vit son grand-père éviter un coup de matraque qui alla éclater un tableau de famille au mur. Puis un deuxième, en latéral, qui frappa de l'autre côté du couloir. Gregory fendait l'air de manière désordonnée et approximative. Comme un fou.

À force de parer les attaques, Robert sentait peu à peu revenir les réflexes du boxeur semi-professionnel qu'il avait été. La mémoire corporelle se réveillait de façon progressive. Il monta sa garde et prit naturellement appui sur ses plantes de pied pour gagner en mobilité. Il esquiva une nouvelle charge et envoya deux *jabs* rapides du gauche pour tenir son adversaire à distance, en gardant son bras droit bien replié. Le vigile parut surpris.

– Tu veux jouer, hein, le vieux ? Alors on va jouer !

Il fit voler la matraque dans tous les sens. Robert esquiva une nouvelle fois, mais prit deux autres coups violents sur le haut du biceps. Il serra les dents, il avait l'impression qu'on lui éclatait les os au marteau-piqueur. Il tenta un *jab* pleine tête. Raté, mais son assaillant recula d'un pas. La matraque revint très vite dans son champ de vision, il allongea du gauche pour entraver sa course. Le poignet de Gregory frappa le sien, laissant ouvert le reste du corps.

Une étincelle crépita dans les yeux de Robert.

Maintenant !

Il balança dans le poing droit tout ce qui pouvait lui rester de force. Le bras se déplia tel un piston à une vitesse phénoménale et alla s'écraser sur la mâchoire adverse. La tête du vigile vrilla en expurgeant un flot de salive et de sang qui tacha le mur. Il s'écroula sur le sol comme le sac d'un matelot jeté à quai. Robert chancela et se retint au mur pour ne pas s'effondrer lui aussi.

– Première règle… Quand on combat, on ferme toujours sa grande gueule, souffla-t-il en regardant le corps inerte.

Lisa arriva en courant. Elle se pendit à son cou en pleurant et lui arracha une grimace. Il n'arrivait même plus à bouger son épaule tellement elle était en feu. Il avait la sensation qu'elle avait doublé de volume.

Il passa une main ridée et tremblante dans ses cheveux blonds.

– Allons, dit-il en la serrant contre lui, il faut partir d'ici. Et vite.

CHAPITRE 77

23 h 06

Le X6 arriva à la fin du sentier et bifurqua pour remonter vers le lac. Marc essayait de recouvrer un semblant de cohérence dans sa façon de penser, mais c'était impossible. Son esprit était un champ de mines et il avait déjà sombré dans le fatalisme le plus total. Si Sandra était encore vivante, dans quel état la retrouverait-il après trois mois passés entre les mains de Di Stefano et de ses sbires ? Était-il arrivé au bout des révélations de cette histoire ? Jusqu'à présent, à chaque fois qu'il avait eu l'impression de parvenir au terme de toutes ses découvertes, le destin en avait toujours remis une dernière louche dans l'assiette.

23 h 08

Il gara le SUV à l'abri des arbres et choisit de remonter à la villa par l'arrière. Ils avaient déjà fait l'erreur une fois de se pointer la bouche en cœur par l'entrée principale, on savait où cela les avait menés. Il prit les deux armes à feu qui étaient sur le siège passager et descendit du véhicule. Il glissa le petit Smith & Wesson dans son dos, dans la ceinture de son pantalon, et garda le Glock à la main. Puis il avisa le Nokia de Paul qu'il avait aussi posé à côté des revolvers. Il le prit et entra dans le menu des contacts pour trouver le nom de Gilles Rambert. Il vérifia que le réseau passait, écrivit un SMS et valida l'envoi. Il reposa le téléphone dans la voiture et claqua la portière.

Il gravit la pente sombre qui lui faisait face. Il n'y voyait pas grand-chose, les arbres étaient bien trop resserrés dans cette zone pour laisser la lune s'exprimer. Il n'osa pas se servir de la fonction lampe torche de son iPhone de peur de se faire repérer. Avec Di Stefano derrière tout ça, on pouvait penser de façon raisonnable que d'autres complicités étaient envisageables. Mieux valait éviter d'attirer l'attention de la sécurité du Parc par exemple. Il essaya de se repérer à l'instinct, en visualisant la position que devait avoir la villa derrière ce rideau forestier.

Il ne tarda pas à apercevoir les contours du mur qui encerclait l'arrière de la bâtisse et la cour par laquelle les deux Italiens les avaient fait sortir. Il le longea pendant quelques secondes en s'accroupissant le plus possible. Il arriva à la porte en bois et avisa le boîtier maçonné dans le mur juste à sa gauche qui présentait un lecteur de badges optique surmonté d'un clavier à touches.

Il avait remarqué quelque chose de très intéressant tout à l'heure quand Giovanni l'avait ouverte lorsqu'ils étaient encore de l'autre côté. Il avait pianoté le même code que celui que Di Stefano avait donné à Paul dans le salon un peu plus tôt. De là à penser que le vieil Italien avait la mémoire fragile et n'en utilisait qu'un seul et unique pour toute sa sécurité, il n'y avait qu'un pas qu'il franchit avec un entrain forcé. En espérant ne pas se tromper et qu'un faux code ne donnerait pas l'alerte dans toute la villa.

Il enfonça les touches avec un mélange de fébrilité et de conviction au bout des doigts.

5738AA.

Bzzzz. La porte s'ouvrit. Il fila à l'intérieur à toute vitesse. Il se souvenait parfaitement des lieux et repéra tout de suite la porte vitrée par laquelle ils étaient sortis de la maison. Il traversa le salon d'été et se colla à la façade. Sans se montrer à travers la vitre, il allongea la main et tourna la poignée. Elle n'était pas verrouillée.

Il avança dans le couloir qui menait au hall d'entrée. Il tenait le Glock à bout de bras, à la manière des flics dans les séries américaines. À la différence qu'il se sentait complètement inapte à faire mouche sur quelqu'un étant donné qu'il n'avait presque jamais appuyé sur la gâchette d'une arme réelle de sa vie. Et qu'à la fête foraine, c'était toujours Robert ou Lisa qui ramenait une peluche du tir à la carabine.

Son regard fraya dans toutes les zones, le rez-de-chaussée avait l'air désert. Aucune trace de Di Stefano. Dans le hall d'entrée, il passa rapidement devant le grand escalier pour gagner le salon. Il avait l'une des portes en point de mire, celle par laquelle les Italiens étaient arrivés et qui avait une serrure électronique. Les trois verres de whisky étaient encore posés sur le bar. Il contourna le sofa et arriva devant la porte. Il composa le code et, comme précédemment, le verrou se rétracta. Il ouvrit la porte.

Un couloir d'une quinzaine de mètres de long se présenta à lui. Deux portes entrouvertes étaient en enfilade sur la droite. Marc y jeta un œil pour vérifier que Di Stefano ne s'y trouvait pas en embuscade. Mais son instinct lui hurlait que c'était au bout du couloir que cela se passait. Et surtout en dessous. Si l'Italien avait une *panic room*, elle était forcément en sous-sol.

Des tableaux de scènes de guerre sombres l'accompagnèrent jusqu'à une dernière porte. Elle ouvrait sur un escalier métallique assez étroit. Un pressentiment l'assaillit. Le canon du Glock le précéda, marche après marche, alors qu'il s'enfonçait un peu plus dans les entrailles de la villa. Il arriva dans une sorte de salon avec deux sofas, une table basse garnie de revues et de journaux comme dans une salle d'attente de dentiste.

En face, une unique porte. Et il était quasi certain qu'on ne soignait pas beaucoup de caries là derrière. Un petit écran tactile se trouvait à côté, avec les chiffres en surbrillance. Une lumière rouge juste au-dessus du clavier signifiait que le système était verrouillé. Ce n'était pas le même système que pour les précédentes portes. Il s'approcha et composa encore la même série de chiffres et de lettres. Aucun son. La led resta dans le rouge.

– Merde, putain…

Di Stefano n'avait pas été si imprudent. Cette porte nécessitait une autre combinaison. Marc se prit la tête entre les mains. C'était fini, il ne pourrait pas entrer dans cette pièce. Il devait se débrouiller pour trouver l'Italien et lui faire cracher le code. Il regarda encore le clavier tactile et quelque chose le frappa. Il n'y avait que des chiffres, pas de lettres. La combinaison était forcément une série numérique. Ça ne la rendait pas plus simple à trouver pour autant.

Réfléchis putain, réfléchis… Des chiffres… Une date de naissance ?

Il ne connaissait pas celle de Di Stefano. Et Dieu seul savait ce que ce taré avait pu choisir. C'était peine perdue. Il allait faire demi-tour et remonter à l'étage lorsque sa pensée s'illumina comme un éclair.

L'un des plus beaux jours de ma vie, je le convoitais depuis des années.

– La date d'achat du Botticelli ?

Il fouilla dans sa mémoire. Que lui avait dit l'Italien déjà ? Il y a douze ans ? En 2005, en mai 2005, oui c'était ça. Et le jour ? Le… Le 12 ! Oui, le 12 mai 2005 !

Il positionna son index sur le clavier et tapa : 120505. La lumière ne broncha pas.

Réfléchis…

Il essaya une variante : 12052005. Une led verte s'alluma aussitôt et remplaça la rouge. La porte se déverrouilla et s'ouvrit sur deux centimètres.

Il entra dans la pièce en traînant toute l'appréhension du monde avec lui.

23 h 17

Le noir était quasi total. Il hésita à prononcer un mot. Le sang battait dans ses tempes, son pouls commençait à s'emballer. Sa main tâtonna sur le côté du mur, à la recherche d'un interrupteur qu'il ne trouva pas.

Il n'y tenait plus. Il chuchota :

– Sandra… Sandra c'est moi, tu es là ?

Silence.

Sa main accrocha une sorte de petit levier. Il le bascula en position haute. Les néons crépitèrent avant d'inonder la pièce d'une lumière neutre et agressive.

Aucune trace de Sandra. À première vue. L'agencement de la pièce était aussi chirurgical que son éclairage. Il y avait à droite un bureau sur lequel étaient installés trois moniteurs dans une configuration assez similaire à la sienne. Des étagères fermées de couleur grise recouvraient les murs. Un canapé, assez imposant, était tourné vers la seule partie de mur laissée libre. Cela lui évoqua tout de suite une salle de projection. Il se tourna et leva les yeux. Au-dessus de la porte, dans une niche judicieusement réalisée, apparaissait un objectif de projecteur vidéo.

Il avança jusqu'aux étagères. Elles avaient été réalisées sur mesure tant elles épousaient parfaitement les contours de la pièce. Il en ouvrit une. Elle contenait une vingtaine de disques NAS, des Synology modèle douze baies pour la plupart, tous montés en réseau et qui dégageaient la chaleur d'un chauffage d'appoint. Du gros matos.

L'intérieur de l'armoire adjacente le fit remonter dans le temps. Il y trouva des disques CD et des cassettes VHS rangées dans une classification qu'il ne déchiffra pas tout de suite. Il y en avait des dizaines, des centaines peut-être. Il passa à l'armoire d'à côté, elle présenta le même contenu. Et pareil pour la troisième.

Bon sang.

Il fit volte-face et se rendit vers le bureau. Il y avait une tour d'ordinateur sous les trois écrans. Il s'assit et l'alluma. Par chance on ne lui demanda aucun mot de passe cette fois-ci. Il navigua dans l'arborescence du disque dur pour trouver la trace des serveurs réseau. Cela n'était pas trop difficile, ils étaient en circuit fermé. En revanche il imaginait volontiers que Di Stefano avait dû mettre le paquet en termes de proxy et de pare-feu pour empêcher toute intrusion venant de l'extérieur. Il entra dans l'un des disques au hasard. La liste de fichiers était presque interminable. Que des vidéos ou des photos. Il choisit le premier qui se trouvait sous le curseur de la souris. Son index hésita une seconde, puis double-cliqua sur le bouton gauche.

Le lecteur vidéo se lança.

L'image le plaça dans une sorte de cave humide et sombre, même si des spots étaient disposés pour éclairer le centre de la scène.

Il eut un premier haut-le-cœur.

Une jeune femme était suspendue par les mains au milieu de la pièce. Ses pieds touchaient à peine le sol. Elle était totalement nue. Un homme entra en scène, nu lui aussi, mis à part cette cagoule de cuir qui lui barrait le visage. Il était énorme. Sa corpulence devait faire trois fois celle de la fille. On devinait qu'il avait déjà un certain âge. Il la rejoignit en se masturbant pour faire venir son érection. Puis il se plaça dans son dos et commença à la pénétrer violemment. La fille pleurait et gémissait, implorait qu'on la laisse repartir.

– Nom de Dieu, c'est pas vrai…

Le gros commença bientôt à se déchaîner en la prenant de plus en plus fort. Il l'insultait, lui assénait de grandes fessées, entre deux grognements d'animal en rut. Marc avait la nausée. Il voulut arrêter la vidéo mais, à cet instant, un autre homme entra en scène, habillé de noir et portant le même style de cagoule. Il était bien plus svelte. Marc vit scintiller quelque chose sur ses phalanges.

Un poing américain.

Il se positionna face à la fille, lui releva le menton et la frappa deux fois avec une violence inouïe. Quand il eut fini, le visage de la fille avait disparu sous un voile de sang. Cela avait l'air de décupler l'excitation du vieux qui la tamponnait de plus belle. Il finit par pousser un râle rauque et ralentit sa cadence. La fille n'était plus agitée que de légers soubresauts.

Le gros se retira et prit une serviette pour s'essuyer le sexe. Il passa devant la fille et lécha son visage ensanglanté avant de lui gifler les seins. Il lui murmura quelque chose à l'oreille. Puis il sortit du cadre en boitant.

Marc n'en pouvait plus. Il positionna la flèche de la souris sur la croix de fermeture de la fenêtre. Mais quelque chose l'arrêta et son index resta figé à deux millimètres du bouton de clic. Une sensation de déjà-vu.

En boitant, obèse... Bon sang, mais...

Lorsqu'il revint face caméra, l'homme tenait une machette entre les mains. Il la fit tournoyer dans l'air, puis passa le pouce dessus pour en vérifier le tranchant. Il éclata alors d'un rire gras. Marc avait déjà entendu ce rire, pas plus tard que ce matin.

Joubert...

L'homme empoigna le sein droit de la fille qui ne protestait même plus. Il leva la machette et l'abattit aussitôt en hurlant, comme s'il fendait une épaisse bûche de bois.

– Non !

Cette fois, Marc enfonça le bouton de la souris jusqu'à en casser le mécanisme. Mais le cri effroyable de la victime avait eu le temps d'arriver jusqu'à ses oreilles.

Il se leva du siège, ses jambes flanchèrent. Il mit un genou à terre.

Il tourna la tête vers les armoires qui contenaient les serveurs, mais aussi les disques et les VHS. Toutes ces vidéos, des centaines et des centaines de filles. Humiliées, massacrées.

Je suis un grand contemplateur, Monsieur Vasseur…

Di Stefano était surtout un monstre.

Marc se releva.

Qu'allait-il faire désormais ?

Il n'eut pas le temps de réfléchir à cette question. Il perçut un bruit à l'extérieur de la pièce. Il éteignit l'écran de l'ordinateur et, en deux enjambées, se colla au mur près de la porte. Il abaissa le levier pour éteindre la lumière.

Celle-ci se ralluma presque dans la seconde, après que la porte se fut ouverte. Marc colla le canon du Glock sur la tempe de l'homme qui venait de passer le seuil.

– Espèce de putain de pervers, tu vas me dire ce que tu as fait de ma femme.

CHAPITRE 78

23 h 29

Robert sortit de la villa en tenant Lisa à bout de bras, à moins que ce ne fût l'inverse.

– Vite, la voiture, dit-il à bout de souffle, Lombardier… L'hôpital…

– Lombardier est blessé ? Et Papa ?

– Ça ira, ça ira, ne t'inquiète pas.

Mais le ton incertain de sa voix l'inquiéta encore plus.

Ils claudiquèrent jusqu'au portillon et sortirent de l'enceinte de la propriété. La Laguna n'était qu'à quelques foulées. Lisa allait s'asseoir à l'avant, mais elle aperçut le haut du crâne de Lombardier appuyé contre la vitre. Elle passa à l'arrière.

Robert s'installa en même temps. Il étouffa un cri de douleur lorsque son épaule meurtrie toucha le fauteuil. Il se pencha sur Lombardier et prit son pouls à la carotide. Lisa aperçut la tache de sang coagulé qui s'était répandue sur le corps du détective et bien au-delà.

– Oh mon Dieu ! Il est mort ?

Robert ne broncha pas et accentua sa pression sur le haut de la gorge. Il laissa passer un court instant avant de jeter un regard au visage de Lisa qui apparaissait entre les deux appuie-tête.

– Non, mais son pouls est très faible. Il faut qu'on bouge, dit-il en faisant démarrer la voiture.

Son téléphone portable sonna alors qu'il remettait la Laguna sur la route. Il décrocha sans regarder l'écran.

– Oui ! Marc ?

– Euh, non, c'est Gilles Bossec. Écoutez, je viens à peine d'écouter mes messages et j'en ai un plutôt gratiné de votre petite-fille. Et j'ai beau appeler elle ne répond pas sur son portable, ni chez votre fils. Alors je me…

Robert hurla dans le combiné.

– Bossec, envoyez la cavalerie ! Tout de suite !

– Quoi ? Mais…

– Il y a déjà des morts ! Et mon fils est en danger ! C'est Di Stefano qui est derrière tout ça !

– Bon sang, mais derrière quoi ?

– La disparition de ma belle-fille, bordel de merde ! 'de Dieu, faut vous faire un dessin ?

Il y eut un blanc de deux ou trois secondes, soit une éternité.

– C'est bon, on arrive, trancha le gendarme à l'autre bout du fil.

Robert raccrocha et jeta son téléphone dans le vide-poches en grommelant un « pas trop tôt » entre ses dents. Il leva les yeux dans le rétroviseur intérieur. Le faciès livide de Lisa l'y attendait. Sa voix étranglée par l'angoisse l'empêcha presque de parler.

– Tu… Tu ne m'as rien dit ? Maman… Elle est chez Di Stefano ? C'est… C'est vrai ?

– On n'en sait rien, ton père est allé voir.

– Et tu as dit qu'il y avait eu des morts !

– Oui, mais c'étaient des sales types et… Bordel !

Ils étaient à une cinquantaine de mètres de la barrière de sécurité. Un vigile était déjà dehors et agitait une lampe torche en essuie-glace pour leur signifier que la voie n'était pas accessible. La voix de Lisa retrouva un peu de corps et grimpa dans un registre plus aigu.

– Il ne veut pas qu'on passe ! C'est un collègue de Gregory ! Grand-Père ! Qu'est-ce qu'on va faire ?

C'était prévisible, pensa Robert. Tout le Parc était verrouillé. Il tourna la tête vers Lombardier, puis remit son regard sur le pare-brise. Il appuya sur l'accélérateur en jouant avec la pédale d'embrayage et le point d'équilibre. La voiture feula dans la nuit.

– On va faire comme à l'armée, dit-il.

Il sentit le regard apeuré de sa petite-fille se poser sur sa nuque. Il resserra ses doigts autour du volant.

– On fonce d'abord et on discute ensuite ! Accroche-toi !

Il enfonça la pédale d'accélérateur et la Renault se lança capot baissé sur la barrière de sécurité.

CHAPITRE 79

23 h 32

Di Stefano leva les mains en l'air au contact du cercle métallique sur sa peau.

– On ne pensait pas me revoir, hein, espèce d'ordure ? Allez, avance par là !

– Monsieur Vasseur, Marc, je vous garantis que vous faites une belle erreur.

Marc avait envie de lui fracasser le crâne, là, tout de suite, et de répandre sa cervelle dans cette pièce où ce type s'adonnait à des perversions qu'il n'aurait même pas pu imaginer s'il n'avait pas vu ce film. Les images croupissaient encore dans sa tête. Celles de cette fille mutilée par un vieux porc à qui on ne pouvait même pas donner le nom d'être humain. Et elles ne s'en iraient pas comme ça.

Il sentait que lui aussi avait changé, qu'il avait dépassé un seuil et que plus jamais sa vie ne serait la même à compter de ce jour. Car aujourd'hui il avait touché du doigt la véritable horreur. Et parce que, plus que toute autre chose, il avait envie de tuer un homme. Mais aussi de lui faire mal. Très mal. Au diable les discours auxquels il avait adhéré pendant toutes ces années, prônant la tolérance et le respect de la condition humaine de façon béate et totalement arbitraire. Tous ces dévots fervents opposants à la peine de mort n'avaient sûrement jamais perdu un fils ou une fille dans des conditions extrêmes, n'avaient jamais ressenti cette douleur si intense et surréaliste, comme si l'on venait fouiller à même vos entrailles pour vous en enlever une partie et la jeter en pâture à une bête sauvage. Non, ces objecteurs de conscience se contentaient de vous jeter la pierre en vous rappelant les fondements élémentaires de la chrétienté ou de la société démocratique telle que nous la connaissions.

Mais lui en avait désormais la certitude. Cette pièce contenait des centaines, peut-être des milliers de vidéos de filles abusées, torturées et assassinées dans des conditions effroyables. Des cris avaient résonné entre ces murs, des lamentations avaient été gémies, des appels au secours avaient été hurlés. Avec une seule issue.

Alors il savait. Il savait que certains individus n'étaient envoyés sur terre que pour répandre la douleur et la haine. Et uniquement pour cela. Et qu'ils ne méritaient pas d'y rester une seconde de plus. Il frappa Di Stefano du plat de la crosse en plein milieu des omoplates. L'Italien perdit l'équilibre et se retrouva au sol. Il se retourna vers Marc, le visage implorant.

– *Aspetta*, on peut parler, non ?

Marc dévia le bras et tira un coup de feu. La détonation inonda l'acoustique de la pièce. La dalle de l'un des trois écrans explosa. Il fut surpris du recul de l'arme, son épaule partit en arrière et il sentait déjà son poignet en proie à un léger fourmillement. Mais c'était loin d'entraver son désir d'explications et de vengeance.

– Ne te fous pas de ma gueule ! J'ai vu une de tes putains de vidéos ! J'ai ouvert les armoires ! (Il braqua à nouveau l'arme sur Di Stefano qui mit ses bras devant sa tête dans un ultime réflexe de protection.) Putain, pourquoi ? Pourquoi toutes ces horreurs ?

L'Italien essaya de retrouver un semblant d'aplomb, il se redressa, mais resta assis sur le sol.

– C'est quoi ? Pour le cul ? Pour l'excitation de taillader une fille en pièces ?

Di Stefano le toisa d'un œil étonné.

– Si vous pensez ça, c'est que vous n'avez rien compris.

Marc explosa.

– Mais vas-y, éclaire-moi !

– Voyons, c'est juste une affaire de pouvoir. De pouvoir ultime.

– De… De pouvoir ultime ? Qu'est-ce que c'est que ces conneries ?

– Quand vous avez présidé à la destinée de pays, quand vous avez accumulé suffisamment d'argent pour ne plus savoir qu'en faire jusqu'à la fin de vos jours, quand vous avez tenu le sort de millions de personnes dans le creux de votre main, que leur vie était susceptible de changer selon la façon dont vous resserriez votre poigne, *allora* je vous le demande, qu'est-ce qui peut encore être excitant ?

– Mais…

– Le pouvoir ultime, continua Di Stefano. Celui de soumettre quelqu'un, de le réduire à néant, de libérer complètement ses pulsions les plus secrètes avec lui. Et nous avons tous des pulsions très secrètes, Monsieur Vasseur. De celles qu'on ne confie à personne. *Esatto ?* Le pouvoir d'être soi-même, en fait.

Il avait déclamé sa tirade avec tout le talent du politique et du capitaine d'industrie qu'il avait été, avec la force de persuasion nécessaire que ces gens-là avaient toujours su déployer pour vous faire adhérer à l'inconcevable, à l'irrationnel. Marc essaya de ne pas se laisser entraîner là ou Di Stefano aurait sûrement bien voulu l'emmener, dans les méandres de son esprit malade et psychotique.

– Où est ma femme ? Elle… elle est là-dedans, aussi ? (Il désigna les armoires de sa main libre.)

– *Cara* Sandra, elle a eu tort de se mêler de ce qui ne la regardait pas…

Marc hurla de rage et appuya sur la gâchette. La balle frôla l'épaule de Di Stefano et alla se ficher dans le sofa juste derrière lui.

– Elle est morte ?

Di Stefano dut comprendre qu'il ne ressortirait pas vivant de cette pièce. Il se releva sur un genou et défia Marc du regard.

– C'est de votre faute ! *Tutto !* La villa n'était pas pour vous ! J'ai toujours fait attention aux personnes qui mettaient les pieds dans cet endroit, vous m'entendez ! Des initiés ! Ce sont tous des initiés, vous comprenez ? Des gens avec qui je partage ma façon de voir le monde ! Pas un vulgaire petit entrepreneur avec sa femme et sa fille. Cette maison n'était pas pour vous !

Marc baissa le bras, le regard las.

– La cellule… murmura-t-il. Vous les faites installer dans chacune des maisons, c'est ça ? Pour que vos amis puissent réaliser leurs fantasmes ?

L'Italien acquiesça et continua sur un ton plus conciliant.

– Tout est fait à la demande. Certaines n'en ont pas.

– Tout un lotissement, continua Marc qui s'emmurait peu à peu dans ses pensées, un lotissement de luxe rempli de monstres.

– Ce sont des amis précieux, mais aussi des clients qui m'ont prouvé leur fidélité au fil des années. Je leur offre une juste récompense.

– Nom de Dieu, vous êtes fou.

Marc dévia le regard une seconde. Il ne vit pas Di Stefano se relever et prendre une impulsion pour se jeter sur lui. Lorsque le mouvement de l'Italien imprégna sa rétine, il était déjà trop tard. Di Stefano le percuta. Marc l'entraîna dans sa chute. Ils roulèrent sur le sol en se débattant.

Le coup de feu partit seul. L'Italien était sur Marc. Il se releva et regarda le visage de celui qui gisait au sol. Puis il porta la main à son ventre et la leva devant ses yeux. Il la contempla.

Elle était rouge.

Il regarda son abdomen et le sang qui s'en échappait, comme si un tuyau avait cédé à l'intérieur. Il s'écroula sur le sol. Marc parvint à se relever, il tenait toujours le Glock d'une main tremblante. Il réalisa alors ce qui venait de se passer.

Sandra.

Il se pencha sur Di Stefano qui agonisait. Il lui releva la tête de sa main.

– Dites-moi où elle est ! Je vous en supplie ! Dites-moi au moins où est son corps !

Des larmes brillèrent aux coins de ses yeux. Un sourire effleura le visage de Di Stefano.

– *Forse, non è morta*[13], dit-il.

Marc eut peur de comprendre. Di Stefano sembla faire un effort phénoménal. Il articula avec peine.

– Il la voulait, il la voulait tellement… *Allora* je la lui ai laissée…

– Qui ? Joubert ? Elle est chez Joubert ? Parle !

Mais l'Italien n'était déjà plus réceptif. Son regard se voila et sa parole se brouilla.

13. Peut-être qu'elle n'est pas morte.

– Joubert… Il aurait plutôt pris votre fille, lui… C'est sûr, il l'aurait prise… *gli piacciono le ragazze giovani*[14].

– Quoi ? Pourquoi vous dites ça ? Pourquoi ? De qui parlez-vous ?

– Lui… Vous ne savez pas… de quoi il est capable… *è il diavolo*[15], ajouta Di Stefano.

Avant de rendre son dernier souffle.

---

14. Il aime les jeunes filles.
15. C'est le diable !

CHAPITRE 80

00 h 12

Marc arriva devant l'entrée de sa maison et reprit son souffle.

Le portail était fermé. Il jeta un œil à travers la grille. Il n'y avait aucune trace de la voiture de son père, mais il remarqua que la porte d'entrée avait été laissée grande ouverte. Il imagina Robert attraper Lisa en coup de vent pour la placer dans la Laguna et ne pas perdre une minute de plus dans l'optique d'amener Paul à l'hôpital. Cela était logique.

Mais ils auraient dû être arrivés depuis un bon moment si tout s'était déroulé sans encombre. Il avait essayé d'appeler son père en sortant de chez Di Stefano, mais il était tombé directement sur la messagerie. Le téléphone de Lisa sonnait lui aussi dans le vide avant de laisser la place au répondeur. Il essaya de museler sa tendance à vagabonder d'hypothèse en hypothèse et se remit à courir avec la crosse du Glock serrée dans la moiteur de sa main droite.

L'inquiétude le rongeait, comme si on l'avait perfusé avec de l'acide en intraveineuse. Il pensa à Lombardier. Ce type avait tout risqué pour remonter la piste des ravisseurs de sa femme, il leur avait sûrement sauvé la vie en neutralisant Rocco et avait été remercié en prenant une balle dans l'estomac. Il n'avait pas encore complètement compris ses motivations. Même si, depuis leur dernière conversation sur la terrasse, les choses s'étaient peu à peu éclaircies. Il jaugeait bien mieux le personnage désormais. Et cela lui retournait le cœur encore plus.

Toute cette histoire, toutes ces révélations, toute cette horreur, tous ces morts. Pour en arriver où ? Il allait bientôt le savoir.

En arrivant à l'entrée du domaine, il vit que la barrière avait été défoncée. Il regarda la guérite, elle était vide. Il remarqua aussi que deux des plots lumineux avaient été percutés et déracinés de leur socle de ciment. La haie scintillante qui assurait l'arrivée de nuit en grande pompe au Bellevue Park était amputée de ses deux derniers témoins.

Papa, putain.

Il pria pour qu'il ne soit rien arrivé à son père et à sa fille. Et il enragea d'être tenu de choisir entre tenter de comprendre ce qui était arrivé à sa femme et protéger ce qu'il lui restait encore de famille.

Il avait l'impression d'avoir cédé à la lâcheté des sentiments. D'avoir choisi de frayer encore un peu plus dans le morbide et l'horreur, alors qu'il aurait dû se soucier de la vie et la protéger. Mais il se sentait si près du but.

Sandra n'aurait pas fait ça.

Elle aurait appelé la police, des renforts ou n'importe qui d'autre.

Mais elle aurait choisi Lisa avant tout.

00 h 19

Il tourna à droite sur la première portion de route qui montait après l'entrée. Il leva la tête. La façade blanche se détachait déjà des arbres et semblait se nourrir de la clarté de la lune pour renforcer son aura céleste. Il eut cette impression fugace qu'elle l'attendait. Que tout était déjà écrit. Que cela allait se terminer ici et maintenant.

Il augmenta la cadence de ses foulées pour couvrir les derniers mètres qu'il lui restait à parcourir. Il se demandait depuis un bon moment comment il allait pouvoir pénétrer à l'intérieur sans se faire remarquer. La réponse s'imposa d'elle-même alors qu'il arrivait au niveau du portail.

Il était ouvert.

Il poussa l'un des vantaux et entra. Des spots lumineux enterrés au sol s'allumèrent à son passage et levèrent le voile sur le jardin. Il n'y était venu que deux ou trois fois, mais il se rappelait bien ce gravier très blanc qui recouvrait la majeure partie du sol et entourait ce grand carré de pelouse sur lequel une pergola était installée. La maison était agrémentée de jardinières bien fleuries pour la saison, signe qu'elles faisaient l'objet d'une attention dévouée. Elles étaient disposées sur le sol, à intervalles réguliers.

Marc avisa la porte d'entrée en fer forgé noir. Le corps était composé d'une ossature d'arabesques métalliques qui enferraient une épaisse vitre fumée. Il progressa dans le jardin. Le silence était pesant, il n'entendait que le bruit de ses pas sur les pierres concassées. La porte d'entrée s'ouvrit soudain et la silhouette du propriétaire des lieux se découpa dans l'obscurité.

Il allait savoir. Savoir si son pari était le bon, après ce que lui avait livré Di Stefano avant de mourir.

Joubert aurait plutôt pris votre fille...

Marc avait réfléchi en quittant la maison de l'Italien. Si ce n'était pas Joubert, alors qui ?

– Bonsoir, Marc, je vous attendais. Je vous en prie, donnez-vous la peine d'entrer.

La réponse se tenait devant lui, avec cette élégance qu'il lui avait toujours connue.

Philippe Drancy.

Il disparut à l'intérieur de sa villa. Marc resta figé sur place. Son corps refusa d'exécuter les premières décisions transmises par son cerveau. Il continuait à fixer la porte entrebâillée et à tenir le Glock comme s'il n'était désormais plus que le prolongement naturel de sa main.

Il finit par avancer. Il avala les trois marches d'escalier en une foulée, poussa la porte et pénétra dans la maison.

00 h 27

La lumière était éteinte. Il n'osa pas allumer de peur de tomber dans un piège tendu par Drancy et avança à pas lents dans le hall d'entrée, en levant le revolver bien haut à hauteur de visage. L'espace s'ouvrit sur un grand salon, au design qui lui parut à première vue assez épuré. Meubles blanc laqué, canapé beige, tapis angora. Et un immense piano à queue dans le fond, seule tache noire dans cette atmosphère tout droit sortie d'une page de magazine de déco.

La lumière de la lune tamisée par les voilages en mousseline lui facilita la tâche. Il repéra tout de suite Drancy, assis dans un fauteuil, dos à la baie vitrée. Il se pencha vers la table basse face à lui pour y prendre une tasse fumante, posée sur sa soucoupe.

– Je vous sers un thé ? J'ai préparé un excellent Ceylan, je l'achète directement à un producteur local au Sri Lanka, une merveille…

Marc lui braqua son arme sur le visage.

– Où est Sandra ? Réponds-moi ou je te jure que je te mets une balle dans le crâne !

Drancy souffla sur sa tasse.

– Voyons Marc, je vous assure que ça serait la plus mauvaise idée que vous auriez eue de la soirée.

– Je veux savoir où est ma femme !

Philippe le défia du regard. Marc n'y vit pas la folie d'un homme comme il aurait pu s'y attendre. Non, son voisin lui fit l'effet d'un animal à sang froid. Posé et calculateur. Sûr de son fait.

– Elle est ici.

Et c'était bien cela le plus effrayant.

– Je veux la voir tout de suite ! explosa Marc en agitant le Glock de plus belle, ce qui contrastait avec l'impassibilité glacée de son vis-à-vis.

– Je peux faire un pas vers vous, Marc. Et vous conduire à elle. Mais pour cela il va falloir que vous en fassiez un vers moi. Vous allez d'abord me donner cette arme.

– Quoi ? Pourquoi je ferais une connerie pareille ?

Drancy remit la tasse sur la table basse et se renfonça dans le fauteuil. Il posa les mains à plat sur ses genoux.

– Très bien, très bien. Vous voulez la raison ? La voilà. Quand cet imbécile de Di Stefano m'a appelé tout à l'heure pour me dire que vous étiez remonté jusqu'à lui et qu'il avait réglé le problème, j'ai aussitôt compris que le temps des plaisirs allait s'estomper devant celui des ennuis. Car si vous saviez, alors d'autres étaient au courant. Votre ami détective, la police, qui sais-je encore. Il m'a fallu agir. Et, croyez-le ou pas, je déteste me séparer de mes jouets.

Le sang de Marc ne fit qu'un tour. Il sentit son doigt se crisper sur la gâchette.

– Qu’avez-vous fait ?

– Oh, ne faites pas cette tête, mon ami. Elle est encore vivante, enfin je pense. J’ai passé l’âge de me salir les mains. Désormais, je suis plutôt adepte du laisser-faire. Elle est enfermée au sous-sol, dans une salle spécialement conçue pour être indétectable. J’ai coupé l’arrivée d’air il y a une petite heure. Vu le confinement et la superficie de la pièce, je pense qu’il lui reste environ une bonne demi-heure de réserve. Quand je vous aurai dit que la porte s’ouvre à l’aide d’une double identification, un scanner d’empreintes digitales et un code que je suis le seul à connaître, vous aurez compris que me tuer maintenant condamnerait votre femme à la mort de façon certaine. Et en admettant que la police, que vous avez dû appeler, arrive dans la seconde, ils ne pourront jamais trouver la pièce et l’ouvrir avant plusieurs heures. Voilà pourquoi, cher ami, vous devriez me donner cette arme.

Marc était complètement sonné. Quelle alternative cela lui laissait-il ? Il pouvait laisser parler sa rage et abattre Drancy dans son salon, devant sa tasse de thé. Cela le soulagerait sur l’instant et rendrait justice à toutes les femmes que ce malade avait dû croiser dans sa vie.

Mais s’il découvrait par la suite qu’il lui avait dit la vérité ? Si les flics arrivaient à défoncer cette putain de porte de cellule pour en ressortir avec le cadavre encore chaud de sa femme ? Parviendrait-il à vivre avec cela le restant de ses jours ? À regarder sa fille dans les yeux en sachant qu'il était responsable de la mort de sa mère ?

Non, bien sûr que non.

Sandra aurait choisi Lisa.

Oui, mais il n'était pas Sandra.

Il allait mourir. Tout était écrit. Mais il espérait encore être le seul à payer ce prix. Il eut l'impression que le Glock devenait de plus en plus lourd. Un poids qu'il n'arrivait plus à soulever. Son bras ploya sous ce lestage psychologique. Jusqu'à se retrouver aligné avec le reste de son corps.

Il avança jusqu'à la table basse, posa le revolver dessus et le fit glisser en direction de Drancy. L'arme s'arrêta juste à côté de la tasse de thé.

– Voilà qui est mieux, dit Philippe avec un sourire satisfait.

Il prit l'arme en main, la soupesa quelques secondes, puis la pointa sur Marc tout en se levant du fauteuil.

– Allons donc dire bonjour à votre femme, Marc. Vous saviez que nous étions de vieilles connaissances ? Je l'ai rencontrée il y a très longtemps, près de vingt ans maintenant. Elle ne m'avait pas oublié. Mais moi non plus.

Il désigna à Marc la direction à suivre avec le canon du Glock, avant d'ajouter dans un sourire carnassier :

– Je n'oublie jamais un joli visage.

CHAPITRE 81

Le corps l'attendait dans le hall. Il l'avait roulé en urgence dans une bâche qu'il avait récupérée dans le garage. Il le déplaça pour avoir une meilleure prise et quelques mèches brunes s'échappèrent d'un pli de la bâche. Il les prit et les fit jouer entre ses doigts avant de les glisser sous la toile.

Quel gâchis.

Non, c'était bien plus que cela. C'était un cataclysme. Il en était désormais réduit à opérer dans l'urgence et détestait cela. Mais il avait été suffisamment idiot pour ne pas prendre cette fille au sérieux. Et voilà où il en était désormais. À fuir tel un animal traqué.

Il frotta sa clavicule endolorie avec la paume de sa main. La douleur était encore vive. Mais il n'avait pas le temps de s'apitoyer. Après ce qui s'était passé, la police pouvait débarquer d'un moment à l'autre maintenant. Il devait quitter cet endroit le plus vite possible, pour ne plus y revenir.

Jamais.

La maison empestait le désinfectant chirurgical. L'odeur commençait à tout imprégner. Une maigre consolation pour se persuader qu'il laisserait le moins de preuves possibles derrière lui. Il se baissa, attrapa le corps empaqueté au niveau des hanches et le souleva pour l'adosser au mur. Puis il se retourna et le fit glisser sur son épaule valide. Il maudit le ciel de ne pas pouvoir employer sa technique habituelle pour se débarrasser des cadavres, mais le temps jouait contre lui. Il n'avait jamais réalisé auparavant combien un corps inerte semblait peser plus de trois fois son poids.

Il sortit dans le jardin et gagna aussi vite qu'il le put la Citroën dont le coffre avait été préalablement ouvert. Il jetait des regards inquiets de son portail jusqu'aux terrasses des maisons voisines et tendait l'oreille, à l'affût de la moindre sirène qui monterait dans le lointain de la ville.

Mais il n'y avait rien. Seulement le silence de la nuit qui régnait sur la petite rue.

Les cris n'avaient donc alerté personne ? Il trouvait cela à peine croyable.

Mais c'était désormais une évidence que la police n'allait plus tarder, elle était peut-être même déjà en route.

Il posa son colis sur le seuil de chargement et le fit basculer. La masse s'avachit complètement à l'intérieur du coffre. Il referma la porte d'un geste sec.

Il retourna chez lui en courant et en ressortit avec un grand sac de voyage. Il ferma la porte d'entrée à double tour puis retourna à la voiture. Il allait poser son sac sur la banquette arrière lorsqu'il aperçut celui de Juliette. Elle l'avait laissé là. Pas grave, il s'en débarrasserait avec le corps. Il jeta le sien juste à côté.

La voiture démarra et il enclencha la marche arrière pour quitter le jardin. Il fit demi-tour dans la ruelle, puis repassa à basse allure devant chez lui.

Il regarda la maison, cette maison qu'il ne reverrait plus de sa vie.

Puis le véhicule accéléra et disparut au détour du premier croisement.

Il roula pour quitter la ville, sortir de la zone urbanisée où le moindre accrochage, la moindre attitude jugée suspecte par un membre des forces de l'ordre croisé par hasard pouvait lui être fatal. Un simple coup d'œil à l'intérieur de son coffre et il était bon pour minimum vingt ans. Il se sentait prisonnier de l'improvisation la plus totale, sans aucun filet de sécurité pour le rattraper, sans aucun cadre pour le contenir et l'empêcher de déborder.

De façon inconsciente, il se dirigea vers les berges asséchées du Paillon. Le bar où il avait rencontré Juliette n'était pas si loin que ça à vol d'oiseau, il trouva le pied de nez approprié. Et surtout, il n'en pouvait plus. Il n'avait pas le temps ni l'envie de remonter dans les collines pour brûler le cadavre ou même l'enterrer à l'abri des regards. Les berges, avec leurs longs roseaux et leur végétation laissée à l'abandon, lui semblèrent être un bon compromis.

Il gara la Citroën sur une place de stationnement qui surplombait le lit vide du fleuve. Il descendit du véhicule et resta un long moment à observer les alentours. Il était très tard dans la nuit, le secteur était loin d'être résidentiel. Les habitations tout autour étaient assez clairsemées. Aucune lumière ne provenait des fenêtres ou des interstices entre les volets.

Il n'y avait personne.

Mais il devait se dépêcher, car le jour ne tarderait pas à se lever.

Il empoigna la bâche des deux mains et la tira vers lui avant de la basculer sur son dos, comme un ouvrier charge un sac de ciment. Elle lui sembla peser encore plus lourd qu'un quart d'heure auparavant. Il trouva le passage qui permettait de descendre directement dans le lit. Lorsqu'il arriva en bas, il posa le corps au sol et le traîna encore sur une quinzaine de mètres. Il fit rouler la fille pour la dégager de son linceul. Quel gâchis, se répéta-t-il à nouveau

Il remonta à la Citroën pour y prendre le jerrican d'essence qu'il gardait toujours dans le coffre. Il l'échangea avec la bâche, puis attrapa le sac de Juliette sur la banquette et redescendit. Il prit le temps de la contempler une dernière fois. Le corps n'était presque pas amoché. Elle était belle.

Il vida le jerrican sur elle. Il commença par le visage, puis le buste et l'abdomen en prenant bien soin d'imbiber les vêtements plus qu'il ne fallait. Il crut entendre des voix qui provenaient du trottoir juste au-dessus de lui. Il se baissa pour disparaître derrière les hautes herbes. Mais en tendant l'oreille, il ne perçut que le ronflement d'une voiture qui passait au loin et dont le pot d'échappement pétarada deux ou trois fois.

Il se releva, avisa le corps et sortit son paquet d'allumettes de sa poche. Il en craqua une et protégea la flamme de sa main.

Tout ça pour ça, pensa-t-il.

Il jeta l'allumette. L'essence s'embrasa de façon instantanée. Quelques flammes montèrent et dansèrent au milieu de la fumée. Il avait toujours le sac dans la main. Il attendit encore un peu que le feu prenne bien, puis il le jeta à l'intérieur du brasier. Il fit volte-face et remonta en courant à sa voiture. Il ne devait pas traîner là.

Une fois au volant, il partit sans demander son reste. Il savait que beaucoup de choses seraient différentes à compter de ce jour.

Il repensa à la maison. Il allait devoir tout recommencer ailleurs.

Si on lui en laissait la possibilité.

Dans cet océan de pensées négatives qui l'assaillaient, sa seule source d'apaisement fut de dessiner les contours du visage de Nicole dans son esprit.

Elle, il ne voulait pas la quitter comme ça.

CHAPITRE 82

00 h 38

– C'est par là.

Marc avança jusqu'à la porte que Drancy lui indiquait. Il tourna la poignée et fut surpris de la relative difficulté à pousser le battant. Elle pesait très lourd. Philippe s'en amusa.

– Toutes les portes de cette partie-là de la maison sont blindées et insonorisées. J'aime conserver certains secrets à l'abri du regard des autres. Oh, ce n'est pas que nous recevions tant que ça ! Mais Melinda a une santé fragile, comme je vous le disais. Alors j'évite de trop l'embêter avec mes passe-temps.

Ils pénétrèrent dans une pièce dont l'utilité semblait multiple. À la fois salon, salle de projection (un écran blanc de cinéma occupait tout un mur) et bar avec un grand comptoir au fond. Les larges fenêtres permettaient à la nuit d'y peser de toute sa présence.

Marc jeta un regard dans son dos. Le canon du Glock pointait toujours dans sa direction, juste en dessous du sourire de son voisin. Il ne reconnaissait plus l'homme aimable qu'il avait côtoyé ces derniers mois, celui qui avait été l'un des premiers à les accueillir lors de leur arrivée dans le Parc et avec qui il avait longuement discuté lors de la soirée de présentation. Même les traits de son visage s'étiraient désormais en un effroyable rictus qui ne le quittait plus. Et le voilà qui le conduisait à la cellule où il retenait prisonnière sa femme depuis des mois et qui lui parlait de son goût pour la séquestration comme d'autres vous auraient vanté les mérites du golf ou de leur collection de peintures. Il sentit la froideur métallique du petit pistolet se rappeler à son souvenir.

Alors qu'ils traversaient la salle en silence, il décida d'envoyer quelques bouteilles à la mer pour voir jusqu'où elles pourraient bien arriver.

– Votre femme, Melinda… elle ne sait rien ?

Drancy éclata de rire.

– Melinda ! Oh… je pense bien qu'elle doit sentir certaines choses. Vous savez ce qu'on dit ? On ne dupe jamais une femme deux fois. Mais elle est toute dévouée à son petit mari. Attention à la marche, juste là.

Ils arrivèrent au bout de la pièce. Un escalier d'une dizaine de marches dissimulé derrière le bar conduisait à une autre porte qui paraissait en tout point similaire à la première. Marc prit le parti de ravaler sa bile et d'essayer de continuer le semblant de dialogue qui venait de s'amorcer entre eux.

– Et Di Stefano ?

– Quoi, Di Stefano ? J'imagine que si vous êtes ici, c'est qu'il n'est plus question de parler de lui. Où est-il ? Ligoté sous ses tableaux de maître en attendant la police ?

Marc dut se trahir dans un signe quelconque de stress puisque Drancy le ressentit sur-le-champ.

– Ne me dites pas que… Mort ? C'est la meilleure ! Le vieil Italien a passé l'arme à gauche ! Incroyable ! Vous me surprenez, très cher.

– C'était un accident.

– Oh j'imagine bien. Le vieux savait pourtant bien s'entourer. Avec ses deux roquets calabrais.

La voix de Drancy marqua une inflexion d'énervement.

– Je suis un artiste, vous comprenez ? Un artiste ! Ces métèques peuvent retourner d'où ils viennent, ils n'égaleront jamais mon œuvre ! À piocher dans des prostituées et des filles des rues ! Et à les découper dans ce sous-terrain minable, de n'importe quelle façon, sans aucun sens, sans aucune cohérence ! Une œuvre d'art doit être structurée ! Sans colonne vertébrale, vous ne pouvez créer aucune moelle. Mais Di Stefano en voulait toujours plus. Je suis allé deux ou trois fois dans ce club où ses sbires se servaient. C'était d'une pauvreté sans nom. Le plus beau dans ce que nous faisons, c'est le libre arbitre. Chacune doit avoir la possibilité de choisir sa destinée. Il faut que tout cela ait un sens, Marc ! Vous comprenez ? Je suis le croisement sur la route de leur destinée.

Non, Marc n'était pas sûr de comprendre. Mais à voir l'œil courroucé de Drancy qui peinait à contenir sa haine, il se dit qu'il y avait peut-être matière à lui faire perdre un peu ses nerfs.

– Je pensais que vous étiez associé avec Di Stefano et les frères Volpino. Pour faire ces films ?

Philippe l'attrapa par l'épaule et le retourna pour le coller au mur. Il plaça son visage à hauteur du sien et lui hurla dessus.

– Mais vous n'avez rien compris, ma parole ! Rien du tout ! (Il prit conscience de son état et se calma avant de lui lâcher l'épaule.) C'est Fulvio qui les a fait venir, soi-disant pour rendre service à un vieil ami. Ces deux frères avaient maille à partir avec des gens de chez eux. De très gros ennuis. Alors Di Stefano les a installés à Saint-Clair. Et a peu à peu levé le voile sur son passe-temps favori. Ce qu'il n'avait pas prévu au départ, c'est que ce Rocco était d'une perversité sans borne. Alors les deux frères se sont mis en tête de participer eux aussi à leur niveau. C'étaient de vrais salopards et ils avaient du temps à tuer, beaucoup de temps. Di Stefano était un tel voyeur, un pervers comme je n'en avais jamais rencontré. Ils ont proposé au gérant de ce club immonde de lui payer les filles. Certaines revenaient amochées, d'autres pas du tout. C'était pratique, un vrai supermarché. Tout le monde était ravi.

– Mais pas vous, apparemment.

– J'ai rencontré Di Stefano il y a plus de quinze ans. Sur un forum Internet clandestin. J'avais toujours été réfractaire à l'informatique, vous savez ? Je m'y suis vraiment mis sur le tard. Je ne savais pas du tout à qui j'avais affaire, mis à part que ce type était prêt à payer odieusement cher pour quelques secondes de films où des femmes se faisaient torturer. Il a tout de suite été sensible à mon sens du détail et de l'esthétique. Nous avons continué notre petite entente pendant de longues années, jusqu'à ce qu'il me propose d'emménager ici, dans le Parc, avec Melinda. Pourquoi, me direz-vous ? Je n'avais aucun intérêt à le rencontrer, encore moins à vivre à ses côtés. Mais il a fortement insisté. La maison était déjà en cours de construction, il nous y a installés gracieusement et nous avons pu faire les aménagements que nous souhaitions. J'ai prétexté auprès de Melinda une embauche par Di Stefano en tant que conseiller juridique pour l'une de ses sociétés et l'affaire était entendue.

Marc se rappela que Drancy s'était présenté comme avocat la première fois qu'il l'avait rencontré.

– Pourquoi vous voulait-il à ses côtés ?

– *Business is business*, répondit Drancy dans un clin d'œil. Di Stefano vendait ses productions dans le monde entier, à une clientèle en tout point identique à lui : perverse et extrêmement riche.

Filmez le viol véritable d'une vierge par trois types ou encore la décapitation d'une femme enceinte et je peux vous garantir qu'il y aura toujours quelqu'un dans le monde pour y mettre le prix. Et je vous parle de centaines de milliers d'euros, voire plus. Il me voulait près de lui pour contrôler ma production, en quelque sorte. Et cela devait l'exciter un peu aussi. Comme quand vous allez vous fournir directement chez l'artisan près de chez vous.

Marc crut qu'il allait vomir. Il gardait constamment à l'esprit que Sandra était piégée dans une pièce sans oxygène, mais essayait aussi de se concentrer sur les révélations de Drancy qui se montrait étonnamment bavard. Et cela ne pouvait laisser présager qu'une seule chose.

Lui et sa femme ne sortiraient pas d'ici vivants.

Ils s'engagèrent dans un étroit couloir avant de reprendre un escalier par une porte dérobée, beaucoup plus long que le précédent, qui les conduisit dans les entrailles souterraines de la construction. Enfin, une porte se dressa devant eux, sans aucune autre issue possible. À côté de la poignée, il y avait un petit écran tactile avec un clavier dessiné sur la partie supérieure, peu ou prou identique à celui que Marc avait vu chez Di Stefano. Drancy entra un code, une première lumière s'alluma, et il posa ensuite son pouce sur la partie inférieure de la vitre. La porte s'ouvrit en buzzant.

Nous y voilà.

00 h 49

La pièce s'illumina à leur entrée. Marc fut frappé par l'impression de propreté extrême qui se dégageait de l'endroit et qui vous sautait aux yeux et aux narines. L'odeur de dissolvant qui régnait ici ressemblait à celle des produits utilisés dans les salles de chirurgie des hôpitaux pour éviter les risques de maladies nosocomiales et les infections bactériennes.

Un bloc opératoire de l'horreur.

Un établi en inox se trouvait à gauche de l'entrée. Des outils, dont le tranchant rayonnait à la moindre source lumineuse, y étaient disposés avec minutie. À droite, une chaîne hi-fi et une platine vinyle étaient installées sur une étagère en métal. Marc avisa tout un stock de CD et de vieux vinyles rangés dans des boîtes. La première pochette visible était celle d'un album de jazz.

Le sol était légèrement incliné pour créer une faible pente qui se terminait dans une bouche d'évacuation des eaux usées. Marc remarqua un tuyau d'arrosage relié à une arrivée d'eau juste à côté. Au fond de la pièce, il pensa discerner une porte. Il ne pouvait en être sûr, mais il y avait bien deux traits verticaux qui descendaient le long du mur à une distance d'un bon mètre l'un de l'autre. Son cerveau entra en ébullition. Il n'avait pas trente-six solutions. Un plan. Un seul. Laisser Drancy ouvrir la porte de la cellule et avoir une fenêtre de tir suffisante pour lui en coller une entre les deux yeux. Ou n'importe où ailleurs tant il doutait de sa capacité à sortir le petit Smith & Wesson de son dos et à s'en servir. Son voisin ne risquait pas, lui, d'être sujet à ce genre d'hésitation.

– Allez-y, avancez, dit Drancy en désignant la fameuse porte camouflée.

Marc s'exécuta. Il avait déjà des fourmis dans la main rien qu'en pensant à la manœuvre nécessaire pour sortir le pistolet le plus vite possible.

– Vous ne m'avez pas demandé, dit soudain Drancy, quel était le lien entre votre femme et toute cette histoire. Cela ne vous intéresse pas ?

– Vous m'avez dit la connaître. Ouvrez la porte, maintenant.

– Nous avons bien quelques secondes encore (il releva le canon du Glock à la hauteur de la poitrine de Marc). Effectivement j'avais déjà rencontré votre femme auparavant. Mais surtout l'une de ses amies. Une fille qui m'avait causé quelques problèmes, d'ailleurs. Alors bien sûr, je l'ai reconnue dès notre première rencontre, à cette soirée de bienvenue. Encore une tradition à laquelle tient… tenait (il sourit) Di Stefano. Mais voyez-vous, j'étais vraiment parti pour la laisser tranquille, même si l'idée de terminer un travail initié il y a vingt ans ne me déplaisait pas. Nous étions voisins, après tout (un large sourire étira son visage avant de se fondre dans une expression plus sévère). Ce n'est que quand Fulvio m'a appris qu'elle commençait à fourrer son nez à droite et à gauche que je lui ai demandé de me l'amener.

– Ouvrez la porte, maintenant, dit Marc d'un ton plus insistant.

– Vous êtes d'une impatience ! En tout cas, vous pouvez être fier d'elle, le précédent record était de trois mois tout ronds. Il datait du début de ma carrière. Une mère de famille quarantenaire, elle aussi. Comme quoi, quand on a quelque chose à quoi se raccrocher…

– Ouvrez cette putain de porte, Philippe !

Drancy s'arrêta de parler. Il foudroya Marc du regard.

– Très bien, dit-il.

Il s'approcha de la porte et appuya à un endroit du mur. Une petite trappe se releva et le même système tactile apparut. Drancy tapa un nombre à six chiffres sur le clavier. Une première lumière passa au vert. Il baissa la main pour poser son pouce sur le cadre noir. Marc souleva le pan de sa chemise dans son dos. Soudain, Drancy sembla se raviser.

– Ah, mais quel idiot je fais, j'allais oublier…

Les doigts de Marc se resserrèrent autour de la crosse du Smith & Wesson. Dans le même intervalle de temps, il vit Philippe braquer le Glock dans sa direction. La détonation explosa dans le confinement de la salle souterraine et occulta le bruit du corps qui s'effondrait sur le sol.

– Voilà, maintenant vous êtes prêt à revoir votre femme, mon cher.

Marc gémissait en tenant son épaule ensanglantée. Il n'avait jamais ressenti une telle douleur, associée à l'idée de mourir sans même pouvoir aider sa femme. Drancy posa son pouce sur le détecteur d'empreintes. Une deuxième led verte s'alluma au-dessus du clavier. La porte s'ouvrit entièrement.

– Voilà, très cher, je vous présente votre…

Il ne dit soudain plus un mot. Marc le fixait, interloqué, attendant la suite. Mais Drancy était comme tétanisé. Marc se traîna sur le sol pour changer son angle de vision et jeter un œil à l'intérieur de la pièce.

La cellule était vide.

CHAPITRE 83

00 h 29

Elle savait qu'elle n'avait que très peu de temps.

Elle avait vu Marc Vasseur, une arme à la main, arriver depuis l'une des fenêtres de l'étage. Elle avait été saisie par l'absence d'expression dans son regard, son faciès livide et ses traits tirés. Philippe lui avait ouvert et avait ensuite gagné le grand salon. Elle avait perçu le frottement sur le sol, caractéristique de la double porte qui séparait cette pièce du vestibule.

Elle était descendue par l'autre côté de la maison, un escalier en colimaçon qui desservait les chambres du premier et qui communiquait aussi avec le grand salon, avait entrouvert la porte du fond et les avait entendus discuter. Enfin, plus exactement, elle avait été témoin de l'odieux chantage auquel se livrait son mari.

Elle n'était qu'à quelques mètres d'eux. Elle écoutait son mari annoncer froidement qu'il détenait une femme dans son sous-sol depuis plus de trois mois. Mais elle n'était pas tombée des nues pour autant. Elle avait surtout essayé de ne pas céder à la panique. Dans sa main, le petit carré de plastique ne lui avait jamais paru si précieux. Elle avait l'intuition que s'il devait lui être utile, c'était bien maintenant.

***

Cela faisait plusieurs semaines que le voile du mensonge se désagrégeait peu à peu devant ses yeux. Elle avait arrêté de prendre ce traitement qu'elle suivait depuis des années et qui ne faisait que l'assommer au prétexte de soigner ses angoisses. Les souvenirs et les sensations avaient commencé à refluer à la surface de sa mémoire. L'attitude de Philippe, alors qu'ils entamaient leurs premiers mois de flirt, toujours nerveux, ulcéré, sur la défensive. Puis cette impression qu'un étau s'était peu à peu resserré sur sa vie à mesure que son mari prenait sa place autour d'elle, tel un boa constrictor. Cette sensation de n'être quasiment plus propriétaire de sa propre existence était revenue, comme un boomerang lancé à travers les ans.

Comment en était-elle arrivée là ? À ce point de soumission et de négation de tout ce qui avait pu constituer sa personnalité et l'essence même de la femme qu'elle était ? Elle avait été brillante, à une époque désormais lointaine. Aujourd'hui, elle ne travaillait même plus. Elle avait eu des rêves, mais Philippe les avait tous étouffés dans l'œuf.

Elle avait l'impression de lui avoir entièrement dédié et sacrifié sa vie. En tous points. Chaque tentative de remonter dans un passé plus ou moins récent ne la rattachait qu'à des souvenirs douloureux. Les rapports sexuels qu'il lui imposait selon son bon vouloir, souvent brutaux et dégradants, les déménagements pour lesquels elle n'avait jamais eu son mot à dire et, bien sûr, l'apothéose qu'avait été leur changement de nom. Elle n'avait rien compris, sinon que la phobie de son mari concernant sa sécurité et son sentiment d'être sous le joug d'une perpétuelle menace avaient fini par virer à la démence.

Elle aurait déjà dû réagir des années auparavant. Qu'est-ce qui l'en avait empêchée ? Elle n'était même pas capable de mettre le doigt sur le début d'une explication. Elle s'était toujours persuadée qu'elle l'aimait. Et c'était vrai, en un sens. Mais surtout, elle s'était persuadée qu'elle n'avait nulle part ailleurs où aller.

Le déclic avait tout de même fini par se produire, le jour où elle avait surpris cet appel téléphonique entre Philippe et Fulvio Di Stefano. Elle pensait avoir mal raccroché l'un des combinés de l'étage et l'avait repris en main pour bien le replacer. La voix de son mari filtrait du haut-parleur. Sa voix oui, mais quelque chose dans son timbre lui avait glacé le sang. Elle avait écouté de façon plus attentive. La conversation en était quasiment à sa fin, mais elle l'avait clairement entendu prononcer ces mots : « Vous l'avez attrapée ? Je la veux, elle est à moi. » Di Stefano avait répondu par un « *Va bene* » avant de raccrocher.

C'était il y a trois mois.

Quelques jours plus tard, elle apprenait que la voisine d'à côté, l'une des rares personnes de ce lotissement de zombies avec qui elle aimait discuter lorsqu'elle la croisait, avait disparu. Elle n'avait pas fait le rapprochement tout de suite. Mais Philippe passait de plus en plus de temps au sous-sol. Il la pensait à l'étage en train de somnoler devant une série télé ou bien de dormir. Mais cela faisait déjà plusieurs semaines qu'elle avait arrêté de s'abrutir d'antidépresseurs.

Les jours avaient passé et l'envie de comprendre avait fini par devenir une obsession. Elle était déjà descendue plusieurs fois, en prenant l'escalier derrière le bar puis en suivant les enfilades de pièces et de couloir. Cette maison était un vrai labyrinthe. Elle avait fini par trouver une porte dérobée qui ouvrait sur un escalier assez raide. Au bout d'une vingtaine de marches, une dernière porte. Avec un clavier à code et un autre système juste en dessous, qui ressemblait à un capteur d'empreintes digitales. Elle se souvenait avoir paniqué comme jamais auparavant. Que pouvait donc cacher son mari derrière une porte avec un tel niveau de sécurité ?

Elle était remontée dans leur chambre et avait passé le reste de la journée à se morfondre.

Devait-elle appeler la police ? « Je pense que mon mari cache quelqu'un dans notre sous-sol. » Qui la croirait ? Quel crédit accorderait-on à une femme au foyer qui ne trouvait refuge que dans le fait de faire passer ses Xanax avec des gin-tonics depuis tant d'années ? Et si elle se trompait ? Philippe deviendrait fou et alors…

Elle pouvait bien faire erreur, en effet. Cela aurait été logique. Elle s'était trompée sur tant de choses dans sa vie. Elle avait senti le poison de l'impuissance et du renoncement se diffuser à nouveau en elle. Elle avait serré les mains sur ses cuisses, jusqu'à ce que ses ongles marquent la peau.

Il fallait qu'elle sache.

Elle avait pris son ordinateur et commencé à se renseigner sur Internet sur les moyens de tromper des capteurs d'empreintes. Il n'y en avait aucun, hormis pour ceux des smartphones de dernière génération qui n'étaient apparemment pas de très bonne qualité. Connaissant son mari, le système qu'il avait installé devait être au top. Elle avait fini par atterrir sur un tutoriel de la police scientifique canadienne qui expliquait comme relever des empreintes digitales. Ils mettaient même le lien en bas de page qui vous renvoyait vers des produits « agréés » puis vers une boutique Amazon. Elle avait commandé un pack qui semblait assez complet et se l'était fait livrer dans un Point Relais de Saint-Clair. Philippe avait en effet la fâcheuse tendance d'ouvrir tout son courrier.

Une semaine plus tard, elle recevait une notification de livraison sur son téléphone.

Elle s'était absentée l'après-midi en prétextant quelques courses, avait retiré son paquet et était tombée sur ce détective. Il l'avait abordée pour lui poser des questions sur la disparition de Sandra Vasseur, prétextant qu'il avait du mal à la rencontrer dans le Parc. Un instant, elle avait songé à tout lui dire. Ses soupçons, ses craintes, la peur qui l'étreignait et ne la quittait plus. Mais on ne cassait pas ainsi une bride que l'on portait au cou depuis tant d'années.

En rentrant, elle s'était isolée pour comprendre le fonctionnement de son achat. Cela paraissait assez simple. Il y avait un sachet de poudre magnétique, un pinceau et des transferts, sortes de petits rectangles adhésifs transparents. Il ne lui restait plus qu'à trouver le moment opportun pour aller à la porte et voir comment elle pouvait l'utiliser. Elle avait senti une boule se former dans son estomac. Elle s'était couchée sur le lit et le sommeil l'avait gagnée.

Elle s'était réveillée en fin de soirée, groggy et déphasée. Elle s'était levée et avait fait quelques pas jusqu'à la fenêtre. C'était l'un de ses rares passe-temps, laisser son regard et son esprit s'échapper par-delà la vitre et contempler ce qu'il y avait au-dehors. Tout un monde dont elle se sentait évincée.

La maison des Vasseur était un peu plus haut, elle distinguait l'un des flancs de la façade et ses fenêtres éclairées. Son cœur s'était serré en pensant à Sandra et à la petite Lisa, sûrement effondrée sans sa mère depuis plusieurs semaines. Elle avait alors repéré une ombre filer le long du mur. Elle avait plissé les yeux pour être sûre de ne pas avoir rêvé, que ce n'était pas le mouvement d'une branche ou encore le simple fruit de son imagination. L'ombre était réapparue dans l'angle de la maison.

Un homme.

Comment avait-il pu entrer dans le jardin des Vasseur ? La voiture de Marc n'était pas garée dans l'entrée. Il n'y avait que celle du grand-père. Elle avait vu l'homme disparaître dans le fond de la propriété.

Elle s'était retirée de la fenêtre comme si elle avait pris un coup de jus.

Comment cet homme était-il entré dans le Parc ? En voulait-il aux Vasseur ? Pour la première fois depuis bien longtemps, elle avait ressenti le souffle du courage monter en elle, et cela l'avait grisée. Non, elle ne laisserait pas arriver quelque chose à cette fille. Elle devait agir. Elle avait attrapé son iPhone et cherché leur numéro, mais elle n'avait que celui du portable de Sandra. Elle avait attrapé sa robe de chambre qu'elle avait enfilée sur sa chemise de nuit et était descendue au rez-de-chaussée. Elle n'avait pas entendu Philippe de la soirée, elle ne savait même pas s'il était dans la maison.

En arrivant près de la maison, elle avait pensé sonner tout de suite, mais cela aurait sûrement fait fuir l'individu. Elle avait levé la tête vers l'une des caméras. Même si l'homme était filmé, il suffisait d'une cagoule pour ne pas être identifié. Elle avait décidé de remonter encore pour contourner la maison par le bois et vérifier si elle pouvait apercevoir quelque chose. Pour la première fois depuis tant d'années, elle s'était sentie utile. Au milieu des arbres, elle avait suivi la lumière de la villa qui filtrait à travers les branches. Elle s'était arrêtée au bout de quelques secondes.

Il était là.

À la lisière du bois, mais toujours dans la propriété des Vasseur. Là où il avait la meilleure vue. Elle avait levé la tête et vu la fenêtre de la chambre de Lisa, avec la jeune fille qui passait devant de temps à autre. Elle était en train de se déshabiller et ne portait que ses sous-vêtements. En revenant sur l'homme, elle l'avait vu porter sa main à son entrejambe et défaire sa ceinture.

Elle n'avait pas su comment réagir. Elle n'avait pas pensé aux conséquences.

Elle avait juste crié le plus fort qu'elle pouvait.

– Lisa !

Trois fois.

L'homme s'était retourné et avait quitté l'ombre dans laquelle il se camouflait, découvrant ainsi un visage et un uniforme. Gregory. Il lui avait lancé un regard haineux avant de repartir de là où il était venu, en tenant son pantalon d'une main.

Lisa s'était mise à la fenêtre.

Melinda s'était avancée pour qu'elle la voie, mais une main s'était refermée sur sa bouche et un bras autour de sa taille.

– Chut, tu te tais.

Philippe.

Il l'avait ceinturée et ramenée jusqu'à la maison. Elle n'avait pas protesté, elle savait que ce n'était pas la peine. Il l'avait posée dans sa chambre et avait levé son index devant elle, comme si elle avait été un animal à qui on aurait intimé l'ordre de ne plus bouger. Il était reparti en disant qu'il devait « aller réparer ses conneries », ce qui montrait à quel point son excursion nocturne lui avait déplu, car il ne disait jamais de mots orduriers. Elle n'avait pas compris en quoi cela pouvait l'énerver autant. Elle aurait préféré qu'il prévienne Di Stefano qu'un de ses vigiles se masturbait sous la fenêtre de la fille d'un résident du Parc.

C'était peut-être ce qu'il allait faire ?

Elle avait sombré à nouveau dans la perplexité.

Seule dans sa chambre, prostrée, le visage de Gregory lui était revenu à l'esprit. Un pervers qu'elle n'avait jamais soupçonné. Toujours aimable et avenant, à porter ses sacs de provisions.

Comme son mari ?

La petite voix dans sa tête était de retour.

Il fallait qu'elle en ait le cœur net.

Elle avait attrapé son kit de relevé d'empreintes et couru au rez-de-chaussée en passant par l'escalier en colimaçon. Son cœur cognait dans sa poitrine. En arrivant à la porte, la boîte qui contenait tous les ustensiles était déjà ouverte dans sa main. Elle avait répété l'opération des dizaines de fois dans sa tête après avoir visualisé un grand nombre de tutoriels sur YouTube. Elle avait épousseté le pinceau contenant la poudre magnétique sur le clavier tactile et le capteur d'empreintes. Le premier essai n'avait pas été bien concluant. Elle avait réitéré l'opération une deuxième fois. Puis elle avait soufflé légèrement pour enlever l'excédent.

Des zones plus noircies que d'autres avaient commencé à apparaître. Elle se les était répétées plusieurs fois pour les conserver bien en tête : 0, 2, 4, 5, 9. Elle avait enlevé l'excédent de poudre sur la vitre noire et sorti une des feuilles de transfert qu'elle avait collée de la façon la plus méticuleuse possible sur la zone où la poudre magnétique continuait d'adhérer. Elle discernait déjà quelques sillons de l'empreinte du pouce de son mari.

C'est alors qu'elle avait entendu un bruit.

La panique avait envahi son corps, elle avait remis son nécessaire de preneur d'empreintes en vrac dans la boîte et essuyé le clavier et la vitre avec le revers de la manche de sa chemise de nuit. Puis elle était remontée à l'étage avec l'angoisse de croiser l'homme qui partageait sa vie au détour d'un couloir.

00 h 30

Je peux faire un pas vers vous, Marc. Et vous conduire à elle. Mais pour cela il va falloir que vous en fassiez un vers moi.

Le sang battait dans ses tempes. L'escalier derrière le bar était juste là, à quelques mètres. Elle pouvait s'y faufiler. Il fallait qu'elle fasse quelque chose. Elle attendit le moment opportun, lorsque Marc se baissa pour poser son arme sur la table basse et la fit glisser vers Philippe. Elle ouvrit la porte et courut de son pas le plus rapide et léger jusqu'au comptoir, telle une ombre. Lorsque Marc releva la tête, elle était déjà dans l'escalier.

Elle traversa la maison au pas de course, fila dans les pièces et les couloirs en n'ayant qu'une seule idée en tête, un seul nombre.

220459

Cela devait être ça, c'était forcément ça, elle y pensait depuis ces deux derniers jours, elle avait retourné toutes les possibilités dans sa tête.

Elle arriva au dernier escalier à bout de souffle, avala les premières marches et s'engouffra dans l'obscurité. Elle se réceptionna sur la porte, les mains en avant.

Elle tapa les six chiffres sur le clavier.

Biiip. Une lumière verte s'alluma.

Le 22 avril 1959, la date de la fin de l'enregistrement de *A Kind of Blue*, son album de jazz préféré. Celui qu'il plaçait au-dessus de tout, peut-être même de sa propre vie. Si elle ne l'avait pas entendu en parler mille fois…

Elle prit le bout de plastique sur lequel se dessinait l'empreinte. Elle le colla sur la vitre.

Rien.

Non, pitié !

Elle l'enleva, le recolla. Ça ne marchait pas.

Elle reprit le papier et le recolla, mais en le positionnant sur son pouce comme si l'empreinte était la sienne. Elle appuya le pouce, le plus fort qu'elle le put.

Allez !

La deuxième lumière verte s'alluma. La porte s'ouvrit.

Elle bondit à l'intérieur de la pièce dans la lumière blafarde qui venait de s'allumer. Elle balaya la pièce du regard et ne put y croire. Il y avait un établi en inox avec des outils, des ustensiles comme ceux d'un chirurgien, des scalpels, des scies, des couteaux, des pointes et tant d'autres choses. Elle chercha une porte, quelque chose qui pouvait la conduire à Sandra. Elle avisa l'étagère avec la hi-fi et les disques et un frisson la parcourut de haut en bas. C'était la chaîne Marantz qu'elle lui avait offerte pour leur premier anniversaire de mariage. Voilà où elle avait fini.

Elle porta son regard embué par les larmes sur le reste de la pièce. Elle n'osait pas crier ou même appeler, de peur qu'ils ne soient déjà à une distance suffisante pour l'entendre. Elle vit soudain les deux lignes qui descendaient le long du mur.

Une porte ?

Elle s'approcha, chercha une serrure, tâtonna le long de la cloison, tapa dessus à coups de poing… Un endroit sonna creux. Elle l'examina. Il y avait une trappe découpée à cet endroit. Elle réussit à la faire basculer pour découvrir le même clavier tactile et le même capteur d'empreintes.

Elle faillit pousser un cri de délivrance. Mais elle se contint. Et si le code n'était pas le même ? Philippe en était bien capable.

Elle le composa d'une main fébrile.

Lumière verte.

Elle ne put retenir un sourire cette fois, même si cela était bien mal adapté au moment présent et à ce qu'elle s'apprêtait à découvrir. Elle appuya encore de toutes ses forces avec le papier transfert. La porte s'ouvrit entièrement, comme si un bras automatique la contrôlait de l'intérieur.

Elle se positionna face à l'ouverture béante.

Et elle ne put refréner les pleurs.

Ce fut d'abord l'odeur de l'enfermement qui l'assaillit. Puis ce corps, vêtu d'une simple blouse jetable d'hôpital, qui semblait ancré au sol, telle une dépouille abandonnée. Elle posa un pied dans les six mètres carrés de la pièce. Elle remarqua une assiette posée à même le sol, à côté d'un bol d'eau.

– S… San… Sandra ?

Elle avança encore et se pencha sur elle. Elle savait qu'elle risquait gros à ne pas se presser plus que ça, mais elle ne pouvait s'empêcher de la traiter comme la plus fragile des porcelaines.

– Sandra, vous m'entendez ? dit-elle en lui posant une main sur l'épaule et en écartant sa chevelure collée pour découvrir son visage.

Le corps frémit.

Mon Dieu, elle est en vie.

Elle lui passa un bras sous l'aisselle. La blouse se releva dans son dos et elle aperçut les cicatrices, nombreuses, qui avaient creusé et parsemé la chair de stigmates boursouflés. Elle l'aida à se lever. Elle avait l'impression d'avoir une enfant de quarante kilos dans les bras tant ses gestes étaient désordonnés.

– Allons-y, essayez de marcher…

Sandra avança tel un automate en boitant. Melinda posa les yeux sur ses pieds nus. Il lui manquait deux orteils. Elle réprima un haut-le-cœur.

Elles sortirent de la cellule. Melinda referma la porte et replaça la trappe dans sa position initiale. Elle mit toutes ses forces pour soutenir Sandra jusqu'à l'autre issue, mais déjà elle sentait qu'elles auraient du mal à aller plus loin si elle ne recouvrait pas plus vite l'usage de ses jambes.

Elles passèrent le seuil de la porte. Elle la referma derrière elle. Elles gravirent tant bien que mal la vingtaine de marches de l'escalier. La voix suffisante de Philippe résonnait déjà de l'autre côté de la porte qui amenait au couloir. Elle allait s'ouvrir d'un instant à l'autre. Elle voyait déjà la poignée s'abaisser…

Peut-être allait-elle avoir le temps, peut-être que les palabres de son mari allaient lui être profitables, pour une fois ? Son esprit agité réussit à se focaliser sur la première porte à leur gauche qui cachait un local technique. Elle bondit sur la poignée en tenant toujours le fantôme de Sandra par le bras. Si elle était verrouillée, elles étaient mortes.

Ses palpitations cardiaques s'accélérèrent et atteignirent leur paroxysme lorsqu'elle tourna la poignée. La porte s'ouvrit. Elle poussa Sandra à l'intérieur, entre deux tableaux électriques et une armoire de produits d'entretien.

Elle referma le local alors que Philippe et Marc entraient dans le couloir.

CHAPITRE 84

00 h 58

Drancy hurla sa rage.

– Putain, la salope !

Il lança un regard à Marc qui baignait dans son sang sur le carrelage et tentait tant bien que mal de comprimer la plaie.

– Reste là, je reviens avec ta femme.

Il tourna les talons en même temps que Marc lançait une main vers lui pour essayer de lui attraper la cheville. Philippe ressortit de la salle et gravit les escaliers quatre à quatre. Pour la première fois de sa vie, il ne comprenait pas. Qui avait pu ouvrir ces deux portes ? En trouvant le code, mais surtout avec son empreinte ? C'était impossible. Impossible !

Sa mâchoire se contracta et fit grincer ses dents. Il accéléra sa course dans le couloir. Il devait absolument la retrouver et savoir comment elle avait pu s'échapper. Elle ne pouvait même plus marcher lorsqu'il l'avait vue pour la dernière fois, deux jours auparavant. C'était impossible qu'elle soit sortie de sa cellule sans aide extérieure.

Impossible.

La logique s'imposa à lui de façon implacable. Melinda. Qui était le plus susceptible d'avoir un accès permanent aux couloirs de la maison ? Personne n'entrait jamais ici. C'était forcément elle. Il serra les poings. Elle allait comprendre ce qu'il en coûtait de le trahir.

Il traversa la dernière pièce avant de remonter par l'escalier qui sortait derrière le comptoir et courut à travers la grande salle pour accéder au vestibule. Une sorte d'iPad était encastrée dans le mur, il l'alluma et lança l'application du système de vidéosurveillance. L'écran se partagea en douze images, toutes issues des différentes caméras disposées dans la propriété. Il toucha la vignette qui présentait la vue de l'entrée. Elle s'agrandit et occupa tout l'écran. Il ne remarqua rien dans la vision infrarouge, juste des rayures intermittentes qui indiquaient que la pluie venait de se mettre à tomber. Il regarda le portail, il l'avait refermé après l'arrivée de Marc Vasseur et la grille n'était pas ouverte.

Il réfléchissait tout en balayant les images avec deux doigts pour les faire défiler. Melinda connaissait la maison, mais elle était partie avec une personne qui avait la mobilité d'une infirme. Où pouvait-elle aller ? Il accéléra le balayage jusqu'à tomber sur la vidéo de l'arrière du terrain. Il y avait une sortie dans le grillage qui amenait directement dans les bois. Mais elle était fermée, encore fallait-il que Melinda ait pensé à prendre la clé. Il avança à la vignette suivante, mais son regard accrocha quelque chose dont la rémanence se figea sur sa rétine. Il revint en arrière et sonda toute la scène. Là ! Dans un des recoins du jardin, une tache blanche qui se déplaçait. Il zooma d'un grand écart du pouce et de l'index. Elles étaient là ! La blouse d'hôpital de Sandra bras dessus, bras dessous avec sa femme. Il les vit s'approcher de la clôture, à l'endroit où se trouvait la porte grillagée. Il s'attendait à les voir rebrousser chemin, mais Melinda tenait un objet dans la main. Il crut le voir scintiller, ce qui était sûrement une construction de son esprit tant la pluie et la vidéo infrarouge brouillaient l'image. Elles s'approchèrent, y insérèrent la clé et l'ouvrirent.

– Salope ! Salope ! Salope !

Il frappa l'écran avec la crosse du Glock et le brisa. Il se mit à courir vers l'entrée, sortit sur le perron et bifurqua tout de suite sur la droite pour contourner la propriété et gagner le fond du jardin.

1 h 02

Marc ouvrit les yeux.

La douleur lancinante à l'épaule l'avait tiré de son évanouissement. Il se retourna sur le carrelage froid, s'aida de sa main encore valide pour se redresser et s'adosser au mur de la cellule.

Il n'avait compris qu'une chose avant que Drancy ne l'abandonne et que tout se mette à tourner. Elle avait réussi à sortir, ou bien quelqu'un avait pu la tirer de là.

Lève-toi, allez !

Il attrapa le rebord de la trappe pour se maintenir et poussa sur ses jambes. Son dos remonta le long du mur. Quand il se sentit assez stable, il redressa la tête et n'eut plus que la porte comme objectif.

Il posa un pied devant lui.

1 h 04

– Allez-y, continuez ! On va y arriver.

Melinda soutenait Sandra de toutes ses forces. Elles s'enfoncèrent dans la forêt en essayant de repousser la maison le plus loin possible. Leurs pas glissaient dans la terre humide, le rideau de la pluie les empêchait de se repérer à travers les branchages qui leur griffaient le visage et les jambes à chaque fois qu'elles tentaient d'accélérer la cadence. Melinda avait donné sa veste à Sandra qui continuait à grelotter tellement son organisme était affaibli.

Elle se retourna. Elle espérait que Philippe ne les ait pas déjà repérées. Un vœu pieux, elle le savait, il devait déjà être sur leurs traces.

Il n'abandonnait jamais.

C'est alors qu'elle entendit une détonation.

Il était déjà tout près.

1 h 07

Drancy arriva à la porte de l'arrière de la propriété. Melinda l'avait refermée, histoire de donner le change, mais surtout de le ralentir puisqu'elle avait pris la peine de la verrouiller de l'extérieur avec la clé.

Il rit à gorge déployée en exposant son visage à l'averse. Elle n'était pas si nulle que ça, finalement. Au diable la discrétion, il pointa le Glock sur la serrure et tira. Le mécanisme explosa. Il finit le travail d'un coup de pied et la barrière s'ouvrit en grand.

– J'arrive, Mesdames !

1 h 09

Marc sortit de l'escalier et se retrouva derrière le bar. Il s'appuya au comptoir pour reprendre sa respiration. Sa tête allait exploser, il avait l'impression d'avoir quarante de fièvre. La bonne nouvelle, c'était qu'il ressentait de moins en moins la douleur causée par la balle. La mauvaise, qu'il ne sentait presque plus son épaule ni son bras et que sa vision se voilait désormais à chaque fois qu'il sollicitait un peu trop son corps.

Il regarda autour de lui. Il était revenu à la grande salle. Mais la maison était trop vaste, il n'avait aucune idée de l'endroit où Drancy avait pu aller.

Il perçut le coup de feu qui venait du fond du jardin.

Non, non, non…

Il se remit sur ses appuis et partit en direction de la détonation. Il sortit par l'une des baies vitrées face à lui. La pluie lui gifla le visage, mais cela le rasséréna un peu. Alors qu'il se dirigeait vers le fond du terrain, il entendit deux voitures qui empruntaient la route du Parc sans se soucier des limitations de vitesse. Il se retourna et il lui sembla voir la lumière bleutée d'un gyrophare illuminer la nuit.

Ils vont chez Di Stefano, putain.

Il reprit sa marche.

1 h 11

Sandra glissa sur un talus de feuilles humides. Melinda la retint mais se retrouva elle aussi fesses contre terre. Elles parvinrent à s'aider l'une l'autre et à se remettre sur pieds. Melinda regarda autour d'elle. Il n'y avait que le bois à perte de vue, le bois noir qui n'offrait aucune issue de secours. Elle regarda Sandra, qui semblait plus morte que vivante. Melinda elle-même ne se sentait pas bien. Sa condition physique était loin d'être excellente et elle en avait déjà beaucoup fait.

– Allons-y, fit-elle à Sandra en lui montrant une direction au hasard pour avoir l'air de maîtriser encore un peu son sujet.

La jeune femme se releva et lui adressa un ultime regard. « Merci » semblait-elle penser du fond de son cœur, mais sans pouvoir le dire, car sa voix était trop abîmée. Melinda lui sourit, le visage baigné par la pluie et les larmes.

– Si ce n'est pas touchant, on discute entre copines !

Elle tourna la tête, les yeux écarquillés d'horreur au son de cette voix.

Philippe se trouvait en contrebas, à une vingtaine de mètres. Il paraissait essoufflé lui aussi, mais demeurait néanmoins bien plus vaillant qu'elles deux réunies. Et surtout, il avait une arme à la main.

Un éclair zébra le ciel avant de déverser un grondement lourd qui fit trembler les branches.

– Qu'est-ce qui s'est passé, Melinda ? Tu n'étais pas bien avec moi ? Pourquoi a-t-il fallu que tu me trahisses ?

Elle se plaça juste devant Sandra, pour lui offrir une dernière protection. Si elles devaient mourir là, et elle ne doutait pas que c'était ce qui allait se passer, au moins arriverait-elle là-haut avec la sensation d'avoir fait le maximum pour sauver une vie.

Elle tenta une dernière passe d'armes.

– Laisse-nous partir, Philippe, tout est fini.

– Melinda chérie, voyons, tu sais très bien que je retombe toujours sur mes pattes. Je ne serai inculpé de rien. Je n'apparais jamais nulle part. Toutes les preuves sont chez Di Stefano. Toutes, sauf elle.

– Je dirai tout ce que je sais à la police ! Tu ne la toucheras plus.

– Melinda…

Elle explosa.

– Et arrête de m'appeler comme ça ! Je ne suis pas Melinda ! Je n'ai jamais été cette femme, Philippe ! J'ai été sous ta coupe toutes ces années et je n'ai vu que trop tard quel monstre tu étais. Mais quoi que tu me fasses…

Il leva le Glock vers elle.

– Vas-y, dis-moi qui tu es ! Ose me défier !

Elle plongea ses yeux dans les deux billes rougeoyantes qu'elle percevait de son regard, dans cette nuit orageuse.

– Je suis Nicole, dit-elle.

– Eh bien alors, adieu Nicole…

1 h 15

Marc gravit le terrain de la forêt aussi vite qu'il le put. La pluie battante et les éclairs qui illuminaient par intermittence l'intérieur du bois lui donnaient un peu plus de rage au ventre et lui permettaient de continuer. Mais il était à bout. Seule la volonté portait encore son enveloppe corporelle. Mais chaque volonté avait ses limites, rien n'était inoxydable, il le savait bien.

Alors, il faisait venir à lui des images.

Des images pour apaiser ses souffrances.

Des images comme carburant de son âme.

Celles de Sandra, joyeuse, épanouie. Sandra étudiante, avec ses yeux qui semblaient dire que le monde ne serait jamais assez grand pour la rassasier, mais qui s'était bien contentée de ce que lui, Marc, avait à lui offrir. Et Dieu sait qu'il aurait mis le monde à ses pieds si elle le lui avait demandé.

Lisa, le feu d'artifice de sa vie, celle qu'il avait trop longtemps négligée, mais qui avait su mettre une bonne gifle à ce stupide ego qui était le sien. Comme celle qu'elle lui avait donnée à sa naissance.

Il pensa à Robert, à son père, ce modèle, ce compagnon fidèle, cet homme de valeurs qui avait été le calque de ses jeunes années. Et qui serait celui des futures, aussi.

Il pensa à sa mère disparue.

Et il marcha, jusqu'à ce que ses jambes ne puissent plus le porter, jusqu'à ce que le souffle vienne à lui manquer. Il dériva au hasard de ce bois, puisqu'il ne savait plus où aller. Il crut entendre des voix percer le rideau de la pluie et il les suivit. Sans savoir si cela était réel ou bien le fruit de son imagination délirante.

Soudain, il eut l'impression d'apercevoir Drancy, de dos. Il mit toutes ses forces dans ses dernières foulées et se rapprocha. C'était bien lui, en train d'invectiver Melinda et de la tenir en joue avec son arme.

Et juste derrière elle…

Sandra !

Il essaya de mobiliser le peu de clarté d'esprit qui lui restait.

Il serra la crosse du Colt dans sa main, arma le chien et hurla le nom de son voisin dans la nuit.

Philippe se retourna. Il avait cette lueur malsaine dans le regard lorsqu'il vit qu'il était encore là, à le défier sur ses terres.

Ils braquèrent leurs armes en même temps.

Un dernier éclair enflamma la scène comme pour la figer.

Une dernière image dans l'œil de Marc guida son bras. Celle d'une famille, celle d'une vie.

Et deux coups de feu retentirent dans le Parc.

CHAPITRE 85

1 h 52

– Qu'est-ce qu'on a, Clotilde ?

– Homme, la quarantaine, plaie par balle à la clavicule, contusions de premier et second degrés au visage…

– Encore une blessure par balle ! Il se passe quoi cette nuit ? Bon, bipez Mercier et préparez la salle trois. Et la deuxième arrivée ?

– Femme, la quarantaine aussi, sévère anémie, trouble de la diction, de la déglutition et de l'orientation, réflexes ostéotendineux très vifs… Nombreuses plaies contuses, mais cicatrisées sur tout le corps… Apparemment elle a été séquestrée… Et torturée. On… On lui a coupé des orteils…

Le chirurgien dévisagea son assistante.

– Putain de merde, c'est la soirée. Bon, on l'emmène au premier. Vous avez appelé les autorités ?

– Mais, Docteur ? Vous n'êtes pas encore descendu dans le hall ? Ils sont tous là. Police et gendarmerie. Manque plus que le GIGN.

3 h 26

L'infirmière slaloma entre les uniformes et les hommes portant les brassards « police » pour traverser le hall d'attente. Robert faisait les cent pas près d'une machine à café qu'il n'en finissait plus de vider. Il harponna la jeune fille de la voix au passage.

– Mademoiselle, s'il vous plaît !

– Oui, Monsieur ?

– Marc Vasseur, mon fils, il a été amené ici il y a presque deux heures. On est sans nouvelles. Et ma belle-fille aussi, Sandra Vasseur.

Elle avait l'air de meilleure composition que les deux précédentes qui l'avaient rembarré d'un regard de circonstance. Elle lui répondit du tac au tac.

– Oh oui, le blessé par balle ! Il vient de sortir du bloc. Ne vous inquiétez pas, c'est le professeur Mercier qui s'est occupé de lui, c'est l'un de nos meilleurs chirurgiens. Il ne va sûrement pas tarder à venir vous voir. Pour votre belle-fille, je ne sais pas où elle a été conduite. Je vais me renseigner.

Robert sentit la chape de plomb qui pesait sur son esprit s'alléger un peu. Il remercia la jeune femme en l'appelant du prénom qu'il lut sur son badge, Clotilde.

Puis il retourna dans la salle d'attente où Lisa patientait en offrant une épaule compatissante à cette jeune femme brune au look d'éternelle adolescente.

– Ça va aller, Mélanie ? lui demanda-t-il.

Elle leva vers lui des yeux qui voulaient presque tout dire, sauf que cela « allait aller ». Mais il faudrait bien pourtant. Le temps ferait son œuvre, comme toujours. C'était ainsi et personne n'y pourrait rien.

Robert se remémora l'arrivée de Mélanie. Elle avait franchi hors d'haleine la double porte vitrée des urgences. Elle les avait cherchés du regard un instant avant de les trouver, figés comme deux statues sur l'un des bancs métalliques. Alors elle avait accouru vers eux. Il se souviendra longtemps de ce moment où leurs regards s'étaient croisés. Elle avait eu ce petit tressaillement, presque imperceptible, et il était sûr qu'elle avait déjà compris.

Le médecin les avait quittés une dizaine de minutes auparavant. Ils avaient tout tenté, avait-il dit dans un préambule qui se suffisait à lui-même. Mais ce tout n'avait pas été assez. Et Paul Lombardier s'en était allé.

Il s'accroupit face à elle et posa une de ses mains épaisses sur son genou.

– Il nous a sauvés ce soir. Moi, Marc, Sandra et même Lisa. Sans lui nous ne serions pas là. C'était un sacré bonhomme. Il n'a pas hésité à se jeter tête la première sur ce mafieux pour lui régler son compte.

– C’était bien son style, dit-elle alors qu’un sourire se mêlait à ses larmes. Il fallait qu’il soigne sa sortie.

Lisa posa la tête sur son épaule et Mélanie l’entoura de ses bras. Robert répéta un dernier « ça va aller, petite » avant de se relever. Il réajusta la sangle qui lui tenait le bras en écharpe et sentit la douleur irradier son épaule et sa nuque, et ce, malgré la dose d’analgésiques qu’on lui avait administrée à son arrivée. Il allait se souvenir longtemps de son dernier combat.

– Monsieur Vasseur ?

Il se retourna. Un médecin en blouse blanche se tenait devant lui. Lisa et Mélanie se levèrent elles aussi et approchèrent.

– Je suis le professeur Mercier, je viens d’opérer votre fils. Tout s’est bien déroulé. La balle était déjà ressortie. On a aussi soigné sa main. Il reste en observation, mais on peut dire qu’il est sorti du tunnel.

– Merci Docteur, merci du fond du cœur.

– Je vais demander à une infirmière de vous conduire à lui d’ici une demi-heure. En revanche (il regarda les deux jeunes filles par-dessus l’épaule de Robert), juste cinq minutes pour commencer et pas plus d’une personne à la fois. Il est plus que fatigué.

Les trois têtes acquiescèrent et tous retournèrent s’asseoir à l’endroit exact où ils avaient passé la majeure partie de la nuit. Robert remit une pièce dans la machine à café.

3 h 57

Devant la porte de la chambre de Marc, ils trouvèrent un policier en faction qui discutait avec un autre homme, un grand échalas qui portait aussi un brassard jaune au bras droit. Il avisa le petit groupe qui arrivait et alla se présenter.

– Gilles Rambert, police judiciaire.

– Nous venons voir Marc Vasseur. Je suis son père, voilà sa fille Lisa et Mélanie…

– Bonsoir, Mélanie, embraya-t-il avec une émotion palpable dans la voix.

– Bonsoir.

– Je suis désolé, si vous saviez, je suis tellement désolé… C'était mon ami.

– Il vous appréciait beaucoup, répondit avec sobriété la jeune femme.

Rambert se racla la gorge et poursuivit de façon professionnelle. Mais son émotion était vive.

– On est en train de fouiller toute la maison de Di Stefano. Les premières preuves trouvées dans sa pièce sécurisée… Bon sang (il expira comme pour expulser un trop-plein d'anxiété), je ne sais pas si on a déjà vu ça en France ou même ailleurs. Il y a des centaines de vidéos, peut-être des milliers sur les disques durs. Certains films ont plus de quarante ans. C'est l'horreur la plus absolue. Personne ne peut imaginer des trucs pareils. Pas de cette envergure.

– 'de Dieu, soupira Robert.

– Nous perquisitionnons aussi les autres villas. Nous avons déjà un aveu formel de culpabilité. Francis Joubert s'est tiré une balle dans la tête dès l'arrivée de la police au portail de sa villa.

– Encore un qui échappera à son procès, dit Mélanie.

– Oui, mais nous avons trouvé chez Di Stefano des preuves incriminant presque tous les autres résidents. Croyez-moi, leur compte est bon. Mais pour le moment c'est un cas d'extrême urgence, on doit vérifier que d'autres personnes ne sont pas dans le même cas que Sandra Vasseur. J'ai aussi envoyé une équipe au Milky Way. Je pense que Philippe Drancy nous sera d'une aide précieuse. S'il coopère.

Lisa frissonna.

– Il… Il est toujours en vie ? On ne nous a rien dit à son sujet.

– Votre père l'a blessé au ventre, et sérieusement. Mais oui, il est en vie. Soigné dans un hôpital militaire pour le moment. Ne vous inquiétez pas, des malades pareils ne risquent pas de ressortir de sitôt.

Lisa acquiesça sans grande conviction.

– Je veux voir mes parents, se contenta-t-elle de dire.

Rambert opina du chef.

– La porte juste là, c'est votre père. Votre mère est au fond du couloir, chambre 114. En revanche, pour elle, il faudra patienter un peu. (Il regarda Robert :) Un psychologue de la police et un médecin sont avec elle pour le moment.

– Quand pourrai-je la voir ?

– Ça ne devrait plus être long. Demain dans la matinée. Mais nous devons nous assurer qu'elle ne sera pas un danger pour elle-même une fois seule. Vous comprenez ? Après une telle période d'enfermement, personne ne peut dire comment les gens réagissent.

4 h 16

Marc ouvrit un œil au bruit de la porte de sa chambre qui frottait le linoléum. Il entrevit la tête de Lisa qui restait sur le seuil et lui faisait un timide signe de la main. Il essaya de se relever dans son lit. C'était impossible, la douleur était même pire que lorsqu'il avait pris la balle. Il se contenta d'essayer de prononcer un « coucou ma puce » qui ne dut jamais arriver jusqu'à ses oreilles tant sa bouche était pâteuse et ses lèvres sèches.

Robert fit un pas dans la chambre. Son air gêné amusa presque Marc. Il regarda son père et essaya de prononcer le prénom de Sandra. Robert se frotta la moustache de sa seule main libre et leva le pouce dans sa direction. Un sourire apaisé se dessina sur ses lèvres, puis se raidit aussitôt.

Il essaya à nouveau de parler. Son père s'approcha un peu plus.

– Paul ?

Robert secoua la tête avec tristesse.

La main valide de Marc se crispa sur le drap. Puis il s'enfonça dans son lit et ferma les yeux.

7 h 12

Lorsqu'il se réveilla, la chambre baignait dans la lumière du matin. Il tourna la tête vers la fenêtre et aperçut Lisa qui dormait, pelotonnée comme un chat, dans le fauteuil à l'angle de la pièce. Il s'aida des coudes pour se relever. La douleur avait perdu en intensité même s'il n'avait pas trop envie de forcer pour savoir jusqu'à quel point. Il repoussa le drap et la couverture au pied du lit et bascula les jambes hors du matelas. Lisa ouvrit un œil.

– Qu'est-ce que tu fais ? Tu ne vas pas te lever ?

– Tu as vu Maman ?

– Non.

– Amène-moi.

Elle bondit de son fauteuil et l'aida à passer son bras libre autour de sa taille. Elle en profita pour réajuster la blouse dans son dos. Ils sortirent de la chambre. Le policier en faction leva les yeux vers eux.

– Je vais voir ma femme, dit Marc d'un ton sec.

Le flic hésita quelques secondes, mais il avait l'air d'un brave type. Il se leva et demanda s'il pouvait aider. Marc le remercia.

Ils avancèrent tous les deux en marchant d'un seul et même pas dans ce couloir silencieux aux couleurs fades. Lisa soutenait son père, Marc s'appuyait sur elle. Ils n'avaient peut-être jamais été aussi proches que maintenant et ils ne le seraient peut-être jamais plus. Parce que la vie était ainsi, elle rapprochait, elle séparait, elle divisait, elle ajoutait. C'était à chacun d'y prendre sa part et de marcher dans la seule direction qu'il pensait juste.

Ils avancèrent ainsi jusqu'à la porte. Le deuxième policier se leva, mais son collègue, depuis l'extrémité du couloir, lui adressa un signe de tête agrémenté d'un « C'est OK, Nico » qui aurait tout aussi bien pu signifier « Foutons-leur un peu la paix ».

Derrière cette porte se cachait peut-être la plus grande inconnue de toute leur vie. Comment allaient-ils retrouver Sandra ? Comment une personne pouvait-elle se sortir de pareille situation ? Employer le mot « indemne » aurait été une injure à tout ce qu'elle avait dû traverser et endurer.

Avant d'entrer, Marc se pencha à l'oreille de sa fille.

– Je pense que je devrais y aller en premier. On ne sait pas… On ne sait pas comment elle…

– Vas-y.

Elle avait acquiescé avec un aplomb qui força son admiration. Il lui déposa un baiser sur le front et posa la main sur la poignée. Il souffla pour évacuer son trop-plein d'anxiété, en vain. Puis il entra.

Lisa patienta dans le couloir quelques minutes qui lui semblèrent ne plus avoir de fin. Quand son père rouvrit la porte, elle fut soudain saisie d'une angoisse qui la submergea telle une vague.

Marc lui tendit la main.

– Viens ma puce. Entre.

Elle réussit à mettre un pied devant l'autre et entra dans la chambre.

Sa mère était couchée sur le dos, les yeux tournés vers le plafond.

– Maman ?

Sandra tourna un visage creusé et aux yeux sombres vers eux. On aurait dit qu'on avait ponctionné toute trace de vie de son organisme. Elle leva la main vers sa fille.

– Ma Lili…

Lisa s'assit à ses côtés. Elle ne lâchait plus sa main. Elles pleurèrent ensemble, de joie, de douleur, de tout ce que leurs corps pouvaient encore donner. Marc fit le tour de la chambre et tira le fauteuil pour le placer de l'autre côté du lit médicalisé. Sandra lui tendit son autre main.

– Tu es venu me chercher…

– Je n'ai jamais abandonné… mais on m'a bien aidé, dit-il, la voix étranglée par l'émotion.

– C'est vrai Maman. Il a été le seul à toujours y croire, ajouta Lisa d'un air un peu dépité.

Sandra caressa les cheveux de sa fille. Marc se pencha pour lui déposer un baiser sur le front. Elle ferma les paupières en signe d'assentiment. Lisa lova sa tête près de son épaule.

– Ça va aller ma chérie, ça va aller… Maintenant nous sommes ensemble.

Oui cela irait mieux, pensa Marc. Mais plus rien ne serait jamais comme avant. Sandra avait forcément laissé quelque chose là-bas, dans cette cellule, une partie d'elle-même. Il maudit le jour où leur route avait croisé celle du Bellevue Park. Il maudit l'homme qu'il avait été, stupide au point de s'aveugler ainsi sur la véritable valeur des choses.

Soudain, Lisa murmura :

– Papa a mené l'enquête, tu sais. Mais bon, si on n'avait pas reçu cette photo aussi, on ne serait pas allés loin.

– Quelle photo ? demanda Sandra, l'œil un peu plus vif.

Par pur réflexe Marc mit la main sur le haut de sa cuisse, mais il n'avait plus de pantalon et encore moins d'iPhone dans sa poche.

– La photo de ton amie Juliette, précisa-t-il, attendant la réaction de Sandra. Avec ton médaillon. On a découvert toute cette histoire, même s'il reste quelques inconnues.

– Oh…

– Ce n'est pas grave. Tu pouvais m'en parler si tu voulais. Mais je comprends.

– Cela a toujours été un tel fardeau à porter. Parce que ce soir-là, si nous ne nous étions pas disputées…

Elle réussit à se reprendre et à contrôler ses sanglots.

– Mais cette photo, ajouta-t-elle, qui vous l'a envoyée ? La mère de Juliette ?

– Je ne pense pas, dit Marc. La personne a juste signé Ten3. La photo représente Juliette à Drap, dans la rue…

– Qu'est-ce que tu as dit ?

Le ton de sa voix avait subitement changé. Marc remarqua une lueur plus ardente dans ses yeux.

– J'ai dit que la personne avait signé Ten3…

– Ten comme T-E-N et le chiffre 3 ?

– Oui.

Lisa s'était levée, inquiète, pour faire face à sa mère.

– Maman, qu'est-ce qu'il y a ?

– C'est… C'est impossible, souffla Sandra. C'est impossible. Ça ne peut pas être ça.

Père et fille ne dirent plus un mot, ce qui est souvent le meilleur moyen pour inciter votre interlocuteur à se livrer. Sandra les regarda, personne n'aurait su dire si elle riait ou si elle était dévastée par le chagrin. Elle ânonna le début d'une phrase avant de déclamer d'un trait :

– On avait un jeu, à l'époque, stupide… Un jeu où on prenait les chansons et où on devait donner le nom de l'album et leur position dedans. Ça a toujours été son groupe préféré… Pearl Jam. Elle adorait leur chanson *Jeremy*… Mon Dieu…

– Maman ?

Une larme roula sur la joue de Sandra.

– Ce nom, Ten3, dit-elle, il fait référence à l'album *Ten* de Pearl Jam sorti en 1991. Et à la troisième chanson…

Lisa dégaina l'iPhone de son jean à la vitesse de l'éclair.

– Pas la peine, ma puce, dit Sandra, pas la peine. Je le connais par cœur. La troisième chanson… Elle s'appelle *Alive*.

Marc eut un frisson. Il venait de comprendre.

Et Sandra se mit à fredonner le refrain, les yeux embués de larmes.

Oh, I, I, I'm still alive,
Hey, Hey, I, I, I'm still alive...

« Je suis toujours en vie… »

ÉPILOGUE

Un mois plus tard.

Marc s'engagea sur le sentier d'un bon pas. Il aurait très bien pu prendre par la route qui contournait la colline, mais le charme du paysage n'y était pas du tout comparable. D'ici, il pouvait contempler presque toute la vallée. Une carte postale que l'on trouvait dans les tourniquets de toutes les échoppes à touristes de la région, sur laquelle la ville de Saint-Clair était une simple étendue que la nature acceptait d'accueillir en son sein.

Ici, il avait l'impression de respirer. Et c'était tout ce qu'il recherchait depuis la fin de cette terrible histoire. Décloisonner son esprit, balayer le superflu, aller à l'essentiel. Vivre.

Le sentier amorça ses deux dernières courbes qui l'amenèrent sur l'arrière de la chapelle. Marc la contourna en passant dans les herbes hautes puis arriva face à la haute grille surmontée de la traditionnelle croix.

Il la poussa et elle s'ouvrit en chantant.

Il navigua dans les allées jusqu'à arriver devant un immense caveau de marbre blanc. Il s'accroupit pour prendre la petite balayette qui était posée sur le sol et dégagea les quelques fleurs fanées et feuilles mortes qui jonchaient la stèle. Il essuya la plaque de cuivre du revers de sa manche pour qu'elle reflète encore mieux la lumière du soleil. Il contempla les trois noms d'un œil triste, mais apaisé.

Véronique Lombardier, 1967-2006
Sophie Lombardier, 1990-2006
Paul Lombardier, 1963-2017

Trois noms qui n'auraient jamais dû terminer gravés sur cette plaque. Comme tant d'autres.

– J'ai quelque chose à vous annoncer, Paul, dit-il au bout de quelques instants. Je suis venu pour ça, en fait. L'opération a été programmée pour le mois de mars. Ça sera la première d'une longue série, mais les chirurgiens sont optimistes. Ils pensent qu'ils parviendront à reconstruire son visage tel qu'il était. C'est une clinique en Suisse, l'une des plus réputées. Je me suis occupé de tout.

Il revit la scène comme si elle se passait encore sous ses yeux. Paul qui avait empoigné sa chemise et l'avait attiré près de lui. Il avait brûlé ses dernières forces pour lui glisser ces quelques mots à l'oreille : « Il y a une fille, Hélène, à l'hôpital central. Occupez-vous d'elle. Vous le ferez ? »

Marc posa sa main à plat sur le marbre.

– C'est fait, mon vieux.

Il leva les yeux une dernière fois sur le panorama que l'on pouvait contempler depuis ce petit cimetière. Le même que celui du sentier, mais encore plus ouvert et imposant. De la stèle des Lombardier, on apercevait la zone d'activité du Neptune qui avait baissé pavillon depuis plusieurs semaines. Les sociétés de Di Stefano étaient toutes sujettes à des enquêtes fiscales ou judiciaires, l'affaire des délits d'initiés pour les achats de terrains sous-évalués avait éclaté au grand jour, mais même sans cela, plus personne n'aurait voulu soutenir ni même entendre parler d'un projet dont le principal promoteur était l'instigateur de la plus grande affaire de crimes sexuels jamais révélée au grand jour. Le maire de Saint-Clair, dans son immense mansuétude à une année de la prochaine échéance électorale, avait décidé huit jours auparavant de dédier la zone à un parc forestier protégé ainsi qu'à un espace d'activités culturelles et ludiques pour les enfants de la région. Il y aurait peut-être des cabanes dans les arbres et de longues parties de cache-cache.

Sûrement, même.

Marc redescendit par le sentier et retrouva le Range sur un parking en bordure de route. Il s'enferma dans l'habitacle et mit le contact. Le véhicule ronfla et avala les premiers mètres en même temps que Marc tâtonnait pour régler la radio.

... Dans ce qui s'annonce déjà comme le procès du siècle, Philippe Drancy, connu sous de multiples identités, apparaît comme un professionnel des

enlèvements et séquestrations. En quelques semaines d'investigations, les enquêteurs ont relié cet homme à plus d'une quarantaine de cas de disparitions depuis le milieu des années 1990. Drancy conservait dans une boîte à bijoux les objets personnels de ses victimes agrémentés de photos prises avant et après les séances de torture...

Marc changea la fréquence.

... Nouvelles arrestations aux États-Unis dans le cadre du scandale international Fulvio Di Stefano, du nom de cet homme d'affaires italien qui a organisé pendant plus de trente années l'un des plus grands trafics de...

Il éteignit la radio.

Il connaissait les détails par cœur désormais, tant les dernières semaines avaient été éprouvantes. La police avait découvert un total de mille six cent trente-quatre films dans la collection de Di Stefano. Beaucoup avaient été vendus pour des sommes considérables sur des sites internationaux d'enchères quasi intraçables. Drancy n'avait sûrement participé qu'à très peu d'entre eux, mais il était devenu bien plus qu'un simple exécutant pour Di Stefano au fil des années. Un double maléfique qui permettait à l'Italien de rester derrière son écran, mais de vivre et de ressentir par procuration le sadisme de son partenaire.

Pour Marc et Sandra, le déchaînement médiatique, la pression croissante des autorités pour avancer dans l'enquête, le non-respect de leur vie privée, étalée de façon malsaine dans la presse et les chaînes d'infos en continu, avaient été difficiles à supporter. On ne pouvait pourtant pas dire que Sandra avait fait de la rétention d'informations. Elle avait tout déballé, de A à Z lors de ses nombreuses et pénibles auditions.

Elle avait cru reconnaître Philippe Drancy lors de la soirée donnée en l'honneur de leur arrivée dans la résidence de Bellevue Park et ce doute était devenu peu à peu une certitude qui l'obsédait jour et nuit.

– J'ai su que c'était lui, même si je ne pouvais pas le prouver. Ce soir-là, il m'a servi une coupe de champagne et lorsque je l'ai remercié, il m'a simplement répondu : « Courtoisie élémentaire, chère Madame. » Je ne sais pas ce qui s'est passé alors, c'était comme si le coffre-fort dans lequel j'avais cadenassé toute cette histoire venait de voler en éclats. Je me suis souvenue. De tout, avait-elle déclaré à Gilles Rambert.

C'est à ce moment-là que tout avait dérapé. Lorsqu'elle s'était mis en tête de confondre Drancy elle-même, car elle pensait que le faisceau de preuves était trop ridicule pour tenter de le traîner en justice. Elle avait cherché plusieurs fois à en parler à son mari pour demander son aide. Mais les mots refusaient de sortir.

Elle s'était alors rapprochée d'un vigile du Parc, Gregory, avec qui elle croyait avoir de bons rapports, pour lui demander comment se procurer une arme à feu pour sa protection. Le même Gregory qui avait essayé de violer Lisa, de tuer Robert et qui avait avoué bien plus tard, menottes au poignet, qu'il était à l'origine du coup de branche sur la tête de Marc. Il avait développé une obsession pour Lisa et avait continué de les suivre ce soir-là dans le Parc, après que Melinda l'avait découvert.

Intrigué par la demande de Sandra, il avait, en bon soldat, fait son rapport à Di Stefano qui, voulant toujours tout savoir pour contrôler au mieux son petit monde, lui avait intimé l'ordre de garder cette femme à l'œil. Gregory lui avait donc procuré l'arme pour ne pas éveiller ses soupçons, mais avait aussi commencé à la suivre. Notamment ce fameux soir où elle avait atterri au Milky Way en filant Drancy. Pour Di Stefano, le doute ne fut alors plus de mise. Cette femme savait quelque chose sur leurs affaires. Il fallait l'éliminer. Il mit les frères calabrais sur le coup.

« Pourquoi êtes-vous retournée une deuxième fois dans ce club ? » À cette question des enquêteurs, Sandra avait répondu que le doute continuait de la tenailler. Elle attendait un signe, une confirmation, un faux pas de Drancy qui lui faciliterait la tâche. Qu'il prenne une fille en stop ou soit brutal avec l'une des serveuses du club par exemple. Elle s'en serait contentée, mais cela n'arriva jamais.

En rentrant de cette deuxième soirée au club, elle avait vécu une véritable nuit de torture psychologique. Qu'allait-elle faire ? C'est alors que, en poussant son esprit dans ses derniers retranchements, elle s'était souvenue d'un détail. La nuit de la disparition de Juliette, elle avait aperçu l'homme à la grosse voiture. Elle lui avait même parlé. Mais ce n'était pas la première fois. Deux ou trois jours auparavant, dans le même bar, il était déjà là, assis derrière elles. Et elle se souvenait clairement qu'à cette occasion, Juliette avait fait tout un tas de photos avec son Polaroid. Se pouvait-il que son amie l'ait capturé lui aussi sur un cliché ? Qu'elle puisse l'identifier formellement comme étant Philippe Drancy, même vingt ans après ? Cela valait le coup de vérifier.

Elle avait alors pris la route pour voir les Andreotti et mettre la main sur les boîtes de photos que Juliette gardait dans sa chambre. Elle était certaine qu'Ingrid avait religieusement conservé toutes les affaires de sa fille. Devant l'accueil du père, elle avait rebroussé chemin pour mieux revenir par la suite et entrer chez eux par effraction. Elle en était ressortie avec quatre photos, mais aucune ne permettait d'identifier qui que ce soit. La plus proche était trop floue. Mais c'était l'unique preuve dont elle disposait. Elle avait alors échafaudé un plan très simple : aller voir Drancy et le forcer à se rendre à la police en le menaçant de son arme. Mais surtout en lui montrant les photos et en lui faisant croire qu'elle détenait une autre preuve irréfutable de sa culpabilité. Elle avait mis le quatrième cliché en lieu sûr, dans le coffre de la *panic room*. Épuisée nerveusement, elle n'était même plus certaine d'avoir les idées claires et de pouvoir se fier à sa mémoire. Aussi avait-elle noté le code au dos de cette photo de famille qui ne quittait jamais son portefeuille.

Cette fameuse soirée, elle avait laissé la BMW garée à l'entrée du Parc et s'était enfoncée dans la forêt, l'arme à la main, pour s'approcher de la villa des Drancy avec discrétion. Mais elle n'était même pas arrivée au portail que les deux frères calabrais avaient fait irruption et l'avaient désarmée en quelques secondes. Giovanni l'avait embarquée dans la BMW alors que Rocco suivait dans le X6. Di Stefano avait été très clair, il souhaitait une disparition sous couvert d'abandon de domicile conjugal. Ils avaient fait une première halte à Lamotte où Rocco l'avait tirée du coffre pour la forcer à écrire le SMS de rupture qu'il lui avait lu. Elle avait signé « Sandra » exprès pour tenter peut-être de semer le trouble chez Marc. Puis ils étaient repartis. Mais au bout d'une vingtaine de minutes, ils avaient fait demi-tour pour la ramener à Saint-Clair. Le fameux appel de Drancy à Di Stefano.

La suite était désormais connue de tous. Les dernières zones d'ombre sur le passé de Drancy furent éclairées par Melinda, ou plutôt Nicole, qui déballa tout ce qu'elle savait du passé de son époux et permit aux enquêteurs de remonter le fil de bon nombre de disparitions mystérieuses et non résolues.

***

Marc arriva face à l'entrée du parking d'un immeuble dans le centre-ville. Il activa l'ouverture de la porte automatique et entra dans le souterrain. Il gara le Range à l'emplacement qui lui était réservé, celui de l'appartement 16A.

Il remonta au rez-de-chaussée par les escaliers et s'arrêta à la boîte aux lettres. Il l'ouvrit et en retira un flot d'enveloppes et de publicités en tout genre. Il les tria rapidement, jeta les prospectus dans la corbeille à l'angle du hall d'entrée, puis s'arrêta sur une enveloppe qui attira son attention.

Il prit l'ascenseur et appuya sur le bouton du cinquième et dernier étage. Ils habitaient cet appartement toit-terrasse depuis trois semaines. Une location temporaire en attendant de savoir où ils comptaient s'installer vraiment. Au début, ils avaient pensé attendre un peu que l'histoire dégonfle avant de remettre la villa en vente. Mais il comprit assez vite que cette folie mettrait beaucoup de temps à se tasser et que seuls quelques excités pervers, s'ils existaient et en avaient les moyens, seraient prêts à acheter une villa dans le « lotissement de l'horreur ». Cela n'était pas bien grave, il était prêt à donner cette maison à qui la voulait si cela pouvait lui permettre de retrouver une vie normale. Mais rien n'était aussi simple.

Il ouvrit la porte d'entrée de l'appartement, posa les enveloppes sur le guéridon juste à sa droite et garda celle qui l'intéressait en main. Il ouvrit l'une des baies vitrées qui permettaient l'accès à la terrasse depuis le salon et s'avança entre les jardinières et le mobilier d'extérieur.

– Sandra ?

– Ici !

Il tourna la tête, elle était assise près de la rambarde, à profiter de la vue qu'ils avaient sur la ville. Elle portait un jean retroussé sur ses sneakers, un petit top blanc avec un gilet assorti. Ses cheveux étaient retenus en un chignon de fortune qui laissait échapper quelques mèches. Dans cette lumière de fin de matinée, il pensa un instant qu'il ne l'avait jamais vue aussi belle. Il la trouva presque sereine.

Mais cela aurait été oublier les cris dans la nuit, les terreurs nocturnes, les angoisses à répétition. Toutes ces fois où il l'avait retrouvée prostrée sur le sol de la salle de bains à gémir tel un animal blessé, à craindre que le passé ne la rattrape à nouveau. Ils savaient tous deux que la reconstruction serait lente et douloureuse. Mais ils savaient aussi qu'ils y arriveraient. Ensemble.

– Je crois que c'est ce que tu attendais, dit Marc en lui tendant l'enveloppe.

À côté du sigle de la Poste et de la mention « Courrier redirigé », il y avait leur ancienne adresse du Parc. Le tampon de la *Deutsche Post* indiquait que la lettre était partie de Munich six jours auparavant.

– Tu veux que je te laisse seule ? dit Marc.

Elle lui prit la main.

– Non, non, reste avec moi.

Il approcha une chaise et s'assit à ses côtés tandis qu'elle décachetait le rabat. Elle déplia les trois feuilles entre ses doigts. Marc remarqua tout de suite le papier de très belle qualité ainsi que l'en-tête professionnel :

Stefanie J. Keller – Fotograf – München

– Elle est photographe… dit Sandra.
Elle commença à lire la lettre à haute voix.

Sandy,

J'ai longuement réfléchi avant de t'écrire cette lettre. Ce n'est pas que je n'en avais pas envie, car de tout ce que j'ai pu laisser dans mon ancienne vie, tu es ce qui me manque le plus.

Toi, mon amie, ma sœur, mon inséparable.

Je ne pense malheureusement pas mériter encore le droit de t'appeler comme cela aujourd'hui. Mais ce que je crois, c'est que je te dois au moins la vérité. Et j'ai honte d'avoir attendu plus de vingt ans pour te dire tout ce que j'ai sur le cœur.

J'avais prévu de partir. Personne n'aurait pu m'en empêcher. Même pas toi. J'avais peur, tellement peur. Peur de mon père, peur de ses réactions lorsqu'il avait trop bu, peur des coups, peur de ses incursions nocturnes dans ma chambre.

Peur de mourir.

Ce soir-là, j'avais fait mon sac. Je comptais passer la nuit dans la grange des parents de Stéphane et me sauver le lendemain. Le destin en a décidé autrement. Je suis montée dans la voiture de cet inconnu parce que c'était ce que nous faisions à l'époque. Les fugues, le mur, les retours en stop au sanctuaire, c'était notre truc, ça. Ou plutôt le tien, ma Sandy. Tu étais tellement plus audacieuse que moi, mais en même temps, beaucoup plus réfléchie.

Je ne sais pas comment j'ai réussi à échapper à cet homme. Je me souviens d'une boîte qui contenait des choses horribles, les papiers d'identité de ces filles sur lesquels il avait changé les photos pour mettre celles de leurs visages morts. Lorsqu'il a tenté de m'attraper, j'avais encore cette boîte en main. Je l'ai frappé avec et j'ai réussi à m'enfuir. Je me souviens d'avoir erré dans les rues, sans argent ni affaires et avec la peur au ventre, avant de me décider à rentrer au petit matin.

Quand je suis arrivée chez moi, mon père était absent. Il y avait ma mère et le gendarme Duval qui s'enlaçaient. Lorsqu'ils m'ont vue, je m'attendais à ce qu'ils soient gênés, mais ma mère a couru vers moi et s'est effondrée à mes pieds en pleurant. Duval venait de lui annoncer qu'un corps de jeune femme avait été retrouvé brûlé avec mon sac et mes affaires juste à côté.

Elle me croyait morte.

Alors je leur ai tout dit. Et quand j'ai eu fini, je crois que c'est ma mère qui a eu l'idée la première. Elle m'a dit : « Pars, ils te croient morte. Fuis, et ne reviens jamais. » Elle pensait que c'était un signe du destin, que Dieu en personne avait épargné sa fille pour lui donner une nouvelle vie. Duval a bien tenté de la raisonner, en vain. Elle a fini par le convaincre lui aussi. Ce ne fut pas trop difficile, tant il aurait été prêt à tout pour elle. Il l'a même aidée à mentir lors de la reconnaissance du corps en lui indiquant de parler d'une cicatrice qu'il avait déjà repérée sur la jambe de la fille.

Ils sont convenus que le mieux était de me faire passer la frontière pour l'Allemagne. Ma mère avait une cousine à Berlin, elle seule a été mise dans la confidence. Se procurer des papiers d'identité dans l'Allemagne post-mur de Berlin n'était pas trop difficile pour qui avait un peu d'argent. Duval m'avait donné suffisamment avant de partir. Je n'ai pas mis beaucoup de temps à devenir Stefanie J. Keller. J pour Juliette, la seule chose que j'ai gardée de mon ancienne vie. Une lettre, une toute petite lettre.

Avant de partir, Duval m'avait aussi briefée de façon très précise sur deux points cruciaux auxquels il m'était impossible de déroger : je ne devais jamais revenir et je ne devais jamais en parler à personne.

Pas même à toi.

Il m'avait juré sur tous les saints qu'ils allaient boucler l'enquête et attraper ce tueur, qu'il ne lâcherait pas avant d'y être arrivé. Et je crois que c'est ce qu'il a fait, il a tout donné, en vain. Pour retrouver l'assassin de celle que nous avions choisi de faire passer pour moi. Une pauvre fille que ce fou devait déjà garder dans sa cave lorsqu'il m'a amenée chez lui ce soir-là. Peut-être était-elle déjà morte. J'ai toujours essayé de m'en persuader lâchement : que ce n'était pas ma fuite qui avait scellé son sort. J'ai lu sur Internet que la police avait fouillé la maison de fond en comble et trouvé deux cellules aménagées dans le sous-sol. Mais surtout des ossements humains enfouis dans son jardin…

Je sais que j'ai agi comme la dernière des égoïstes. En laissant un monstre en liberté et en privant des parents du deuil auquel ils avaient droit. J'ai choisi de vivre avec et cette honte m'a suivie comme une ombre toute ma vie.

Quand ma mère m'a dit que tu étais revenue pour chercher des photos, je n'ai pas compris. J'ai cru que tu avais tout deviné, ou que tu avais des doutes. Vingt ans après, cela me paraissait impossible… Mais j'ai aussi eu une angoisse, un mauvais pressentiment qui ne m'a plus quittée. J'ai cherché ton adresse mail sur le net et je t'ai envoyé cette photo que tu avais prise à Drap. Je savais que tu comprendrais le message, le fameux Ten3. Et que tu te souviendrais de la photo. Ce jour-là, comme tu ne voulais pas me la donner, car tu prétextais vouloir garder un souvenir de moi si je décidais un jour de partir, je te l'avais échangée contre mon médaillon. Tu t'en souviens, Sandy ?

Quelques semaines plus tard, quand je suis tombée sur ton avis de disparition relayé sur les réseaux sociaux, j'ai cru que ma vie s'écroulait. Tous les fantômes de mon passé m'ont rattrapée en une seconde. Je n'ai pas su quoi faire, j'ai paniqué. J'ai renvoyé à ton mari le même message qu'à toi. C'était grotesque, j'aurais dû tout lui dire. Quand il a pris contact avec moi, j'ai clôturé mon compte dans la peur de l'instant. Je pense que je cherchais encore à protéger toute cette vie que j'ai construite ici, en Allemagne. Je n'étais pas prête.

Maintenant je le suis.

Je suis maman moi aussi, un fils de treize ans, et je ne veux pas qu'il ait l'exemple d'une mère qui a passé toute sa vie à fuir au détriment de ceux qu'elle aimait.

Je veux répondre de mes actes, même après toutes ces années.

J'espère bien te revoir un jour ma Sandy. Si tu le souhaites.

Je ne t'ai jamais oubliée.

Ju.

Sandra laissa les feuilles retomber sur ses cuisses. Elle ne parla pas pendant plusieurs longues secondes. Puis Marc vit une première goutte glisser de ses joues et venir imprégner le papier.

Et il entendit sa femme murmurer :

– Moi non plus, je ne t'oublie pas.

Mai 2017-mars 2019.

JE NE VOUS OUBLIE PAS

À ma compagne et mes enfants pour leur amour, leur soutien et leur (très) grande patience. Vous êtes le fil d'Ariane qui me guide jour après jour.

À ma mère pour m'avoir donné le goût de la lecture et de l'écriture.

À mon père pour m'avoir acheté mes premiers Agatha Christie.

À mes amis, proches, collègues de travail qui ont pris la peine de me lire, de me manifester leur intérêt, leur soutien et de croire en moi.

À toutes les équipes de Hugo Publishing pour leur travail et leur disponibilité. Je remercie particulièrement Bertrand Pirel de s'être intéressé à mes écrits et pour toute l'aide et les conseils qu'il a su m'apporter par la suite ; Arthur de Saint-Vincent pour sa confiance ; Jérémy Amsellem pour son aide précieuse et son implication sur Stories by Fyctia et Alice Serverin pour son travail remarquable. J'espère que cette première collaboration en appellera de nombreuses autres.

À la communauté des lecteurs et auteurs Fyctia où j'ai pu faire de très belles rencontres d'écriture et d'amitié.

À Juliette, pour son soutien indéfectible, son travail et sa passion.

À Vincent, pour son amitié et nos nombreuses discussions littéraires (on va le dire comme ça hein ?). Tak !

À Ludovic et Jean-Philippe, pour leur amitié et leur implication. N'oubliez pas le credo les gars !

À Stephen King, Philip Kerr, Linwood Barclay, Harlan Coben, Pierre Lemaître, Joël Dicker, Agatha Christie, Bret Easton Ellis, Marcel Aymé, Albert Camus, Alexandre Dumas et tant d'autres qui m'ont guidé au fil de leur plume, certains depuis mes toutes premières années.

À vous, cher lecteur, qui avez acheté et lu cette version finale de *Je ne t'oublie pas*.

Merci.

Suivez-moi sur :
Facebook : fb.me/sebdidierauteur
Instagram : sebastiendidierauteur
www.sebastien-didier.com

Composition et mise en pages
Nord Compo à Villeneuve-d'Ascq